Tanja Kinkel

Wahnsinn, der das Herz zerfrißt

Roman

GOLDMANN

Originalausgabe 10/90

Umwelthinweis:
Alle bedruckten Materialien dieses Taschenbuches
sind chlorfrei und umweltschonend.

Der Goldmann Verlag
ist ein Unternehmen der Verlagsgruppe Random House.

Copyright © 1990 by Wilhelm Goldmann Verlag, München,
in der Verlagsgruppe Random House GmbH
Umschlaggestaltung: Design Team München, unter Verwendung
des Fotos eines Gemäldes von Claude Lorrain
Umschlagfoto: Archiv für Kunst und Geschichte, Berlin
Satz: IBV Satz- und Datentechnik, Berlin
Druck: Elsnerdruck, Berlin
Verlagsnummer: 9729
Lektorat: Ulrike Kloepfer/SK/MV
BH · Herstellung: Heidrun Nawrot/sc
Made in Germany
ISBN 3-442-09729-0
www.goldmann-verlag.de

13 15 17 19 20 18 16 14 12

*Für meine Eltern,
ohne die nichts möglich gewesen wäre,
und für Klaus, das Computergenie,
für den dasselbe gilt.*

»Was du auch seist, Seel oder Leib,
Erbarm dich! geh nicht von mir! bleib!
Oder laß beid uns weiter fliehn
Als Winde wehn und Wolken ziehn!
Es ist zu spät – du warst, du bist
Der teure Wahnsinn, der mein Herz zerfrißt.«

Byron, *Der Giaur*

1851

»Ich lache dann und wann, um nicht zu weinen,
Und weine, weil der Mensch nicht Tag für Tag
Sich zwingen kann, in Stumpfsinn zu versteinen;
Erst muß in Lethes Strom des Herzens Schlag
Stillstehen, eh der Friede wird erscheinen...«

Don Juan

Zehn Tage vor ihrem Tod reiste Augusta Leigh mit dem Zug nach Brighton, um ihre Schwägerin Annabella zu besuchen. Augustas Tochter Emily, die dieses Zusammentreffen arrangiert hatte, stand dem Unternehmen mit großer Skepsis gegenüber. »Hältst du es wirklich für vernünftig, Mamée?« fragte sie, während sie ihre Mutter zum Bahnhof brachte. »Ich meine, glaubst du nicht, daß sie noch immer... noch immer...« Es war weder Emilys Art, ihre Sätze unvollendet zu lassen, noch hegte sie für gewöhnlich Zweifel an Dingen, die sie selbst eingefädelt hatte, so daß Augusta das Ausmaß ihrer Befürchtungen erkennen konnte. »Aber nein«, erwiderte sie lachend und küßte ihre Tochter auf die Wange. »Wir sind ganz einfach zwei alte Damen, die sich lange nicht gesehen haben. O dear, wir kommen zu spät, Emily. Beeilen wir uns ein bißchen.«

Augusta heuchelte Zuversicht, die sie nicht ganz empfand, doch sie war schon immer der Ansicht gewesen, unausweichliche Probleme sollte man erst dann fürchten, wenn man ihnen direkt gegenüberstand. Wozu sich unnötig den Kopf zerbrechen und das Leben schwermachen? Sie hatte vor, diese Fahrt mit der neumodischen Dampflokomotive – ein Abenteuer, das sie noch nie mitgemacht hatte – zu genießen, auch wenn sie ein wenig Angst davor hatte. Die Eröffnung der ersten Eisenbahnlinie von Liverpool nach Manchester lag zwar nun schon über zwanzig Jahre zurück, das leicht Bedrohliche und Spekulative hing dem neuen Transportmittel jedoch immer noch an. »Wenn die Menschen dazu gemacht wären, durch das Land zu rasen wie wildgewordene Bullen«, hatte Augusta seinerzeit zu ihrem mittleren Sohn Frederick gesagt, als Stevensons Modell zum allge-

meinen Gesprächsthema wurde, »dann besäßen sie Flügel.«
Nichtsdestoweniger war sie sehr neugierig.

In dem Abteil, in das sie Emily fürsorglich noch begleitete, befand sich zur Zeit kein weiterer Reisender, wie Augusta etwas erleichtert feststellte; denn in den sechsundsechzig Jahren ihres Lebens hatte sie ihre ungewöhnliche Scheu vor Fremden nie ganz verloren. Außerdem konnte sie so ihre erste Fahrt mit dieser seltsamen Maschine erleben, ohne beobachtet zu werden. Sie verabschiedete Emily mit einem Augenzwinkern und dachte dabei liebevoll, daß das arme Kind bisher nicht viel vom Leben gehabt hatte. Emily war – mit Ausnahme ihrer wahnsinnigen Schwester – das einzige von Augustas sieben Kindern, das niemals Geld für Kleider, Würfelspiel oder die wechselnden Modetorheiten beansprucht hatte. Auf diese Art sah man sie als »Stütze der Familie« und den »einzigen Trost der guten Augusta« an und bedachte sie überreichlich mit Mitleid, das eine Spur von Verächtlichkeit in sich trug.

Emilys ein wenig trockene und scharfzüngige Art schreckte Freier immer wieder ab, und die familiären Umstände taten ein übriges. Doch eines Tages würde Emily sicher aus dem Schatten ihrer älteren Schwestern treten, so daß dann ihre wahren Qualitäten zur Geltung kämen, die fröhliche Uneigennützigkeit, die sie nie in Selbstmitleid verfallen ließ. Ihr lag es nicht, sich in Grübeleien zu versenken, selbst jetzt nicht, obwohl sie wußte, daß die gesamten Sorgen der Familie Leigh bald auf ihren Schultern ruhen würden.

Augusta seufzte. Von Annabella würde sie keine finanzielle Hilfe erwarten können. Ihre Schwägerin hatte in ihrer gebieterischen Art ausdrücklich geschrieben, daß es über eine Unterredung hinaus keine weiteren Hoffnungen für Augusta geben dürfe. Nun, es ging ihr diesmal auch um etwas völlig anderes. Immerhin ließ sich so der jahrzehntelange alberne Streit beilegen, und darauf kam es in der Hauptsache an. Bell...

Sie wandte den Kopf und blickte aus dem Fenster, entschlossen, weitere trübe Gedanken bis nach ihrer Ankunft in Brighton zu verschieben. Es nieselte, und die winzigen silbrigen Tropfen in solcher Geschwindigkeit vorbeifliegen zu sehen, bereitete ihr ein kindliches Vergnügen. Sie wünschte nur, sie wäre noch jung genug, in diesem Herbstwetter ausreiten zu können, um die erlesene prickelnde Feuchtigkeit auf der Haut zu spüren.

Augusta fiel ein, wie ihr Bruder ihr einmal geschrieben hatte: »Du meinst & c., es sei Herbst; ich würde gerne wissen, wie Du die gegenwärtige Jahreszeit nennst, in jedem anderen Land, das ich gesehen habe, wird man Winter dazu sagen.« Und sie mußte lachen. Unversehens begann sie ein Gespräch mit ihm, wie sie es in der letzten Zeit immer öfter tat, da sie wußte, daß sie ihn bald wiedersehen würde. »Weißt du, es ist wirklich schade, daß du diese Lokomotiven nicht mehr erlebt hast. Sie sind vielleicht etwas laut, aber doch angenehmer als Kutschen für die Überlandfahrt – es holpert nicht so. Wirklich dumm von mir, sich vor so etwas zu fürchten. *Du* hättest natürlich gleich das erste Modell benutzt.« Sie schwieg eine Weile und versuchte vergeblich sich Byron in einem Zug auszumalen. »Sicher, Kutschen waren romantischer. Und könntest du dir vorstellen, daß sich ein Kutscher so steif und würdig benimmt wie der Herr vom Personal, mit dem Emily vorhin sprach? Er hätte Fletcher Konkurrenz gemacht! O Georgy, wir sind alle etwas unbeweglicher geworden...«

Da fiel ihr wieder ein, daß ihr Bruder, als sie sich seinerzeit zum erstenmal wirklich begegneten, ihr streng verboten hatte, ihn so zu nennen. »Sag Byron.« Sie fühlte sich belustigt und verärgert zugleich und redete ihn von da an ständig mit »Baby Byron« an, worauf er, um sich zu rächen, ihren Spitznamen von Gus zu Gans umformte. Baby Byron!

Bei ihrer Ankunft in Brighton hatte es aufgehört zu regnen, und der Schirm, den ihr Emily vor ihrem Abschied noch einmal ans Herz gelegt hatte, diente ihr nun als Stütze. Der unverbrüchlich freundliche Schaffner half ihr beim Aussteigen und war fast gekränkt über das Trinkgeld, das sie ihm geben wollte. Nachdem sie sich eine Weile vergeblich nach Annabella umgesehen hatte, wurde sie von einem Bediensteten mittleren Alters angesprochen. »Mrs. Leigh?« Sie nickte und fühlte sich plötzlich verängstigt und verloren. Von der fröhlichen Reisestimmung war so gut wie nichts übriggeblieben. Ihre Gelenke schmerzten, und sie wurde sich einmal mehr ihrer Hinfälligkeit bewußt. »Lady Byron hat mich geschickt, um Sie abzuholen. Sie erwartet Sie.«

So – Annabella wollte also nicht persönlich erscheinen, um sie zu empfangen. Das schmerzte, nicht sehr, aber doch wie ein kleiner, feiner Dorn, der sich nicht entfernen läßt. Sie tröstete sich damit, daß auch Annabella das Alter zusetzte.

Die Kutsche, die Annabella geschickt hatte, brachte Augusta schließlich zu einem der zahlreichen Seehotels. Als sie vor kurzem wieder begonnen hatten, sich zu schreiben, hatte Annabella nur die hiesige Post als Adresse angegeben, als befürchte sie, Augusta könne unvermutet hier auftauchen. Versuchte Annabella hier wieder einmal, sich mittels präzis durchdachtem Handeln von Ängsten und Gefühlsausbrüchen abzuschirmen? Dabei waren wir einmal Freundinnen, dachte Augusta. Es ist, wie ich zu Emily gesagt habe. Zwei alte Damen, die sich gerne wiedersehen möchten. Alles andere ist vorbei.

Es genügte allerdings, beim Betreten von Annabellas Hotelsuite den trockenen Kuß ihrer Schwägerin auf der Wange zu spüren und in ihre Augen zu blicken, um zu wissen, daß nichts vorbei war, daß Annabella sich immer noch von der Vergangenheit gefangennehmen ließ, einer Vergangenheit, die über dreißig Jahre zurücklag. »Meine liebe Augusta!«

Die Suite entsprach Annabella aufs Haar: geschmackvoll eingerichtet, jeder Gegenstand passend und an seinem richtigen Platz, nichts Überflüssiges. Alles, wie es sich gehörte.

Beim Eintreten traf Augusta auf einen ihr unbekannten jungen Mann. Annabella stellte ihn als Reverend Robertson vor, »meine geistliche Stütze in der letzten Zeit«. Reverend Robertson hatte das gesunde gute Aussehen eines Vollblutpferdes, allerdings gepaart mit einem eisigen, abweisenden Blick.

In seine Stirn gruben sich zwei mißbilligende Falten, während er die gebrechliche alte Dame mit unübersehbarer Distanz betrachtete. Augusta lächelte: »Reverend, ich nehme an, wir sehen uns spätestens dann wieder, wenn Sie zum Erzbischof von Canterbury befördert werden.« Eine dritte ablehnende Linie trat auf seiner Stirn hervor, während er kühl antwortete: »Ich strebe nicht das Bischofsamt an.« Augustas Mund wölbte sich mit Erstaunen. »Welch ein Versäumnis für die Christenheit!« rief sie.

»Setze dich doch, Augusta«, forderte Annabella ihre Schwägerin kühl auf, um dem peinlichen Verhalten gegenüber dem Reverend ein Ende zu bereiten – es bewies einmal mehr die Oberflächlichkeit ihres Glaubens. Annabella war entsetzt über Augustas Aussehen: Sie war sehr gealtert und wirkte wie ein Gebilde aus brüchigem Pergament, das ein einziger Hauch umstoßen könnte. Sie stirbt, dachte Annabella, und fühlte Betroffenheit in sich aufsteigen. Ursprünglich hatte sie vorgehabt, gleich mit dem Verhör zu beginnen, aber so ließ sie Augusta noch einige Zeit ihr seichtes Geplaudere fortführen. Eine todgeweihte Frau würde ihr ohnehin nicht mehr die Unwahrheit sagen. Annabella nahm den Zettel mit den Fragen, die sie sich aufgeschrieben hatte, aus ihrem Pompadour und begann unbewußt ihn immer kleiner zusammenzufalten.

Augusta erzählte von London, von der Weltausstellung, die dort zum erstenmal stattfand, von der Mode, die sich unter Königin Viktoria so sehr verändert hatte. »Im Moment reden alle davon, in der nächsten Saison nur noch in bis zum Kopf hochgeschlossenen Kleidern zu erscheinen – bis zum Kopf! Für unsereins ist das ja gleichgültig, aber die jungen Mädchen tun mir leid. Sie müssen sich mit diesen Kragen ja wie Giraffen vorkommen!« Sie wandte sich Robertson zu. »Sicher langweilt Sie solches Frauengeschwätz, Reverend.« Sie war nicht hierhergekommen, um über die Londoner Mode zu sprechen, sondern um sich mit Annabella zu versöhnen, und wartete darauf, daß deren geistliche Stütze endlich verschwand, damit sie mit dem ernsthaften Teil ihres Gesprächs beginnen konnten.

Annabella begriff, worauf ihre Schwägerin hinauswollte, und ließ ein winziges Lächeln über ihre fest zusammengepreßten Lippen gleiten – das erste seit langer, seit sehr langer Zeit. »Reverend Robertson wird während der gesamten Dauer unserer Unterredung anwesend sein«, sagte sie und sah Augusta dabei direkt in die Augen. »Schließlich brauche ich einen Zeugen, der der Nachwelt berichtet, was du zu sagen hast.«

Augusta traf es wie ein Schlag ins Gesicht. Also das sollte es sein. Keine Versöhnung, natürlich nicht. Ein Geständnis. Seit dreißig Jahren nur das eine – ein Geständnis. Ein Geständnis, damit Annabella sich endlich in ihren jahrzehntelangen Bemühungen der Selbstrechtfertigung bestätigt sah – eine ebenso absurde wie unnötige Rechtfertigung, da nur Annabella selbst sich anklagte. Die Öffentlichkeit betrachtete sie als den Inbegriff von Tugend. Arme Annabella. »Ich verstehe dich nicht«, sagte sie traurig. Hatte sie Annabella nicht längst schon alles gestanden, was es zu gestehen gab? Sie erinnerte sich an das letzte gequälte Zusammentreffen mit ihrer Schwägerin, das keiner von beiden auch nur ein wenig geholfen hatte. Was gab es also noch zu gestehen?

Annabellas schneidende Stimme riß sie aus ihren Gedanken. »Dann muß ich dein Gedächtnis etwas auffrischen, Augusta.« Sie wechselte schnell einen Blick mit dem Reverend, der unauffällig nickte, und fuhr dann fort: »Ich bin zu der Überzeugung gekommen, daß mein Gatte, dein verstorbener Bruder, am Ende seines Lebens erkannt haben muß, daß ich vom ersten bis zum letzten Moment sein einziger wahrer Freund gewesen bin.«

Augusta dachte an die zahlreichen bissigen Bezeichnungen, die Byron für seine Frau verwendet hatte: »Meine moralische Klytämnestra«, »das tugendhafte Ungeheuer, Miss Milbanke«, »die Prinzessin der Parallelogramme«. Das Tragikomische an Annabellas Behauptung ließ in ihrem Inneren den verzweifelten Wunsch entstehen zu lachen, und sie brachte daher nicht mehr als ein angemessenes Schweigen zustande – mochte es Annabella deuten, wie sie wollte. Vielleicht war sie an einer Reaktion auch überhaupt nicht interessiert.

»...nicht schon früher eingesehen hat, kann nur an *einem* liegen.« Sie rückte etwas näher und glich in diesem Augenblick, wie Augusta fand, einem der Hühner von Six Mile Bottom, das einen Wurm gesichtet hatte. »*Du* hast ihn gegen mich aufgehetzt. *Du* hast seinen unnatürlichen Haß gegen mich in deinen Briefen aufrechterhalten, und daß er nicht reuig nach England zurückkehrte, um meine Verzeihung zu erflehen, ist allein *deine* Schuld.«

Augusta saß wie gelähmt da. Sie sah die unerbittliche Frau vor sich an, ohne sie wirklich zu erkennen. War dies die Schwester, die sich in der Verlassenheit einer Nacht an sie geklammert und geschluchzt hatte: »Ich weiß nicht, warum er mich nicht liebt, Augusta, ich weiß es wirklich nicht.«

»Und um zu dieser Schlußfolgerung zu gelangen, hast du dreißig Jahre gebraucht?« fragte sie schließlich, um überhaupt etwas zu sagen. In Annabellas blasse Wangen stieg ein Hauch von Rot. »Wage es nicht, dich über mich lustig zu machen, Augusta.« Augusta blinzelte und erinnerte sich lieber an die praktische Hilfe, die Annabella ihr in den ersten Jahren immer zuteil hatte werden lassen... an die Freundlichkeit und Großzügigkeit, mit der sie Augustas Tochter Medora behandelt hatte, auch wenn diese Freundlichkeit das Messer gewesen war, daß sie in Augustas Herz umdrehte... an die liebevolle Art, die Annabella ihr gegenüber während des einen Jahres ihrer Ehe gezeigt hatte. Damals war zwischen Annabella und Augusta ein tiefes selbstverständliches Vertrauen gewachsen, das kaum einer verstehen konnte.

Endlich streckte Augusta zögernd eine Hand aus und legte sie an Annabellas Gesicht. »Bell«, flüsterte sie, »Bell.« Einen Augenblick lang rührte sich Annabella nicht, und die Zeit schien zwischen den beiden zu gefrieren. Dann sprang sie auf. »Gib es zu!« stieß sie hervor, und jetzt sah Augusta reinen Haß aus ihren Augen leuchten – Haß, der sich über Jahrzehnte hinweg aufgestaut hatte.

»Du hast ihn dazu gebracht, mich zu verabscheuen, du hast meine Ehe zerstört, bevor sie überhaupt begonnen hatte! Die ganze Zeit über hast du so getan, als seist du meine Freundin, während du unter meinem Dach mein Vertrauen mißbraucht hast!« Sie wandte sich jäh ab und rang um Atem. »Ich kann nicht mehr, Reverend«, sagte sie schließlich. »Sprechen Sie mit ihr.« Annabella trat ans Fenster und wandte Augusta ihren sehr geraden, abweisenden Rücken zu.

»Mrs. Leigh«, begann Robertson und ließ seine tiefe Stimme grollend ertönen, als predige er auf der Kanzel, »warum blieben Sie bei Ihrem Bruder, nachdem Lady Byron zu ihren Eltern zurückgekehrt war?« – »Auf Lady Byrons Bitte«, erwiderte Augusta. In ihrer Schläfe begann eine kleine Ader schmerzhaft zu pochen. »Sie... wir dachten, mein Bruder könnte wahnsinnig sein, und sie bat mich, sie täglich über die Ergebnisse der ärztlichen Untersuchungen zu unterrichten.«

Robertson holte tief Luft. »Aber nachdem sich gezeigt hatte, daß Ihr Bruder nicht wahnsinnig war, sondern nur ein unmoralisches Ungeheuer, das seiner armen Frau das Leben zur Hölle gemacht hatte – warum blieben Sie danach dennoch bei ihm?« Seine Stimme war nur mehr ein drohendes Flüstern. »Zu diesem Zeitpunkt bat Lady Byron Sie bestimmt nicht mehr um Ihre Anwesenheit in jenem Haus der Sünde. Wäre es nicht Ihre Pflicht gewesen, Ihre hilflose Schwägerin offen zu unterstützen? Hatten Sie nicht eine eigene Familie, um die Sie sich kümmern mußten? Warum also blieben Sie?«

Augusta fühlte sich mit einem Mal unendlich müde. Ihr kam diese ganze Szene wie ein längst abgespieltes Schauspiel vor, bis zum Überdruß wiederholt. »Aus Liebe«, antwortete sie. »Er brauchte mich, und er war mein Bruder.«

Annabella drehte sich abrupt um und verließ den Raum, ohne Augusta noch einmal angesehen zu haben. Sie schlug die Tür hinter sich zu. Der Reverend schaute ihr eine Weile irritiert nach, ehe er fortfuhr: »Es wäre gut, wenn Sie sich dessen etwas früher erinnert hätten, Mrs. Leigh. In Lady Byrons Augen sind Sie eine unwürdige Sünderin, die mit halben Geständnissen ihr Vergehen nur noch schlimmer macht, eine schlechte Mutter für Ihre armen Töchter Georgiana und Medora, und... wohin gehen Sie?«

Augusta hatte sich ebenfalls erhoben. Sie setzte ihren Hut wieder auf und streifte die Handschuhe über, während sie mit etwas zitternder, aber dennoch ruhigerer Stimme erwiderte: »Ich sehe keinen Sinn darin, dieses Gespräch fortzusetzen, da Lady Byron uns verlassen hat. Ich kann nur wiederholen, daß ich ihr Vertrauen niemals mißbraucht habe, daß ich immer ihre Freundin war und sein werde. Ihnen jedoch, Reverend, bin ich keine Rechenschaft schuldig. Guten Tag.«

Sie hörte noch, wie er hinter ihr herrief: »Sie sind Gott Rechenschaft schuldig, Mrs. Leigh!« Dann verschwamm ihr Blick.

Irgendwie fand sie aus dem Hotel heraus. Das Salz der Tränen biß auf ihrer Haut. Aus irgendeinem Grund war sie wieder achtzehn, ein Mädchen im Haus von Lord Carlisle, das ein paar sentimentale Tränen über ihre Romanze mit Cousin George Leigh vergoß, und über den Flegel von Bruder, der sich auf so herzlose Weise darüber lustig machte. Plötzlich hörte sie seine Stimme. »Augusta? Aber Gänschen, warum weinst du?«

Sie blieb stehen, starrte in den Himmel über Brighton mit sich verdunkelnden Wolken, den Möwen, die schreiend ihre Kreise zogen. Eine von ihnen sah genauso aus wie Annabella. Unter den Tränen kam mit einem Mal ihr altes Gelächter zum Vorschein, geboren aus der Überzeugung, daß die Welt verrückt und schon deshalb nicht ernst zu nehmen sei. »Das Leben ist doch schön!«

1788–1812

»Ein unverheiratetes Mädchen wünscht natürlich, verheiratet zu sein – wenn sie zugleich heiraten & lieben kann, ist es gut – aber auf jeden Fall muß sie lieben.«

»Ich weiß nicht, wie das Leben anderer Menschen gewesen ist – aber ich kann mir nichts Seltsameres vorstellen als einige der früheren Teile des meinen.«

Als sie sich das erste Mal begegneten, hatten sie beide ihre Kindheit schon hinter sich. Frühere Gemeinsamkeiten gab es nicht, obwohl Augusta vage Erinnerungen an Byron als Säugling und Kleinkind hatte. Ada nannte er sie damals. Aber da Augustas Großmutter, Lady Holderness, sie nach dem Tod Captain Byrons sofort zu sich geholt hatte – was einen jahrzehntelangen Streit mit Augustas Stiefmutter nach sich zog –, waren beide Geschwister als Einzelkinder aufgewachsen.

Augusta lebte hauptsächlich bei ihrer Großmutter, aber manchmal auch bei Freunden, den Howards, oder bei ihren erheblich älteren Halbgeschwistern. Dort wurde sie zwar freundlich, aber doch etwas gönnerhaft aufgenommen, da man in ihr die Frucht eines ruinösen Skandals sah. Ihre Mutter, die bildschöne Marquise Carmarthen, hatte seinerzeit Mann, Kinder und gesellschaftliche Stellung aufgegeben, um mit Captain John Byron nach Paris durchzubrennen. Als wollte sie das Schicksal strafen, starb sie nach der Scheidung von dem Marquis und einer kurzen Ehe mit John Byron bei der Geburt ihrer Tochter.

John Byron, in Familienkreisen kurz »der tolle Jack« genannt, fand alsbald eine neue Gemahlin: die Schottin Catherine Gordon of Gight, plump, unhübsch, steinreich. Binnen eines Jahres hatte er sie, wie schon die Marquise, um ihr Vermögen gebracht. Er schenkte ihr einen Sohn, den er allerdings nie richtig kennenlernte, da ihn die ständige Flucht vor seinen Gläubigern immer wieder ins Ausland trieb, wo er schließlich starb.

Die Verwandtschaft seiner beiden Gemahlinnen atmete auf. Die Gordons waren erleichtert, weil Catherine jetzt endlich diesem Ausbeuter, den sie abwechselnd umbringen und ihm dann wieder bis an das Ende der Welt folgen wollte, befreit war. Lady Holderness, die Mutter der Marquise Carmarthen, sah nun eine Möglichkeit, die Frucht der bedauernswerten Verirrung ihrer Tochter unter ihre Aufsicht zu bringen, denn Mrs. Catherine Byron, so hatte sie gehört, war als Erzieherin denkbar ungeeignet. Sie machte vor allem durch ihre Angewohnheit, Geschirr an den Wänden zu zertrümmern, von sich reden.

So wuchs Augusta bei verschiedenen Verwandten auf, ihr Bruder George Gordon dagegen bei seiner Mutter, begleitet von ständigen Temperamentsausbrüchen. Lady Holderness, bei der Augusta sich meistens aufhielt, war nicht mehr die Jüngste. Sie kümmerte sich liebevoll um ihr Enkelkind, aber da sie sehr schnell ermüdete, bestand ein Großteil ihrer Erziehung in kleinen Erzählungen und dem abendlichen Gebet. Augusta blieb häufig sich selbst überlassen und verbrachte viel Zeit mit den Dienstboten, ob nun in der Küche, in Lady Holderness' sorgsam gehüteten Garten oder auf einer der Koppeln ihres Landguts.

Dieses regelmäßige Zusammensein mit den Hausangestellten ließ Augusta manche Erfahrung sammeln, die sie von ihren Altersgenossen unterschied und zu durchaus fragwürdigen Situationen führte. Denn die Saison verbrachte Lady Holderness für gewöhnlich in ihrem Londoner Stadthaus. An den nachmittäglichen Teegesellschaften durften auch die Kinder teilnehmen.

Ein beliebtes Gesprächsthema waren die schockierenden Neuigkeiten aus Paris, wo die Bevölkerung nach dem Ende von Robespierres Schreckensherrschaft in einen hemmungslosen Vergnügungstaumel gefallen war. »Es ist unglaublich«, mokierte sich Lady Carlisle. »Man sagt, daß die Tallien und diese Kreolin, die Beauharnais – daß diese Frauen tatsächlich in ihren Salons manchmal nur von Rosenblüten bedeckt als griechische Göttinnen auftreten!«

Sie vergewisserte sich mit einem raschen Blick, daß ihre kleine Gertrude außer Hörweite war. »Und wenn man bedenkt, meine Liebe – beide sind adeliger Abstammung und unterhalten dennoch gleichzeitig Beziehungen zu diesem Emporkömmling Barras.«

Lady Holderness verzog den Mund. »Mit der adeligen Abstammung ist es nicht sehr weit her. Die Beauharnais stammt aus Martinique, und man weiß ja, wie *dort* die Herrschaften mit ihren Dienstboten verkehren. Farbig oder nicht, es sollte mich nicht wundern, wenn dort jeder Krämer, der sich etwas Personal leisten kann, nach Sonnenuntergang in deren Betten zu finden ist, von den sogenannten Adeligen ganz zu schweigen, die auch nur emporgekommene Krämer sind.«

Lady Holderness hatte nicht bemerkt, daß sich Augusta und ihr Cousin Frederick Howard, die um Erlaubnis bitten wollten, den Raum zu verlassen, den Damen genähert hatten. Augusta war bei dem Wort »Martinique« aufmerksam geworden und fragte nun verwundert: »Ist es denn falsch, sich nach Sonnenuntergang in den Betten der Dienerschaft zu befinden? Als Lord Leveson-Gower uns besucht hat, war er auch am hellichten Tag dort.«

Tödliche Stille herrschte. Leveson-Gower war Lady Carlisles Bruder, der die Howards bei ihrem letzten Aufenthalt auf Lady Holderness' Landgut begleitet hatte. Lady Carlisle starrte nun entsetzt auf das kleine braunhaarige Mädchen herab. Lady Holderness hatte ihren Fächer fallen lassen. Augusta wurde sich bewußt, daß etwas nicht stimmen konnte, und zupfte an dem ausladenden Satinkleid ihrer Großmutter. Diese rührte sich nicht.

Endlich versuchte Lord Carlisle, der den Disput der Damen bisher nur mit stummem Lächeln begleitet hatte, die peinliche Situation zu überbrücken: »Nun, Blut setzt sich durch. Das ist genau die Sorte Bemerkung, die Jack auch gemacht hätte.«

Lady Holderness warf ihm einen verärgerten Blick zu. Sie liebte es nicht, an Captain John Byron, der Lord Carlisles Vetter gewesen war, erinnert zu werden. Sie sorgte nach Möglichkeit dafür, daß er vor ihrer Enkelin nicht erwähnt wurde. Sie wandte ihre Augen wieder Augusta zu und erklärte strafend: »Du warst sehr unartig, mein Kind. Geh bitte sofort in dein Zimmer.«

Augusta öffnete den Mund, um zu widersprechen, denn sie wußte nicht, was sie getan hatte. Aber ihre sonst so freundliche Großmutter wirkte mit einem Mal fast furchteinflößend, und so drehte sie sich um, schaute noch einmal hilfesuchend zurück und hastete dann hinaus.

Lady Holderness nahm diesen Fauxpas zum Anlaß, ihr Enkelkind ernsthaft zu tadeln. Außerdem sah sie die Notwendigkeit, sich nach einer Gouvernante umzusehen, da Augusta nach diesem Vorfall in Gesellschaft außergewöhnlich schweigsam wurde. Die Wahl fiel auf die Tochter einer französischen Emigrantenfamilie, jung, munter und etwas kokett, aber sehr gutherzig. Mademoiselle Berger erfüllte in jeder Hinsicht ihre Aufgabe, nur in einer nicht. Sie wandte ihre Gunst zunächst freizügig dem Verwalter zu, war aber auch nicht traurig, als dieser seine Vorliebe für die Köchin entdeckte. »Schlechter Geschmack, *ma petite*«, sagte sie zu Augusta und tröstete sich mit Augustas ältestem Halbbruder, der Lady Holderness zu diesem Zeitpunkt gerade besuchte.

Augustas jüngerer Bruder und seine Mutter bekamen nie eine Einladung von Lady Holderness, auch sprach Catherine Byron niemals den Wunsch aus, ihre Stieftochter wiederzusehen. Lady Holderness bemerkte nur einmal spitzfindig: »Diese Frau ist kein Umgang für uns.« Catherine, nie durch Diplomatie irgendwelcher Art behindert, drückte sich ihrem Sohn gegenüber wesentlich deutlicher aus: »Verdammt will ich sein, wenn ich in meinem Leben noch eine einzige Zeile an die Holderness richte – und Johns Brut geht dich nichts an!«

Als Catherines Sohn zehn Jahre alt war, starb der fünfte Lord Byron, der Onkel des »tollen Jack«. Dieser Todesfall hätte keine weitere Bedeutung gehabt, wenn nicht das Schicksal vorher den Sohn und den Enkel des fünften Lords dahingerafft hätte. Beide wurden mehr betrauert als der fünfte Lord Byron, der von seiner Familie als »der böse Lord« bezeichnet worden war und sich vornehmlich mit der Dressur von Ratten und Heuschrecken beschäftigt hatte.

Doch da »der böse Lord« keine direkten Erben hinterließ, fiel der Titel nebst Schloß und Gut an »den kleinen Jungen in Aberdeen«, wie er im Testament genannt wurde – George Gordon, sechster Lord Byron. Catherine hielt dies für die Gerechtigkeit des Himmels. Sie hatte es immer als besondere Heimtücke empfunden, daß ihr hübscher intelligenter Sohn, den sie ebenso maßlos verwöhnte, wie sie ihn züchtigte, mit einem lahmen rechten Fuß geschlagen war. Seit er gehen konnte, kaufte sie alle möglichen Dehnungs-, Streckungs- und Pressungsmaschinen, um diese Behinderung zu beheben. Sie bestand sogar darauf, daß er sie während seiner Unterrichtsstunden trug, und ahnte nichts von dem tiefen Gefühl der Demütigung und Minderwertigkeit, das sie dem Jungen dadurch einflößte.

Doch jetzt kam der gerechte, der unüberbietbare Ausgleich: ihr Sohn wurde Pair von England! Catherine brach ihr Gelübde, niemals mehr an die Holderness zu schreiben. Sie machte es so kurz wie möglich, doch aus jeder Zeile sprach ihr Triumph. Ha! Sie war jetzt die Mutter eines Mitglieds der ewig herrschenden Oberschicht. Da mochte die Holderness sehen, wo sie mit Johns Göre aus erster Ehe hinkam.

Lady Holderness preßte die Lippen zusammen, während sie ihrer Enkeltochter Catherines Brief reichte. »Augusta, dein Bruder ist jetzt der sechste Lord Byron.« – »*Magnifique!*« rief Mademoiselle Berger. »*C'est superbe, vraiment!*« Augusta sah ihre Großmutter bittend an. »Kann ich ihn jetzt besuchen?« Lady Holderness' Antwort war ebenso kurz wie endgültig. »Nein!«

Catherine und der Pair von England siedelten nach Newstead Abbey über, dem verfallenen Stammsitz der Byrons. Die Wälder waren abgeholzt oder verwahrlost, der Tierbestand ausgerottet, und die zum Schloß umgewandelte alte Abtei lag zum Teil schon in Trümmern. Jedermann hatte Catherine davor gewarnt, sich dort niederzulassen, doch die Vorstellung, ihre Briefe von nun an vom altadeligen Stammsitz Newstead Abbey aus verschicken zu können, lockte unwiderstehlich. Dafür nahm sie sogar das Entsetzen beim Anblick dieses Erbes in Kauf. Ihr Sohn allerdings verliebte sich vom ersten Augenblick an in das verfallene alte Schloß, den See und den verwilderten Park.

Er verschwand stundenlang, manchmal den ganzen Tag, um das Gebäude und seine Umgebung zu erkunden, was Mrs. Byron zur Verzweiflung trieb; denn anders als in dem bescheidenen Haus in Aberdeen war er hier ihrer Aufsicht völlig entzogen. Als er dann wiederauftauchte, waren seine Kleider schmutzig, und in der Hand hielt er triumphierend einen Totenschädel.

»Ich wußte doch, daß es noch Überreste von den Mönchen hier gibt, Mama!« Catherine warf einen Blick auf seine Trophäe und erschauderte. »Wie kannst du so etwas nur anfassen? Wirf es weg!« Der Sohn hatte ihren Starrsinn geerbt und schüttelte energisch den Kopf. Sie mußte lächeln. Obwohl seine Haare fast so dunkel wie ihre waren, schien er doch sonst das Abbild seines Vaters zu sein. Jack, den sie so sehr geliebt hatte, daß sie noch in diesem Jahr bei den Worten »O mein Captain« in einer Theatervorstellung in Ohnmacht gefallen war... und den sie auch ein- oder zweimal durchaus ernsthaft mit dem Messer bedroht hatte, wenn ihr Temperament mit ihr durchging.

»Es ist ein Brief von Mary Duff gekommen«, schmeichelte sie. »Wirf das gräßliche Ding weg, und ich gebe ihn dir.« Mary Duff war eine Cousine, die im letzten Jahr Aberdeen besucht und die er sofort zu seiner Verlobten erklärt hatte.

Sein Gesicht erhellte sich jetzt, doch dann warf er ihr einen mißtrauischen Blick zu. Seine Mutter machte sich nicht das geringste daraus zu lügen, wenn es ihrem Zweck dienlich war. Er überlegte und schüttelte wieder den Kopf.

Catherine richtete sich auf und runzelte die Stirn. Sie war klein, aber mit ihrer üppigen Figur eine imposante Erscheinung. Ihre Stimme klang drohend, als sie jetzt befahl: »Wirf es weg, sofort!« Er rührte sich nicht. Wie der Blitz war sie bei ihm und versetzte ihm ein paar Ohrfeigen. »Oh«, keuchte sie und wich einige Schritte zurück, »du bist genau wie dein Vater. Aber du bist mein Sohn, nur zehn Jahre alt, und du wirst mir gehorchen!« Seine Wangen waren gerötet, aber er schob das Kinn vor und erklärte laut und deutlich: »Eher gehe ich zur Hölle!«

Bei dieser Bemerkung verlor Catherine ihre Beherrschung. Joe Murray, einer der Diener des bösen Lords, hatte ihr vor etwa einer Viertelstunde das Dinner serviert und beobachtete nun staunend, wie seine neue Herrin erst ihr Weinglas, dann die sorgsam hergerichtete Platte mit dem Kapaun in Richtung ihres Sohnes schleuderte, der offensichtlich Übung darin besaß, sich zu ducken, und dabei Flüche von sich gab, die dem fünften Lord selbst Ehre gemacht hätten.

»Du glaubst wohl, du könntest dir das erlauben, weil wir nicht mehr in Aberdeen sind? Verdammt sollst du sein«, sie ging zu dem Besteck über, »verdammt, verdammt, verdammt! Lahmes Balg!«

Bei dem letzten Wort erstarrte ihr Sohn, vergaß, ihren Geschützen auszuweichen, und wurde von einer Gabel getroffen. Blut tropfte von seinem Ohr herab, doch er rührte sich nicht, sah sie nur an. Langsam öffneten sich seine Finger, und der Schädel kollerte auf den Boden, wo ihn Murray hastig auflas und vorsichtshalber aus dem Raum entfernte.

Aller Trotz fiel von dem Jungen ab, und er starrte seine Mutter zutiefst verletzt an, so daß Catherine sofort wieder zu sich kam. Sie lief zu ihm, umarmte ihn und küßte fiebrig sein Gesicht ab. »Mein Kleiner, mein Lieber, ich habe es doch nicht so gemeint. Ich liebe dich über alles in der Welt, das weißt du doch.« Er wußte es – schließlich sagte sie es ihm oft genug –, aber während er ihren vertrauten Beteuerungen zuhörte, wußte er auch, daß sie nicht zögern würde, diese neue Waffe wieder zu verwenden, wenn er sie das nächste Mal reizte.

Von dieser Zeit an hörte Augusta etwas öfter von ihrem Bruder. Lord Carlisle, das Howardsche Familienoberhaupt, hatte durch das königliche Landesgericht die Vormundschaft über den unmündigen sechsten Lord Byron erhalten, was ihm ganz und gar nicht behagte. »Wie soll ich einen zehnjährigen Bengel erziehen, den ich nie sehen kann, weil er eine Furie als Mutter hat? Entschuldige, Augusta.«

Lord Carlisle und Catherine begegneten sich nie persönlich, zerstritten sich aber brieflich so heftig, daß der geplagte Carlisle die Vormundschaft an das königliche Gericht zurücksandte. Er bekam sie wieder. Nachdem Catherine eine Reihe der von ihm vorgeschlagenen Erzieher gefeuert hatte, einigten sie sich auf Harrow als passende Lehranstalt für einen Pair von England.

Der Junge sah in Harrow zunächst einmal eine Art römische Kampfarena mit ihm als Gladiator. Er hatte inzwischen einen regelrechten Fanatismus für alle Sportarten entwickelt, bei denen ihn sein rechter Fuß nicht behinderte. Reiten, Schwimmen, sogar Boxen – alles wurde mit einer wütenden Leidenschaft zur

Vervollkommnung gebracht. Er glaubte, daß darin die einzige Möglichkeit läge, von diesen Hunderten fremder Jungen, die bei seiner Ankunft in Harrow alle auf seine Behinderung zu starren schienen, anerkannt zu werden.

Zum Zeitpunkt seiner ersten Schulferien hatte Augusta ihren Debütantinnenball. Ihre Einführung in die Gesellschaft wurde ein Erfolg, den Lady Holderness – knapp und präzise – an Mrs. Byron weitermeldete. »Deine Schwester Augusta hat ihr Debüt hinter sich, Byron.« – »Können wir sie nicht jetzt besuchen?« – »Nein!«

Als Augusta achtzehn Jahre alt wurde, starb Lady Holderness. Catherine schickte ein Beileidsschreiben. Neben der Absicht, der gesellschaftlichen Konvention – von Newstead Abbey aus – Genüge zu tun, bewog sie zu diesem Schritt vor allem die Tatsache, daß Augusta offensichtlich gesellschaftliche Verbindungen hatte, die einem Pair von England später einmal nützen könnten. Sie unternahm daher den Versuch, taktvoll und diplomatisch zu schreiben.

»Ich werde alle Gedanken über eine Person, die nicht mehr unter uns weilt, vermeiden... Obwohl er doch so wenig von Ihnen weiß, spricht Ihr Bruder mit der größten Zuneigung von Ihnen.« Augusta hielt diesen Brief in der Hand und dachte nach. Von Lady Holderness und den Howards beeinflußt, sah das Bild, das sie sich von Catherine Byron machte, wie eine Kreuzung aus Fischweib und schottischer Hexe aus. Catherines Meinung war ihr gleichgültig. Aber ihr Bruder... Sie überlegte. Sie schrieb. Und sie erhielt eine Antwort.

Keiner von beiden konnte später sagen, warum sie sich in diese Korrespondenz stürzten, warum sie sich so völlig dem Entzücken hingaben, an einen fremden Vertrauten zu schreiben, an einen Unbekannten, der einem doch so nahe stand. Vielleicht war es gerade dieser Gegensatz, der sie beide reizte, vielleicht war es das Bedürfnis nach einer Person, die alles verstand.

»Ach, wie unglücklich war ich bisher durch die Trennung von einer so liebenswerten Schwester! Aber das Schicksal hat mir nun Genüge getan, indem es mich eine Verwandte entdecken ließ, die ich liebe, eine Freundin, der ich vertrauen kann. Als beides, meine liebe Augusta, werde ich Dich immer ansehen, und ich hoffe, daß Du Deinen Bruder nie unwürdig Deiner Zuneigung und Freundschaft finden wirst... Adieu, meine liebste Schwester, und vergiß nicht die Börse, die Du mir stricken willst.«

Augusta war die einzige, der er von den ständigen Streitereien mit seiner Mutter erzählen konnte. »Meine Unterhaltungen zur Zeit sind Bücher, und meiner Augusta zu schreiben, was immer zu meinen größten Vergnügen zählen wird... wieder ein Streit mit Mrs. Byron. Sie erklärt, daß ich mich mit ihren schlimmsten Feinden verbündet hätte – viz. Lord Carlisle, Mr. Hanson und Du – und beehrt uns alle mit einer Reihe von Bezeichnungen... zum Schluß nennt sie mich einen echten Byron, was das schlimmste Schimpfwort ist, das sie finden kann.«

Catherine hatte es mit einem aufwachsenden Jugendlichen zu tun, der einen Großteil ihres eigenen Temperaments geerbt hatte. Schon sie dazu zu bewegen, die Hilfsmaschinen für seinen Fuß – die trotz jahrelanger Quälerei nicht das geringste Ergebnis gebracht hatten – zu entfernen, bevor sie ihn nach Harrow schickte, war ein monatelanger Kampf gewesen. Jetzt, da er ihr immer weniger gehorchte, überschüttete sie ihn abwechselnd mit Küssen und beschimpfte ihn dann wieder. Sie warf ihm die Ähnlichkeit mit seinem Vater vor und bewirkte dadurch eine lebenslange Sympathie für diesen ansonsten unrühmlichen Gentleman. Häufig griff sie zu ihrer schrecklichsten Waffe, ihn als »lahmes Balg« zu verfluchen.

Byron erweiterte in Harrow die Liste seiner sportlichen Fähigkeiten und ging unter die Schützen, und obwohl seine Treffsicherheit bald die Achtung seiner Kameraden noch steigerte, gab auch sie ihm nicht das erwünschte Gefühl der Gleichwertigkeit. Der verkrüppelte rechte Fuß prägte ihn für immer und ewig, und es gab keinen Tag, an dem er nicht unter dieser Behinderung litt.

Seine Briefe an die unbekannte Schwester spiegelten seine ständig wechselnden Stimmungen, einmal melancholisch, dann wieder witzig, mit einer reizenden Mischung aus Naivität und Altklugheit: »Kannst Du Dir diesen Cousin nicht aus Deinem hübschen Kopf schlagen?... Und wenn ich fünfzig Mätressen hätte, ich würde sie alle am nächsten Tag vergessen!« Augusta mußte zuerst lachen, als sie diesen Brief von ihrem noch nicht fünfzehnjährigen Bruder erhielt, fand den folgenden Teil seines Berichtes jedoch sehr viel ernster.

Er enthielt die ausführliche Schilderung einer neuen Byronschen Familienszene, die sich zu allem Überfluß noch in Harrow, vor den Ohren der gesamten Schule, zugetragen hatte. Byron wußte genau, daß er noch monatelang wegen dieser öffentlichen Ohrfeigen und Maßregelungen seiner Mutter gehänselt werden würde, und das, nachdem er seine Mitschüler gerade erst dazu gebracht hatte, seine Lahmheit zu übersehen. Einer seiner Freunde hatte ihm mitleidig zugeflüstert, als Catherine gerade in ihrer Schimpftirade innehielt, um Luft zu holen: »Byron, deine Mutter ist eine Närrin.« – »Ich weiß.«

Eigentlich nahm er sie schon längst nicht mehr ernst, aber als er an Augusta schrieb, tauchte die ganze Peinlichkeit dieser Szene erneut vor ihm auf, und er schloß: »*Muß ich diese Frau Mutter nennen?!!!*« In einem Postskriptum gab er der Hoffnung Ausdruck, die nächsten Ferien nicht zu überleben.

Augusta lag es eigentlich nicht, sich in anderer Leute Angelegenheiten zu mischen, doch an dieser Stelle überlegte sie zweimal und entschied sich dann, an den Familienanwalt Hanson zu schreiben. Lord Carlisle, so führte sie aus, hätte bestimmt nichts dagegen, wenn ihr Bruder die nächsten Ferien bei seinem Anwalt Hanson und nicht bei seiner Mutter verbringen würde, was angesichts der angespannten Situation ohnehin für beide Teile das Beste wäre. Außerdem könnte Hanson dann mit Byron einen Abstecher zu den Howards machen, wo nicht nur Lord Carlisle, sondern auch sie selbst zum ersten Mal das Vergnügen einer persönlichen Begegnung haben könnten.

Die Herren Hanson und Carlisle zeigten sich einverstanden, Byron war begeistert, und Catherine schrieb an alle drei Intriganten einen rachsüchtigen Brief, in dem sie ihren verwundeten Gefühlen auf eine Weise Luft machte, die ihr Sohn als »Meisterübung im *Furioso*-Stil« bezeichnete, oder auch als »die Explosion der Dowager auf Papier«.

Diese Begegnung, der so schnell keine zweite folgen sollte, wäre um ein Haar katastrophal verlaufen. Sicher, der Abend, an dem Hanson und sein junger Klient bei den Howards dinierten, fing vielversprechend genug an.

Castle Howard war eine der größten Festungen, die die Normannen je erbaut hatten, und Byron war von der Anlage, die auch nicht die geringste Verfallserscheinung zeigte, nachhaltig beeindruckt. Traurig dachte er an die Große Halle von Newstead Abbey, die er zur Zeit nur noch zu Schießübungen benutzen konnte. *Diese* Halle war üppig eingerichtet, nicht nur mit dem üblichen riesigen, schweren Eichentisch, sondern auch mit Porträts und Trophäen an den Wänden und elegant gedrechselten Möbeln aus Frankreich.

Auf einer Chaiselongue in der Nähe des Kaminfeuers, das ein Diener eifrig schürte, saß eine Dame, die offensichtlich Lady Carlisle sein mußte. Sie hätte seiner Mutter nicht weniger ähneln können! Lady Carlisle trug ein zartes Musselinkleid; denn seit bekannt geworden war, daß der Erste Konsul der Franzosen, Napoleon Bonaparte, Musselin verabscheute, hatte das Material in England eine ungeahnte Beliebtheit erlangt. Ihre schlanke Gestalt und das blasse glatte Gesicht ließen keine Schlüsse auf ihr Alter zu. Um die Chaiselongue hatte sich eine Schar rotblonder Mädchen gereiht, die die Ähnlichkeit mit ihrer Mutter nicht verheimlichen konnten.

Lord Carlisle wollte wohl dafür sorgen, daß die Familie nicht ausstirbt, schloß Byron mit dem leichten Zynismus, den er sich in Harrow angeeignet hatte. Ihm fiel plötzlich mit Entsetzen ein, daß er überhaupt nicht wußte, wie Augusta aussah, daß sie sehr wohl eines dieser Mädchen sein konnte.

Sie musterten ihn alle erwartungsvoll, und obwohl er sich so lange auf diesen Besuch gefreut hatte, wünschte er sich plötzlich, weit fort zu sein. Nur nicht hier unter diesen überlegenen, gesellschaftsgewandten Fremden, die im nächsten Moment schon seinen Gang bemerken würden.

Etwas abseits stand Lord Carlisle mit zwei jungen Männern und einem weiteren Mädchen.

Byron spürte, wie Hanson ihm die Hand auf die Schulter legte.

»Nun gehen Sie und begrüßen Sie Ihren Vormund und Ihre Schwester, Mylord«, sagte der Anwalt freundlich. Byron schluckte, gab sich einen Ruck und ging auf die kleine Gruppe zu.

Augusta war etwa so groß wie er, für ein Mädchen hochgewachsen und ein wenig dünn. Ihr Haar, etwas heller als seine eigenen, fiel in kastanienbraunen Locken auf ihre Schultern. Der Blick in ihr Gesicht ließ ihn fast erschrecken, als er erkannte, wie sehr sie sich glichen.

Sie besaßen beide die vollkommene klassische Nase, die hohe Stirn und den etwas zu großzügigen Mund der Byrons. Nur ihre leicht schräggestellten Augen und die Grübchen, die schon beim leisesten Lächeln hervorkamen, ließen sie ausgesprochen weiblich wirken. Byron wollte sie umarmen, brachte es dann aber vor all diesen Fremden doch nicht fertig, streckte ihr die Hand entgegen und sagte leise: »Augusta.«

Augusta fiel als erstes der Klang seiner Stimme auf, ein melodiöser Bariton, der nichts mehr von einem Stimmbruch verriet. Er kam ihr viel älter vor, als sie erwartet hatte, und sie spürte jäh Enttäuschung in sich aufkommen, weil sie ihn nie als Kind erleben würde, wie sie ihre Vettern erlebt hatte, weil man ihnen die gemeinsame Kindheit weggenommen hatte und es jetzt vielleicht zu spät war. Sie hatte bemerkt, mit welchem Gesichtsausdruck er die Howards gemustert hatte. Was, wenn er sie als genauso fremdartig empfand?

»Georgy«, sagte sie, denn so hatte sie ihn als Kind genannt, vor dem Tod ihres Vaters.

Aber irgendwie schien es falsch zu klingen. Er konnte sich nicht mehr daran erinnern – wie sollte er auch, er war viel zu jung gewesen.

Sie fragte sich, ob er wohl jetzt auch an ihren Vater dachte, den unbekannten Vater, über den man nicht sprach. Das geheimnisvolle Schweigen hatte sie zu den abenteuerlichsten Vorstellungen angeregt – ein Pirat, ein Ritter, der ausgezogen war, um Gefahren zu bestehen –, bis sie alt genug war, um von gelegentlichen Bemerkungen Lord Carlisles oder anderer Verwandter wie »Jack war liebenswert in seiner Verrücktheit, aber vollkommen verantwortungslos, es war ihm gleich, wer unter seinen Extravaganzen litt« ernüchtert zu werden.

Sie zögerte noch einen winzigen Augenblick, dann trat sie vor und umarmte ihren Bruder. Die Schultern unter ihren Händen spannten sich kurz, doch er erwiderte ihre Umarmung mit einer unerwarteten Heftigkeit.

An der gespielt selbstsicheren Art, mit der Byron daraufhin Lord Carlisle begrüßte, erkannte sie ihre eigene Schüchternheit und hatte sofort das Gefühl, ihn bemuttern zu müssen.

Dieses Bedürfnis verging ihr jedoch spätestens beim Dessert, als sie von ihrem angebeteten Vetter George Leigh erzählte und Byron das Medaillon mit dem Porträt dieses Cousins zeigte, das sie immer bei sich trug. Ihr Bruder wartete einige Augenblicke und murmelte dann, die Augen auf die Tischdecke geheftet: »Übrigens möchte ich dich bitten, mich nicht mehr Georgy zu nennen. Sag Byron – es gibt schon zu viele Georges in der Verwandtschaft!«

Sie erstarrte und wußte einen Augenblick lang nicht, ob sie ihn ohrfeigen oder auslachen sollte. In diesem Moment dämmerte ihr die Erkenntnis, daß Catherines Ausbrüche vielleicht nicht unprovoziert gewesen waren. »Gut«, erwiderte sie langsam, »Baby Byron.« – »Gans!« Aber während er das sagte, zwinkerte er ihr zu, und sie konnte nicht anders, als ebenfalls ein Auge zuzukneifen und ihn mit übertrieben strengem Blick so lange strafend anzusehen, bis sie beide in schallendes Gelächter ausbrachen.

Dennoch mußte er immer wieder seine kleinen Sticheleien anbringen. Als Lord Carlisle von einem Manöver berichtete, an dem Lieutenant Leigh teilgenommen hatte, entfuhr Augusta ein überraschter Ausruf. Darauf blickte ihr Bruder sie von der Seite an und bemerkte mit hochgezogenen Augenbrauen, Vetter George sei wohl nicht sehr schreibfreudig. Das traf sie. Seit über einem Monat hatte George Leigh nichts mehr von sich hören lassen!

Die Leighs gehörten zu den wenigen Verwandten der Byronschen Familie, die Augusta in ihrer Kindheit kennengelernt hatte, und obwohl man sie eigentlich überall recht freundlich aufnahm, schien ihr doch George der erste zu sein, der nicht diese Seien-wir-nett-zu-Augusta-sie-kann-ja-nichts-dafür-Haltung an den Tag legte.

Bei ihm spürte sie Achtung und Freundlichkeit, und ein- oder zweimal, als sie mit ihm ausritt, hatte sie sogar Bewunderung in seinen Augen aufblitzen sehen. George Leigh war darüber hinaus eine ins Auge fallende Erscheinung, deren Charme man sich nur schwer entziehen konnte. Und so hatte Augusta sich an dem Tag, als er mit ihr ihren ersten Ball eröffnete, unsterblich in ihn verliebt. Eigentlich hatte sie gedacht, er würde sie nie bemerken, doch gerade auf diesem Ball hatte er ihr zugeflüstert: »Ich glaube wahrhaftig, du wirst erwachsen, Augusta.«

Damit hatte eine wunderbare Romanze begonnen, die nur durch die ärgerliche Tatsache gestört wurde, daß Georges Vater General Leigh, der seinem Sohn ein Offizierspatent gekauft hatte, darauf bestand, daß dieser sich auch längere Zeit bei der Armee sehen ließ. Und nun hatte George lange nichts mehr von sich hören lassen, was Augusta zu allen möglichen Befürchtungen Anlaß gab – Ängste, die ihr Bruder durch seine gemeinen Bemerkungen wieder wachrief und schamlos ausnutzte.

Sie sprang auf und rannte in ihr Zimmer, zutiefst gekränkt und beleidigt. Was hatte ihr dieser hinterhältige Stichler von Bruder noch in seinen Briefen versichert? Sie sei »die nächste Verwandte, die ich in der Welt habe, sowohl durch *Blutsbande* als auch durch Liebe« – ha! Alle Männer waren Egoisten, und die beiden Georges am allermeisten!

Da lag sie nun auf ihrem Bett, das Gesicht in ihr Kissen vergraben, einsam und allein, und wiegte sich in Selbstmitleid. Plötzlich hörte sie jemanden sagen: »Augusta? Aber Gänschen, warum weinst du denn?« Sie blickte auf und warf ihm ein Kissen in das Gesicht. Diese unvermutete, aber heftige Attacke ließ ihn stolpern, und unversehens sah sich Byron völlig unbeabsichtigt vor seiner Schwester auf den Knien liegen. So blieb ihm nichts, als sich die Lage zunutze zu machen, indem er sie aus dieser Position beschwor, ihm zu verzeihen.

Augusta fand die ganze Angelegenheit auf einmal übertrieben

lächerlich. »Steh auf«, sagte sie, »es sei dir vergeben.« (Diesen Satz hatte sie aus einem jüngst populär gewordenen Ritterroman.) »Oh dear, wenn wir uns das nächste Mal treffen, bring mir lieber gleich einen ganzen Vorrat Taschentücher mit – du Schuft!« Dann entdeckte sie zu ihrer Überraschung, daß er ein überaus reizendes, verwirrendes Lächeln besaß, das in seinen dunklen Augen kleine Funken tanzen ließ.

Diese erste Begegnung der beiden Kinder des tollen Jack sollte bis auf weiteres auch die einzige bleiben. Mrs. Catherine Byron hatte den längeren Arm, und sie sorgte dafür, daß ihr Sohn seine nächsten Ferien mit ihr verbrachte. Leider jedoch nicht auf Newstead Abbey, denn Catherine hatte sich schweren Herzens entschlossen, den Byronschen Stammsitz an Lord Grey de Ruthyn, einen dreiundzwanzigjährigen Junggesellen, zu vermieten. Ruinierte Güter finanzierten sich nicht von selbst, und Lord Grey zahlte immer pünktlich seine Miete, wenn er auch sonst nur durch seine Jagd auf Fasane und Dorfmädchen von sich reden machte. Catherine hatte in der Nähe einen wesentlich bescheideneren Gutshof als Domizil gewählt, so daß ihr Sohn die Gelegenheit bekam, täglich nach Newstead Abbey hinüberzuwandern und sich mit dem Fasanenjäger anzufreunden.

Doch die Freundschaft währte nicht lange. Schon Anfang April erhielt Augusta einen Brief, in dem von einem heftigen Streit die Rede war: »Ich bin nicht wieder versöhnt mit Lord Grey, und ich *werde es nie sein*. Er war einmal mein *bester* Freund, meine Gründe dafür, diese Freundschaft abzubrechen, sind solcher Art, daß ich sie nicht erklären kann, selbst Dir nicht, meine liebe Schwester (obwohl Du die erste wärest, der ich sie bekennen würde, wenn ich es könnte)... Meine Mutter billigt meinen Streit mit ihm nicht, aber wenn sie den Grund wüßte (den sie nie erfahren wird), würde sie mich nicht mehr plagen.«

Augusta wunderte sich, sagte aber nichts. Und bald hatte Byron an der ganzen Angelegenheit jedes Interesse verloren, denn er hatte sich zum ersten Mal wirklich heftig verliebt. Daß Mary Chaworth verlobt und zwei Jahre älter als er selbst war, verdrängte er. Schließlich war sie allein durch ihre Herkunft für ihn bestimmt. Die Byrons heirateten so gut wie immer ihre Cousinen, und Mary Chaworth war – wie seine drei vorhergehenden Schwärmereien – mit ihm verwandt.

Dazu kam ein höchst romantischer und inspirierender Umstand: sein Vorgänger, der böse Lord, hatte Marys Großvater hinterrücks umgebracht und bis zu seinem Lebensende das Schwert, mit dem die blutige Tat begangen worden war, an dem Ehrenplatz von Newstead Abbey hängen lassen. Verständlicherweise hatten sich daraufhin die beiden Familien etwas entfremdet. Da sich das rattenzüchtende Ekel in seinen letzten Jahren aber auch mit den eigenen, engsten Verwandten völlig zerstritten hatte, sahen die Chaworths keinen Grund mehr, sich nicht mit dem neuen Herrn von Newstead Abbey zu versöhnen.

Mary beobachtete den jungen Verliebten mit Belustigung. Zugegeben, er sah sehr gut aus, er war auch unterhaltsam und ihr offensichtlich völlig ergeben – aber ein ernst zu nehmender Verehrer? Wohl kaum. Hin und wieder brachte er sie allerdings in Verwirrung. Sie schenkte ihm ihr Bild, um herauszufinden, wie sie bei diesem Kind stand. Das Ergebnis war überwältigend.

Byron weigerte sich gegen Ende der Ferien, nach Harrow zurückzukehren, um bei seiner Angebeteten bleiben zu können. Alle Wutanfälle Catherines, alles wohlmeinende Zureden des Anwalts Hanson nützte nichts. Er wollte in Annesley Hall ausharren, wo ihn ein Blick, ein Lächeln von Mary glücklich oder unglücklich machen konnte. Mary empfand unerwartetes Vergnügen bei seinen leidenschaftlichen Liebesanträgen, Vergnügen, das durch die prickelnde Verbindung zwischen keuscher Reinheit und leichtsinniger Koketterie, die er ihr ermöglichte, entstand. Schließlich war er ja nur ein Kind!

Byron war nicht ganz so unschuldig, wie Mary Chaworth glaubte. Seinerzeit, als er noch mit seiner Mutter in Aberdeen lebte, hatte ihn das schottische Hausmädchen abwechselnd mit Bibelsprüchen und von Stimmung und Alkohol ausgelösten merkwürdigen Zärtlichkeiten bedacht. Damals konnte er nichts damit anfangen, jetzt aber stieg die Erinnerung in ihm auf, war ihm abwechselnd peinlich und dann wieder seltsam angenehm.

Er wußte ziemlich genau, was er von Mary wollte. Doch er fühlte in ihrer Gegenwart eine viel zu große Scheu, um jemals einen eindeutigen Schritt zu wagen.

Eines Abends beschloß Byron, sie zu überraschen und durch ihr Fenster einzudringen. Dank seiner Gelenkigkeit hatte er das Fensterbrett ziemlich schnell erreicht. Noch bevor er in Marys Zimmer sehen konnte, hörte er ihre Stimme, hörte sie lachend zu irgend jemandem sagen: »Was, ich soll mir aus dem lahmen Jungen etwas machen?« Er ließ sich fallen. Marys Zimmer lag nicht sehr hoch, aber der Aufprall war doch recht schmerzhaft und lenkte ihn einige Augenblicke lang von dem dumpfen Pochen in seinem Inneren ab. Der lahme Junge. So war das also. Ich soll mir aus dem lahmen Jungen etwas machen? So.

Er lag noch sehr lange unter Marys Fenster und atmete den süßen, durchdringenden Geruch des nächtlichen Gartens ein. Seine Hände klammerten sich an der aufgewühlten Erde unter ihm fest. Am nächsten Tag hatte er hohes Fieber und wünschte sich intensiv zu sterben.

Er sah sich schon bleich und kalt in einem Sarg liegen, die schluchzende Mary zu seinen Füßen, die ihm alle Liebe der Welt schwor – umsonst. Er war tot. Mary zog sich für den Rest ihres Lebens in ein Kloster zurück und weinte jede Nacht um den Verlorenen, Unwiederbringlichen, den sie so grausam abgewiesen hatte, oder sie brach vor seinem Leichnam zusammen, riß einen Dolch aus ihrem Kleid und stieß ihn sich in das Herz, im Tode endlich mit ihm vereint.

Das Fieber verging, und mit ihm jene tragischen Träume. Während er endlich verspätet in der Postkutsche nach Harrow saß, tauchten statt dessen andere Vorstellungen auf. Wie mußte sie über ihn gelacht haben! Nie, nie wieder würde er sich wegen einer Frau derart lächerlich benehmen. Er war endgültig von der Liebe geheilt. Keine von diesen koketten, nichtswürdigen Wesen würde ihm je wieder etwas bedeuten, würde ihn jemals ausnützen können. Sie waren alle gleich. An Augusta, die von seiner Verdammung aller Frauen verschont geblieben war – er zog es vor, sie sich als geschlechtsloses Wesen zu denken – schrieb er: »Ich bin fest überzeugt, daß so etwas wie Liebe nicht existiert.«

Mit Todesverachtung widmete er sich der verhaßten Mathematik, der wesentlich angenehmeren Rhetorik, dem Studium griechischer Klassiker und ließ sich gelegentlich in Raufereien mit all den jugendlichen Grafen und Herzögen ein, die den Lehrern von Harrow das Leben schwermachten.

Wenn ihn – vor allem in den nächsten Ferien – die Erinnerung dann und wann quälte, versuchte er sich in Versen – er hatte vor einiger Zeit den Zauber der Worte entdeckt.

> Annesleys Berge, bleich und öd ihr,
> Wo gedankenlos als Kind
> Ich gestreift – wie wild umweht ihr
> Und umheult von Sturm und Wind!
> Nicht, wie sonst so gern ich immer
> Doch getan es, träum ich hier;
> Marys Lächeln läßt ja nimmer
> Euch ein Eden scheinen mir.

Byron begann Freude an der Reimerei zu finden und kritzelte von nun an öfter als früher auf Papier, was ihm die Stimmung eines Augenblicks eingab.

Als seine Mutter ihm von Mary Chaworth's Vermählung erzählte, sagte er nur »Ach, ja?« und verlangte nach dem Frühstücksei. Mary war in seiner Phantasie längst zu einem Doppelwesen geworden: für die irdische Mary hatte er nur Hohn und Spott, die überirdische, unsterbliche Geliebte hatte er zum Idol stilisiert, an das er ständig Gedichte schrieb, die er wieder vernichtete.

Augusta war mittlerweile mit George Leigh verlobt. General Leigh verweigerte dem zum Captain beförderten George seine Zustimmung zu einer sofortigen Eheschließung, und da weder Augusta noch Cousin George über nennenswerte eigene Einkünfte verfügten, blieb es auf diese Weise zunächst bei einer Verlobung. George Leigh ließ Augusta schwören, daß sie auf ihn warten werde, und war im übrigen nicht wirklich unglücklich über die Aussicht auf ein etwas längeres Junggesellendasein. Er liebte Augusta auf seine Art, sie war seine Cousine, er fand sie hübsch und unterhaltsam, genau die Art Mädchen, die man heiraten mochte, aber – es gab doch noch so viele andere! So gab er seinem Vater halbwegs recht, als dieser Augustas bescheidene Mitgift erwähnte, die im Augenblick eine Ehe unmöglich machte.

Byron nannte den General dafür in seinen Briefen »L'Harpagon« und schlug seiner Schwester vor, mit George nach Schottland durchzubrennen. Er neckte sie damit, daß sie eines Tages noch das Brautkleid für Großmütter einführen würde.

Im übrigen genoß er sein letztes Jahr in Harrow, die Freundschaft seiner Altersgenossen und die Bewunderung seiner jüngeren Protegés, die in ihm eine Art Held sahen. Als er die Schule verließ, hatte Harrow in seinen Gedichten den Platz von Mary Chaworth eingenommen. Bei allem Abschiedsschmerz war er mit seinen siebzehn Jahren aber doch gespannt auf das Studium in Cambridge: »Nur Snobs gehen nach Oxford.«

Cambridge mit seinen elegant-geschwungenen gotischen Gebäuden bezauberte ihn und erschien ihm wie ein Traum aus dem Mittelalter. Sein College, Trinity College, war eines der ältesten und berühmtesten, großzügig angelegt und hatte schon viele Staatsmänner und Künstler hervorgebracht. Man war sich der Tradition sehr bewußt und stellte die höchsten Ansprüche.

Als Byron hörte, daß er wegen der Hausordnung auf seinen geliebten Neufundländer Boatswain verzichten müßte, schaffte er sich einen zahmen Bären an und hatte nach einem ausgedehnten Streit mit den Autoritäten das Vergnügen, ihn für die Dauer seines gesamten Studiums dort halten zu dürfen. Dieser Bär verschaffte ihm gleich einen gebührenden Einstieg in das Universitätsleben: Zum Gaudium aller Mitstudenten umarmte das Tier während einer Vorlesung einmal den Professor. »Ihm hat Ihr Vortrag so gut gefallen«, verteidigte sich Byron, als ihn später das Opfer erbost zur Rede stellte. »Ich finde, er ist sehr bildungsfähig. Er sollte in eine Studentenverbindung aufgenommen werden.«

Das Leben zeigte sich von seiner besten Seite – und die Mädchen auch. Byron stürzte sich in eine Reihe kurzer Affären mit zahlreichen blauäugigen Carolines, Annes und Coras und achtete darauf, daß er derjenige war, der jeweils die Liaison beendete. Wesentlich ernster nahm er den Wunsch, in eine der zahlreichen Studentenverbindungen aufgenommen zu werden, in den Whig Club beispielsweise, der erst neu von einem gewissen John Cam Hobhouse gegründet worden war.

Hobhouse und Byron waren sich immer wieder bei Vorlesungen und Studententreffen begegnet und beäugten sich zunächst mit einer nicht näher bestimmbaren Abneigung. Für John Cam Hobhouse war Byron ein junger Adeliger mit einem quecksilbrigen Temperament, der das Universitätsleben nur als besseren Zeitvertreib anzusehen schien und im übrigen nicht zum nützlichen Teil der Bevölkerung zählte. Für Byron war Hobhouse ein auf den ersten Blick unbeweglicher und farbloser Charakter, der alleine durch eine gewisse Wortgewandtheit auffiel. Als Byron erfuhr, daß Hobhouse sich auch politisch betätigte und nicht weniger als zwei derartige Verbindungen, darunter eben den Whig Club, gegründet hatte, sah er sich gezwungen, seine Einschätzung etwas zu ändern.

Hinter dem unscheinbaren Hobhouse steckte mehr. Byron wäre selbst sehr gerne Mitglied eines solchen Clubs gewesen, denn die Politik begann ihn immer mehr zu interessieren. Im Augenblick herrschte im Land ein jäher Auftrieb des Konservativismus, den die Eroberungsfeldzüge Napoleons begünstigten. Die konversativen Tories hatten es erreicht, daß ihre Gegner, die Whigs, kraft eines Dekrets von der Regierung ausgeschlossen blieben. Diese Entscheidung löste heftige Diskussionen unter den Studenten aus. Hobhouse und sein Club besaßen angeblich Verbindungen zur Presse der Hauptstadt, was sie nur noch beneidenswerter erscheinen ließ.

Doch wie sollte man an sie herankommen? Byron hätte sich eher die Zunge abgebissen, als bei Hobhouse den Eindruck entstehen zu lassen, er wolle sich anbiedern. Der Zufall kam ihm zur Hilfe, als er sich nach einem Gottesdienst in der Kapelle des College bei dem Verlassen des Gebäudes neben Hobhouse wiederfand. Hobhouse begrüßte ihn höflich und bemerkte: »Die

Predigt war ziemlich langweilig, nicht wahr? Es überrascht mich, daß Sie in der letzten Zeit so regelmäßig an den Messen teilnehmen... bitte mißverstehen Sie mich nicht, ich meine das nicht böse... Sie erschienen mir nur nie sehr religiös.« Byron war weit davon entfernt, gekränkt zu sein. Er lächelte und zuckte die Achseln. »Ich bin es nicht. Glauben Sie wirklich, ich komme hierher, um mir den alten Debon anzuhören? Dann schon lieber eine Geschichtsvorlesung bei Lovell!«

Hobhouse hob die Hand, um sein Grinsen zu verbergen, denn Lovell war unter den Tutoren des College wohl der langatmigste. Byron fuhr fort: »Nein... es ist die Musik, die mich fasziniert. Haben Sie nicht den Sänger bemerkt, der die meisten Solopartien übernimmt?« Hobhouse nickte zustimmend. »Ja, natürlich... Edleston, John Edleston. Er singt Sopran, oder?« – »Altus«, korrigierte Byron automatisch und fügte hinzu: »Sie kennen ihn?« Hobhouse schüttelte den Kopf und musterte den Jungen vor ihm. »Wollen Sie sagen, daß Sie jeden Sonntag an die zwei Stunden Debon ertragen, nur um John Edleston zu hören?« Byrons Miene war undurchdringlich. Er erwiderte: »Ich würde sogar *drei* Stunden Hobhouse ertragen, nur um die neuesten Nachrichten aus London und Europa zu hören.« Hobhouse stutzte einen Augenblick, starrte auf sein Gegenüber. Dann lachte er. Damit war das Eis zwischen den beiden gebrochen. Hobhouse schlug ihm auf die Schulter, eine überraschende Geste bei einem so zurückhaltendem Menschen.

»Sie sollen Ihre drei Stunden bekommen, bei Gott. Ich würde mich sehr freuen, wenn Sie am nächsten Donnerstag um fünf Uhr zu unserer Sitzung kommen würden. Und... ach ja, Matthews hat erwähnt, daß Sie gelegentlich etwas schreiben.« Matthews war ein gemeinsamer Bekannter, Byron spürte einen Augenblick lang leichten Ärger in sich aufwallen: Er hatte vor, im nächsten Jahr anonym einen Gedichtband zu veröffentlichen, und er konnte darauf verzichten, daß das ganze College davon erfuhr. Es wäre schrecklich, mit jenen Einfaltspinseln, die entweder Robert Southey oder Walter Scott imitierten, in einen Topf geworfen zu werden. Aber Hobhouse entwaffnete ihn mit seinen nächsten Worten: »Ich wäre sehr geehrt, wenn Sie mir das eine oder andere zeigen würden... wenn auch nur, um mich gelegentlich in den drei Stunden zum Schweigen zu bringen.«

»*Nur* deswegen«, sagte Byron mit hochgezogenen Brauen und hätte das Gespräch gerne fortgesetzt, wenn nicht in diesem Moment ein Junge von etwa sechzehn Jahren aus der Kapelle auf ihn zugerannt wäre. Er blieb vor ihnen stehen und keuchte. »Es tut mir leid, daß ich mich verspätet habe, By, aber...« Er erblickte Hobhouse, und sein Gesichtsausdruck änderte sich. »Guten Tag, Sir.«

Hobhouse erwiderte den Gruß und fügte hinzu: »Edleston, der berühmte... Altus, nicht wahr?«

Edleston nickte scheu. Er hatte lockige blonde Haare, und sein kleiner zierlicher Körperbau schien die Kraft, die in seiner Stimme lag, zu verleugnen. Sein Blick flackerte über Hobhouse hinweg, um wieder an Byron haften zu bleiben.

Byron lächelte ihm zu und wandte sich an Hobhouse. »Tut mir leid, aber ich habe Edleston eine Bootsfahrt versprochen, Hobhouse. Wenn Sie uns allerdings begleiten wollen...« Edleston runzelte bei diesen letzten Worten ungewollt die Stirn, und Hobhouse versicherte hastig, er sei beschäftigt und habe leider keine Zeit. Er beobachtete, wie die beiden sich an dem alten Brunnen vorbei durch das prächtige Westtor entfernten, und sah Byron mit der Mischung aus erwachender Zuneigung, Neugier und Beunruhigung nach, ein Gefühl, das ihm in den kommenden Wochen, in denen sie Freunde wurden, immer vertrauter wurde.

Hobhouse umgab sich mit einer Aura lässigen Zynismus und starrte manchmal geradezu vor Selbstvertrauen, was ihn zu einer ergiebigen Zielscheibe für die Attacken scharfzüngiger Mitstudenten machte. Daneben besaß er durchaus Sinn für Humor und fühlte sich durch Byrons respektlose Verkürzung seines Namens in »Hobby« nicht im geringsten in seiner Würde gekränkt.

Bald wurde er, mit Matthews, Francis Hodgson, Scrope Davies und Douglas Kinnaird zusammen, die alle ebenfalls zum Whig Club gehörten und mit Byron inzwischen einen langsam sich ausprägenden Kreis bildeten, nach Newstead Abbey eingeladen, das nun vom lästigen Mieter Lord Grey befreit war. Hobhouse registrierte, daß Edleston nicht mit von der Partie war. Er hatte bereits bemerkt, daß Byron aus unerfindlichen Gründen lieber nicht gleichzeitig mit Edleston *und* seinen anderen Freunden zusammen war, auch wenn er sich keinen Reim darauf machen konnte, weil Edleston zwar kein Student, aber dennoch ein aufgeweckter und gebildeter Junge war.

Es wurde in jeder Hinsicht ein ausgelassenes Wochenende. Byron servierte Wein aus Totenschädeln, sie stöberten Mönchskutten auf und veranstalteten in dieser Tracht ein Wettschießen in der Großen Halle. Dann kam einer auf die Idee, über einem der Schädel einen Bluteid zu schwören: Eine so melodramatische Geste war einfach unwiderstehlich.

Leider verdarb Matthews die Feierlichkeit der Stunde, indem er Hobhouse auf der Suche nach einem wirklich mittelalterlichem Dolch fast aus dem Fenster stieß, und Hobhouse schwor, nur halb im Scherz, bei einer solchen Behandlung das Schloß sofort zu verlassen. Byron versicherte ihm, das Fenster sei auf keinem Fall sehr hoch und der Boden darunter, am Vormittag von den Pferden aufgewühlt, würde ihn weich aufnehmen.

Scrope Davies hatte sich bereit erklärt, im nächsten Dorf nach ein paar Mädchen Ausschau zu halten, und als dieser erfolgreich zurückkehrte, nahm die Feier einen noch ausgelasseneren Verlauf. Es wurde Morgen, ehe der erste von ihnen zum Schlafen kam, und Nachmittag, ehe Hobhouse sich mit schwerem Kopf und schmerzenden Gliedern auf die Suche nach etwas Eß- und Trinkbarem machte. Dabei stellte er fest, daß er sich in dem verdammten Gemäuer nicht zurecht fand, und war schließlich froh, als er auf Byron stieß, der ihm wortlos einen Krug Wasser anbot.

Hobhouse trank dankbar, spritzte sich etwas Wasser ins Gesicht und auf den Kopf und stellte mit einem Blick überrascht und leicht verärgert fest, daß Byron keinerlei Anzeichen eines Katers zeigte – im Gegenteil, er wirkte geradezu unnatürlich ausgeruht und heiter. Hobhouse setzte den Krug ab und schwor sich gleichzeitig ewige Enthaltsamkeit.

»Kennen Euer Lordschaft so etwas wie Erschöpfung?«

Byron lachte. »Doch, hin und wieder. Als ich kürzlich Edleston endlich aus dem Wasser gezogen hatte, war ich selbst so erledigt, daß ich keinen Schritt mehr gehen konnte.«

Hobhouse hatte von der Angelegenheit gehört, wenn auch nicht von Byron selbst. Edleston hatte, offensichtlich in einem Anfall von Tollkühnheit, versucht die Schwimmkünste seines bewunderten Freundes nachzuahmen und war, um Ausdauer zu beweisen, alleine und viel zu lange im Fluß geblieben. Dabei war er immer weiter abgetrieben und schließlich in einen Strudel geraten. Wie Davies berichtete, hatte Byron sich nach einiger Zeit Sorgen gemacht, war flußabwärts geschwommen und gerade noch rechtzeitig gekommen, um Edleston vor dem Ertrinken zu bewahren.

Ehe er sich eines Besseren besann, fragte Hobhouse achtlos: »Edleston... warum ist er nicht auch hier?« Byron ließ sich Zeit mit seiner Antwort. Er griff nach dem Krug und sagte schließlich gelassen: »Das alles würde ihm nicht gefallen. Er wäre eifersüchtig.« – »Bitte?« – »Er wäre eifersüchtig«, wiederholte Byron ungerührt. »Auf diese anderen und mich?« fragte Hobhouse irritiert. »Das auch«, erwiderte Byron gelassen. »Aber hauptsächlich auf die Mädchen.«

Hobhouse mußte sich setzen. Er räusperte sich und fragte: »Bist du«, sie waren inzwischen alle zum vertraulichen Du übergegangen, »immer so direkt?« Byron zuckte die Achseln. Er musterte Hobhouse. »Du hast mich gefragt, Hobby.« Hobhouse schluckte. Er verstand, was Byron sagen wollte, war aber nicht gewohnt, damit derartig freimütig umzugehen. Ihn erschreckte Byrons »gefährliche Offenheit«, wie er es nannte.

»Und... und es macht dir nichts aus? Es beunruhigt dich nicht?« Byron zuckte die Achseln und wirkte belustigt. Er hatte Hobhouse schon länger in Verdacht gehabt, unter seinem Reformeifer noch einen Rest von Puritanismus zu bewahren, und entgegnete jetzt absichtlich nonchalant: »Warum sollte es das? Ich mag Edleston, und ich mag die Mädchen dort unten. Wenngleich ich zugeben muß, daß Edleston mir wesentlich wichtiger ist als die Mädchen, aber das liegt daran, daß ich sie kaum kenne, und was ich bis jetzt gesehen habe, scheint mir außergewöhnlich spatzenhirnig zu sein. Würdest du in einem solchen Fall nicht auch...«

Hobhouse unterbrach hastig: »Ich fühle mich miserabel, und

ich schlage vor, daß du mir noch etwas Wasser gibst und wir dieses Gespräch schleunigst vergessen.« Das dunkle Grün von Byrons Augen wurde von goldenen Fünkchen unterwandert. »Ich wußte, daß du so reagieren würdest.«

Byron war zum erstenmal in seinem Leben in ernsten Geldschwierigkeiten. Der zahme Bär stellte nicht die einzige Extravaganz in seinem Leben dar. Eine geheime Wohnung in London, rauschende Feste für seine Freunde in Newstead, all die hübschen, unbedarften Carolines und die »leidenschaftliche, aber reine Affäre« mit Edleston, wie er sie in seinen Briefen nannte – die Zinswucherer waren um einen Klienten reicher. Dazu kam, daß Byron durch Augusta von der Not des alten Familienfaktotums Joe Murray erfuhr, der der Leibdiener des bösen Lords gewesen war. Er setzte ihm eine Rente aus, und als es Augusta gelang, Murray mit einem dreijährigem Engagement bei einem ihrer Verwandten zu versorgen, versprach er, den alten Diener nach Ablauf dieser Frist selbst zu beschäftigen. Denn die Rente, die er jetzt schon anbieten konnte, war denkbar klein.

Byron erzählte Augusta von seinen Problemen und bat sie um strengstes Stillschweigen (»ich will erproben, ob man einer Frau ein Geheimnis anvertrauen kann«). Postwendend bot sie ihm Hilfe an. Byron, ganz in der Tradition des Gentleman, der sich von einer Dame *nie* Geld leiht, lehnte entrüstet ab und stürzte seine Schwester damit in einen ernsthaften Konflikt.

Augusta, zur Zeit bei ihrer Schwester, Lady Chichester, untergebracht, machte sich wirklich Sorgen um ihn. Schulden bei Wucherern hatten nicht gerade die Angewohnheit zu verschwinden, und darüber hinaus waren derartige Kreditgeber nicht als besonders geduldige Menschen bekannt. Von ihr wollte er keine Hilfe annehmen, seine Mutter konnte er nicht fragen, ohne den mühsam erreichten Waffenstillstand zu gefährden – was also sollte sie tun? Einfach abwarten und zusehen, wie ihr Bruder sich in immer größere Schulden verstrickte?

Am Ende entschied sie sich dafür, mit Lord Carlisle zu sprechen. Bestimmt würde er alles verstehen und die ganze Angelegenheit regeln, ohne daß Catherine etwas davon erfuhr. Er tat es.

Aber Baby Byron war so verärgert über diesen Verrat, daß er den Briefwechsel mit Augusta abbrach. Für ihn existierte sie nicht mehr. Aus und vorbei. Ihre Briefe schickte er ungeöffnet zurück.

Von nun an konnte sie nur noch von Hanson Neuigkeiten über ihren Bruder erfahren; der Familienanwalt, über die Entfremdung zwischen den Geschwistern nicht unterrichtet, war erstaunt, als er ein Billet von ihr erhielt:

»Bitte seien Sie so freundlich, mir einige Zeilen darüber zu schicken, ob Sie ihn gesehen haben und ob er zurück nach Cambridge gegangen ist...«

Sie hörte einiges, doch nur das, was Hanson für die Ohren einer jungen Dame für geeignet hielt: Studienerfolge, gewonnene Universitätsmeisterschaften und schließlich die Veröffentlichung eines kleinen Gedichtbandes, anonym allerdings. Ihre Freundin Gertrude Howard erzählte ihr unter dem Siegel der Verschwiegenheit wesentlich pikantere Neuigkeiten: Byron hatte ein Mädchen, als Page verkleidet, zur Jagd mitgenommen – man stelle sich vor! –, hatte seine Kutsche wie das Gemach eines Sultans ausstaffiert, öffentlich seine Bewunderung für Napoleon erklärt und der Gattin des Dekans das Herz gebrochen.

»Er muß ein fürchterlicher Mensch sein«, sagte Gertrude, um sich gleich darauf nach Byrons näheren Gewohnheiten zu erkundigen. »Glaubst du, er wird jemals heiraten?« – »Nun«, erwiderte Augusta im Spaß, »er hat einmal erwähnt, daß er dich sehr hübsch fand, damals bei seinem Besuch in Castle Howard.« Lady Gertrude errötete. »Ich kann mich kaum noch erinnern... aber natürlich war er da noch viel jünger als heute...« – »Jetzt ist er achtzehn«, warf Augusta ein, »und ich sage dir, er wird nicht heiraten.«

Byron dachte tatsächlich noch lange nicht daran, sich zu vermählen. Doch für Augusta machte der Tod des alten Generals Leigh den Weg zum Altar frei. Mittlerweile war sie zweiundzwanzig und hatte zur Überraschung aller Verwandter an ihrer Kindheitsliebe zu George Leigh festgehalten.

Cousin George war, trotz redlicher Trauer um seinen Vater, mit dem Lauf der Ereignisse mehr als zufrieden. Er erbte ein kleines Vermögen, das er wirklich brauchen konnte (Augustas

Bruder war nicht der einzige, der Schulden machte), wurde zum Colonel befördert und konnte endlich seine Verlobte heiraten, der er trotz aller Oberflächlichkeit ernsthaft zugetan war.

George war vollkommen glücklich, und wenn Augusta einen leisen Schmerz darüber verspürte, daß ihr Bruder weder die Einladung zu ihrer Hochzeit angenommen noch sich dazu bequemt hatte, ein Glückwunschschreiben zu schicken, so ließ sie es sich nicht anmerken.

Sogar Augustas ehemalige Gouvernante, Mademoiselle Berger, war zur Feier gekommen; sie zerstritt sich ernsthaft mit Lady Carlisle und Lady Chichester. Diese beiden Damen belehrten die Braut, als sie sie zu Bett brachten, im Flüsterton darüber, daß »alles halb so schlimm« sei, und nach dem ersten Kind »gewiß nicht mehr so oft« vorkäme. Daraufhin erklärte die leicht beschwipste Französin laut und deutlich: »Alles dummes Zeug! *C'est magnifique, ma petite*, es gibt nichts Schöneres!«

Augusta wußte sehr genau, worauf sich das Gerede der Damen bezog. Ihr wäre es allerdings nie in den Sinn gekommen, darin eine unangenehme und lästige Pflicht zu erblicken. Während ihrer Flitterwochen und der darauffolgenden Monate erlebte sie das Erwachen ihres eigenen Körpers. Und da sie die sinnliche Natur ihrer Eltern geerbt hatte, lernte sie bald, auch diese Seite der Liebe zu genießen.

Nach jener ersten, ungestörten Zeit zu zweit kam der Einstieg in das gesellschaftliche Leben der Hauptstadt. Der König, George III., war in Geisteskrankheit verfallen, und alles scharte sich nun um seinen Sohn, den Prinzen von Wales. George Leigh hatte schon vorher die Bekanntschaft zweier berüchtigter Freunde des neuen Prinzregenten gemacht, Lord Darlington und Sir Harry Fetherstonhaugh, einstmals galanter Beschützer von Nelsons Lady Hamilton. Die beiden vermittelten George Leigh nicht nur die sehr ehrenvolle Freundschaft mit dem Prinzregenten in höchsteigener Person, sondern begeisterten ihn auch für Rennwetten. »Zum Teufel«, sagte er einmal zu Augusta, »so ein Rennen ist ungefähr das Aufregendste, was es gibt.«

Augusta antwortete nicht, sondern blickte ihren Gatten nur von der Seite an. Er sah noch genauso gut aus wie der Junge, in den sie sich verliebt hatte. Allerdings wirkte sein Gesicht im Moment abgespannt und übernächtigt, was wohl von den endlosen Würfelpartien mit Lord Darlington kam. Warum aber, dachte sie auf einmal, wirkte er mit seiner Begeisterung für die Pferdewetten eher jünger und kindlicher als sie und nicht älter? »George«, sagte sie unvermittelt, »ich erwarte ein Kind.« Er kam auf sie zu und küßte ihre Hand.

Irgendwann konnte Augusta nicht länger George und die Clique des Prinzen von Rennen zu Rennen begleiten und zog sich daher auf das Gut der Leighs, Six Mile Bottom, zurück. Es war mehr Landgut als Herrschaftssitz, doch Augusta gefiel es, eingebettet in die sanfte Landschaft Südenglands. Das Hauptgebäude und die beiden kleinen Nebenbauten wirkten wie ein altertümliches Spielzeug, bereits vom romantischen Flair der Jahre gezeichnet.

Sie ließ nur einige Räume neu tapezieren und ritt aus, solange sie es sich erlauben konnte. Der Rennort Newmarket, wo die Saison noch nicht begonnen hatte, lag in der Nähe, Cambridge war ebenfalls nicht allzu weit entfernt, aber ihr Bruder hielt anscheinend immer noch an seinem Groll fest.

Als sie nicht mehr reiten konnte, wurde Augusta häuslich. Eine Freundin hatte ihr Byrons Gedichtband geschickt, ohne allerdings zu wissen, wer der Verfasser war. Augusta war keine sehr kritische Natur; ihr gefielen die Gedichte, obwohl sie auch manche der ernster gemeinten zum Lachen brachten. »Oh, wann endet das Grab alle Leiden und Sorgen?« Das war Baby Byron! Im übrigen schien er seine Neigung zum Pathetischen selbst richtig einzuschätzen, den er ließ den meisten seiner tiefdüsteren Klagen eine witzige Alltagsbeschreibung folgen, so zum Beispiel die Schilderung einer Collegeprüfung:

> Die armen Toren tadeln grimm und graus,
> Die in mathematischen Sätzen schlecht zu Haus;
> Dem Jüngling Heil, der mit Euklid vertraut,
> Wenn sonst ihn keine Kunst auch je erbaut,
> Dem sauer jede Zeile Englisch wird,
> Der aber wie ein Kritiker skandiert...

Als sie dann mit einer Tochter niederkam, beschloß sie, mit dieser Nachricht die Beziehungen zu ihrem Bruder wiederaufzunehmen. »Ich nenne sie Georgiana«, schrieb sie, »und ich bin sicher, *Du* weißt, warum.« Doch bevor sie dazu kam, diesen Brief abzuschicken, hatte Byron ihr einen Grund gegeben, ihm wirklich böse zu sein.

Die *Edinburgh Review*, ihres Zeichens eine der beiden angesehensten Literaturzeitschriften des Königreichs, hatte sich das Vergnügen gemacht, Byrons anonym erschienenen Gedichtband (der Verfasser bezeichnete sich nur als »ein Minderjähriger«) hemmungslos zu verreißen. Der Artikel hagelte nur so von Adjektiven wie »platt«, »einfallslos« und bat, sich daran zu erinnern, daß das bloße Reimen von Endsilben noch keine Dichtung darstelle. Byrons Antwort war die vollkommenste Rache, die ein Autor nehmen konnte.

Er schrieb eine Satire, »Englische Barden und schottische Rezensenten« betitelt, der er einen Vers von Pope voranstellte: »So schamlos sind die Barden; doch fürwahr/ Noch schlechter ist der Rezensenten Schar.« Diesem Motto getreu machte er alle führenden, derzeitig angesehenen Kritiker und Literaten lächerlich:

> So viel muß die Satire selber sagen,
> Daß über Dichtermangel nicht zu klagen.
> Es ächzen unter ihrer Last die Pressen;
> Den armen Setzern wird ganz schwach, indessen
> Des Southeys Epenschwall ringsum sich türmt
> Und Littles Lyrik rastlos sie bestürmt...

So weit, so gut. Augusta lächelte, als der berühmte Schauerromanschreiber Matthew »Mönch« Lewis als »Apollos Totengräber« bezeichnet wurde. Doch als die Rede auf Lord Carlisle kam, verlor sie ihren Sinn für Humor:

> Und keine Muse lächelt mehr derweil
> Dem gichtischen Gewinsel des Carlisle.
> Dem Knaben wohl und seinem frühen Lied

Verzeiht man, falls die Jugendtorheit flieht;
Doch wer verzeiht den ew'gen Vers dem Greise
Des Haar stets grauer wird, wie seine Weise
Stets schlechter? Welche Würden diesen Peer
All schmücken: Reimer, Stutzer, Pamphletier!
Als Junge dumm, als Greis ein Faselhans...

Augusta war entsetzt. Lord Carlisle hatte die Vormundschaft, die ihm das königliche Gericht aufbürdete, nicht gewollt, aber er hatte sie immer uneigennützig und gewissenhaft verwaltet – bei verschiedenen Anlässen, wie damals bei dem Urlaub mit Hanson, war er sogar weit über bloße Verpflichtungen hinausgegangen. Dieser kurze Absatz in einer Satire, die der Öffentlichkeit bestimmt nicht entgehen würde, mußte für ihn ein Schlag ins Gesicht sein.

»Das gichtige Gewinsel von Carlisle« – wo der Mann schon seit zwei Monaten durch Gichtanfälle ans Bett gefesselt war! Für diese absichtliche Taktlosigkeit gab es keine Entschuldigung. Sie suchte ihren Brief an Byron hervor, den sie der nächsten Post hatte mitgeben wollen, und zerriß ihn. Auch als er ihr ein formelles Glückwunschschreiben zu der Geburt ihrer Tochter schickte, reagierte sie nicht. Soviel zumindest war sie Lord Carlisle schuldig, der sie fast mitaufgezogen hatte und ihr immer ein guter Freund gewesen war.

Aus einem empörten Brief von Gertrude Howard erfuhr sie den Anlaß zu der Entzweiung zwischen Lord Carlisle und Byron: ihr Bruder, der laut englischem Gesetz immer noch minderjährig war, hatte beabsichtigt, vorzeitig seinen Sitz im Oberhaus einzunehmen. Dazu aber wäre eine offizielle Vorstellung von seiten Lord Carlisles notwendig gewesen, doch Byrons Vormund hatte sich geweigert, da er von dem ganzen Unternehmen nichts hielt und, gesundheitlich bedingt, ohnehin lieber auf seinem Landsitz blieb, statt die anstrengende Reise in die Hauptstadt zu unternehmen. Allein diese Weigerung, nichts anderes, war Byron also Grund genug für seinen Angriff gewesen! Augusta versenkte ihn entschlossen in den hintersten Winkel ihres Bewußtseins.

Da Augusta ihre Mutter nie gekannt hatte und deswegen entschlossen war, ihren eigenen Kindern soviel Zeit wie nur möglich zu widmen, verzichtete sie auf eine Amme und stellte nur zögernd das traditionelle Kindermädchen, die unentbehrliche »Nanny«, ein.

Augusta erholte sich sehr schnell von der Geburt. Die Mutterschaft hatte sie in eine blühende Frau verwandelt. George Leigh fand sie nach wie vor sehr anziehend und stellte sich bereitwillig nach einem angemessenen Zeitraum ein, um seine Rechte als Ehemann wahrzunehmen.

Doch kaum hatte er Augusta in die Arme genommen, da begann Georgiana im Nebenzimmer zu brüllen. Mit einem »Oh dear, das Baby«, ließ sie George zurück und eilte zu ihrer Tochter. Als sie schließlich, das Kind immer noch im Arm, zurückkam, brachte sie Georges schmerzvoll verzogenes Gesicht zum Lachen. »Geduld«, flüsterte sie, »es ist doch nur, solange sie so klein ist.«

George Leigh war froh, als die Rennsaison im benachbarten Newmarket zu Ende ging und er einen Grund hatte, Six Mile Bottom zu verlassen und dem Prinzregenten nach London zu folgen. Er verabschiedete sich mit einem bedauernden Kuß von seiner Frau, mit einem weitaus weniger bedauernden von dem Kind und hoffte im übrigen, daß Georgiana bei seiner Rückkehr aus dem schlimmsten Alter herausgewachsen sein würde. Augusta war ebenfalls ein wenig erleichtert, ihn gehen zu sehen. Sie hatte sein Unbehagen gespürt. Außerdem forderte die neue Mutterrolle ihre ganze Kraft.

Nachdem jedoch fast zwei Monate seit Georges Abreise vergangen waren, begann Augusta sich sehr einsam zu fühlen. All ihre Freunde befanden sich in London, und sie bekam kaum Besuch. George war nicht sehr schreibfreudig. Neuigkeiten kamen ihr bald so spärlich vor wie gutes Wetter. Ihre Freundinnen Lady Gertrude Howard und Thelma Wesmanscott hatten geheiratet, Napoleon die Österreicher bei Wagram besiegt, und Byron bereiste auf der traditionellen »Kavalierstour« der jungen Aristokraten das Mittelmeer, »den Orient«, wie der streng britische

Hanson schrieb. Armer Orient, dachte Augusta und kehrte zu ihrem eintönigem Leben zurück. Doch dann, allmählich, war Georgiana alt genug, um einige Zeit ohne ihre Mutter auszukommen oder auch auf eine Reise mitgenommen werden zu können. Während der sechste Lord Byron den Hellespont durchschwamm und ein türkisches Mädchen davor rettete, wegen ihrer Beziehung zu einem Ausländer ertränkt zu werden, besuchte seine Schwester ihren Gatten in Derby.

Erst dort wurde sie sich über den Lebensstil ihres Mannes klar. George Leigh war noch nie eine sehr vorsichtige und sparsame Natur gewesen, doch inzwischen war er so hoch verschuldet, daß er Six Mile Bottom und alle seine Güter mit einer erheblichen Hypothek belasten mußte. »Keine Sorge, Augusta«, erklärte er großspurig. »Nicht ein einziger Gläubiger wird es wagen, einem Freund des Prinzregenten nahezutreten – und irgendwann muß ich wieder gewinnen!« Das sagte er, bis die Rennsaison in Newmarket begann. Dort verlor er die Protektion des Prinzen. Daß er nicht der einzige war, daß dieses Verhängnis auch andere traf, war bedeutungslos. Es blieb nur die nackte Tatsache, daß von nun an auf Rücksichtnahme von seiten der Gläubiger nicht mehr zu rechnen war.

Ein Jockey, den George Leigh mit ein paar Freunden dem Prinzregenten persönlich empfohlen hatte, gewann zunächst ein äußerst schwieriges Rennen – sehr zur Freude des Prinzen, der auf ihn gewettet hatte – und wurde dann öffentlich des Betrugs überführt. Ein nicht wiedergutzumachender Skandal! George Leigh saß in Six Mile Bottom, blickte düster auf die Rechnungen und Beschwerdebriefe, die sich nun täglich vor ihm auftürmten, und raufte sich die Haare.

»Was soll ich nur tun? O Gott, was soll ich nur tun?« Er war unfähig, mit Banken und Wucherern zu korrespondieren. Zum Gutsverwalter war er ebenfalls nicht geboren. Bisher hatten sich seine Anordnungen auf den Satz »Ganz so wie im letzten Jahr« beschränkt. Was blieb ihm also anderes übrig, als sein Glück erneut auf der Rennbahn zu versuchen? »Da habe ich wenigstens Erfahrung«, seufzte er. »Warte es nur ab, Augusta, eines Tages werde ich gewinnen!« Fort war er.

An diesem Punkt begriff Augusta, daß sie die Geschicke ihrer Familie in die Hand nehmen mußte. George würde ihr dabei nicht helfen, konnte es vielleicht auch wirklich nicht. Sie hatte einen Mann geheiratet, der charmant, leichtsinnig, seinen Freunden gegenüber großzügig und hilfsbereit – und für die schwierigen Tage des Lebens vollkommen ungeeignet war.

Als erstes schrieb sie an die Patin ihrer Tochter Georgiana, die Prinzessin von Wales. Die Prinzessin war schon seit langem mit ihrem Gemahl verfeindet und würde den Skandal mit dem Jokkey nicht weiter übelnehmen. Augusta bewarb sich um das Amt einer Hofdame. Sie brauchte dringend eine weitere Einkunftsquelle, denn auf Georges Armeesold war nicht zu rechnen. Außerdem hatte eine Hofdame das Recht auf ein ständiges Appartement im St. James Palace, so daß wenigstens die Kosten für eine Londoner Wohnung wegfielen.

Für den Fall, daß die Prinzessin dennoch ablehnend oder auch nur gleichgültig reagieren würde, wandte sie sich zusätzlich an alle Verwandten und Freunde, auf die sie in London zählen konnte – die Howards, ihre Schwester Lady Chichester, Georgianas zweite Patin, die Herzogin von Leeds –, und bat sie um Unterstützung für ihre Bewerbung. Zusätzlich begann sie eine regelmäßige Korrespondenz mit dem Familienanwalt Hanson, um sich über Darlehen, Guthaben und Zinsen aufklären zu lassen. Sie entwickelte sich zu einer wahren Meisterin in Ausflüchten in ihren Schreiben an Georges Gläubiger. Bei gelegentlichen Treffen mit diesen Herren nützte sie den Vorteil ihres Geschlechts, da die Höflichkeit es selbst dem härtesten Wucherer verbot, mit einer scheinbar völlig hilflosen Frau so direkt zu sprechen wie mit einem Mann.

Im Februar 1811 kam ihre zweite Tochter Augusta Charlotte zur Welt. Augusta war tatsächlich von der Prinzessin als Hofdame akzeptiert und für die Zeit ihrer Schwangerschaft beurlaubt worden.

Anläßlich der Geburt seines zweiten Kindes kam George Leigh – außerhalb der Rennsaison – nach Six Mile Bottom. Er hielt sich vom Glück mit einem Engel als Gattin begünstigt und versuchte gar nicht, seine Erleichterung darüber zu verbergen, daß sie sich der gräßlichen Geldgeschäfte annahm. Er machte Augusta eine Liebeserklärung nach der anderen, weigerte sich aber standhaft, das Wetten und das Glücksspiel aufzugeben. »Das ist das einzige, was ich für euch tun kann, für dich und die Kinder – die einzige Möglichkeit für mich, Geld zu verdienen!«

Er blieb überraschend lange. In der Nacht seines Abschieds sah Augusta ihn, müde und zufrieden, an ihrer Seite einschlafen, strich ihm mit der Hand über das verwirrte Haar und dachte daran, daß sie ihn nicht mehr liebte.

Es war keine plötzliche Erkenntnis – etwa durch einen Streit hervorgerufen –, sondern eher ein langsam in ihr reifendes Wissen, das sich nun voll entfaltet hatte. Sie hatte denselben Fehler wie viele junge Mädchen begangen und sich in ein romantisches Idealbild verliebt – ihr großer Vetter, der vollkommene Held. Vielleicht hätte sie das früher erkannt, hätte nicht General Leigh mit seinem Verbot ihren Trotz wachgerufen.

Nun kannte sie den Alltag, kannte George mit all seinen Fehlern. Sie spürte weder Abscheu noch Abneigung ihm gegenüber. Diese Ehe und alle sich daraus ergebenden Folgen waren ihre Entscheidung gewesen, und sie konnte nicht ihrem Mann die Schuld dafür geben, daß sie ihn nicht so gesehen hatte, wie er nun einmal war. Sie mochte ihn immer noch, hatte ihn gern, aber die Liebe war ihr verlorengegangen, und insgeheim trauerte sie darüber.

Nicht lange nach Georges Abreise (Bath – »dort kenne ich sozusagen alle Pferde persönlich«) erhielt Augusta Besuch von ihrer Tante Sophia Byron. Sophia war die jüngste Schwester des tollen Jack, als einzige unverheiratet, und reiste gerne im Land herum, um ihre Nichten und Neffen über die Familiengeschichte zu belehren. Da sie neben einer gehörigen Portion Selbstsicherheit, die in ihrer Jugend so manchen Bewerber abgeschreckt hatte, auch den Byronschen Humor besaß, fand sie nichts dabei, als Augusta bei der Erzählung von den Torheiten ihres Gatten eher lachte, als weinte.

»Ich muß sagen, Augusta«, bemerkte sie und nickte dazu heftig mit dem Kopf, »dein George erinnert mich sehr an seinen Onkel, meinen Bruder Jack. Die arme Seele konnte auch nie mit

Geld umgehen, und das, obwohl er gleich zwei reiche Frauen hintereinander heiratete. Wenngleich ich auch nicht verstanden habe, wie er ausgerechnet auf Catherine kam – kein Vergleich zu deiner Mutter, Augusta, kein Vergleich. Nun ja«, sie seufzte, »sie ist ja nun tot – Catherine, meine ich. Wußtest du das nicht? Wie traurig für den armen Jungen, so etwas gleich bei seiner Ankunft zu hören.« – »Wen meinst du?« fragte Augusta verwirrt. »Aber Augusta«, erwiderte Sophia, entzückt, eine völlig neue Familiennachricht weitergeben zu können, »deinen Bruder Byron natürlich. Er ist von den Heiden zurückgekehrt und wieder im Lande.«

Ihr Beileidschreiben war in einem sehr vorsichtigen Ton gehalten gewesen, ein Versuch, seine Stimmung zu ergründen. Schließlich hatte sie Catherine kaum, das gespannte Verhältnis zwischen Mutter und Sohn dafür um so besser gekannt. Sie mußte lange auf eine Antwort warten, doch obwohl sie sich über die Jahre hinweg ihrem Bruder entfremdet hatte, war sie sehr erleichtert, als sie seine unordentliche, verschlungene Schrift auf einem der Briefumschläge entdeckte, die eines Tages in Six Mile Bottom eintrafen.

Newstead Abbey, 21ster August 1811

Meine liebe Schwester, ich hätte Deinen Brief schon längst beantworten sollen, aber wann habe ich je getan, was ich hätte tun sollen? – Ich verliere meine Verwandten & Du vermehrst die Zahl der Deinen, doch was besser ist, weiß Gott allein; – neben der armen Mrs. Byron hat mich der Tod in wenig mehr als einem Monat zweier ganz besonders guter Freunde beraubt, aber da sämtliche Bemerkungen zu solchen Dingen überflüssig und fruchtlos sind, lasse ich die Toten ruhen und kehre zum trüben Geschäft des Lebens zurück, das mir freilich nichts sehr Angenehmes bietet, weder an Aussichten noch im Rückblick.
— — Ich höre, daß Du die Untertanen Seiner Majestät vermehrt hast, was in dieser Zeit des Krieges und der Drangsal wahr-

wahrhaft patriotisch ist, obgleich Malthus uns lehrt, daß wir, gäbe es nicht Schlachten, Mord & plötzlichen Tod, längst übervölkert wären, meine ich, daß wir jüngst einen Überfluß an diesen nationalen Wohltaten gehabt haben, & daher rechne ich Dir Dein matronenhaftes Betragen hoch an. —— Ich glaube, Du weißt, daß ich mehr als zwei Jahre durch das Archipel gestreift bin & ebenso hätte fortbleiben können trotz all des Nützlichen, das ich je getan oder daheim noch tun könnte, und daher werde ich, sobald ich meine irreparablen *Angelegenheiten irgendwie* repariert *habe, geradenwegs ins Ausland gehen, denn ich habe Euer Klima & alle Dinge, auf die es regnet, von Herzen satt, immer unbeschadet und ausgenommen Deiner, pflichtschuldigst. Es würde mich freuen, Dich hier zu sehen (denn ich glaube, Du hast das Anwesen noch nie gesehen), wenn Du es einrichten kannst. Murray steht immer noch wie ein Fels & wird wahrscheinlich an die sechs Lords Byron überleben, obschon in seinem 75sten Herbst.*

Du sagst, Du hättest mir viel zu erzählen, laß es mich auf jeden Fall wissen, da ich es beim besten Willen nicht erraten kann; was immer es sein mag, es wird auf gehörige Aufmerksamkeit treffen. Dein getreuer und hochgeschätzter Vetter F. Howard hat eine Miss Soundso geheiratet, ich wünsche ihm um Deinetwillen Glück, und um seinetwillen, obschon ich, grob gesprochen, die Brut nicht ausstehen kann. Übrigens werde ich in den nächsten sechs Monaten heiraten, wenn ich irgend etwas finde, das geneigt ist, Geld gegen Rang einzutauschen, danach werde ich zu meinen Freunden, den Türken, zurückkehren. Inzwischen bin ich, liebe Frau Schwester,

stets der Deine,
B —

Sie las den Brief ein zweites Mal durch und lachte. Baby Byron! Bevor sie antworten konnte, machte sie die Bekanntschaft von Byrons Freund Scrope Davies. Davies litt an der chronischen Krankheit der adeligen Jugend – er spielte. Allerdings war er erfolgreicher als George Leigh; er gewann nämlich (meistens jedenfalls), eine von seinen erspielten Summen hatte sogar das Startkapital für Byrons zweijährige Reise gebildet.

Scrope Davies war eng mit dem derzeit bedeutendsten Salonlöwen Englands befreundet: Beau Brummel, Dandy, Modediktator und intimster Vertrauter des Prinzregenten. Dementsprechend genau achtete Davies auf sein Aussehen: die blonden Haare elegant gelockt, fand er sich mit raffiniert geschlungener, blütenweißer Krawatte, gesticktem Hemd und einer hautengen Hose bei Augusta ein. Er erklärte, er sei ein Freund ihres Bruders, auch mit Colonel Leigh bekannt, in Cambridge ansässig, und da er in der Gegend einige Dinge zu erledigen habe, sei er so kühn gewesen, sie zu besuchen. Im übrigen solle er ihr Grüße von ihrem Bruder bestellen. Scrope Davies' leicht stotternde Sprechweise hätte, zusammen mit seiner äußeren Erscheinung, unwillkürlich komisch wirken können, wäre nicht jede seiner Bemerkungen knapp und meistens sarkastisch gewesen.

»Wie geht es Byron?« fragte Augusta und bot ihrem Gast ein Glas Wein an. »Er sitzt in Newstead Abbey und langweilt sich«, erwiderte Mr. Davies und bediente sich. »Danke, Mrs. Leigh. Oh, sind das Ihre Töchter? Wirklich Kinder, wie sie Byron gefallen würden!« Wäre Augusta nicht so damit beschäftigt gewesen, Georgiana im Auge zu behalten, die die Schläfrigkeit der Nanny nutzte, um Augusta Charlotte zu zwicken, dann wäre ihr der hinterhältige Blick von Byrons Freund nicht entgangen.

... ich wünschte, ich könnte sofort nach Newstead aufbrechen und sie Dir zeigen. Ich kann Dir nicht sagen, wie sehr es mich freuen würde, es und Dich zu sehen; aber, mein liebster B., es ist eine lange Reise... Mr. Davies schreibt mir, Du hättest versprochen, ihn beiläufig zu besuchen; bitte tue es, Du kannst dann so leicht hierherkommen. Ich habe mein Herz daran gesetzt. Bedenke, wie lange es her ist, daß ich Dich gesehen habe.

In der Tat habe ich Dir viel zu erzählen; aber es sagt sich leichter, als es sich schreiben läßt. Du hast wahrscheinlich von vielen Veränderungen unserer Lage, seit Du England verlassen hast, gehört; materiell gesehen, hat sie sich zum Schlechten hin gewandelt...

Ich habe die Zeit nicht, auch nur halb soviel zu schreiben, wie ich zu sagen habe, denn mein Brief muß weggehen; aber ich ziehe es vor, in aller Eile zu schreiben, als überhaupt nicht zu schreiben. Du kannst Dir nicht vorstellen, (...) wie viel und ständig ich in der letzten Zeit an Dich gedacht habe.

Dein Brief (oder wenigstens ein Teil davon) hat mich zum Lachen gebracht. Ich bin ja so glücklich, zu hören, daß Du Deine Vorurteile gegen das schöne Geschlecht *genügend überwunden hast, um Dich zum Heiraten entschlossen zu haben; aber ich werde sehr darauf hoffen, daß meine zukünftige Schwägerin mehr Anziehungspunkte als nur Geld besitzt, obwohl das sicher irgendwie nötig ist. Ich habe keinen weiteren Augenblick, liebster B., also verzeih mir, wenn ich bald wieder schreibe –*

A. L.

P. S. Bitte schreib, wenn Du kannst.

Newstead Abbey, 30ster August 1811

Meine liebe Augusta,

– Von den Verlegenheiten, die Du in Deinem letzten Brief erwähnst, habe ich noch nie zuvor gehört, aber diese Krankheit ist epidemisch in unserer Familie. – – Auch bin ich nicht von irgendwelchen Veränderungen, die Du andeutest, unterrichtet worden, und wie sollte ich auch? an der Küste des Schwarzen Meeres hörten wir nur von den Russen. – Du hast mir also viel zu erzählen, & alles wird neu für mich sein.

– – Ich weiß nicht, was Scrope Davies damit meinte, als er Dir sagte, ich hätte Kinder gern, ich verabscheue ihren Anblick so sehr, daß ich immer den größten Respekt vor dem Charakter des Herodes hatte. – – Da aber mein Haus hier groß genug ist für uns alle, müßten wir sehr gut miteinander auskommen, & ich brauche Dir nicht zu sagen, daß ich mich nach Dir *sehne.*

– – Ich kann an einer kurzen Reise von zwei Tagen wirklich nichts so Schreckliches finden, aber das kommt alles vom Ehestand, Du hast ein Kindermädchen & die ganzen &ceteras einer

Familie. Nun gut, ich muß heiraten, um meine eigenen Verheerungen & die meiner verschwenderischen Vorfahren wieder gutzumachen, aber wenn ich je das Pech haben sollte, mit einem Erben beschenkt zu werden, so soll er statt einer Rassel *einen* Knebel *bekommen.*

– Da Du nicht kommen kannst, wirst Du schreiben, ich sehne mich danach, all diese unaussprechlichen Dinge zu hören, denn ich kann sie unmöglich erraten, sofern sie nicht Deinen *Verwandten, den Than von Carlisle, betreffen, – obschon ich große Hoffnung hatte, wir seien mit ihm fertig. – Ich kann nur wenig beifügen, was Du nicht schon weißt, und da ich ganz allein bin, habe ich nicht viel Abwechslung und Gelegenheit zum Klatsch, ich werde nur selten von Besuchern belästigt, & die wenigen, die ich habe, werde ich so schnell wie möglich wieder los. –– Ich werde mich nun von Dir verabschieden im Jargon von 1794. »Gesundheit & Brüderlichkeit!«*

stets Dein
B –

6 Mile Bottom, Samstag, 2ter September

Mein liebster Bruder,
– Ich hoffe, Dir mißfällt es nicht so sehr, Briefe zu bekommen, wie sie zu schreiben, denn in diesem Fall würdest Du mich als eine große Folter bezeichnen. Aber da ich Dich in meinem letzten darauf vorbereitet habe, daß diesem sehr bald ein weiterer folgen wird, hoffe ich, daß Du Dich geistig für das unausweichliche Verhängnis gestärkt hast. Ich schrieb wirklich in so einer Eile, daß ich nicht die Hälfte von dem sagen konnte, was ich sagen wollte, aber ich wollte nicht zögern, Dir mitzuteilen, wie froh Du mich dadurch gemacht hast, daß Du geschrieben hast. Seit ich Deinen Wunsch hatte, mich dort zu sehen, habe ich ständig in der Vorstellung geschwelgt, nach Newstead zu gehen. Schließlich kam mir ein erleuchtender Gedanke.
Wir beabsichtigen, glaube ich, im Herbst nach Yorkshire zu

gehen. Also, wenn ich Dir en passant *einen Besuch machen könnte, wäre das wunderbar und würde mir die größte Freude bereiten. Aber ich fürchte, es wäre nötig, daß Du Dich dazu entschließt, meine* Rangen *auch zu empfangen. Was meinen Gatten betrifft, er zieht das Dasein eines Eilboten draußen dem Inneren einer Postkutsche vor, besonders, wenn sie von einer Nanny und Kindern besetzt ist, also reisen wir immer unabhängig voneinander...*

Also, mein liebster Byron, laß mich bitte von Dir hören. Ich erwarte täglich, von einer Lady Byron *zu hören, da Du mir Deinen Entschluß, zu heiraten, anvertraut hast, wobei ich wirklich hoffe, daß Du das ernst meinst, da ich überzeugt bin, daß so ein Ereignis sehr zu Deinem Glück beitragen würde,* VORAUSGE-SETZT, *daß Ihre Ladyschaft die Art von Person wäre, die zu Dir paßt; und Du wirst nicht ärgerlich über mich sein, wenn ich sage, daß nicht* JEDE *das wäre; sei deswegen nicht zu* voreilig. *Ich fürchte, Du wirst mich* gehenkt wünschen, *weil ich Dich so gnadenlos langweile, also, Gott segne Dich, mein liebster Bruder, und wenn Du Zeit hast, schreibe bitte. Wirst Du uns mit noch weiteren* Satiren unterhalten? O Englische Barden! *Ich werde Dich zum Lachen darüber bringen (wenn wir uns treffen).*

Immer Deine Schwester und Freundin,
A. L.

Newstead Abbey, 4ter Sept. 1811

Meine liebe Augusta,
ich schrieb Dir seit meiner Antwort auf Deine zweite Epistel...,
& ich schreibe Dir nun einen dritten Brief, den Du der Stille &
Einsamkeit zu verdanken hast. – Mr. Hanson kommt am 14ten
hierher, & ich gehe geschäftlich nach Rochedale, aber das soll
Dich nicht abhalten, hierherzukommen, Du wirst Joe & das
Haus & den Keller & alles, was darin ist, ganz zu Deinen Diensten finden. – Was Lady B. anbelangt – wenn ich eine entdecke,
die reich genug ist, um mir zu gefallen & töricht genug, mich zu

nehmen, werde ich ihr Gelegenheit geben, mich unglücklich zu machen, falls sie es kann. – Geld ist der Magnet, und was die Frauen anbelangt, ist die eine so gut wie die andere, je älter um so besser, dann haben wir die Chance, sie in den Himmel zu heben. – So, Dein Gemahl mag Bälger nicht mehr als ich; wer sie aber in die Welt setzt, hat kein Recht zu nörgeln, ich hingegen darf mit voller Berechtigung lästern.

– Meine ›Satire‹! – Ich bin froh, daß sie Dich zum Lachen brachte, denn irgend jemand sagte mir in Griechenland, Du seist verärgert, & das tat mir leid, weil Du vielleicht der einzige Mensch warst, den ich nicht *verärgern* wollte. *– –*

– Aber wie Du mich zum Lachen bringen *willst, weiß ich nicht, denn es ist, dessen sei versichert, eine ungeheuer* ernste *Sache für mich, sieh Dich also vor, oder ich werde Dich in die nächste Ausgabe stecken, um unsere Familienfeier zu verschönen... – Du sagst, Du meinst &c., es sei Herbst; ich würde gerne wissen, wie Du die gegenwärtige Jahreszeit nennst, in jedem anderen Land, das ich gesehen habe, wird man Winter dazu sagen. – – Wenn wir uns im Oktr. treffen, werden wir mit meiner Kutsche fahren – & können einen Käfig für die Kinder & einen Karren für die Nanny nehmen. – Oder sie vielleicht über den Kanal vorausschicken.*

– – Laß uns alles darüber wissen, Deine ›Gedankenerleuchtung‹ ist ein wenig umwölkt wie der Mond in diesen albernen Breiten. – Gute Nacht, Kind. –

stets Dein
B –

Augusta hätte nicht sagen können, warum die wiedererwachte Korrespondenz mit ihrem Bruder, dieser liebevolle Austausch gegenseitiger Neckereien, so wichtig für sie geworden war. Als ihre Tante Sophia erzählt hatte, er sei wieder in England, waren ihr alle früheren Zwistigkeiten mit einem Mal unwichtig erschienen. Ihr Grund, auf ihn böse zu sein, lag fast drei Jahre zurück, seine Gekränktheit über ihren »Verrat« noch länger. Sie hatten beide nun wirklich genug Zeit gehabt, sich gegenseitig zu grollen – und waren sie nicht Geschwister?

Seltsam; ihre älteren Halbbrüder und die Schwester aus der gefeierten ersten Ehe ihrer Mutter waren für sie nie so wichtig gewesen wie dieser jüngere Bruder. Sie hatte sie immer mehr als befreundete Cousins empfunden, obwohl sie ihr alle drei während ihrer Kindheit regelmäßig zu Gesicht kamen, ganz anders als Byron. Doch irgendwo in ihrem Inneren war immer das Gefühl versteckt gewesen, für ihre älteren Geschwister eine Schande darzustellen, das Produkt einer skandalösen Verbindung, über die man nur sprach, wenn die Kinder schon im Bett lagen.

Byron gegenüber hatten sich solche Gedanken nicht eingestellt. Ihr erster Briefwechsel damals, dem noch nicht einmal eine persönliche Begegnung vorangegangen war, hatte für beide die Gewißheit gebracht, endlich einen Vertrauten zu haben, der einen vollkommen verstand. Und jetzt sah es so aus, als ließen sich tatsächlich die Jahre der Entfremdung wieder überwinden. Sie freute sich sehr darauf, ihn im Herbst zu treffen und zum erstenmal Newstead Abbey zu sehen. Aber dann erkrankte Georgiana, und Augusta mußte ihrem Bruder absagen.

Es war keine wirklich ernste Krankheit, doch für ein Kind trotzdem gefährlich. Außerdem bestand die Gefahr, daß Georgiana die kleine Augusta Charlotte ansteckte, und ein Baby von nicht einmal einem Jahr hätte kaum eine Chance gehabt, dies zu überleben. Augusta erwartete inzwischen wieder ein Kind und hoffte nur, daß diese Schwangerschaft genauso unkompliziert verlaufen würde wie die vorherigen.

Wenn sie nicht Georgiana die Stirn kühlte, mühsam versuchte, dem wimmernden Mädchen seine Arznei einzugeben, spielte sie mit der kleinen Augusta oder zerbrach sich den Kopf über George Leighs Abrechnungen und die immer noch anwachsenden Schulden. Und das mir, dachte sie. Sie hatte Mathematik immer gehaßt.

Sie versuchte, so gut es ging, das hypothekenbelastete Six Mile Bottom zu verwalten. Ihr Gatte weigerte sich bei seinen gelegentlichen Besuchen standhaft, einen Primasverwalter einstellen zu lassen – und in dieser Angelegenheit brauchte sie seine schriftliche Einwilligung. »Wirklich, Augusta, ich finde es fabelhaft, daß du dich so um all diesen Geldkram kümmerst, und mit dem Rest hast du gewiß recht – aber bei dieser Sache hast du nicht richtig nachgedacht. Hilfskräfte, ja, in Ordnung, aber ein *Primasverwalter* ist doch viel zu teuer. Außerdem würden die Leute sagen, ich würde noch nicht einmal mit meinem eigenen Gut fertig.«

Ende Februar 1812, sie war hochschwanger, bekam Augusta einen Vorausabdruck des neuesten Werkes ihres Bruders. Auf die Innenseite des Einbanddeckels hatte er – schwer lesbar und unordentlich wie immer – in seiner krakeligen Schrift eine Widmung geschrieben: »Für Augusta, meine Schwester, die mich immer mehr geliebt hat, als ich es verdient habe.« Sie klappte das Buch zu und sah noch einmal nach dem Titel: »Childe Harolds Pilgerfahrt«.

1812–1813

»Da sehen Sie, was *Ruhm* ist – wie *sorgfältig* – wie *grenzenlos* – ich weiß nicht, wie andere darüber denken – aber ich werde stets um so leichter und um so mehr geachtet, sobald ich den meinen los geworden bin.«

»Childe Harolds Pilgerfahrt« erschien am neunten März 1812 und wurde zur literarischen Sensation. Es machte Byron über Nacht berühmt. Die aus zwei Gesängen bestehende Verserzählung vom düsteren, zynischen Reisenden, der die Welt verachtet und doch alles andere sucht, nur nicht ein friedliches Dasein, erfüllte Englands lesende Welt mit freudigem Entsetzen.

Childe Harold schien besessen von den Empfindungen des eigenen Ich: »Von Lust vergiftet, ächzt er fast nach Qual/ Und sucht Veränderung, sei's im Schattental.« Er interessiert sich nicht für Kirche und Moral und bereist Länder, von denen man durch den Krieg mit Napoleon fast völlig abgeschnitten war. Die »Pilgerfahrt« stand in der Tradition des englischen Reisegedichts, gewiß, aber statt idyllischer Abendlandschaften mit Kirchturm und Kuhglocke hörte man von den exotischsten Gegenden, von Kalifen, Derwischen, Wüsten und Wadis, von bis ins kleinste Detail beschriebenen Stierkämpfen in Spanien, von einem verzaubernden Griechenland, das gleichwohl unter der türkischen Fremdherrschaft ächzte. Die wilde Landschaft Albaniens und der Aufruf zum Widerstand gegen die Türken waren schon etwas ganz anderes als die heimatlichen Narzissen am See, die von der herrschenden Schule der »Seepoeten« so liebevoll beschrieben wurden!

Was aber am meisten begeisterte und schockierte, war die radikale Hingebung an das Gefühl. Childe Harold wurde zum Ideal der jungen Männer, zum vergötterten Idol der Frauen. Seit Goethe in Deutschland »Die Leiden des jungen Werther« herausgebracht hatte, vor nunmehr über dreißig Jahren, hatte man Vergleichbares nicht mehr gesehen. Und dann die Entdeckung, daß die Beschreibung des Helden, des wilden Harold, genau auf seinen jungen Dichter paßte – die dunklen Haare, die bleiche Haut, der spöttische, herausfordernde Blick: Byron *war* Childe Harold, und die englische Aristokratie warf sich ihm zu Füßen.

Es hagelte Briefe von Verehrerinnen, die um eine Begegnung, eine Haarlocke, einen einzigen Blick flehten. Erschien Byron auf einer Gesellschaft, durchquerte er langsam einen Salon in der geschmeidigen, gleitenden Gangart, die er sich angewöhnt hatte, um seine Behinderung zu verbergen, so richteten sich sofort alle Augen auf ihn.

Die Regentschaft des Prinzen hatte Byron in England den Boden bereitet. Erlaubt war, was gefiel. Während alle weiblichen Wesen den aus Frankreich kommenden klassizistischen Stil nachahmten, richtete sich ein Gentleman (oder wer dafür gehalten werden wollte) streng nach den Anweisungen des großen Dandys Beau Brummel.

Ein hoher Kragen, sagte Brummel, so hoch, daß das Gesicht darin verschwand, wenn man den Kopf neigte; darum eine blütenweiße, locker geschlungene Krawatte, die unter keinen Umständen Falten werfen durfte. Die Weste zum Frack durfte gelb oder rosenholzfarben sein, *niemals* aber grün oder gar erdbraun. Die Hosen (glücklich diejenigen, die eine entsprechende Figur besaßen) mußten maßgeschneidert sein, hauteng und taillenbetont. Unbedingt hohe Stiefel, mit einer aus Champagner hergestellten Schuhwichse blank poliert, und ein aus Weißdornholz bestehender, silberbeschlagener Spazierstock vervollständigten das Bild, in dem natürlich Ringe in diskreter Zahl und eine geschmackvolle Uhrenkette auch nicht fehlen durften.

Ein solchermaßen gekleideter Herr von Stand mußte, um akzeptiert zu werden, drei Bewährungsproben bestehen: Beau Brummels Billigung war zu erlangen (als höchste Ehre galt die Frage nach dem Schneider, die allerdings auch in eine hinterhältige Kränkung umschlagen konnte), der Lustspieldichter Sheridan mußte seine Konversation amüsant und die Kokotte Harriet Wilson seine Art charmant finden. Gelang all dies, dann war dem Glücklichen hohes Ansehen sicher, und er konnte beginnen, sich nach einer Mätresse umzusehen.

Seine Wahl sollte dabei entweder auf eine Schauspielerin oder Sängerin, vorzugsweise aus Frankreich, fallen oder auf eine verheiratete Frau – niemals aber auf ein junges Mädchen von Stand. Entschied er sich für eine verheiratete Frau, dann mußte er nur eines tun, um nicht unangenehm aufzufallen: diskret sein. Indiskretion war die einzige Sünde, die diese Gesellschaft nicht verzieh. Sie erinnerten an schöne, nur für einen Sommer bestimmte Schmetterlinge, diese Damen und Herren, die von Fest zu Fest flatterten und sich nun alle um ein neues Licht scharten, ein vierundzwanzigjähriges Idol, dem sie die Welt zu Füßen legten und das sie auf ein Podest von zerbrechlichem Porzellan stellten.

Seinen größten Triumph erlebte Byron, als ihn die *Edinburgh Review*, deren Verriß ihn seinerzeit zu einer Satire angeregt hatte, mit Shakespeare verglich – ein Vergleich, dem die gesamte literarische Welt enthusiastisch zustimmte. Und das alles wegen Childe Harold! Londons vormalige Dichterhelden sahen sich auf höchst ärgerliche Weise entmachtet, allen voran Robert Southey, der Byron den Angriff in »Englische Barden und schottische Rezensenten« immer noch nicht verziehen hatte. »O Southey, laß vom ›wechselvollen Sang‹ / Man kann zu oft auch singen, und zu lang.«

Southey war nicht der einzige, der jetzt, da auch alle früheren Veröffentlichungen Byrons sehr viel eifriger gelesen wurden als bei ihrem Erscheinen, Rache schwor. Doch anders als sie alle sah das Objekt ihrer Empörung, daß es auf der Welt noch Wichtigeres gab als literarische Vergötterung.

Es war eine Zeit der Veränderungen. Die Leichtlebigkeit des Adels konnte nicht darüber hinwegtäuschen, daß die Französische Revolution irreversible Veränderungen nach sich zog. Der Triumph des Bürgertums ging auch in England Hand in Hand mit spektakulären industriellen Neuerungen.

Aber diese Erfindungen brachten nicht nur Segen. Durch die Einführung des mechanischen Webstuhls beispielsweise waren zahlreiche Fabrikarbeiter arbeitslos geworden, so daß es in einigen Orten zu gewalttätigen Unmutsäußerungen gekommen war. Auf ein solches Ereignis gründete Byron, der zunächst über die Benachteiligung der Katholiken sprechen wollte, seine erste

Rede im Oberhaus. Es war ein großer Augenblick für ihn, als der Kanzler ihm bei seiner offiziellen Investitur den Eid abnahm und er damit zum vollberechtigten Mitglied des Oberhauses wurde.

Byron setzte sich absichtlich deutlich links von dem im Oberhaus befindlichen Thron, wo traditionellerweise die Lords der Opposition ihren Platz hatten. Die Rede, die er hielt, hätte ihm auch nie und nimmer die Billigung der Regierungspartei eingebracht.

»Ich für meinen Teil«, sagte Byron, »betrachte die Manufakturisten als eine sehr mißhandelte Klasse von Menschen, die den Ansichten gewisser Individuen geopfert wird, die sich selber durch ebendiese Praktiken bereichert haben, welche die Webstuhlarbeiter ihres Arbeitsplatzes beraubten.« Ein kurzer Seitenblick in die Richtung der betreffenden Herren, die die Gesetzesvorlage eingebracht hatten, welche die Zerstörung von Webstühlen zum Kapitalverbrechen erklären sollte, bekräftigte seine Aussage.

»Durch die Anwendung einer gewissen Art von Webstuhl leistet ein Mann die Arbeit von sieben – sechs sitzen somit auf der Straße! Aber dazu muß bemerkt werden, daß dergestalt geleistete Arbeit weit minderwertiger an Qualität ist, im Inland kaum verkäuflich, und nur mit der Aussicht auf Export hastig hergestellt wird. Sosehr wir uns über jede Verbesserung in den Künsten, die der Menschheit zum Segen gereichen kann, freuen mögen, so dürfen wir doch nicht zulassen, daß die Menschheit den Verbesserungen in der Mechanik aufgeopfert wird. Der Unterhalt und das Wohlergehen der arbeitswilligen Armen ist für das Gemeinwesen von größerer Bedeutung als die Bereicherung einiger weniger Monopolbesitzer!«

Beifall bei den oppositionellen Whigs, Zischen und abfällige Rufe von den Tories. Lord Holland allerdings, der Führer der Whigs im Oberhaus, machte ein bedenkliches Gesicht. Ihm klang das Ganze zu revolutionär, zu sehr nach Maschinenstürmer. Wollte der junge Lord den Fortschritt aufhalten?

»Ich habe den Zustand dieser erbarmungswürdigen Menschen gesehen, und er ist eine Schande für ein zivilisiertes Land. Ihre Ausschreitungen mag man verdammen, wunder nehmen können sie nicht. Die Wirkung der gegenwärtigen Vorlage wäre nur, sie zur offenen Rebellion zu treiben. Ich bin überzeugt, daß man durch frühere Untersuchung diesen Menschen Arbeit und der Gesellschaft ihre Ruhe hätte geben können. Es ist vielleicht noch nicht zu spät und ist sicherlich den Versuch wert. Gewalt kann unter solchen Umständen nie spät genug angewendet werden.« Byron holte tief Luft und schloß: »Ich erinnere die Lords noch einmal daran, daß es Mißstände gibt, die eher Mitleid als Strafe verdient hätten!«

An diese Parlamentssitzung schloß sich eine Soirée bei den Hollands an, die zu Ehren des berühmten neuen Mitglieds des Oberhauses gegeben wurde. Bei seinem Eintritt erlebte Byron die übliche Reaktion: die Damen der Gesellschaft umschwärmten ihn, versuchten verzweifelt, seine Aufmerksamkeit zu erregen, und saugten gierig jede noch so beiläufige Bemerkung von ihm auf. Nur eine zierliche Frau am anderen Ende des Raumes hatte noch keinen Schritt in seine Richtung gemacht. Dieses Verhalten weckte sein Interesse.

Er sah sie sich näher an und fand sie ausnehmend hübsch: Die Dame trug ein weißes, duftiges Musselinkleid französischer Machart. Ihre Robe wurde nur durch einen Gürtel unterhalb des Busens zusammengehalten und gestattete so bei jeder Bewegung neue Spekulationen über ihre offensichtlich vollkommenen Formen. Ihr silberblondes, schimmerndes Haar trug sie kurzgeschnitten und in wirre, wie zufällig erscheinende Locken gelegt. Alles, was Byron sonst noch auf diese Entfernung erkennen konnte, war eine durchscheinende Haut, mindestens so hell wie seine eigene.

Er machte sich von seinen Verehrerinnen frei und ging auf die gleichgültige Schönheit zu, um ihre Bekanntschaft zu machen. Sich der Wirkung seiner sonoren Stimme bewußt, sagte er nur leichthin: »Mylady?«

Sie musterte ihn lange von oben bis unten, wobei er Gelegenheit hatte, ihre himmelblauen Augen, die aparten, elfenhaften Gesichtszüge zu studieren und Einzelheiten ihrer Kleidung in sich aufzunehmen. Ihr Gewand war mit silbrigen Sternenblumen bestickt, deren Anordnung ihre Entsprechung in den Brillanten auf ihrem Gürtel fand. Als das Schweigen zwischen ihnen schon fast unbehaglich wurde, drehte sich die Dame auf dem Absatz um und ging.

Natürlich mußte er erfahren, wer sie war. Seine Phantasie half ihm, die Erscheinung in eine wortreiche Beschreibung zu fassen. »Oh, Lady Caroline Lamb«, sagte Lady Holland, kaum daß er seine Frage angedeutet hatte. Caroline. Bei der nächsten Abendgesellschaft, die er besuchte, hielt er nach ihr Ausschau.

Sie stand sehr dekorativ an eine Balustrade gelehnt, anscheinend in ein Gespräch mit Walter Scott vertieft. Byron überlegte, ob er sich diesmal von seiner Gastgeberin – es handelte sich um Lady Jersey – vorstellen lassen sollte, wurde aber dann von Scott angerufen. »Ah, Byron.« Der schottische Schriftsteller winkte ihn zu sich. »Ich bin sicher, Sie wollen bestimmt eine der schönsten Frauen Londons kennenlernen – Lady Caroline Lamb.«

Lady Caroline nickte flüchtig. Sie trug wieder Musselin, allerdings in einem zart violetten Ton. Ihr tief dekolletiertes Kleid wurde über den Schultern von zwei auffallend schönen Spangen festgehalten, die sogar Beau Brummels Billigung gefunden hätten. Byron musterte sie lange und unverhohlen, genauso wie sie ihn das letzte Mal angesehen hatte. Langsam färbten sich ihre Wangen scharlachrot.

Endlich sagte er: »Ich bin entzückt. Darf ich fragen, warum Sie meine Bekanntschaft bei den Hollands ausgeschlagen haben, Lady Caroline?« – »Sie schienen mir überreichlich beschäftigt«, erwiderte sie kühl. Aber er war sich inzwischen sicher, daß Feuer unter dem Eis verborgen war. Der feinfühlige Walter Scott hütete sich, ein Wort zu sagen. »Nun, ich hoffe, heute sind Sie einem Gespräch etwas weniger abgeneigt.«

Byron fand, sie glich einer Puppe aus gläsernem Marmor und wurde in seinen Überlegungen über die Albernheit dieses Vergleichs unterbrochen, als sie plötzlich fragte: »Wollen Sie mit mir tanzen, Lord Byron?« Nun war es an ihm, kühl zu sein. »Ich dachte, Sie hätten es bemerkt«, antwortete er eisig. »Mein rechter Fuß ist lahm.« Er erlebte zum zweiten Mal innerhalb kurzer Zeit, wie ihre gläserne Haut errötete. »Oh, das tut mir leid«, sagte sie bestürzt. »Verzeihen Sie.« Etwas zögernd setzte sie hinzu: »Ich würde gern mit Ihnen in den Garten gehen.« Er bot ihr seinen Arm an, und gemeinsam verließen sie den überraschten Walter Scott und die sofort tuschelnde und wispernde Gesellschaft.

Die Nacht war kühl, und er zitterte fast ein wenig, als er Carolines Stimme aus der Dunkelheit hörte. »Wissen Sie, Lord Byron, daß ich nach unserer ersten Begegnung über Sie in mein Tagebuch geschrieben habe: Verrückt, schlimm und gefährlich zu kennen?« Er mußte lächeln. Genau diese Art von Kommentar hatte er von ihr erwartet. »Und jetzt?« fragte er. »Was werden Sie jetzt in Ihr Tagebuch schreiben, Lady Caroline?« Ihre Stimme klang dünn, als sie antwortete: »Jenes schöne, bleiche Gesicht ist mein Schicksal.« Und er spürte ihre Lippen.

Caroline Lamb war die erste Frau von gesellschaftlichem Rang, die Byrons Geliebte wurde, und das machte sicher anfangs einen Teil ihrer Faszination für ihn aus. Daneben bewunderte er ihre kapriziöse Art, ihre Angewohnheit, innerhalb von Sekunden von einem Gefühlsextrem in das andere zu wechseln. Sie hatte tatsächlich etwas von einer Elfe an sich. Als sie ihm zum erstenmal schrieb, machte er eine merkwürdige Entdeckung.

Er besaß ein sehr gutes Gedächtnis und war sicher, Carolines Schrift schon einmal irgendwo gesehen zu haben. Nach längerem Überlegen sah er durch, was er an Verehrerpost aufbewahrt hatte. Unter den frühesten Briefen befand sich folgendes Billet:

Childe Harold,
Ich habe Ihr Buch gelesen & kann nicht widerstehen, Ihnen mitzuteilen, was ich & all diejenigen, mit denen ich lebe, & deren Meinungen weit würdiger sind als die meine, davon halten – wir halten es für wunderschön. Sie verdienen es, glücklich zu sein, und Sie werden es sein. Verschwenden Sie nicht solche Talente, wie Sie sie besitzen, an Trauer und Bedauern der Vergangenheit, & leben Sie vor allem in Ihrem eigenen Land, das stolz auf Sie sein wird – & das Ihre Aufmerksamkeit braucht. Nehmen Sie bitte keine Mühe auf sich, um herauszufinden, wer Ihnen jetzt

schreibt – es ist eine, die Ihrer Aufmerksamkeit höchst unwert ist und die Sie nicht kennen...

Byron war verblüfft, und Unbehagen stieg in ihm auf, als er diesen Brief mit Carolines Schreiben verglich. Es handelte sich wirklich um dieselbe Handschrift. Er erinnerte sich vage daran, noch weitere Briefe in dieser Schrift empfangen zu haben, die von Mal zu Mal leidenschaftlicher und demütiger geworden waren (»Ich wünschte, ich könnte die Geheimnisse in Deiner Brust finden, oder daß die Eitelkeit einer Frau mich dazu bringen würde, Deine Liebe und Dein Vertrauen zu erringen«). Wenn Caroline also von Anfang an von Childe Harold fasziniert gewesen war, dann konnte ihr Verhalten bei Lady Holland nur dazu gedient haben, absichtlich seine Aufmerksamkeit zu erregen.

Carolines weiteres Benehmen bestätigte seine Vermutung. Sie sah ihn fast jeden Tag, schrieb ihm aber dennoch weiter leidenschaftliche Liebesbriefe. Als sie sich zum erstenmal als ein Page verkleidete und ihn in dieser Aufmachung besuchte, war er entzückt. Als sie es immer wieder tat, zu jeder Tages- und Nachtzeit, Treffen mit Hanson und seinem Verleger Murray oder auch mit Freunden wie Hobhouse und Davies unterbrach, zu toben anfing, wenn er ihr nicht seine volle Aufmerksamkeit schenkte, kühlte sich seine Begeisterung merklich ab.

»Sie lieben mich eben nicht, Byron!« – »Caro«, sagte er müde (es war drei Uhr nachts, und er hatte die letzten zwei Stunden damit verbracht, sie zu bitten, ihre Besuche vorher anzukündigen), »ich halte Sie für das klügste, angenehmste, absurdeste, liebenswerteste, verwirrendste, gefährlichste, faszinierendste kleine Wesen der Welt – aber Sie hätten vor zweitausend Jahren geboren sein sollen!« Am nächsten Tag schickte sie ihm ein Kuvert mit ihrem Schamhaar und einem Zettel:

Caroline Byron –
die Liebste nächst Thyrza
& die treueste – Gott segne Dich
Liebster – ricordati di Biondetta
Von Deiner wilden Antilope

Mittlerweile war ihre Affäre zum Stadtgespräch geworden. Caroline folgte ihm überall hin, und als sie sich auf einem Maskenball begegneten, schockierte sie die versammelte Gesellschaft damit, daß sie sich vor aller Augen entblößte, um ihm klarzumachen, wer sie sei. Der einzige, der sich nicht aus der Ruhe bringen ließ, war Carolines Ehemann William. Byron war ihm ein paarmal begegnet und hatte ihn auf angenehme Weise distanziert zurückhaltend und sympathisch gefunden. William Lamb sah in der Affäre seiner Frau mit dem Helden der Saison nur eine weitere ihrer Extravaganzen. Seine Familie war nicht so tolerant.

Carolines Mutter, Lady Bessborough, und ihre Schwiegermutter, Lady Melbourne, beschlossen kurzerhand, dem Gerede ein Ende zu setzen und Caroline nach Irland zu verfrachten. Räumliche und zeitliche Distanz würden, so dachten sie, ein übriges tun. Byron wußte zunächst nichts von diesem Plan, und hätte er es gewußt, so hätte er ihm bestimmt keinen Widerstand entgegengesetzt. Er hatte inzwischen genug von Caros Launen, denen sie durch einen Einbruch bei ihm einen neuen Gipfel aufgesetzt hatte.

Er war eines Abends von einer Sitzung des Whig Clubs zurückgekehrt, hatte sein Zimmer verwüstet und seinen Sekretär aufgebrochen gefunden. In der Mitte des Raumes lag ein aufgeschlagenes Buch, in das mit Carolines Schrift gekritzelt war: »Gedenke mein!« Erbost ließ er ihr durch einen Boten sofort ein Billet überbringen:

> Gedenke dein, gedenke dein!
> Bis deines Lebens eitler Schaum
> Verbraust, soll Scham dein Erbe sein,
> Dich hetzend wie ein Fiebertraum.

Eine Stunde später meldete sein Diener Fletcher Lady Caroline, die sich ihm zu Füßen warf und in einen von krampfartigem Schluchzen unterbrochenen Tränenstrom ausbrach. »Um Himmels willen, Caro, so böse war das auch wieder nicht gemeint!« – »Dann verzeihen Sie mir?« murmelte Caroline, den Kopf an seinen Knien. »Sicher, wenn Sie jetzt aufstehen und nach Hause gehen. Ich habe zu tun.« Mit einem ihrer irritierenden Stimmungswechsel sprang Caroline auf und lächelte einschmeichelnd. »Sie arbeiten an Ihrem neuen Werk, ja?« – »Nein«, erwiderte Byron etwas zerstreut, da die Gefahr einer neuen Szene gebannt schien, »ich schreibe an meine Schwester.« Carolines marmorne Haut wurde erst weiß, dann rot. »Ihre Schwester? Wie kann Ihre Schwester wichtiger sein als ich! Sie...«

Als ihn am nächsten Tag die Damen Melbourne und Bessborough zu sich baten, war er alles andere als ein großer Liebender, der für seine Angebetete durchs Feuer geht. Lady Melbourne forderte ihn mit einer liebenswürdigen Handbewegung auf, doch Platz zu nehmen, und begann nach einem Blickwechsel mit Lady Bessborough zu sprechen. »Sie müssen verstehen, Lord Byron, daß uns das Verhalten meiner Schwiegertochter Caroline in letzter Zeit Sorgen bereitet.«

Zu ihrer Zeit hatte Lady Melbourne als *die* Londoner Schönheit gegolten, und es war ein offenes Geheimnis, daß William Lamb nicht der Sohn ihres Gemahls sein konnte. Sie hatte zwar volles Verständnis dafür, daß Caroline in anderen Betten Trost suchte, entsetzte sich jedoch über die Art, wie dies geschah. Diskretion war für Caroline ein Fremdwort, und inzwischen hatte sie es geschafft, William zum Gespött Londons zu machen.

»Caroline«, sagte Lady Melbourne energisch, »ist offensichtlich krank und braucht Luftveränderung.«

Byron beobachtete sie voll Interesse. Lady Melbourne hatte die Einrichtung ihres Salons völlig auf sich abgestimmt und wirkte inmitten der sanften Pastellfarben selbst wie eine chinesische Elfenbeinschnitzerei. Er verstand, was sie wissen wollte, und antwortete: »Ich bin ganz Ihrer Meinung. Caroline würde ein Aufenthalt auf dem Lande sicher sehr guttun. Ich für meinen Teil allerdings ziehe momentan die Stadt bei weitem vor.«

Lady Melbourne lehnte sich zufrieden zurück. Ohne Vorwürfe, Erklärungen und Ermahnungen hatte sie von Byron das Versprechen erhalten, daß er Caroline weder in London halten noch ihr zu ihrem »Landaufenthalt« folgen würde. »Wie gut, daß wir uns verstehen«, lächelte sie. »Spielen Sie Bridge, Lord Byron?«

Aber keiner von ihnen hatte mit Carolines Reaktion gerechnet. Am Tag vor der geplanten Abreise nach Irland verschwand sie, und Byron erhielt Besuch von einer völlig aufgelösten Lady Bessborough. Caroline war nicht bei ihm. Aber er kannte sie inzwischen, und wirklich brachte kurz darauf ein Dienstmann ein Billet. Es war nicht schwer, aus dem Boten herauszubringen, wo sie sich befand.

Byron schickte Lady Bessborough zurück nach Melbourne House und fuhr zu dem kleinen Vorstadthotel, in dem Caroline ein Zimmer gemietet hatte. Dort wartete sie, mit zitternden Mundwinkeln und aufgerissenen Augen. »Oh, mein Geliebter, sie wollen uns trennen!« – »Ja«, antwortete er resignierend, »sicher, Caroline.« Abrupt veränderte sich ihre Miene. Aus dem hilfesuchenden kleinen Mädchen wurde ein Wirbelsturm in Menschengestalt.

»Oh! Sie wußten es! Sie waren damit einverstanden!« Sie hämmerte mit ihren Fäusten auf ihn ein. »Ich werde Ihnen nie verzeihen, niemals, nie!« – »Aber«, unterbrach sie Byron und hielt ihre Hände fest, »Sie werden jetzt mit mir kommen!« Der »kleine Vulkan« (wie er sie einmal genannt hatte) brach aus. »Nie, nie, nie!« Bis er sie schließlich kurzentschlossen um die Taille packte und fast gewaltsam zu seiner Kutsche zerrte.

Dann beruhigte sie sich merkwürdigerweise, starrte während der Fahrt nur schweigend vor sich hin und ließ sich kommentarlos von ihrer Mutter und Lady Melbourne in Empfang nehmen. Doch als sich Byron verabschiedete, sah sie ihn an, und für den Bruchteil einer Sekunde verkörperte sie für ihn wieder die glänzende Erscheinung, die ihn bei den Hollands bezaubert hatte. »Ich weiß, daß Sie mich noch lieben«, sagte sie ruhig. »Denn wenn Sie es nicht mehr täten, würde ich mich rächen, so rächen, daß Sie sich wünschten, nie geboren worden zu sein. Aber Sie lieben mich ja noch.« – »Wie entmutigt man eine solche Frau?« fragte Byron Lady Melbourne, die ihn hinausbegleitete. »Ich würde sagen«, antwortete diese, »Sie sollten heiraten.«

Als Byron Augusta geschrieben hatte, er müsse bald eine reiche Frau finden, hatte er dies – wie alles in seinen Briefen – nur halbwegs ernst gemeint. Die meisten ihm bekannten Ehen waren katastrophal verlaufen. Die Heirat seiner Eltern war nur ein Beispiel für eine Eheschließung mit unvorhersehbaren Folgen. Und Augusta selbst – das Muster einer unglücklichen Ehe, dachte er. Sie bekam ein Kind nach dem anderen, aber ansonsten schien ihr wettbesessener Gemahl hauptsächlich durch Abwesenheit zu glänzen.

Byron hatte George Leigh nie gemocht, obwohl er ihn nicht kannte. Vielleicht hatte das seine Ursache in der unklar empfundenen Enttäuschung, damals, als er seine Schwester gerade für sich entdeckt hatte und feststellen mußte, daß sie bereits ernsthaft in diesen unbekannten Vetter verliebt war. *Kannst Du Dir diesen Cousin nicht aus Deinem hübschen Kopf schlagen?* Immerhin, die Ehe hatte sie nicht verbittert werden lassen. Er fand es genauso einfach, ihr zu schreiben, wie damals, als er noch ein Schuljunge in Harrow war. Und sie antwortete auf das, was er meinte, nicht auf das, was er sagte. *O Englische Barden!*

Der Rest der Welt bestand darauf, ihn als düsteren romantischen Helden zu sehen – als Childe Harold. Sicher, er hatte Harold als sein Alter Ego gedacht, aber bestimmt nicht vorgehabt, die ganze Zeit nur Klagen und Seufzer von sich zu geben. Wenn er mit seinen Freunden Hobhouse, Davies und Kinnaird zusammen war, genossen sie den gegenseitigen Schlagabtausch an ironischen Bemerkungen und dachten nicht daran, in Melancholie zu versinken.

Caroline allerdings hatte darauf bestanden, er müsse von irgendeinem unaussprechlichen, düsteren Geheimnis verfolgt sein. Später, als er auf ihr »Liebst du mich« mit einem ebenso unhöflichen wie direkten »Nein« geantwortet hatte, war sie zu dem Schluß gekommen, sein Geheimnis liege in seiner Herzlosigkeit.

Nun ja, jetzt erholte sie sich von dieser Herzlosigkeit in Irland und schrieb ihm eine Flut von Briefen, in denen sie ständig auf Williams unaufhörliche Zuneigung und ihre eigenen bezwingenden Reize zurückkam. Sie versicherte ihm, sie könne jedem Mann den Kopf verdrehen. »Kein Zweifel«, sagte Byron zu Lady

Melbourne, mit der er sich angefreundet hatte, »das kann jede Frau, aber zeigen Sie mir eine, die imstande wäre, einen Mann auch länger als vier Wochen zu halten! Das heißt, *Sie* könnten mir eine solche Frau natürlich schon zeigen.«

Er mochte Lady Melbourne, und da er sie selten sah, hatte er begonnen, mit ihr zu korrespondieren. Sie war durch nichts zu schockieren und außerdem der Takt in Person, so daß er ihr gegenüber weder düster noch romantisch zu werden brauchte.

Obwohl er seit Mary Chaworth keine sehr schmeichelhafte Meinung über Frauen im allgemeinen hatte, genoß er in seiner widersprüchlichen Art die bloße Gegenwart eines weiblichen Wesens, und Lady Melbourne war eine der charmantesten Frauen, die er je kennengelernt hatte. Dabei schützte das Alter der etwa Sechzigjährigen sie vor dem Verdacht, in ihn verliebt zu sein, und das gab ihrer Beziehung eine Zwanglosigkeit wie zwischen nahen Verwandten. Ganz abgesehen von allem anderen war Lady Melbourne mit ihrem gesunden Menschenverstand eine wertvolle Ratgeberin in dem Problem, wie man Carolines Briefe beantworten sollte.

»Warum wollen Sie es überhaupt?« hatte sie gefragt, nicht vorwurfsvoll, sondern wie immer freundlich. »Sie lieben Caroline doch nicht, und durch ihr Benehmen hat sie eigentlich auf Ihre Achtung auch keinen Anspruch.« – »Da bin ich anderer Meinung«, erwiderte Byron und begann mit gerunzelter Stirn, in Lady Melbournes kostbarem Salon auf und ab zu gehen. »Sicher, ich liebe sie nicht, aber ich habe diese Affäre schließlich genauso gewollt wie Caro, und es muß doch einen Weg geben, die ganze Geschichte zumindest in Höflichkeit zu beenden.« – »Byron, Sie sind ein Kindskopf«, bemerkte Carolines Schwiegermutter und gähnte, »aber bitte, schreiben Sie ihr. Auf diese Art bekommen wir sie wenigstens seelisch gesund aus Irland zurück.«

»Wenn sie dreißig Jahre jünger wäre«, sagte Byron an diesem Tag zu Hobhouse über Lady Melbourne, »wäre ich verrückt nach ihr – und ich hätte eine gute Freundin verloren.« Er glaubte nämlich nicht, daß Liebende Freunde sein konnten.

Um Lady Melbourne einen Gefallen zu erweisen, befolgte er ihren Rat hinsichtlich einer Ehe und machte ihrer Nichte Annabella Milbanke einen Heiratsantrag. Er kannte Miss Milbanke kaum, aber sie hatte auf ihn den Eindruck einer ruhigen, betont vernünftigen, leidenschaftslosen Person gemacht – mit einem Wort, vielleicht nicht die ideale Geliebte, aber das genaue Gegenteil von Caroline Lamb. Er erhielt einen Korb und war nicht weiter überrascht, geradezu unschmeichelhaft erleichtert. Bei näherer Überlegung kam er nämlich zu dem Schluß, daß eine Ehe mit der »liebenswürdigen Mathematikerin«, wie er sie Lady Melbourne gegenüber nannte, als bloßes Abschreckungsmittel für Caroline doch etwas zu weit ginge. »Ich beglückwünsche Annabella & mich zu unserer gemeinsamen Flucht.«

Da er andererseits nicht als Asket leben konnte und Caroline immer öfter von ihrer bevorstehenden Rückkehr schrieb, begann er eine Affäre mit der herbstlichen Schönheit, Lady Oxford. Lady Oxford war über vierzig, aber immer noch eine sehr attraktive Frau. Er bewunderte ihre üppigen Reize und überließ sich gerne ihrer friedlichen Sinnlichkeit, die sie in beiderseitigem Einverständnis nie in Liebe ausarten ließ. Die Nachricht von dieser Verbindung hatte offensichtlich Caroline in Irland zum Schweigen gebracht. Statt dessen, so erfuhr er von Lady Melbourne, sammelte sie alle Porträts von ihm, die sie bekommen konnte – zu welchem Zweck auch immer. Lady Melbourne hielt auch noch eine weitere Nachricht für ihn bereit, diesmal eine echte Überraschung: Annabella Milbanke wollte mit ihm in schriftlicher Verbindung bleiben. Zusammen mit diesem Wunsch schickte sie eine Aufstellung der Eigenschaften, die sie von einem Ehemann forderte. Byron schrieb an Lady Melbourne:

»Ich schicke Ihnen den Entwurf zu A's auserwählten Gatten zurück, zu dem ich nichts sagen werde, weil ich ihn nicht verstehe – obwohl ich allerdings vermute, daß es genau das ist, was es sein sollte.

– Sie scheint verzogen worden zu sein – nicht so, wie Kinder es gewöhnlich sind – sondern systematisch Clarissa Harlowiert in eine peinliche Art von Korrektheit – mit einem Vertrauen auf die eigene Unfehlbarkeit, was sie zu einem fürchterlichen Mißgriff führen wird oder führen dürfte – ich meine damit nicht den üblichen Irrtum junger Damen von hohem Stand – sondern sie wird genau das finden, was sie sich wünscht...«

Nach Annabellas zweitem Brief glaubte er, ihr Ziel entdeckt zu haben: eine Bekehrung des berühmt-berüchtigten Dichters. Er war nicht sehr interessiert und überließ sich lieber seiner Affäre mit Lady Oxford. Als Lord Oxford beschloß, mit seiner Familie nach Sizilien zu segeln, schieden Byron und seine Mätresse in aller Freundschaft. Sie hatten, wie Byron sagte, die Regeln des Epikur zur Genüge deklamiert. Warum nur fühlte er sich so leer? Er hatte doch, was er wollte – alles war in äußerster Harmonie verlaufen. Der gegenseitige Sättigungsgrad war erreicht.

Lady Oxford war nicht Caroline Lamb, die öffentlich seine Bilder und Briefe verbrannt hatte; zu diesem Anlaß hatte sie alle Kinder des irischen Dorfes, in dessen Nähe sie logierte, in Weiß gekleidet und um das Feuer tanzen lassen. Durch Lady Bessborough allerdings hörte er, daß es sich dabei ausnahmslos um Kopien gehandelt hatte – Caroline konnte sich von den Originalen nicht trennen. Bei Lady Oxford bestand keine Gefahr, daß sie an ihn jemals anders als wohlwollend denken würde, so wie er sie immer in dankbarer Erinnerung behalten würde. Warum also dieses Gefühl der Ausgebranntheit, der inneren Erstarrung? Seit der mißglückten Romanze mit Mary Chaworth damals hatte er sich nicht mehr wirklich in eine Frau verliebt, und er war überzeugt, daß Carolines Vorwurf der Herzlosigkeit zutraf.

Sicher, die Affäre mit dem Chorsänger Edlestone damals in Cambridge war für ihn eine sehr ernste Angelegenheit gewesen, und Edlestons früher, durch eine Lungenentzündung bedingter Tod hatte ihn tief getroffen. Aber wenn er ganz ehrlich war, mußte er sich eingestehen, daß diese Tragödie eine Beziehung beendet hatte, der er insgeheim schon überdrüssig gewesen war und die ihn von seiner längst ersehnten Reise in die Mittelmeerländer abgehalten hatte. Er verabscheute sich für diesen Gedanken und fühlte doch dieselbe Leere und Langeweile wie damals. Byron trug sich ernsthaft mit dem Gedanken, mit Hobhouse eine zweite große Reise in den Süden zu machen, als ein Brief von seiner Schwester Augusta eintraf. Sie kündigte ihr Kommen nach London für Ende Juni an.

Augusta war, in ihrer Eigenschaft als Hofdame, bereits ein paarmal in London gewesen. Doch da die Prinzessin sich meistens von der modischen Clique des Prinzregenten, die unter anderem auch die Dauer der Landaufenthalte bestimmte, fernhielt, hatte Augusta ihren Bruder bei diesen kurzen Gelegenheiten nie treffen können.

Doch jetzt hatte sie sich mitten in der Saison frei machen können und Kinder, Schulden und Six Mile Bottom hinter sich zurückgelassen. Sie war eigentlich weniger auf das Großstadtleben gespannt als auf ihren berühmten Bruder. Sie hatte natürlich ständig von ihm gehört, nicht nur vom Erfolg der Verserzählungen, sondern auch von Lady Caroline und Lady Oxford und zahlreichen anderen Damen, mit denen er gerüchteweise in Verbindung gebracht wurde. Nach Lady Oxfords Abreise war Lady Jersey als neue Mätresse des berüchtigten Lords ins Gespräch gekommen, bis einmal mehr Caroline Lamb alle Aufmerksamkeit auf sich lenkte.

Nach ihrer Rückkehr aus Irland hatte sie Gesellschaften, auf denen sie Byron hätte begegnen können, zunächst gemieden. Doch kaum hörte sie von Lady Oxfords Reise nach Sizilien, da erschien sie schön, blaß und tragisch auf einer der glanzvollsten Soirées der Saison 1813 und stieß sich nach einem kurzen, heftigen Wortwechsel mit ihrem ehemaligen Liebhaber vor allen Anwesenden das Messer in die Brust. Sie war aus dem einen oder anderen Grund nicht schwer verletzt, doch momentan sprach man von nichts anderem. Armer Byron, dachte Augusta.

Und wenn ich fünfzig Mätressen hätte, ich würde sie alle am nächsten Tag vergessen haben. So glaubte er. Aber die Wirklichkeit gebärdete sich rebellisch und sah etwas anders aus – sie ließ sich nicht vergessen.

Augusta, die ihren Bruder überraschen wollte, kam einen Tag früher in seiner Wohnung in der St. James Street an. Sie hatte nicht vergessen, wie nervös sie damals bei den Howards auf Hanson und seinen Schützling gewartet hatte – immer mit Blick auf die Uhr. Das sollte diesmal anders werden. Als sie jedoch vor der Eingangstür stand, zögerte sie einen Augenblick. Was, wenn sie nun nicht willkommen war? In diesem Fall, entschied sie, würde sie eben gleich in ihr winziges Appartement im Palast übersiedeln.

Auf ihr Klopfen öffnete Byrons treuer Kammerdiener. Fletcher betrachtete sich noch als vollkommener Diener der alten Schule und brachte die unbekannte Dame, die irgendwie seinem Herrn ähnelte, sofort mit dem für morgen erwarteten Besuch in Verbindung.

»Mrs. Leigh!« rief er überrascht und fuhr in seinem normalen, gesetzten Tonfall fort: »Ich darf Sie bitten, einzutreten.« Augusta ließ sich von ihm das Arbeitszimmer ihres Bruders zeigen und machte unterwegs nur halt, um Byrons Neufundländer (ein Nachfahre von Boatswain) zu streicheln. Sie liebte Hunde und besaß selbst einen. Schließlich kam sie in den Raum, der offensichtlich auch als Bibliothek diente (ein Gutteil der Bücher befand sich auf dem Boden zerstreut). Sie achtete sorgfältig darauf, keinen falschen Schritt zu tun, und schlich auf Zehenspitzen zu der Gestalt am Schreibtisch, von der sie im Augenblick nur den Rücken und den vornübergeneigten Kopf sah. Sie wartete einen Moment, dann legte sie ihm die Hände auf die Augen. Eine Ewigkeit lang blieb es still, und aus irgendeinem Grund hatte sie plötzlich vor der Vorstellung Angst, er könnte eine seiner Carolines, Oxfords, Jerseys erwarten.

»Augusta.«

1813–1814

»Ich war gezwungen, sogar die Sekunden zu pflücken –
denn wer kann schon auf morgen hoffen?
wahrlich *morgen* erst? *Jede Minute* ——«

Byron war entzückt, Augusta wiederzusehen.

Zu seiner Schande mußte er gestehen, daß er sich kaum noch an ihr Aussehen erinnern konnte – nur verschwommen ließen sich einzelne Gesichtszüge in sein Gedächtnis zurückrufen. Jetzt entdeckte er sie neu. Augusta trug ein unauffälliges dunkles Reisekleid; mit ihrer Taille hätte sie ohne weiteres eine der alten Roben des Ancien régime, die mit ihren Reifröcken die Damen zu ständigen Hungerkuren zwangen, tragen können. Er konnte kaum glauben, daß sie drei Kinder geboren hatte. Als sie die Arme hob, um ihren Hut abzunehmen, merkte Byron, daß er ihr eigentlich einen Platz anbieten müßte.

Er blickte sich suchend um, aber was in diesem Raum an Sitzgelegenheiten vorhanden war, war mit Reitjacken, Soda- und Whiskyflaschen oder Büchern belegt. Seine Schwester erfaßte die Situation schon etwas früher und ließ sich ohne viele Umstände inmitten der Unordnung auf dem Teppich nieder. Ihr Hut kam dabei auf einer Gedichtsammlung seines Freundes Thomas Moore zu liegen. Sie reckte sich ein wenig und sagte mit einer leichten Grimasse: »Du weißt nicht, wie *sehr* ich mich davor fürchtete, du könntest mich mit Handkuß vor dem Personal empfangen, du weißt schon ›*meine liebe Augusta, ich bin ja so erfreut, dich wiederzusehen*‹.« Sie ließ die Mundwinkel hängen und bemühte sich ernsthaft, wie ein würdiger Dackel auszusehen. Er zog die Brauen hoch. »Und ich hatte Angst, du kämst als behäbige Matrone mit mindestens drei Bibelsprüchen auf den Lippen.«

Sie lachte. Er bemerkte verdutzt, daß sie zu den Personen gehörte, die mit dem ganzen Körper lachen konnten, nicht nur mit dem Gesicht. Ihre Knie preßten sich aneinander, das Kinn hob sich und ließ ihre Wangen nur noch aus Grübchen bestehen. Selbst die Hände schienen an ihrer Heiterkeit teilzuhaben und flatterten auf dem Teppich. »Mit der würdigen Matrone liegst du gar nicht so falsch.« Plötzlich schien sie der Kummer in Person zu sein. »Ich werde auch älter, Georgy.«

»Sicher«, erwiderte er todernst, »ich sehe da fast nur noch graue Haare, lauter Runzeln, und die Gicht kann auch nicht mehr weit sein.« – »Wie kannst du nur so gemein zu mir sprechen!« protestierte sie. »Gicht! Das Rheuma ist es, das mir Kummer macht!« Er beobachtete ihre fliegenden braunen Haare und fühlte sich entspannt und vollkommen glücklich. »Gus«, sagte er zärtlich. »Gans. Liebes Gänschen.« – »Baby Byron!« Sie blinzelte ihm zu. Ihre Augen waren dunkelgrau, fast schwarz.

»Ich muß wirklich ein Ekel gewesen sein, damals. Aber es war tatsächlich nicht böse gemeint.« Sie mimte die Überraschte. »Damals?! Wenn deine Mutter so reiselustig wie du gewesen wäre, hätte sie dich in der Türkei auf dem nächsten Sklavenmarkt verkauft!« Sein Lachen klang dunkel und volltönend, und ließ keine Gedanken für etwas anderes. »Sie hätte ein schlechtes Geschäft gemacht. – Sag mal, Gus, woher wußtest du eigentlich, daß ich wieder im Lande war, als du mir schriebst?« – »Tante Sophia.«

Er sah irritiert aus. »Kennst du sie denn nicht?« fragte Augusta. Byron schüttelte den Kopf. »Nicht daß ich wüßte. Das heißt ... möglicherweise habe ich sie ein- oder zweimal in Aberdeen gesehen. Ich bin mir nicht sicher. Wie sie mit uns verwandt ist, weiß ich natürlich.« – »Also du kennst sie nicht wirklich?« Augusta sprang auf. »O dear, dann hast du ja keine Ahnung von der *wahren* Familienchronik.« In ihren Augen blitzte etwas. Sie schnappte sich einen seiner herumliegenden Spazierstöcke, stützte sich darauf, ihre Schultern rutschten nach vorne, sie legte den Kopf leicht zur Seite und glich mit einem Mal tatsächlich verblüffend einer alten Frau.

»Mein lieber Junge, habe ich dir schon erzählt, daß dein Cousin Robert einen Schnupfen hat? Ach, das erinnert mich an meinen Urgroßonkel väterlicherseits, den seligen Dick Byron – Dick der Dicke, versteht sich. Er hatte es auch mit der Nase, die ganze Zeit war sie entzündet, und er stritt sich deswegen mit seinem Bruder, George dem Raffer. Dieser hieß so, weil er aus purer Bosheit immer alle Taschentücher in der Gegend zusammenraffte und versteckte, sowie Dick der Dicke sich blicken ließ. All das hatten sie natürlich von ihrem Vater, Lord Byron dem Hungrigen, der... aber was sehe ich da?! Du folgst meinen Ausführungen nicht mit dem nötigen Ernst, Junge. Du lachst gar? Sei gewiß«, sie nickte heftig mit dem Kopf, »gar finster und blutig ist die Geschichte der fluchbeladenen Byrons, angefangen von John dem Zahnlosen, der...«

»Hör auf, Augusta«, ächzte ihr Bruder, »ich kann nicht mehr. Du meine Güte!« Er applaudierte. »Ich werde dich an das Drury Lane Theater empfehlen, Gus. Wußtest du, daß ich im Komitee bin?« – »Ich möchte Mrs. Siddons nicht arbeitslos machen«, antwortete Augusta und setzte sich wieder. »Du weißt nicht, was ich für diese Frau nicht schon alles getan habe. Von Sheridan bis Sotheby hat mich jeder angefleht, doch die Hauptrolle in seinem neuen Stück zu übernehmen, und nur um der guten Sarah nicht weh zu tun, wies ich sie alle ab.« – »Besteht gar keine Möglichkeit, daß Sie Ihre Meinung ändern, Madame?« fragte Byron und verlagerte sein Gewicht von einem Bein auf das andere. Augusta winkelte ihren rechten Arm an und stützte in einer schwermütigen Pose ihren Kopf darauf. »Nun, wenn jener unbedeutende Schreiberling Lord Byron es fertigbrächte, für mich eine Tragödie zusammenzustellen, würde ich es mir *vielleicht* noch einmal überlegen.«

Auf diese Art ging der Nachmittag in den Abend über, bis Augusta schließlich bedauernd erklärte, nach St. James aufbrechen zu müssen. Sie verabredeten für den nächsten Tag einen Gang durch den Boulevard von St. Paul's.

Byron überraschte sich dabei, sogar eine Viertelstunde vor dem ausgemachten Zeitpunkt vor der Kathedrale zu stehen. Er mußte warten, denn Augusta verspätete sich etwas. Als sie endlich ein wenig atemlos ankam, entschuldigte sie sich und erklärte, die Prinzessin habe sie nicht eher gehen lassen.

»Die arme Frau war buchstäblich ausgehungert nach Neuigkeiten vom Landleben.« Sie kniff ihn leicht in den Arm. »Du hast mir noch überhaupt keine Fragen in dieser Richtung gestellt, du Ungeheuer, dabei gibt es so viel zu erzählen – die Kühe haben sich doch tatsächlich entschlossen, in diesem Jahr nur schwarzgefleckte Kälber zur Welt zu bringen!« Er schnitt eine Grimasse und flüsterte ihr zu: »Hier in London sind die Neuigkeiten wesentlich aufregender – schau nicht zur Seite, aber da geht gerade eine. Lady Beaumont überlegt sich ernsthaft, ob sie nicht die Schneiderin von Mrs. Eaton bestechen könnte. Da aber Lord Beaumont noch tief in den Schulden steckt, die er gemacht hat, um Beau Brummel seinen Koch abspenstig zu machen, ist sie im Moment noch verhindert.«

Diesen Augenblick nützte Lady Beaumont, um mit einem begeisterten Aufschrei den gefeierten Dichter und seine Schwester zu entdecken. »Oh, Lord Byron – Sie hier? Nein, daß man Sie auch einmal wiedersieht! ›Der Giaur‹ ist einfach hinreißend, ich konnte mit dem Lesen überhaupt nicht aufhören, obwohl Edward meinte... aber da haben wir ja auch Mrs. Leigh.« Lady Beaumont würdigte Augusta, die sie durch einige Hofempfänge vom Sehen her kannte, eines kurzen Nickens. Sie holte ihr Lorgnon, das in dieser Saison auch bei Damen mittleren Alters in Mode gekommen war, hervor und betrachtete die Schwester des Berühmten angelegentlich.

»Guten Tag, meine Beste. Was gibt es Neues auf dem Lande?« Byron sah Augusta mühsam einen ehrenhaften Kampf mit einem äußerst unpassenden Lachanfall ausfechten. Ihre feinen Nasenflügel bebten, als sie schließlich antwortete: »Oh, Lady Beaumont, die Neuigkeiten in der Stadt sind doch viel aufregender. Mein Bruder hat mir eben einige wirklich *faszinierende* Einzelheiten erzählt.« Sie kniff ein Auge zu und wandte sich unschuldsvoll an Byron. »Nicht wahr, Georgy?« Ihre Stimme klang honigsüß, und er hatte gerade noch Zeit, sie in die Rippen zu stoßen, als Lady Beaumont voll freudiger Erwartung fragte: »In der Tat, Lord Byron? Was denn zum Beispiel? Ach, ich sterbe vor Neugier – falls Sie sich nicht wieder über den armen Southey lustig gemacht haben. Der Mann wird neuerdings ganz einfach unterschätzt, aber die Nachwelt wird ihm schon Gerechtigkeit zuteil werden lassen.«

»Die Nachwelt, Lady Beaumont«, erwiderte Byron, »schätzt es im allgemeinen überhaupt nicht, wenn man ihr Lorbeeren hinterläßt – noch dazu verwelkte Lorbeeren.« Er sah die Kampfeslust in ihren Augen aufsteigen, denn Lady Beaumont galt als eine überzeugte Anhängerin aller Seepoeten. Da er aber weder über Robert Southey noch über den Rest der »Tümpelfanatiker«, wie er sie bei sich nannte, diskutieren wollte, flüchtete er in die bequemste Ausrede, die ihm zur Verfügung stand. »Wenn Sie uns jetzt entschuldigen, Mylady, mein Fuß schmerzt vom längeren Stehen immer etwas.« Lady Beaumont verwandelte sich wieder in eine eifrige Bewunderin des tragischen Genies und wurde die Fürsorge in Person. »Aber natürlich, Lord Byron, natürlich.«

Kaum war sie außer Sicht, murmelte Augusta: »Feigling.« – »Wenn du noch einmal Georgy zu mir sagst, Gus, lege ich dich übers Knie.« Sie blieb vor einem Stand mit Tabaksdosen stehen. »Ich zittere jetzt schon. Weißt du, ich habe dich so genannt, als ich noch klein war, bevor meine Großmutter mich wegholte.« Er runzelte die Stirn. »Daran kann ich mich nicht erinnern«, sagte er ärgerlich, »wie habe ich dich genannt?« Sie lächelte. »Du warst ja noch nicht drei Jahre alt. Ich glaube, du sagtest Ada.«

Gemeinsam schlenderten sie zwischen den zahlreichen Buden und Ständen herum. St. Paul's, ursprünglich ein kleiner Markt für das Bürgertum, war in den letzten Jahren zum Promenadeort der Dandies und ihrer Damen geworden. Dementsprechend sah das Angebot aus: es gab Handschuhe, Parfums, vergoldete Käfige mit echten oder ausgestopften Singvögeln, Krawatten und Reitpeitschen, Spazierstöcke (aus Weißdornholz!) für die Herren – jeder modische Tand, der zu finden war. Byron kannte St. Paul, er wußte, daß auch Augusta schon öfter dortgewesen sein mußte, aber die Begeisterungsfähigkeit, mit der sie alles sah, ließ auch ihn den Boulevard neu erobern.

Sie probierte schlechthin alles, von spitzenbesetzten Handschuhen bis zu einem gräßlichen Hut, der nur aus rosaroten Blüten bestand. Augusta versicherte, sie würde ihn anläßlich der nächsten bei Hof veranstalteten Jagd tragen, und weidete sich an Byrons entsetztem Gesicht. Dann erklärte sie dem erfreuten Verkäufer, dies kostbare Stück sei doch zu schön für sie, und wanderte zum nächsten Stand, wo man die verschiedensten Schmuckstücke erwerben konnte. Dort gab es zwei sündhaft teure Medaillons, beide aus zartem Filigransilber gearbeitet und eines schöner als das andere, die sie ernsthaft in Versuchung führten. Doch schließlich wollte sie tatsächlich etwas kaufen, ohne sich in allzu große Ausgaben zu stürzen.

Endlich erstand sie für Georgiana und Augusta Charlotte zwei künstliche Singvögel, die nur aus kleinen zusammengenähten Seidenkissen bestanden und so wirkten, als würden sie trotz ihres delikaten Aussehens nicht so schnell kaputtgehen. Für das Baby Henry gab es eine hübsch lackierte Rassel, die sich auseinandernehmen ließ und in ihrem Inneren weitere, immer kleiner werdende Kugeln barg. »Einen Knebel haben Sie nicht?« fragte Augusta mit einem Seitenblick auf Byron. Für George Leigh und die Nanny bedurfte es längerer Überlegungen. Dann wechselten ein zart gemusterter Schal und eine elegante Herrenkrawatte den Besitzer. Byron konnte es sich nicht verkneifen, zu bemerken: »Eine Börse, die nur *du* öffnen kannst, wäre angebrachter.«

»George tut, was er kann«, erwiderte Augusta, mit einem Mal völlig ernst. Byron sah leichte Schatten in ihrem Gesicht. Ein wehmütiger Zug lag um Mund und Augen. »Glaubst du das wirklich, Gus?« – »Er glaubt es«, sagte sie beinahe abweisend. »Es ist nicht seine Schuld, daß er vollkommen unfähig für Dinge wie Verwaltung und Geldgeschäfte ist. Wir kommen sehr gut miteinander aus, und ich habe ihn gern.« Byron biß sich auf die Lippen. Ihm lag die Frage auf der Zunge, ob Sympathie für eine Ehe genüge, in der einer sich um nichts, der andere dagegen um alles kümmerte.

Aber er wollte Augusta nicht verärgern und sagte deswegen ablenkend: »Ich habe auch Schwierigkeiten mit Newstead Abbey. Hanson meint, der Besitz ließe sich so nicht länger halten, und beschwört mich, ihn zu verkaufen.« Im geheimen hatte Byron schon oft bedauert, daß er dem ehernen Gentlemankodex der Zeit gefolgt und seinem Verleger Murray auch die Autorenrechte an Childe Harold und allem, was er danach geschrieben hatte, gegeben hatte – getreu der Vorstellung, ein Adeliger könne sich zwar mit Dichtung beschäftigen, aber doch nicht *Geld* damit verdienen. Damit wäre er in den Augen der Gesellschaft zum berufsmäßigen Skribenten herabgesunken – und hätte Newstead sanieren können. Nun ja, geschehen war geschehen.

»Wem sehen deine patriotischen Wohltaten ähnlich«, fragte er seine Schwester, »dir oder George?« Augusta verzog das Gesicht. »Das ist die typische Frage eines Junggesellen. Kinder ähneln in diesem Alter noch überhaupt niemandem, nur sich selbst. Sie sind eigenständige kleine Wesen. Georgiana beispielsweise hat eine Stupsnase und große, klare Augen. Die kleine Augusta dagegen sieht aus wie eine kleine Chinesin, und genauso bewegt sie sich auch – sie geht nicht, sie trippelt. Und Henry... o dear, Byron, da drüben verkaufen sie Kartenspiele.«

»Spielst du?« fragte er überrascht. Sie lachte. »Man kann nicht mit George verheiratet sein und Whist nicht kennen. Allerdings gilt seine Aufmerksamkeit hauptsächlich den Pferdewetten. Und ich spiele prinzipiell nicht um Geld.« Sie zog ihre Handschuhe aus und ließ sich eines der angebotenen Kartenspiele geben. Dann mischte sie, so schnell, wie er es bisher nur bei Scrope Davies gesehen hatte. Fasziniert beobachtete er ihre langen, schlanken Finger, die flink und dennoch behutsam mit den eilenden Spielkarten umgingen. Augusta hatte wunderschöne Hände, schmal und trotzdem kräftig. Sie begann, die Karten auf dem rauhen Verkaufstisch auszulegen. Er sah das Muskelspiel unter ihrer Haut, nicht blaß und hell wie seine eigene, sonder ein Schmelzton zwischen Gold und Braun. »Mein Zigeunerteint«, hatte sie gestern stirnrunzelnd bemerkt. »Aber dir könnte ein bißchen Sonne auch nicht schaden, Bruderherz.«

Augusta sammelte die Karten wieder ein und ließ sie noch ein letztes Mal prüfend durch die Finger gleiten. »In Ordnung, ich nehme sie. Weißt du«, wandte sie sich an Byron, »es ist eine gute Entspannung nach den Kindern und vor den Abrechnungen.« Sie unterbrach den geschäftigen Verkäufer beim Einpacken, zog nach kurzem Suchen eine Karte aus dem Stoß hervor und reichte sie Byron. »Das ist für dich, zur Erinnerung. Ich finde, sie sieht mir ähnlich.« Er drehte die Karte um. Es war die Kreuzdame. Augusta blinzelte ihm zu. »Da ich deine übergroße Zuneigung zu dem Prinzregenten kenne, konnte ich dir schlecht den König oder den Buben geben.«

»Meine Schwester ist in der Stadt«, schrieb Byron am achten Juli an seinen Freund, den irischen Dichter Thomas Moore, »was ein großer Trost ist; – da wir nie viel zusammen gewesen sind, fühlen wir uns natürlicherweise mehr zueinander hingezogen, und es ist aufregend für uns, vor Fremden zusammen zu sein.«

Er begann, wieder Spaß an den Maskenbällen und Abendgesellschaften zu haben, die in der letzten Zeit zu einer lästigen Routine geworden waren. Unmöglich, sich mit Augusta zu langweilen oder irgend etwas im Leben ernst zu nehmen. Einmal, als er mit ihr in seiner Loge im Drury Lane Theater saß und darauf wartete, die unsterbliche Sarah Siddons in ihrer Abschiedsvorstellung als Lady Macbeth zu sehen, fiel ihm auf, daß Augusta etwas übermüdet und nachdenklich aussah. Er wußte, daß sie an diesem Tag Nachrichten aus Six Mile Bottom bekommen hatte. »Von nun an«, sagte er rasch, »wirst du dir nicht mehr so viel Sorgen zu machen brauchen. Ich werde immer...« Augusta legte ihm die Hand auf den Mund. »Hebe dir diesen Ton für das Parlament auf, Lieber. Da *unten* findet die Tragödie statt, nicht hier.«

Byron verdrängte entschlossen jeden Gedanken daran, daß Augusta wieder abreisen könnte. Schließlich war sie gerade erst gekommen, und sie hatten sich so lange Zeit nicht gesehen. Cousin George hatte Augusta ihre ganze Kindheit hindurch gekannt, ihm hingegen war erst mit vierzehn ein bloßer Briefkontakt gestattet worden. Er ertappte sich nicht zum erstenmal bei dem Gedanken, daß es am besten wäre, wenn Augusta überhaupt nicht verheiratet wäre. Sie könnte dann hier bei ihm bleiben, ihm den Haushalt führen und ihn somit der lästigen Notwendigkeit entheben, nur aus diesem Grund eine Ehe einzugehen. Ohnehin würde keine Frau ihn je so gut verstehen wie Augusta.

Da aber solche Spekulationen sinnlos waren, überließ er sich dem glücklichen Augenblick. Als er Augusta, die ihren Pflichten bei der Prinzessin nachkommen mußte, einmal mehrere Tage nicht sah, bemerkte er an sich eine merkwürdige Unruhe. Er vermißte sie bereits, obwohl das absurd war. Um sich abzulenken, streifte er nochmals durch St. Paul's und suchte ein Geschenk für sie. Endlich entschied er sich für ein Parfum, das ihm kennzeichnend für Augusta vorkam: bittersüß, sehr flüchtig und trotzdem haftend.

Als er es ihr überreichte, fühlte er sich irgendwie lächerlich und wandte den Kopf ab, so daß ihr dankbarer Kuß ihn auf den Hals traf und einen Teil seines Kragens mit roter Schminke bedeckte. »Bleib stehen«, sagte Augusta, »ich entferne es.« Sie lief zu der nächsten Blumenvase und tauchte ein Taschentuch, das sie irgendwo hergezaubert hatte, hinein. »So ein Vorkommnis im letzten Jahr«, sagte Byron, während Augusta versuchte, den roten Fleck zu entfernen, »und Caroline Lamb hätte mir die Augen ausgekratzt. Sie sah mich ständig von mindestens drei Mätressen gleichzeitig umgeben.« – »Sie hat dich unterschätzt«, antwortete Augusta, völlig in ihre Beschäftigung vertieft, »unter einem Harem tust du es nicht.« Ihre Nähe verwirrte ihn.

An diesem Abend waren sie bei Lady Glenverbie eingeladen, und Augusta freute sich schon sehr darauf. Sie war eine pragmatische Natur, und hatte sich die Sorgen um Familie und Six Mile Bottom für ihre Rückkehr dorthin aufgehoben. Augusta wußte, daß sie ohnehin nur wenige Wochen in London bleiben konnte – zwei oder drei vielleicht, länger nicht – und fand es sinnlos, sich jetzt schon den Kopf über Dinge zu zerbrechen, die sie ohnehin erst später erledigen konnte. Erstmals seit ihrer Hochzeit hatte sie mehr als vierundzwanzig Stunden ganz für sich, und sie war entschlossen, diese Unterbrechung aller Komplikationen und Schwierigkeiten, über die man nachdenken *mußte*, zu genießen. Und sie hatte ihren Bruder wiedergefunden.

Es war wunderbar, jemanden zu haben, der einen so vollkommen verstand. Sie wußten beide, daß die Welt verrückt war, und jeder Versuch, sie wirklich ernst zu nehmen, verursachte nichts als sinnlose Melancholie. Byron hatte sich rein äußerlich seit ihrer letzten Begegnung ziemlich verändert. Er war zu einem jungen Mann geworden, dessen Äußeres an die Statuen griechischer Athleten erinnerte. Kein Wunder, dachte sie, daß die Frauenwelt ihm zu Füßen lag.

Byron und Augusta hatten beide die typischen Familiengesichtszüge, die klassische Nase, die hohe Stirn und den großzügigen Mund. Während Augusta dadurch keine ausgesprochene Schönheit war, verliehen sie ihm etwas Edles: dazu kamen das arrogante Kinn und die immer spöttisch dreinschauenden Augen, die die undurchsichtige grüne Farbe des fernen Hochlands hatten. Seine Haare waren dunkler als ihre, fast schwarz (hier setzte sich das Erbteil der schottischen Catherine durch), doch sie hatte bemerkt, daß sich bei ihm trotz seiner fünfundzwanzig Jahre schon eine graue Strähne einschlich.

Sie versuchte sich die Frau vorzustellen, die er einmal heiraten würde. Welchen Charakter sie wohl haben müßte? Was für eine Art Mädchen paßte überhaupt zu ihm? Sie ging im Geist all ihre Londoner Bekanntschaften durch und kam zu keinem zufriedenstellenden Ergebnis. Augusta zuckte die Achseln und wandte sich ihrem Ballkleid zu. Da sie längere Zeit nicht die Mittel – oder den Leichtsinn – besessen hatte, sich der Mode gemäße Abendroben zu beschaffen (außerdem, mit wem sollte sie schon tanzen?), war es noch mehr in der Taille und nicht unter dem Busen verengt. Als Georgiana ein Jahr alt wurde, hatte sie es sich angeschafft – und bei ihrem Besuch in Derby getragen.

Immerhin, sie fand, daß die grüne Farbe ihr gut stand. Der Satin fühlte sich sehr angenehm auf der Haut an. Im übrigen, hatte Byron nicht irgendwann einmal gesagt, er könne sie sich sogar in diesen ausladenden Prachtroben der alten Zeit vorstellen? Augusta dankte dem Himmel, daß sie nicht klein war. Eine kleine Frau würde in diesem doch ziemlich eng geschnittenen Kleid, das nicht nur die Taille, sondern auch die Beine betonte, wie eine Aufziehpuppe wirken.

Nachdem sie sich angekleidet hatte, ließ sich Augusta von der Zofe, die ihr im St. James Palace zustand, frisieren. In Six Mile Bottom tat sie das selber oder bemühte allenfalls die Nanny. Aber heute genoß sie es, die raschen, geschickten Hände zu spüren, die ihr mit Kamm und Bürsten durch das Haar fuhren und danach die Frisur zusammenstellten, die sie sich gewünscht hatte. Obwohl das arme Mädchen – das schließlich noch mehr Hofdamen, die sich keine eigenen Zofen leisten konnten, versorgen mußte – sichtlich überlastet war, fand Augusta, daß sie ihre Sache sehr gut gemacht hatte.

Ihr Haar war zu einer losen Krone aufgesteckt und löste sich nach vorne in Locken auf, die ihrem Gesicht seine vage Herbheit nahmen. Sicher, etwas bedenklich für eine Ballnacht, aber sie würde ohnehin nicht sehr viel tanzen, da ihr Bruder es nicht konnte.

Sie hatten es sich zur Gewohnheit gemacht, sich auf einer Couch niederzulassen, die Gäste zu studieren und sie den verschiedensten Gegenständen zuzuordnen. »Eine Flasche«, sagte Byron heute, als Lord Glenverbie vorbeiging, »eine blinkende, blitzende, rundlich-liebäugelnde Whiskyflasche – älterer Jahrgang.« – »Und *Lady* Glenverbie?« Er zog die Brauen hoch. »Westminster Abbey!« Augusta überlegte sich eine Bezeichnung für den König der Dandies, Beau Brummel in höchst eigener Person. »Achtung – Verehrer von rechts!« flüsterte sie. Es handelte sich jedoch nicht um einen Verehrer, sondern um den Gruselromanautor Matthew Lewis, nach seinem Sensationsroman Mönch genannt und gut mit Byron bekannt, der jetzt auf die Geschwister zusteuerte. Byron warf einen Blick in seine Richtung und erschauerte. »Schlimmer – Mönch Lewis.«

Lewis war eigentlich ein netter Kerl, aber mit seinen endlosen Geschichten tödlich langweilig und der Alptraum jedes Gastgebers. Da er aber die wichtigsten Voraussetzungen für eine Abendgesellschaft erfüllte – bekannt zu sein und Erfolg gehabt zu haben –, lud man ihn trotzdem ein und hoffte darauf, daß er schon irgendein Opfer fand. In diesem Fall traf es Byron.

»Hallo, Mönch. Scheußliches Wetter in der letzten Zeit, nicht wahr?« Lewis sah verwirrt aus und ließ die Unterlippe hängen. »Aber... aber es hat doch nicht geregnet!« stotterte er schließlich. »Eben«, sagte Byron tiefernst und nippte an dem Glas Champagner, das er in der Hand hielt (teure Schmuggelware – Napoleon hatte die Kontinentalsperre gegen England noch nicht aufgehoben), »eben. Sehen Sie, Mönch, hier in England müssen wir alles verkehrt herum sehen. Wie wäre es sonst möglich, daß wir einen Schwachsinnigen als König und einen Idioten als Regenten haben?« – »Ach, Sie scherzen, Byron«, sagte Lewis befreit und rückte seine Krawatte zurecht, »Sie scherzen. Habe ich Ihnen schon erzählt, wie ich neulich die Blessingtons besuchte? Es war...«

Augusta hörte noch eine Weile höflich zu, mußte sich aber zwingen, nicht einzuschlafen. Sie unterdrückte krampfhaft ein Gähnen und sah dabei zufällig auf ein junges Mädchen, das sich von der kleinen Gruppe, bei der es stand, halb abgewandt hatte und zu den Geschwistern herüberblickte. Sie war hübsch und zierlich, hatte aschblondes Haar und drückte mit ihrer Körperhaltung ein deutliches Selbstbewußtsein aus. Augusta bemerkte, daß die Aufmerksamkeit des Mädchens Byron galt – wem sonst? Sie starrte ihn fast an.

Für einen kurzen Augenblick trafen sich ihre und Augustas Augen und hielten einander fest. Dann wurde der Blick des Mädchens unstet, flackerte und riß ab. Sie senkte die Augenlider, errötete und verschwand aus Augustas Sichtweite. Augusta schüttelte den Kopf. Neben ihr redete Matthew Lewis immer noch. Sie beschloß, daß es an der Zeit wäre, Byron zu erlösen, und unterbrach den Mönch mit der Frage nach der Identität jenes jungen Mädchens, das sie beschrieb. »Oh«, sagte Byron, »das muß die Prinzessin der Parallelogramme sein.« Erläuternd fügte er hinzu: »Annabella Milbanke. Ich wußte nicht, daß sie heute abend hierher kommt.«

Byron hatte Augusta von seinem mißglückten Heiratsantrag erzählt. Infolgedessen wußte sie einiges über Annabella. Miss Milbanke war klug, belesen und widmete sich hauptsächlich der Mathematik. Bis jetzt hatte sie bereits drei Anträge ausgeschlagen, und ihre Briefe an Byron klangen stellenweise wie Auszüge aus einer Missionarsbiographie. Augusta gestattete sich ein kurzes Schulterzucken. Mönch Lewis hingegen war nicht geneigt, sich von seinem Thema abbringen zu lassen. »Ach, Sie hätten hören sollen, was Lady Blessington zu mir sagte! Sie machte mir ein Kompliment nach dem anderen, ich war so gerührt, daß ich es fast nicht mehr aushalten konnte!« – »Beruhigen Sie sich, Mönch«, warf Byron trocken ein, »sie kann es unmöglich ernst gemeint haben.«

Matthew Lewis wußte eine Zeitlang nicht, wie er reagieren sollte. Als ihm schließlich nichts anderes einfiel, bat er Augusta um einen Tanz. Sie willigte ein, um ihrem Bruder Gelegenheit zu geben, sich von den endlosen Monologen zu erholen. Außerdem schien er jetzt in einer bissigen Stimmung zu sein, und der arme Lewis war nicht sehr schlagfertig. Nach einer Weile fragte er: »Haben Sie mein Buch gelesen, Mrs. Leigh?« – »O ja«, erwiderte sie höflich, »ich fand es wirklich spannend.« Lewis nickte und bemühte sich, den Takt zu halten. »Das dachte ich mir«, sagte er befriedigt, »jeder hält es für spannend. Aber warum laufen die Leute nur weg, sobald ich versuche, ihnen etwas zu erzählen?«

Hilfesuchend schaute er sie an. »Das tun sie nämlich manchmal, wissen Sie.« Augusta brachte es nicht über sich, ihm wahrheitsgemäß zu antworten, also lächelte sie lieber ungläubig und murmelte irgend etwas Nichtssagendes. Nach einigen Drehungen bemerkte sie, wie ein leichtes Raunen durch den Saal ging. »Um Himmels willen«, flüsterte Augusta, »Caroline Lamb ist gerade gekommen. Wenn sie Byron sieht, passiert irgend etwas. Mr. Lewis, sie müssen augenblicklich hingehen und sie aufhalten – erzählen Sie ihr eine Geschichte!« Sie ließ seinen Arm los, sah, wie er ihrer Aufforderung Folge leistete, und versuchte, ohne viel Aufsehen möglichst schnell zu ihrem Bruder zu gelangen. Sie fand ihn noch immer auf dem Diwan sitzend, wider Erwarten allein. »Mach dich auf eine Katastrophe gefaßt, laß dir irgend etwas einfallen, löse dich in Luft auf – Caroline ist hier.«

»Ich wußte gar nicht, daß du sie kennst«, sagte Byron überrascht. Augusta warf ihm einen raschen Blick zu. »Nicht näher, aber ich habe sie früher häufig auf Gesellschaften gesehen. Sie ist immerhin einer der meistbeachteten Schönheiten überhaupt. Man muß nicht unbedingt mit Lord Byron in nähere Beziehung treten«, setzte sie stichelnd hinzu, »um berühmt zu werden. Aber was ist – möchtest du mit ihr reden?« Byron war unmißverständlich entsetzt. »Hölle, nein. Als ich ihr das letzte Mal begegnet bin, rammte sie sich ein Messer in die Brust.« Er stand auf und schaute sich suchend um. »Ich schlage vor, wir verschwinden unauffällig und suchen im oberen Stockwerk Zuflucht.«

Augusta fand ihr Verhalten im Grunde lächerlich. Aber was sie von Caroline Lamb gehört hatte, ließ es dennoch sinnvoll erscheinen. Abgesehen von den Tanzenden drängte sich mittlerweile alles zu Caroline, so daß die Geschwister unauffällig den Ballsaal verlassen konnten.

Sie schlichen sich in einen Seitentrakt von Glenverbie House und fanden schließlich ein kleines Frisierzimmer. Augusta warf einen Blick in den Spiegel, der über einem zierlichen Tisch angebracht war, und zuckte zusammen. »Das dachte ich mir – durch dieses Gedränge ist meine Frisur ruiniert. Ich sehe aus wie die Windsbraut persönlich.« Sie begann, die Nadeln aus ihrem Haar zu ziehen, und griff nach einer Bürste. Als sie den Arm heben wollte, ließ ein Gedanke sie innehalten.

Sie wandte sich Byron zu und drückte ihm mit den Worten: »Da dieser ganze Aufwand ja deinetwegen geschehen mußte, kannst du mir eigentlich helfen« die Bürste in die Hand. Er lächelte schwach. »Warum nicht?« Sie stand völlig still, während seine Hände begannen, ihr Haar zu ordnen. Eine Weile hörte man nur ihre Atemzüge. Dann flüsterte er heiser: »Du hast das schönste Haar der Welt, Augusta.« Abrupt drehte sie sich zu ihm um und sah ihn an. Eine Frage stand zwischen ihnen, die keiner von beiden sich je zu stellen gewagt hatte. Er machte einen Schritt auf sie zu und küßte sie, langsam und fordernd. Wieder suchte er ihren Blick und erkannte, was darin lag. Es hätte Abscheu sein können, Erschrecken oder einfach Verwirrung. Es war Liebe.

Als Byron am nächsten Morgen aufwachte, glaubte er flüchtig, noch den Duft von Augustas Haut zu spüren, ihre Wärme, ihre Nähe. Natürlich hatten sie irgendwann in den großen Ballsaal zurückkehren müssen, schon allein, um sich von den Glenverbies zu verabschieden. Vielleicht war auch Caroline Lamb noch dagewesen, aber wenn, dann hatte er sie nicht bemerkt. Nicht mehr.

Seltsam, dachte er, sein ganzes Leben lang hatte er nach etwas gesucht, ohne zu wissen, was es war. Augusta. Ihre Hand, ihre

Stimme, die Art, wie sie ihm zulächelte – ihr Dasein. Liebste Augusta. Sie weckte in ihm etwas, das noch keine andere Frau wachgerufen hatte – Zärtlichkeit, die über bloße Leidenschaft weit hinausging. In der Stille der Kutsche, auf dem Weg nach Hause, bevor er sie in St. James absetzte, hatten sie nicht gesprochen. Kaum, daß ihre Fingerspitzen sich berührten. Und doch war dieser bloße Hauch einer Berührung für sie genausoviel wie das unwirkliche, phantastische Erlebnis, das ihm vorausgegangen war.

Eigentlich wollte er alle Verabredungen, die er für diesen Tag getroffen hatte, absagen, das Boxen, das Dinner mit Hobhouse, aber dann kam ein Billet von Augusta. Die Prinzessin war erkrankt, nicht sehr ernst, aber sie verlangte Augustas Anwesenheit. Unterzeichnet hatte Augusta nicht mit ihrem Namen, sondern mit einem Kreuz. Er verstand. Kreuzdame. Liebe. Also hielt er seine Vereinbarungen ein und war den ganzen Tag so zerstreut, daß er sich erst von dem mittelmäßigen Sportler Bill Jackson k. o. schlagen ließ. Jackson war sehr viel überraschter als sein Kontrahent, der das Boxen für Gentlemen erst eingeführt hatte und als erstklassig galt. Anschließend verwechselte er Hobhouse dreimal mit Douglas Kinnaird.

»Um Himmels willen, Byron, was ist denn mit dir los?« fragte Hobhouse, und sein langes Pferdegesicht nahm einen irritierten Ausdruck an. »Ich verstehe ja, daß dir dieser Fasan nicht besonders schmeckt, aber mußt du ihn deswegen ständig mit Pfeffer bestreuen?« Byron errötete etwas. »Tut mir leid, Hobby. Das muß das englische Klima sein – ich glaube fast, wir sollten noch einmal die Türken heimsuchen.« – »Hm«, sagte Hobhouse nachdenklich und betrachtete sein Gegenüber aufmerksam. Byron hatte einen Ausdruck in den Augen, den er an ihm noch nicht kannte. »Dir geht wohl die Inspiration aus? Oder bist du immer noch auf der Flucht vor diesem verrückten Weibsbild?« – »Vor wem?« – »Himmelherrgott, Byron!«

Byron lenkte ein, riß sich zusammen und unterhielt sich eine Weile mit ihm über gemeinsame Bekannte, nostalgische Erinnerungen an Griechenland und das literarische Leben im allgemeinen. Dabei kam das Gespräch auch auf den irischen Dichter

Thomas Moore. »Es gibt nichts, was Moore nicht tun könnte, wenn er es nur ernsthaft anpackte. Er hat eigentlich nur einen Fehler – er ist nicht *hier*.« Hobhouse räusperte sich. »Als du ihn kennengelernt hast, war er dafür nur allzu gegenwärtig.«

Beide lachten. Moore hatte damals Byron fast zum Duell gefordert, wegen ein paar suspekter Zeilen in ›Englische Barden und Schottische Rezensenten‹, die sich auf ihn bezogen und sein irisches Temperament entflammt hatten. Statt sich jedoch zu duellieren, hatten sich beide Dichter entschlossen, die Londoner Nachtlokale heimzusuchen, und waren anschließend die besten Freunde geworden. »Gut, er ist ein netter Kerl«, sagte Hobhouse jetzt, »aber ich kann nicht vergessen, was er aus meinen ›Vermischten Schriften‹ machte.« Dieser von ihm zusammengestellten Lyrikanthologie hatte Hobhouse ein paar eigene Gedichte beigefügt. Daraufhin taufte Thomas Moore den kleinen Band ›Vermieste Schriften‹.

»Aber Hobby, du mußt doch zugeben, daß der Titel so etwas geradezu herausgefordert hat.« – »Du hast gut reden«, knurrte Hobhouse, »an dich traut sich ja kein lausiger Rezensent mehr heran – Shakespeare!«

Ihre Unterhaltung wandte sich der Politik zu. »Glaubst du nicht, daß wir irgendwann einmal keine Probleme mehr mit den Iren haben werden?« fragte Hobhouse. »Sicher«, erwiderte Byron spöttisch, »wenn wir uns vollkommen mit ihnen vereinigt haben. Wie der Hai mit seiner Beute.« Hobhouse seufzte. »Langsam verstehe ich, warum du Schwierigkeiten im Oberhaus hast.« Byron verzog das Gesicht. »Laß das Oberhaus, Hobby. Als ich zum erstenmal dort war, dachte ich, ich könnte mit meinem Sitz doch tatsächlich etwas bewirken. Aber alles, was von einem erwartet wird, ist, während der Reden der Parteiführer nicht einzuschlafen.« – »Byron«, ermahnte Hobhouse, »du übertreibst. Ich hoffe doch sehr, daß du das Zeug nicht veröffentlichen willst, was du mir neulich geschickt hast.« Er zitierte gedehnt:

Es heißt – *Gleichgültigkeit* sei dieser Zeiten Wesen
Dann hört den Grund – im Reime müßt ihr's lesen –

Ein König, der nicht *kann* – ein Kronprinz, der's nicht *tut*
Ein Volk, das nie begann – ein Ministerrat, der *ruht* –
Was macht's da, wer *im* Amt ist oder *nicht*
Ob *Irre-Wirre-Nichtsnutz* – oder *Bösewicht*?

Byron schüttelte den Kopf. »Nein, Doug, das war nicht zur Veröffentlichung gedacht. Wenn...« – »Byron«, unterbrach Hobhouse betont langsam, »wenn ich Douglas Kinnaird wirklich so ähnlich geworden sein sollte, werde ich mich nach einer ständigen Maske umsehen müssen.« – »Entschuldige.«

Als Hobhouse in dieser Nacht, sichtlich verwirrt, nach Hause ging, machte er noch einmal bei Fletcher halt. »Also, Fletcher, was ist los? Wer ist es – Lamb, Oxford, Jersey oder wer?« Fletcher hatte schon immer eine geheime Antipathie gegen Hobhouse gehabt. »Es steht mir nicht zu, mich über die Angelegenheiten meines Herren zu verbreiten«, antwortete er würdevoll.

Byron grübelte inzwischen in seinem Arbeitszimmer. Er war nicht darauf gefaßt gewesen, daß man ihm seinen Zustand so deutlich ansah. Das Besondere an seiner und Augustas Situation, bisher von ihm zurückgedrängt, schob sich immer öfter störend in sein Bewußtsein. Die strenge, schottisch-calvinistische Erziehung aus Aberdeen kämpfte mit seiner eigenen Verachtung aller Autoritäten, insbesondere der kirchlichen. Natürlich glaubte er nicht an das Gerede von Sünde und Strafe – wenn nur ein Teil davon stimmte, war er ohnehin verdammt, und wenn nicht, würde er es nach seinem Tod noch früh genug herausfinden.

»Ich glaube an keine Offenbarungsreligion, weil keine Religion offenbart ist; und wenn es der Kirche gefällt, mich zu verdammen, weil ich das *Nichtseiende* nicht anerkenne«, hatte er an einen Freund aus Cambridge geschrieben, »werfe ich mich auf die Gnade des ›*Unverstandenen Urgrunds allen Seins*‹, der das tun muß, was das Richtigste ist; obgleich ich meine, daß *Er* niemals etwas geschaffen hätte, um es in einem anderen Leben foltern zu lassen... Was Ihre Unsterblichkeit angeht, wenn die Menschen leben sollen, warum dann sterben? Und unsere

Leichname, die wieder auferstehen sollen, sind sie das Auferstehen wert? Ich hoffe, falls es meiner ist, daß ich ein besseres *Paar* Beine bekommen werde, ...da ich ansonsten arg zurückbleibe bei dem Gedränge im Paradies.«

Nein, er glaubte nicht, daß ihn und Augusta ein himmlischer Blitzschlag treffen würde; wie, zum Teufel, war die Menschheit nach den Lehren eben dieser Kirche denn entstanden? Er und Gus, sie liebten sich, gerade weil sie Geschwister waren, und nicht trotzdem – dieses neue Element, das in ihre Beziehung getreten war, war nichts als eine Bestätigung ihrer natürlichen Liebe zueinander.

Aber wenn Augusta das nun anders sah?

Er verbrachte eine schlaflose Nacht und fuhr Fletcher am nächsten Morgen wegen der geringsten Kleinigkeiten an, womit er seinen Diener fast zur Verzweiflung trieb. Fletcher war den Tränen nahe, als Byron schließlich wütend erklärte: »Ich gehe in den Club – hier kann man es ja nicht mehr aushalten!« Sprach's, hinkte hinaus (wenn er sich schnell bewegte, ließ sich seine Behinderung nicht mehr verbergen) und warf die Tür hinter sich zu. Draußen blieb er stehen, schloß die Augen und holte tief Luft, als er eine Stimme sagen hörte: »Guten Morgen, Byron – du siehst furchtbar aus.« Er öffnete die Augen wieder und lächelte. »Du siehst wundervoll aus. Guten Morgen, Augusta.«

Jetzt war es für sie Entzücken und Qual gleichzeitig, in Gegenwart Fremder zusammen zu sein. Sie entwickelten eine Art Geheimsprache, die außer ihnen niemand verstehen konnte, und es bereitete ihnen ungeahntes Vergnügen, sie vor aller Augen anzuwenden. Bei einer Begegnung mit Lord Holland, als sie einen Spaziergang machten, zeichnete Byron scheinbar zerstreut mit seinem Stock ein Kreuz in den Straßenstaub. Oder er entgegnete auf eine Frage von Mrs. Villiers nach seinen Lieblingstieren: »Gänse, ganz entschieden Gänse.«

Mrs. Villiers, die mit Augusta befreundet war, quiekte enttäuscht auf. »Wie unpoetisch, Lord Byron! Aber natürlich«, fuhr sie hoffnungsvoll fort, »Sie scherzen?« – »Keineswegs«, versetzte Byron unerschütterlich, »es ist mein völliger Ernst. Das

Geschnatter bezaubert mich so sehr. Obwohl ich als Poet selbstverständlich überhaupt keine Lieblinge haben und neutral bleiben sollte.« In seinen Augen tanzten Funken, als er sich seiner Schwester zuwandte und sie fragte: »Hast du eigentlich irgendwelche Favoriten unter deinen Kindern, Augusta?« »Sicher«, antwortete sie ruhig. »Das große Kind mit den Initialen B. B.«

Als sie im Hyde Park mit dem Dramatiker Sotheby zusammentrafen, wandte sich dieser eifrig an Byron. »Byron, Sie gehören doch dem Drury-Lane-Komitee an – wie stehen die Aussichten, mein neues Stück aufführen zu lassen?« – »Sotheby«, sagte Byron und bemühte sich um eine angemessen würdige Haltung, »Sie haben uns bis jetzt jedes Ihrer Stücke geschickt und verlangt, daß wir es aufführen lassen. Haben Sie eine Ahnung, wie viele es inzwischen sind?« Sotheby glich normalerweise auffallend einem Engelskopf von Botticelli. Jetzt jedoch schienen die vollen Wangen einzufallen, und der Schmollmund kehrte stärker hervor. »Aber diesmal handelt es sich um eine ganz besondere Tragödie mit einem wahrhaft erhabenen Thema – ein biblisches Thema, Byron.«

Augusta machte ihr unschuldigstes Gesicht. »Herodes vielleicht, Mr. Sotheby? Irgend jemand hat mir einmal gesagt, Herodes sei ein wirklich bewundernswerter Charakter.« Sotheby fuchtelte entsetzt mit den Händen in der Luft herum. »Um Gottes willen, nein. Herodes ist ein Unhold, ein brutaler Tyrann, der...« »Jetzt kommt es mir auch so vor, als hätte ich das verwechselt«, unterbrach Augusta sanft und freundlich, »seit einigen Tagen werde ich immer vergeßlicher. Das müssen die endlosen Soirées sein – die abgestandene Luft, Sie verstehen. Finden Sie es nicht auch gut, sich bei solchen Gelegenheiten manchmal etwas früher zurückzuziehen?« Sotheby, aus dem Konzept gebracht, nickte abwesend. »Gewiß, gewiß. Also, Byron, würden Sie mein Stück...«

Als der arme Sotheby sich endlich entfernt hatte, murmelte Byron: »Gänschen, ich bin ernsthaft böse auf dich. Du bist hinterhältig.« Sie ließ die Unterlippe hängen und verzog ihr Gesicht zu einer tragischen Clownsmaske. »Und was bist du, mein Lieber? *Bösartig* ist noch zu schwach dafür – fragst die arme Lady

Holland, ob sie bei einer Soirée gewohnheitsgemäß ihre Haare neu aufstecken muß!« »Ich liebe dich.«

Doch es gab auch die Augenblicke völligen Alleinseins, flüchtige, verstohlene Stunden, die ihnen wie allen Liebenden viel zu kurz erschienen. Einmal wollten sie ausreiten, aber das Wetter machte ihnen einen Strich durch die Rechnung. Augusta schauderte, als sie aus dem Fenster von Byrons Bibliothek blickte. »Nun, es war in der letzten Zeit zu schön, um wahr zu sein.« Wie bei ihrem ersten Besuch ließ sie sich auf dem Fußboden nieder. »Ich hatte ein paar Äpfel mitgebracht, für unterwegs – möchtest du?« Ihr Bruder nickte und setzte sich zu ihr.

Sie hauchte gegen die Frucht und polierte sie mit ihrem Taschentuch. Dann warf sie den Apfel Byron zu. Er kaute eine Weile und sagte träumerisch: »Das erinnert mich an den Tag vor meiner Abreise nach Spanien. Damals dachte ich wirklich, die Sintflut kommt wieder – du kannst dir vorstellen, wie froh ich war, dieses Nebelloch von Land zu verlassen. Ich kam mir mindestens wie Marco Polo vor, mit einem Schuß Columbus dazu, unterwegs in die Länder der Sonne.« Augusta fragte in plötzlicher Einsicht: »Das war es, was du wirklich wolltest, nicht wahr – Marco Polo sein. Fremde Welten entdecken.« Er zuckte die Achseln und wickelte sich eine ihrer braunen Locken um den Finger. »Vielleicht. Hör auf, meine Gedanken zu lesen, Gans.«

Sie legte ihm sachte die Hand auf den Nacken. Das war die Stelle, die sie an ihm am meisten liebte, verwundbar und ungeschützt. »Ich wünschte, ich hätte mir dir gehen können – damals. Ich hätte so gerne das Mittelmeer gesehen, die griechischen Inseln...« Sie seufzte. Byron betrachtete ihr Profil in der dämmrigen Beleuchtung. Wie hatte er sich nur jemals einbilden können, in Mary Chaworth verliebt zu sein, oder in irgendeine nach ihr? Sie schienen ihm alle nur verzerrte Spiegelbilder zu sein, Phantome, die er auf der unbewußten, verzehrenden Suche kurze Zeit für Wirklichkeit genommen hatte. Dabei hatte er die Wirklichkeit immer gekannt – und nun wußte er, daß er ohne sie nicht mehr leben konnte. Aber wie konnte er mit ihr leben?

»Augusta«, sagte er jäh, »wenn ich wieder dorthin zurückkehren würde, ans Mittelmeer... würdest du dann mit mir gehen?« Sie antwortete nicht, und seine Stimme wurde hastiger, drängender. »Wir könnten nach Italien gehen – oder, wenn dir das lieber ist, auf die griechischen Inseln. Du weißt nicht, wie schön es dort ist. Sonne und Zikaden und heißer Kalkstein, der aussieht wie glühendes, erstarrtes Licht. Und das Meer, Gänschen – nicht so wild wie hier, eine spiegelnde blaue Fläche. Sag, würdest du?« Vielleicht war es der trommelnde Regen, der sie in eine traumähnliche Inselatmosphäre versetzte, vielleicht seine Stimme, vielleicht... Sie stand auf und sah ihn an. »Ja, das würde ich.« Zwei Tage später mußte sie nach Six Mile Bottom zurückkehren.

Als sie ihre Kinder begrüßte und in die Arme schloß, kam ihr alles fremd vor, als hätten die drei Wochen in London Augusta zu einer anderen Person werden lassen. Es konnte auch daran liegen, daß sie seit dem Versprechen, ihrem Bruder in das Ausland zu folgen, entschlossen jeden Gedanken an die Kinder verdrängt hatte. Die trügerische Vision eines endlosen Sommers stand ihr vor Augen, frei von Geldsorgen, nächtelangem Grübeln und Suchen nach einer neuen Ausflucht für die Gläubiger, frei von – sie senkte den Kopf und schmiegte ihre Wange an den Hals der kleinen Augusta, atmete den Geruch des sauberen, süßen Kinderkörpers ein.

»Mamée«, sagte Georgiana, »Mamée, du hast uns gefehlt.« Sie war jetzt fünf Jahre alt, und in ihrer hohen, selbstsicheren Stimme schwang ein vorwurfsvoller Ton mit. Oder bildete sie sich das nur ein? Augusta lachte und nahm der Nanny das Baby Henry ab. »Ihr habt mir auch gefehlt – oh dear, ihr seid in den drei Wochen tatsächlich gewachsen! Ich glaube fast, ihr könnt mich diesmal schlagen!« Die kleine Augusta quietschte vor Vergnügen, doch Geogiana konnte inzwischen weiter denken und runzelte die Stirn. »Aber Mamée, das ist nicht fair. Du bist größer als wir!« – »Ihr habt kein Baby im Arm!« gab Augusta zurück und rannte mit fliegenden Röcken zur Eingangstür, den glucksenden Henry an sich gepreßt, ohne auf den Protest der Nanny zu achten.

Es war ein Spiel, das sie zunächst nur eingeführt hatte, um Augusta Charlotte ihre Scheu vor schnellen Bewegungen zu nehmen: ein Wettlauf von der Pforte bis zu dem Gatter, das die Einfahrt nach Six Mile Bottom begrenzte. »Was, ihr seid noch nicht da? Georgey, du bist die Älteste, du gibst das Signal, aber wehe dir, wenn du mogelst!« – »Was tust du dann?« fragte Georgiana und kicherte, denn dieses Frage- und Antwortritual war ihr längst vertraut. »Ich kitzele dich, bis die Sonne im Westen aufgeht und alle Katzen Hunde lieben! So, und nun mach schon!«

Georgiana hielt vorsichtshalber den Arm ihrer kleinen Schwester fest, stellte sich in Positur und rief: »Neun, zehn, hundertelf!« Diese Zahlen hatte sie sich gemerkt, um Mamée bei ihrer Rückkehr damit zu beeindrucken. Aber Mamée fand gar keine Zeit, beeindruckt zu sein, sie rannte gleich los, und die kleine Augusta hinterdrein. Georgiana ließ ihre Beine über den Sand des Vorplatzes fliegen, spürte, wie ihr Herz hämmerte, und erlebte einen Augenblick höchsten Triumphes, als sie Mamée in ihrem dunklen Kleid einholte. Mamée machte es einem niemals leicht, und deswegen war es so wundervoll, sie zu besiegen.

Georgianas heiße Hände ergriffen das Gatter, und ihre Stimme überschlug sich, als sie glücklich schrie: »Gewonnen!« Mittlerweile waren Mamée und die kleine Augusta auch angekommen. Mamée kniff Georgiana leicht in die Wangen und lehnte sich gegen das Gatter. »Du kleiner Fratz, du wirst wirklich immer besser. Aber das nächste Mal gewinnt vielleicht Augusta. Was meinst du, Schatz, schlägst du sie?« Augusta Charlotte antwortete nichts, sondern wiegte nur ihren Kopf hin und her. »Sie ist dumm«, sagte Georgiana verächtlich, »sie kann noch nicht einmal richtig sprechen. Dauert das bei Henry auch so lange?«

Ihre Mutter schwieg. Augusta Charlotte machte ihr Sorgen. Sie war nun bald drei Jahre alt und sollte schon längst sprechen können aber die Kleine, drückte ihren Willen immer nur durch schrille, vogelartige Schreie und kleine Wortfetzen aus. Merkwürdig: ansonsten entwickelte sie sich viel schneller als ihre ältere Schwester, war schon fast genauso groß wie diese. Ihre zarten Gesichtszüge machten sie zum hübschesten von Augustas Kindern, sie wirkte so ungeheuer zerbrechlich.

Ganz anders der kleine einjährige Henry, der hauptsächlich durch sein rotes Haar und eine äußerst kräftige Nase auffiel. Er war ein liebes, wenn auch anstrengendes Kind, das schon einige Worte aufgeschnappt hatte und ansonsten versuchte, sich durch gurgelnde, glucksende Laute oder notfalls mit Geschrei verständlich zu machen. »Mamée«, sagte Georgiana wieder, »ich habe dich so sehr vermißt.«

In diesem Moment wußte Augusta, daß sie nicht mit Byron das Land verlassen konnte.

Für Byron war die Zeit nach Augustas Abreise so öde und langweilig wie nur irgend etwas in seinem Leben. Er versuchte sich durch seine Korrespondenz mit Lady Melbourne, die auf seine Nachricht, er wolle mit seiner Schwester eine Reise nach Italien oder Griechenland machen, merkwürdig unwillig reagiert hatte, oder Annabella Milbanke abzulenken. Die Prinzessin der Parallelogramme war entschieden sehr gebildet, konnte es aber nicht lassen, ihm zu predigen:

»Ich habe das Recht auf ein ständiges und überlegtes Bemühen um Ihr Glück... Leiden Sie nicht länger darunter, der Sklave des Augenblicks zu sein, und vertrauen Sie Ihre edlen Impulse nicht den Veränderungen des Lebens an... Tun Sie Gutes... Fühlen Sie Wohlwollen, und Sie werden es hervorrufen... unvollkommen wie meine Übung darin ist, habe ich doch das Glück genossen, Frieden zu stiften & Tugend bei Gelegenheiten hervorzurufen, die nur diese ständige Richtung meiner Gedanken erahnen konnte.«

Er konnte einfach nicht anders, als ihr darauf zu antworten: »Das große Ziel des Lebens ist das Empfinden – zu spüren, daß wir existieren – wenn auch unter Schmerzen – es ist diese ›sehnsuchtsvolle Leere‹, die uns antreibt...«

Sie schien schockiert zu sein, schrieb aber unverdrossen weiter. Eigentlich wurde er nicht recht aus Annabella klug, wie er Lady Melbourne anvertraute:

»Die Episteln Ihrer Mathematikerin... dauern an – & die letzte schließt mit der Wiederholung des Wunsches, daß niemand außer Papa & Mama davon wissen dürfe & da ist nun nicht mehr zu helfen – doch – bedenken Sie – da ist die strikteste von St. Ursulas 11000, wie nennt man sie? – klug – sittsam – & fromm – und läßt sich auf einen heimlichen Briefwechsel mit einer Person ein, die allgemein für ein großer Roué gehalten wird – & bezieht ihre betagten Eltern in diese geheimen Verhandlungen mit ein – es ist, wie ich glaube, bei alleinstehenden Damen nicht üblich, solch brillante Abenteuer zu wagen – aber das kommt von der *Unfehlbarkeit* – nicht, daß sie irgend etwas sagt, das nicht auch vom Stadtausrufer verkündet werden könnte.«

Zumindest waren Annabellas Briefe eine willkommene Ablenkung, um nicht darüber nachzudenken, daß jetzt die Rennsaison in Newmarket begonnen hatte und George Leigh sich also wieder bei Augusta befand. George Leigh!

»Sie hat einen Narren geheiratet«, sagte er bei einem seiner Besuche zu Lady Melbourne, als sie ihn nach seiner Schwester fragte, »aber sie wollte ihn haben, und ich habe nie irgendwelche Anklagen, sondern immer nur Verteidigungen gehört.« Was zum Teufel hatte Augusta bewogen, die Frau dieses Mannes zu werden?

Der Gedanke an George Leigh brachte ihn auf den Prinzregenten. Die königstreue *Morning Post*, die jede noch so banale Nachricht brachte, wenn sie nur mit etwas fürstlichem Glanz aufpoliert war, hatte in ihrer letzten Ausgabe stolz den Besuch des Prinzen bei den Gräbern Karls I. und Heinrichs VIII. vermeldet. Schlecht gelaunt, wie Byron war, schrieb er seinen Kommentar dazu:

> Hier ruhn, bekannt ob Treubruch allerwärts,
> Karl ohne Kopf, und Heinrich ohne Herz;
> Ein andres Ding dort zwischen ihnen steht,
> Nicht König, doch bezeptert, wie ihr seht,
> Dem Volk der erstre, seinem Weib der zweite.
> Zweifacher Zwingherr, seht in ihm sie beide
> Belebt aufs neue; ob Gerechtigkeit
> Und Tod auch jenen Staub im Wind zerstreut:
> Was hilft das Grab? Aus wirft es seinen Raub,
> Zu bilden einen George aus beider Blut und Staub.

Seine Königliche Hoheit trug nämlich ebenfalls diesen absoluten Dutzendnamen.

Byron vergaß allen Groll auf Monarchien im allgemeinen und den Prinzregenten im besonderen, als ein Brief von Augusta kam. Sie könne nicht, wie versprochen, mit ihm auf Reisen kommen. Er brach sofort nach Six Mile Bottom auf.

»Ich kann nicht«, sagte Augusta und versuchte, ihre Stimme nicht zittern zu lassen, »es geht einfach nicht. Du weißt genau, wenn wir das Land verlassen, werden wir nicht mehr zurückkehren können, weil man nicht lange brauchen wird, um den wahren Grund für unsere Reise zu entdecken.« Sie schluckte und fuhr sich mit den Händen nervös an die Kehle. »Du kennst das nicht, wie es ist, ohne Eltern und im Schatten eines Skandals aufzuwachsen, aber ich.« »Deine Kinder«, warf Byron ein und wich ihrem Blick aus, »wären nicht elternlos. Sie haben George.«

Augusta erbleichte, als hätte er sie geschlagen. Sie ging auf ihn zu, bis sie unmittelbar vor ihm stand, und sagte langsam: »Legst du es darauf an, mich zu demütigen? Du weißt genau, daß George sie ohne weitere Bedenken dem Nächstbesten übergeben würde und«, sie klang auf einmal erschöpft, »ich hoffe, es hat dir große Freude bereitet, mich das sagen zu hören.« Sie wandte sich ab. Lange Zeit schwiegen sie, bis er schüchtern ihr Haar berührte. Plötzlich ergriff sie seine Hand und preßte sie an ihre Wange. Ihre Haut war eiskalt. Sie zitterte. »Ich kann nicht«, flüsterte sie. »Ich kann meine Kinder nicht verlassen, und ich kann George nicht verlassen. Er ist auch nur ein Kind, das alleine nicht zurecht kommt.«

Byron legte seine Lippen auf ihre Augen, ihren Hals, ihren Mund. Augusta schlang die Arme um ihn und küßte ihn, lange und leidenschaftlich.

»Du könntest deine ältere Tochter mitnehmen«, sagte er schließlich stockend, »die anderen sind ja wohl zu klein für so eine Reise. Aber, wenn du meinst, könnten wir es trotzdem versuchen...« – »Nein«, murmelte sie traurig, »könntest du ständig mit drei Kindern zusammen leben – gerade du?« Er empfand in diesem Augenblick sehr klar alles um sich herum: das helle, kalte Herbstlicht, das Augustas Haar wie gesponnenes Glas wirken ließ, ihre Tränen auf seiner Haut, ihren Körper in seinen Armen. »Und was wird aus uns?« Sie löste sich von ihm und fuhr sich mit dem Handrücken über die Augen – wie sie es damals getan hatte, als er ihr bei den Howards in ihr Zimmer gefolgt war und sie ihm ein Kissen an den Kopf geworfen hatte. »Ich weiß nicht.« Sie sah ihn an. »Ich liebe dich, und ich werde dich immer lieben, aber ich weiß nicht... ob so, auf diese Art.« Geistesabwesend verschränkte sie ihre Finger ineinander und bog sie um. »Bitte, laß mir Zeit.«

> Ich nenne, ich flüstre, ich atme dich nicht;
> Es ist Schmerz in dem Klang, es ist Schuld im Gerücht;
> Nur die brennende Trän auf der Wang, o mein Herz
> Verrät dir den tiefen, den schweigenden Schmerz.
>
> Zu kurz für das Glück, für den Frieden zu lang
> Entschwanden die Stunden, berauschend und bang
> Wir brachen die Kette, entsagten dem Glück,
> Wir scheiden, wir fliehen – und kehren zurück.
>
> O mein sei die Reue, und dein sei die Lust!
> Vergib, o mein Leben! – Verlaß, wenn du mußt;
> Das Herz, das dich liebt, verlier es die Ruh,
> Doch beugt es und bricht es kein andrer als du.
>
> Stolz wider die Stolzen, voll Demut vor dir
> Ist die Seele, ob es dunkelt und stürmet in mir;
> Und die Tage sind schnell, und die Stunden sind schön
> Bei dir, o mein Herz, wie in seligen Höhn.
>
> Dein Auge voll Liebe, dein Seufzer voll Leid
> Bannt oder vertreibt, straft oder verzeiht;
> Und verhöhne die Welt mein Entsagen von dir,
> Antwortet, o Lippen, nicht ihnen – nur mir!

»So«, sagte Lady Melbourne. Vor sich hatte sie ein Journal mit Byrons neuestem Gedicht, »Stanzen für Musik«, liegen. »Ich glaube, Sie schulden mir eine Erklärung, mein Lieber.« Byron beobachtete sie und fand sie bewundernswert. Lady Melbourne verließ ihr Haus, das sie so ganz auf sich abgestimmt hatte, wo jeder Gegenstand ihre Persönlichkeit unterstrich, eigentlich so gut wie nie. Dort fühlte sie sich wohl, dort hatte sie jeden Besucher im Griff. Dennoch war sie heute in die St. James Street gekommen und verbreitete in seiner Junggesellenwohnung so viel Würde und Ausstrahlung, als säße sie in ihrem vielgerühmten Salon. Er lächelte etwas unsicher.

»Aber Lady Melbourne, das ist eine Gelegenheitsarbeit. Thomas Moore wollte ein paar Strophen haben, die sich in Musik umsetzen lassen.« Lady Melbournes Augenbrauen zogen sich drohend zusammen. »Byron, glauben Sie nicht, daß ich Sie inzwischen kenne?« Etwas sanfter, doch immer noch der Vorwurf in Person, fügte sie hinzu: »Ich dachte, wir seien Freunde und Sie würden zu mir kommen, wenn Sie Probleme hätten. Und das hier«, sie tippte mit einer Fingerspitze gegen die Zeitschrift, die sie mitgebracht hatte, »klingt sehr ernst.«

Byron schwieg. Lady Melbourne bemerkte zu ihrem Erstaunen, daß die Farbe seiner Augen, vielleicht durch den Lichteinfall, sich zu einem fast schwarzen Grau verdüstern konnte. Sie wartete einige Augenblicke, dann fuhr sie behutsam fort, ihrer ungeheuerlichen Vermutung nachgehend. »Sie wissen, Sie können mir vertrauen. Ich glaube nicht, daß Caroline Sie noch einmal schwach werden läßt, die Oxford ist fort, und danach sind Sie eigentlich nur mit *einer* Frau öfter gesehen worden. Ist es die Person, an die ich denke?«

Byron zögerte einen Moment, dann nickte er. Lady Melbourne gelang es nicht ganz, ein entsetztes Atemholen zu unterdrücken. Als sie sich wieder gefangen hatte, sprach sie mit einer Ruhe in der Stimme, die sie ihr ganzes Leben lang eingeübt hatte. »Sie sind wahnsinnig geworden, alle beide. Ganz abgesehen von Kirche, Moral und Gesellschaft – für derartige Dinge sieht das Gesetz eine ziemlich harte Strafe vor.« Sie machte eine Pause, doch er lehnte sich zurück, und in seinen nun eindeutig grün schillernden Augen ließ sich keine Regung ablesen. Deswegen sagte sie mit absichtlicher Härte: »Für *beide* Teile.«

Das traf ihn. Sein Gesicht verlor die maskenhafte Starre, und er sah mit einem Mal sehr jung und verwundbar aus. Er umklammerte nervös seine Stuhllehne und fragte schließlich: »Glauben Sie – glauben Sie, daß sie in Gefahr ist?« Er drehte den Kopf zur Seite und wandte ihr sein Profil zu.

»Wie lange hat man damals gebraucht, um den Grund für die Reise von Lord Bespin und seiner Schwester herauszufinden? Aber das können Sie natürlich nicht wissen. Es ist jetzt – du meine Güte, schon dreißig Jahre sind seither vergangen.« Sie schüttelte den Kopf. »Meiner Meinung nach sollten Sie so schnell wie möglich versuchen, sich von dieser Geschichte zu lösen, in Ihrer beider Interesse. Im übrigen, wenn mich mein Instinkt nicht trügt, haben Sie an der Sache vielleicht weniger Schuld als eine gewisse andere Person. Schon gut«, sie wehrte seinen Protest ab, »schon gut. Ich meine nur, eine kleine Ortsveränderung würde Ihnen guttun. Haben Sie mir nicht erzählt, Sie seien zu einer Hochzeit in Aston eingeladen? An Ihrer Stelle würde ich hingehen. Die Braut soll ausnehmend hübsch sein.«

Aston, 28ster Sept. 1813

Meine liebe Lady Melbourne,
– Ich sehe nicht, wie Sie leicht hätten weniger sagen können – Sie irren sich allerdings sehr in bezug auf sie *– Sie – oder vielmehr ich* haben *meiner A großes Unrecht getan – und – es muß irgendeine selbstsüchtige Dummheit, beim Erzählen meiner eigenen Geschichte, sein – aber wirklich & wahrhaftig – sie traf keine Schuld – nicht den tausendsten Teil im Vergleich zu mir – sie war sich ihrer eigenen Gefahr nicht bewußt – bis es zu spät war – und ich kann mir ihre spätere »Hingabe« nur durch eine Beobachtung erklären, die ich nicht für ungerecht halte – nämlich daß Frauen weitaus* anhänglicher *sind als Männer – wenn man ihnen nur irgendwie Aufrichtigkeit und Zärtlichkeit entgegenbringt.*

Was Ihre *A betrifft – weiß ich nicht, was ich von ihr halten soll; – ich lege ihren vorletzten Brief bei – und den vorletzten von* meiner *A – damit Sie Ihre eigenen Schlüsse aus* beiden *ziehen können; – ich glaube, Sie müssen der* meinen *einräumen – daß sie in puncto* Begabung *eine sehr außergewöhnliche Person ist – aber ich will nicht mehr sagen.«*

Als er diesen Brief schrieb, war Byron schon in Aston. Er hatte noch lange mit Lady Melbourne gesprochen, zuletzt in einem wahren Rausch von Erleichterung; endlich mit jemandem über Augusta reden zu können. Doch aus irgendeinem Grund, auf den er nicht kam, schien sie seiner Schwester die Schuld geben zu wollen. Wie dem auch sei, er hatte ihren Rat befolgt und nahm an der Hochzeit James Wedderburn Websters teil. Er war nicht eigentlich mit dem »kühnen Webster«, wie er ihn seiner Streitlust und seiner ständigen Frauengeschichten wegen nannte, befreundet, aber er kannte ihn eben gut.

Webster schien wirklich in seine Braut, eine gewisse Lady Frances, verliebt zu sein. Er verbreitete den ganzen Tag Lobeshymnen über sie und handelte sich eine von Byrons boshaften Attacken ein, als er erklärte, Frances sei in allen Eigenschaften, menschlich und moralisch, nur Christus zu vergleichen. Byron schrieb an Lady Melbourne, er persönlich hielte die Jungfrau Maria für ein angemesseneres Sinnbild. »Ich werde ein paar komische Jagoismen mit unserem kleinen Othello haben; – ich selber hätte keine Chance bei seiner Desdemona.« In Webster fanden sich nämlich zwei häufig einander bedingende Eigenschaften vereint: brennende Eifersucht und ein notorischer Hang zu anderen Frauen.

Byron fand Lady Frances tatsächlich reizend. Sie trug ihr Haar kurzgeschnitten wie Caroline, war auch blond, aber mit einem stark rötlichen Schimmer. In ihrer graziösen Erscheinung erinnerte sie ihn etwas an Mary Chaworth.

Am zweiten Tag seines Aufenthalts in Aston fühlte Byron sich so einsam, daß er den eigentlichen Zweck seiner Reise vergaß, an Augusta schrieb und sie bat, hierherzukommen. Sie lehnte ab. Er erhielt ihren Brief genau an Websters Hochzeitsabend, betrank sich und faßte einen Entschluß. »Nein, ich bin nicht ärgerlich«, antwortete er auf ihre nächste Epistel, »aber Du weißt nicht, wovor Deine Anwesenheit hier mich bewahrt hätte.« Er hatte beschlossen, Lady Frances zu verführen.

Die Zeit dazu war ziemlich knapp bemessen, denn die Sitte verlangte, daß die Hochzeitsgäste ungefähr eine Woche nach dem Fest wieder abreisten. Er spielte Frances Billets zu, sah sie erröten, in seine Richtung schauen und den rotgelockten Kopf wieder abwenden, nur um das Spiel nach einiger Zeit zu wiederholen. Als er sie beim Dinner zum zehnten Mal dabei ertappte, wie sie ihn anstarrte, kam er zu der Überzeugung, er könne den nächsten Schritt wagen.

Er arrangierte ein zufälliges Treffen an einem ungestörten Ort. Dort machte er Frances eine offizielle Liebeserklärung und entdeckte zu seiner Überraschung, daß sie völlig unerfahren war. Vielleicht hielt ihn diese Einsicht davon ab, ihr mehr als ein paar Küsse zu geben. Er überlegte schon, ob er die Angelegenheit nicht ganz fahren lassen sollte, als er in seinem Zimmer einen leidenschaftlichen Liebesbrief von Frances fand, der jedoch mit der Versicherung schloß, sie könne ihrem Gatten niemals untreu werden. Nun gut. Man würde sehen. Er verlängerte seinen Aufenthalt.

Lady Melbourne, der er schriftlich Bericht erstattete, zeigte sich hocherfreut über diese Wendung der Dinge. Aber als er wieder abreiste, war er immer noch nicht weiter gekommen. Der kühne Webster lud ihn zwar ein, noch ein wenig länger zu bleiben, doch Byron lehnte ab. Er hatte nämlich entdeckt, daß im benachbarten Doncaster die Rennen stattfinden würden, und mit George Leigh zusammenzutreffen, konnte er in dieser Situation nicht ertragen. Also kehrte er zurück, nicht nach London, sondern nach Newstead Abbey.

Dort entstand innerhalb von wenigen Tagen ein neues Versepos, »Die Braut von Abydos«. Byron selbst hielt nicht viel davon, schrieb es nur, wie er Moore sagte, um sich von der Realität abzulenken – und dennoch schlich sie sich ein. Die Liebenden in seiner Erzählung waren Geschwister. Erst im letzten Moment entschloß er sich, aus ihnen Cousin und Cousine zu machen. Bald darauf kamen die Websters nach Newstead Abbey.

Der Teufel mochte wissen, was den »kleinen Othello« dazu trieb, ausgerechnet hierherzukommen – war er denn blind? Der Austausch von Billets ging wieder los, die heimlichen Küsse wurden leidenschaftlicher. »Ich glaube, der Platonismus ist in Gefahr«, erfuhr Lady Melbourne. Aber als Byron Frances eines Abends in seinem Schlafzimmer fand, offensichtlich zwischen Tränen und Hingabe hin- und hergerissen, war er von sich selbst angewidert. Sicher, Webster mochte seine Frau ebenfalls betrügen, aber er liebte sie. Und Byron, das wurde ihm klar, als er Frances' Gesichtsausdruck sah, empfand nicht den Funken eines echten Gefühls für sie.

Plötzlich kam es ihm widerwärtig vor, diese Frau noch aus dem Brautbett heraus verführen zu wollen. Und das alles noch nicht einmal Frances' wegen. Er brachte sie mit so viel Zartgefühl wie möglich dazu, wieder zu gehen, und war zum erstenmal in seinem Leben einem Zusammenbruch wirklich nahe. Bald danach reisten die Websters wieder ab.

In seiner Einsamkeit erreichte ihn ein Brief von Annabella Milbanke. Sie hatte seinerzeit Byrons Heiratsantrag unter dem Vorwand abgelehnt, ihr Herz sei bereits anderwärtig gebunden. Nun deutete sie erstmals an, dies sei möglicherweise nicht oder nicht mehr der Fall. Er verspürte keine Lust, ihr zu antworten, jedenfalls noch nicht gleich. Und mit der nächsten Post kam eine Botschaft, die alles andere für ihn unwichtig machte. Augusta schickte eine Locke ihres Haares, zusammen mit einer kurzen Nachricht:

Partager tous vos sentiments
ne voir que par vos yeux
n'agir que par vos conseils, ne
vivre que pour vous, voila mes
vœux, mes projets, & le seul
destin qui peut me rendre
heureuse.

Sie würde zu ihm kommen.

Die meiste Zeit des Spätherbstes und des beginnenden Winters verbrachte Byron in Newstead, nur gelegentlich war er bei Freunden in London zu sehen. Das einzige, was Lady Melbourne noch zum Thema Frances Wedderburn Webster sagte, war die beiläufige Feststellung: »Sie kommen sehr schnell über Frances hinweg.« Byron zog die Brauen hoch. »Von was zum Teufel soll man sich da erholen? Ein paar Küsse, nach denen es ihr nicht schlechter ging und mir nicht besser.«

Lady Melbourne nippte an ihrer Teetasse und bemerkte schließlich: »Sie schrieben mir, Sie wären bereit, aufs Ganze zu gehen.« – »Ja«, erwiderte Byron abwesend, »das war ich wohl. Ich glaube, ich hätte mich sogar mit Webster, diesem Idioten, duelliert. Wenn er gewonnen hätte, hätte ich eine schöne Dichterleiche abgegeben. Die Frommen hätten ihre Moral, Sie wären ärgerlich, Lady Oxford würde sagen, es sei meine eigene Schuld, weil ich ihr nicht nach Sizilien gefolgt bin, und Caroline wäre verrückt vor Trauer, daß es nicht ihretwegen geschehen ist.«

Sehnsüchtig erwartete Byron nun das Jahresende in London. Augusta mußte in ihrer Rolle als Hofdame der Prinzessin am traditionellen Neujahrsball teilnehmen, und sie hatten verabredet, danach gemeinsam nach Newstead zu fahren. Immer öfter kam ihm jetzt Lady Melbournes Warnung über die Gefahr, in der sie sich beide befanden, störend in den Sinn.

Für sich persönlich fürchtete er nichts – er konnte sehr gut auch außerhalb von England leben, in Griechenland beispielsweise, das er immer wieder als Kulisse für seine Erzählungen nahm. Aber Augusta hatte klargemacht, daß sie ihn nicht begleiten würde, und er wußte, wie Frauen selbst bei einem normalen Ehebruchsskandal behandelt wurden. Und wenn tatsächlich das Undenkbare eintrat und das Gesetz sich einschaltete? Nein, das war unmöglich. Es gab keine Beweise, nicht die geringsten. Nur er und Augusta kannten die Wahrheit, und Lady Melbourne, doch sie hatte sein Vertrauen noch nie mißbraucht. Und es gab keinen Beweis!

Als er Augusta wiedersah, waren alle Zweifel und Befürchtungen mit einem Mal weggewischt. Sie kam in Begleitung ihrer

Freundin, Mrs. Thelma Villiers, bei der sie während ihres kurzen Londoner Aufenthalts wohnen würde. Glücklicherweise hatten sie immer noch ihre Zeichen und Andeutungen, um sich zu verständigen. Nachdem er ihr einen leichten Kuß auf die Wange gegeben hatte, bemerkte er, daß sie die Finger gekreuzt hielt. Sie klang wie immer, lebhaft und etwas in Eile, doch als er sie näher betrachtete, glaubte er, eine bestimmte Veränderung an ihr wahrzunehmen.

»Bevor du etwas sagst«, bemerkte Augusta fröhlich, »ja, es stimmt, ich erwarte wieder ein Kind.« Sie hatte seinen Blick gesehen und wandte sich nun unbefangen an Mrs. Villiers. »George ist allerdings nicht so sehr erfreut darüber, daß er schon wieder Vater wird, aber ich bin sicher, wenn das Kleine erst einmal da ist, wird er es lieben wie alle seine Kinder.« Sie lachte, der Inbegriff der glücklichen Mutter. Doch Byron sah, wie sie sich auf die Lippe biß, als Thelma Villiers ihre überschwenglichen Gratulationen anbrachte, und er erkannte die Schatten in ihren Augen.

»Warum hast du es mir nicht geschrieben?« Sie saßen in seiner großen Reisekutsche, und das eintönige Holpern über die frosterstarrten Wege wirkte einschläfernd. »Weil ich weiß, daß es Georges Kind ist.« Sie fröstelte und hauchte gegen ihre kalten Hände. »Ich bin ganz sicher.« Er glaubte ihr nicht wirklich. Wenn sie die Niederkunft Anfang April erwartete, wie sie Mrs. Villiers gesagt hatte, wie konnte sie da sicher sein? Er dachte daran, was man sich über Kinder von Bruder und Schwester erzählte – sie seien Ungeheuer. Es *mußte* Aberglauben sein und – George Leigh kam als Vater ebenfalls in Frage.

Er spürte, wie Augusta ihren Kopf an seine Schulter legte. »Laß uns das einfach alles vergessen«, flüsterte sie, »die ganze Welt einfach vergessen. Es gibt nur das Jetzt.« Als er kurz aus dem kleinen, eisblumenbedeckten Fenster schaute, um festzustellen, wo sie sich befanden, hatte es angefangen zu schneien.

Bei ihrer Ankunft in Newstead lag der Schnee schon so hoch, daß der Weg für die Kutsche zweimal freigeschaufelt werden mußte. Ein paar Tage später waren sie eingeschneit. »Da sieht man, daß auch der Himmel für Bestechungen zugänglich ist«, sagte Byron. »Ich habe meinem Freund Hodgson eine gehörige Summe vorgestreckt, damit er für uns betet.« Hodgson war Diakon in Cambridge, ein ehemaliger Mitstudent und Byrons Partner in der »Theologieschlacht« (wie Byron sie bezeichnete), die sie brieflich miteinander führten. Byron hatte mehrmals erwogen, ihn mit Miss Milbanke bekannt zu machen. Aber da Annabella zwischen ihren Predigten immer wieder betonte, *nicht* streng kirchengläubig zu sein, ließ er es bleiben.

Wie auch immer, dieser Winter konnte als ein Geschenk des Himmels angesehen werden. Endlich völlig allein, brauchten sie auf niemanden mehr Rücksicht zu nehmen. Es gab nur sie beide, den Schnee und Newstead Abbey. Byron schrieb an Thomas Moore, sie seien vollkommen glücklich, »da wir uns nie langweilen oder streiten, und wir lachen viel mehr, als es in so einem würdigen Gemäuer schicklich ist; und die familieneigene Schüchternheit macht uns zu vergnüglicheren Gesellschaftern füreinander, als wir es für irgend jemand anderen sein könnten.«

Augusta war beeindruckt von der großartigen Verfallenheit von Newstead. Die Zinnen, das halbeingestürzte doppelbogige Tor, ja selbst die Trümmerhalden des Seitenflügels sahen durch die verzauberte Hand des Frostes nicht mehr ruiniert, sondern geheimnisvoll aus. Newstead wirkte überhaupt wie das Schloß aus einer alten Legende oder Sage, und sie spekulierten gemeinsam, ob sich wohl irgendwelche Geister blicken lassen würden.

»Mönche, natürlich«, sagte Byron, der träge vor dem Kaminfeuer in dem riesigen »Großen Wohnraum« lag, »immerhin war es einmal eine Abtei. Ich wette, irgendwo wurde einer eingemauert oder so etwas.« Augusta rutschte zu ihm hinüber und beugte sich über ihn. »Aber doch kein *Mönch*«, erwiderte sie mit gespielter Entrüstung, »damit hat uns dein Lewis schon zur Genüge versorgt.« Sie zeichnete zart mit den Fingern seine Gesichtszüge nach. »Eine weiße Frau vielleicht, oder irgendein verstoßener Sohn, der sich blutig gerächt hat – *das* würde mich interessieren.« Sie schnitt eine Grimasse. »Wenn Tante Sophia recht hat, müßte die gesamte Sippschaft ohnehin hier versammelt sein.«

Sie ließ ihre Stimme hohl klingen. »Die fluchbeladenen Byrons!« – »Sie hat mich hier besucht, weißt du, unsere Tante Sophia, meine ich. Sie brachte Cousin Robert Wilmot und seine Frau mit, aber sie blieben alle drei nicht lange.« Augusta hob die Mundwinkel. »Tante Sophia bleibt nie irgendwo sehr lange, und das macht sie zu einem angenehmen Gast, trotz ihres Ticks mit der Familiengeschichte.« Byron nickte. »Ich mochte sie, und auch Wilmots bessere Hälfte, aber er selbst – ehrlich gesagt, ich konnte ihn nicht ausstehen.« Er sah in Augustas Augen den Schalk aufblitzen.

»Nun, wenn du Gedichte an seine Frau schreibst...« – »Ein Gedicht!« protestierte ihr Bruder. »Warum nicht? Sie erinnerte mich an eine der Schönheiten aus Tausendundeine Nacht.« – »Cousin Robert«, sagte Augusta trocken, »hat wahrscheinlich nichts dagegen, wenn sie *dich* an etwas erinnert, doch er wünscht eben keine Erinnerung bei *ihr*.« Sie kicherte. »Armer Byron, so unschuldig und ständig von den bösen Frauen verfolgt!« – »Unsinn, Gänschen, ihr seid alle Hexen und habt mich mit einem hinterlistigen Bann belegt!« Er küßte sie. Sie seufzte leicht und murmelte: »Als Hexe kann ich dir sagen, daß du schon etwas mehr tun mußt, um mich dazu zu bringen, dich von dem Bann zu lösen.«

Einmal wachte er mitten in der Nacht neben ihr auf. Sie zu beobachten, während sie noch schlief, war ein neuartiges Erlebnis, das einen unbeschreiblichen Zauber in sich barg. Ihr Gesicht wurde halb von ihrem verwirrten Haar verdeckt, und über ihrer ganzen Erscheinung schien eine köstliche Ruhe zu liegen. Murray und Fletcher hatten die bewohnbaren Zimmer von Newstead Abbey durch zahlreiche Kohlenpfannen und Kaminfeuer so aufgeheizt, daß es fast schon wieder zu warm war. Augusta mußte sich im Schlaf von der Daunendecke befreit haben. Er folgte mit den Augen ihren harmonischen Körperlinien, der vollen Brust, den langen Beinen und dem erstaunlich leicht gewölbten Bauch, in dem bläuliche Adern schimmerten.

So wie sie war, schwanger, mit den ersten kleinen Lachfalten, die sich unaufhaltsam um Augen und Mund gruben, und mit den Händen, die auch nicht mehr die einer Zwanzigjährigen waren, erschien sie ihm doch schöner als alle Mätressen, Ballköniginnen und Porträts, die ihn je beeindruckt hatten. Sie berührte ihn in seinem Innersten. Er wollte sie wecken, verzichtete dann aber darauf und überließ sich dem sanften, ruhigen Rhythmus ihres Atems.

Der Schnee und die Einsamkeit ließ ihm unendlich viel Zeit. Augusta sprach von »dem verzweifelten Versuch, sich vor unseren unheiligen Ahnen zu rechtfertigen«. »Bedenke, Byron«, sagte sie mit tiefernster Stimme zu ihrem Bruder, »sie alle hatten ständig so schrecklich wichtige Dinge zu tun, wie Familienfehden zu führen, ihre Frauen zu ermorden und Ratten zu züchten. Und wir sitzen hier herum und albern bloß. Kein Wunder, wenn uns Geister erscheinen!«

Also schrieb er eine neue Verserzählung (»in Prosa wird mir immer alles zu wirklichkeitsgetreu«), »Der Korsar«, wieder vor griechisch-türkischer Kulisse. Die Heldin nannte er Medora, ein Wortspiel mit dem italienischen »me adora«, was sowohl »sie liebt mich« als auch »er liebt mich« bedeuten konnte. Augusta gefiel der Name.

Wenn er arbeitete, zog sie sich stundenlang in die Bibliothek zurück. »Du glaubst doch wohl nicht, daß ich in Six Mile Bottom viel zum Lesen gekommen bin.« Sie saß dann, die Knie hochgezogen, in einem seiner Sessel und vertiefte sich in das jeweilige Buch, das sie sich geholt hatte. Byron erkundigte sich neugierig einmal nach dem Titel ihrer augenblicklichen Lektüre und erfuhr zu seiner Verblüffung, daß es sich um eine Abhandlung über Schmetterlingsarten handelte, ein Werk, das er dem naturkundeinteressierten Kinnaird verdankte.

»Warum nicht?« fragte sie ihn neckend. »Vorher hatte ich ›Corinne‹ von Madame de Staël. Da brauche ich Erholung!« Er mußte lachen. »Wenn du sie getroffen hättest, Gus, würdest du das auch sagen.« Augusta blinzelte. »Ich dachte, du magst sie?« – »Ich mag ihre Bücher und auch sie, für eine halbe Stunde. Die

Dame schreibt Oktavbände und *redet* Folianten!« Eine unerklärliche Traurigkeit überfiel ihn plötzlich und unvermutet, wie ein Schleier aus Asche. »Wie lange wird es noch dauern, Augusta?« Sie wußte sofort, was er meinte. »Solange der Schnee dauert«, antwortete sie ruhig.

Schnee, der Stern für »Schneeflocke«, wurde zu einem weiteren ihrer Symbole. Als das Wetter sich für kurze Zeit aufklärte und ein paar Tage die Sonne schien, machten sie lange Spaziergänge in dem strahlenden Weiß. Byron war zuerst besorgt. »Schadet dir das denn nicht irgendwie?« – »Männer!« spottete Augusta und rannte ein Stück die kaum erkennbare Allee entlang. Sie hatte sich von Murray ein paar alte Sachen ausgeliehen – Byrons wären ihr mittlerweile zu eng gewesen – und genoß es, im Dahinfliegen die reine, kalte Luft des Winters einzuatmen. Bei einer der wenigen Ulmen, die der böse Lord übrig gelassen hatte, machte sie halt, drehte sich einmal um den Baum und lief wieder zu Byron zurück. »Oh dear, ich habe doch keine Völkerwanderung vor! Und«, sie lächelte ihm zu, »als Mutter von drei Kindern kann ich dir versichern, daß ich weiß, was für mich gefährlich ist, und was nicht. Bestimmt nicht ein Spaziergang!« Byrons wegen konnten sie ohnehin nicht schnell laufen. Da der See vor der alten Abtei zugefroren war, hätten sie ihn überqueren können. Aber hier zögerte Augusta. »Laß uns außen herum gehen.«

»Was denn, du Amazone, hast du Angst?« Das hätte er lieber nicht sagen sollen. Blitzschnell griff sie nach dem Schnee und stäubte ihn ihrem Bruder so lange ins Gesicht, bis er lachend um Gnade bat. Er wischte sich die letzten Überreste ihrer unvermuteten Attacke aus Gesicht und Kragen und sah sie an, wie sie da in den abgelegten Männerkleidern stand, mit funkelnden Augen, die Haut von der kalten Luft und der Anstrengung gerötet. Völlig ernst sagte sie auf einmal: »Ich liebe dich.« – »Ich liebe dich.« – »Und für wie lange?« Das war ein Ritual, das sich zwischen ihnen eingespielt hatte. »10 000 Jahre und noch einen Tag mehr.«

An diesem Tag war es der Post gelungen, sich nach Newstead Abbey durchzuschlagen. Obwohl sie jetzt beide die mittlerweile geschriebenen Briefe aufgeben konnten, fühlten sie sich irgendwie gestört. Übrigens bekamen auch beide ihren Teil Nachrichten aus der Welt. Byron erhielt einen ganzen Stoß Briefe von Hobhouse, Davies, Kinnaird, Moore, dem Verleger Murray, Lady Melbourne, Annabella Milbanke (»natürlich«) und Caroline Lamb (»o nein!«).

»Da, für dich, von Spooney!« sagte Byron und warf Augusta ein versiegeltes Päckchen zu. August machte sofort ein besorgtes Gesicht. Spooney war sein Spitzname für Hanson. Dieser schickte neben einigen Zinspapieren auch die Nachricht, trotz der Geldsumme, die ihr Byron inzwischen geliehen hatte, könne George von der Bank, bei der er verschuldet war, kein weiterer Aufschub gewährt werden. Byron sah die Miene seiner Schwester und runzelte die Stirn.

»Setzt der alte Schuft dir zu? Mir schickt er auch nur Hiobsbotschaften. Er will unbedingt, daß ich Newstead Abbey verkaufe. Ich hätte es im letzten Sommer fast getan, aber der Mann, den Spooney als Käufer ausfindig gemacht hatte, war ein Betrüger.« – »Vielleicht«, erwiderte Augusta nachdenklich, »sollte ich Six Mile Bottom auch verkaufen. Aber wer will schon ein so hoch verschuldetes Gut haben!« Sie hob den Kopf und schenkte ihm ihr jähes, geheimes Lächeln, das ihn immer eine Sekunde lang schwindlig werden ließ. »Da hast du es mit Newstead leichter – das ist schon vom Inventar her interessanter!«

Er wußte, was sie meinte. Bei ihrer Ankunft hatte er ihr beiläufig aus den Schädelbechern zu trinken gegeben, mit denen er bis jetzt noch jeden Besucher schockiert hatte. Es war nicht böse gemeint gewesen, er wollte nur wissen, wie sie reagierte. Augusta hatte den Totenkopf, ohne mit der Wimper zu zucken, in die Hand genommen und daraus getrunken. »Exzellent. Dein Wein ist wirklich hervorragend, Liebster, aber meinst du nicht, du könntest dir allmählich neues Geschirr anschaffen? Falls du nicht auf die Mitgift der noch zu heiratenden reichen Lady Byron warten willst.« Er kam sich noch jetzt, im nachhinein, ausgesprochen kindisch vor.

Es schneite wieder, aber beide wußten sie, daß ihr gemeinsamer Winter nicht mehr lange dauern konnte. Bald waren die

Straßen einigermaßen passierbar. Am sechsten Februar verließ Augusta Newstead Abbey.

Byron blieb nur einen Tag länger in Newstead, dann kehrte auch er nach London zurück. In der Stadt gingen bereits die ersten heimlichen Andeutungen und Gerüchte um. Sie hatten ihren Ursprung weder in Lady Melbourne noch in Fletcher oder Murray (die blind hätten sein müssen, um nichts zu bemerken, aber viel zu loyal waren, um irgend jemandem etwas zu erzählen), sondern in Byron selbst. Die Gesellschaft war von ihm fasziniert und stimmte doch Lady Caroline Lambs Urteil zu, er sei »verrückt, schlimm und gefährlich zu kennen«.

Infolgedessen wurde er genauer beobachtet als der Prinzregent, dessen öffentliche Bigamie ohnehin für niemanden ein Geheimnis blieb. Jede von Byrons Affären wurde ausgiebig beklatscht. Und dann, nach Lady Oxfords Abreise, gab es auf einmal keinen Stoff mehr zum Klatschen – man sah ihn fast ausschließlich mit seiner Schwester. Das Zwischenspiel mit Lady Frances war viel zu kurz, um wirklich ernst genommen zu werden. Schließlich zog er sich auf seinen obskuren Landsitz zurück – wieder mit seiner Schwester –, und wen es interessierte, der konnte von Augustas Freunden auch erfahren, daß sie ein Kind erwartete. Es war noch nicht genügend Stoff für eine Skandalgeschichte. Aber es war ein Anfang.

Byron bemerkte die Veränderung erst, als er mit Augustas älterer Halbschwester, Lady Chichester, zusammentraf. Er kannte Lady Chichester nicht sehr gut, eigentlich nur vom Sehen, aber da sie sozusagen verwandt waren, begrüßte er sie. Sie versuchte zunächst ihn zu übersehen, erinnerte sich dann aber offenbar ihrer guten Erziehung und grüßte eisig zurück. Byron war überrascht. Was hatte er ihr getan? »Ach, Lady Chichester, haben Sie in der letzten Zeit von Augusta gehört? Ich warte nämlich auf einen versprochenen Brief.«

»Nein«, sagte die Chichester kurz, und ihr Tonfall machte ihn wirklich stutzig. Das schien mehr als schlechte Laune oder Migräne zu sein. »Dann«, antwortete er unbehaglich, »sollten Sie ihr schreiben.« Lady Chichester musterte ihn lange. Endlich stieß sie hervor: »Vielleicht tue ich das. Aber ich glaube, daß einige ihrer Geschwister ihr in der letzten Zeit zu oft geschrieben haben!« Mit diesem Satz ließ sie ihn stehen. Der nächste Schlag kam von Lady Melbourne, die sich in einem Postskriptum erkundigte, ob er irgend jemandem außer ihr sein Geheimnis anvertraut habe. Das konnten alles immer noch Zufälle sein. Glücklicherweise bot ein anderes Ereignis ergiebigeren Stoff zum Klatschen.

Der Prinzregent und Beau Brummel hatten sich zerstritten. Harmloser Ausgangspunkt für diese Entwicklung war eine von Brummels Schnupftabaksdosen, die der Prinz bewunderte und sich als Geschenk erbat. Als Gegenleistung schlug er vor, daß Brummel eine neue Dose selbst entwerfen sollte, die, ohne Rücksicht auf die Kosten, beim Hofjuwelier ausgeführt werden sollte. Nun gefiel diese Schnupftabaksdose dem Prinzregenten ebenfalls so gut, daß er sie für sich beanspruchte und nicht an Brummel weitergehen ließ.

Als nächstes wurde ihm hinterbracht, Beau Brummel habe in Carlton House öffentlich behauptet, er habe aus dem Prinzregenten den Gentleman gemacht, der er sei, und er könne das auch wieder rückgängig machen. Auf dem nächsten Ball schnitt der Prinz den Dandy zuerst, überlegte es sich dann jedoch wieder anders und kam gegen Ende des festlichen Ereignisses huldvoll auf Brummel zu, den er durch das Getuschel für genug gestraft hielt. Beau Brummel sah ihn eisig an und fragte dann mit klarer, weithin vernehmbarer Stimme seinen Nebenmann: »Entschuldigen Sie, wer ist denn Ihr fetter Freund?«

Das war das endgültige Aus für die Freundschaft zwischen Prinz und Dandy. Die konservativen Kreise, die Brummel schon immer um seine unnachahmliche, selbstverständliche Eleganz beneidet und seinen unverschämten Ton ihnen gegenüber gehaßt hatten, schwelgten wochenlang in Schadenfreude. »Wie wird er jetzt seine Landwäscherei bezahlen können?« war eine der beliebtesten Fragen, in Erinnerung an Brummels Forderung, ein Gentleman dürfe zwar auf keinen Fall Parfum benützen, solle aber immer saubere, gestärkte Wäsche, nicht in den billigen Läden der Stadt, sondern auf dem Lande gewaschen, tragen.

Doch irgendwann verschwand die Schadenfreude und auch das Mitleid Brummel gegenüber, der unbekümmert in seinem alten Stil weiterlebte. Die Gesellschaft besann sich wieder auf ihr vorheriges Gesprächsthema. Byron wurde nachdrücklich daran erinnert, als er einen Brief von Caroline Lamb erhielt, der ganz anders war als ihre früheren Episteln:

»Sagen Sie Ihrer Schwester, sie soll versuchen mich nicht zu verabscheuen. Ich bin ihrer sehr unwürdig, ich weiß & fühle es, aber da ich Sie nicht sehen noch lieben kann, lassen Sie sie nicht hart über mich urteilen – sorgen Sie dafür, daß sie mich nicht ignoriert, wie es Lady Gertrude Sloane tut & Lady Rancliffe. Sagen Sie ihr, ich fühle meine Fehler, mein Verbrechen früher – aber versuchen Sie es & bringen Sie sie dazu, mir zu vergeben, wenn Sie können, denn ich liebe diese Augusta mit meinem Herzen, weil sie Ihnen gehört und Ihnen teuer ist.«

Es war eine sehr subtile, feinsinnige Drohung. Er dachte an Carolines Temperament, an ihren Schwur, sich zu rächen; ihre Affäre war nun schon fast zwei Jahre her, aber Caroline vergaß nichts und verzieh nichts. Schon bei Augustas kurzem Neujahrsaufenthalt in London hatte sie das Gerücht verbreitet, Augusta habe ihren Mann verlassen – damals hatte Caroline keinen weiteren Grund gehabt als Byrons offensichtliche Zuneigung zu seiner Schwester. Sie wollte ihm durch sie weh tun.

Dann kam eine Epistel von der Prinzessin der Parallelogramme: »Ich wurde wegen dieser Korrespondenz herausgefordert. Die Briefe wurden in beide Richtungen, das weiß ich, ein- oder zweimal beobachtet.« Annabella war Lady Melbournes Nichte und damit Carolines angeheiratete Cousine. Es konnte nur Caroline sein, die ein Interesse daran hatte, Briefe von Annabella an Byron und umgekehrt zu »beobachten« – wer sonst würde sich wegen *dieser* Korrespondenz die Mühe machen, wer sonst als eine Frau, die jede weibliche Person, die mit ihm im Kontakt stand, als Rivalin betrachtete? Und wenn Caroline eine Möglichkeit fand, Annabellas Briefe einzusehen, dann kam sie wahrscheinlich auch an Lady Melbournes Schreiben.

Er mußte sie irgendwie zum Schweigen bringen oder zumindest herausfinden, wieviel sie tatsächlich wußte. Und da er Caroline kannte, wußte er, daß es dafür nur eine Möglichkeit gab. Aber bevor er dazu kam, diese Idee in die Tat umzusetzen, erhielt er Besuch aus Six Mile Bottom. George Leigh – außerhalb der Rennsaison, man bedenke! – brachte ihm die Nachricht, Augusta sei mit einer Tochter niedergekommen. »Wenn Sie zur Taufe kämen, Byron, würden wir uns sehr darüber freuen«, schloß Leigh höflich.

»Wie geht es Augusta?« fragte Byron angespannt und bemühte sich, so ruhig und gelassen wie möglich zu wirken. Sein Schwager zuckte die Achseln. »Wie soll es ihr schon gehen – etwas erschöpft natürlich, aber Augusta macht das nichts; sie verkraftet eine Geburt sehr gut, wissen Sie, wie eine Katze.« Der Colonel seufzte. »Obwohl ich wünschte, sie wäre nicht ganz so fruchtbar wie eine Katze. Aber da kann man nichts machen, nicht wahr? Für Sie ist das selbstverständlich anders. Sie haben einen Titel zu vererben, da wollen Sie wahrscheinlich Kinder.«

Byron kämpfte mit der Versuchung, George Leigh durch einen gezielten Upper Cut mit dem Fußboden nähere Bekanntschaft schließen zu lassen. Da stand er, immer noch blond und gutaussehend, und lächelte unbedarft. »Cousin George«, sagte Byron schließlich eisig, »mir scheint, für die Kinder sind *Sie* genauso verantwortlich wie Augusta.« Das Lächeln von Colonel Leigh wurde breit. »Aber Byron, Sie wissen doch, wie das ist – man will ein paar nette Stunden, mehr nicht, und schon hat man ein Kind am Hals. Dazu braucht man noch nicht einmal verheiratet zu sein, nicht wahr, alter Junge? Obwohl ich«, beeilte er sich hinzuzufügen, »natürlich gerne mit Augusta verheiratet bin. Sie ist doch ein liebes, reizendes Frauchen, und wie sie mit dem Gut umgeht – also das finde ich wirklich bewundernswert. Ich würde mich zu Tode langweilen. Mögen Sie eigentlich Pferderennen, Cousin Byron?«

Byron begleitete Colonel Leigh nach Six Mile Bottom zurück. Er fand Augusta die ganze Zeit von allen möglichen Verwandten belagert – die Gattinnen ihrer älteren Brüder, einige Howards, und nicht zu vergessen, die Kinder – und konnte wieder nur in Symbolen mit ihr sprechen. »Du siehst gut aus, Gus, wie ein

Stern.« Sie verzog das Gesicht. »Eher wie eine Sternschnuppe – ›oh, welch ein Fall war dies‹! Aber ich trage mein Kreuz.« Das Baby war rot und häßlich wie alle Neugeborenen, schrie die ganze Zeit und schien gesund und vollkommen normal zu sein.

Byron fühlte keine übergroße väterliche Zuneigung – er hatte sich inzwischen eingeredet, daß es George Leighs Kind war –, aber er ertappte sich dabei, daß er anfing, Augustas Sprößlinge gern zu haben. Die älteste, Georgiana, war eigentlich ein netter Kerl, klug und vernünftig, kein lästiges kleines Ungeheuer. Er wußte nicht, was er von der kleinen Augusta halten sollte, doch der nunmehr zweijährige Henry, der ständig versuchte seiner Schwester die Süßigkeiten wegzunehmen, mit denen die Nanny sie bestochen hatte, gefiel ihm auch irgendwie. Der Junge hatte leuchtendrote Haare und war von einer Art liebenswerter Häßlichkeit, die ihn an Hobhouse erinnerte, obwohl es natürlich lächerlich war, Hobby mit einem Kleinkind zu vergleichen.

Byron erklärte sich sogar zu einem Spaziergang mit den Kindern bereit, um die überbeanspruchte Nanny zu entlasten. »Er kann doch schon laufen, oder?« fragte Byron mit einem Blick auf Henry. Die Nanny errötete. »Selbstverständlich, Euer Lordschaft.« Bei dem Spaziergang fiel ihm ein, daß er noch gar nicht wußte, wie seine Schwester ihr Neugeborenes zu nennen gedachte. Er fragte Georgiana, und diese, stolz darauf, zwei so schwierige Worte korrekt aussprechen zu können, erwiderte: »Elizabeth Medora.«

Medora. Me adora.

»Du bist doch ein echter Lord, oder?« unterbrach Georgiana seine Gedanken. »Wir sind mit so vielen Lords und Ladies verwandt, und sie kommen immer, wenn Mamée ein neues Kind geboren hat. Bei Henrys Taufe waren sie auch alle da.« Sie krauste die Nase. »Zuerst habe ich geglaubt, Mamée hätte nur zwei Brüder, obwohl ich *die* auch nicht richtig kenne. Einer ist ein Herzog.« Sie warf ihm einen geringschätzigen Blick zu. »Du bist nur ein Lord.« – »Das tut mir leid«, antwortete Byron und bemühte sich, ein angemessen bekümmertes Gesicht zu machen. Georgiana versetzte ihrer Schwester, die sich an ihrem Rock festklammerte, einen kleinen Rippenstoß, und fuhr überlegen fort. »Mach dir nichts daraus – Papa ist nur ein Mister oder ein Colonel, immer abwechselnd. Ich habe Mamée gefragt, was an dir so Besonderes ist. Weil du doch der Taufpate von«, diesmal stolperte sie etwas über den Namen, »Lizabeth Medora sein sollst. Mamée sagte, du wärst ihr verrückter Bruder.« Sie blickte ihn schräg von der Seite an. »Bist du verrückt?« – »Vollkommen«, erwiderte er.

Die Taufe am zwanzigsten April, nur fünf Tage nach der Geburt des Babys, wurde eine mittlere Katastrophe für Byron. Er kam zunächst neben Lady Chichester zu stehen. Beide Teile bemühten sich krampfhaft, sich *nicht* anzusehen. Dann nahm er seinen Platz als Taufpate neben der Gräfin Rutland ein, die als ehemalige Lady Elizabeth Howard ebenfalls einigen Grund hatte, ihm zu grollen, und ihn das auch spüren ließ. Bei der anschließenden Feier waren zusätzlich einige Provinzler von den umliegenden Gütern eingeladen, die ihn anstarrten wie ein seltenes Insekt. Siehe da, der berühmte Lord Byron!

Als Augustas ältester Bruder, der Herzog von Leeds, ihn schließlich mit einer chevaleresken Geste fragte: »Na, alter Junge, wie finden Sie unseren grandiosen Sieg über Boney?« antwortete Byron wütend: »Entsetzlich!« Der Herzog wich zurück, als sei er gegen eine unsichtbare Mauer gestoßen. »Wie bitte?« – »Ich finde ihn katastrophal. Ich habe Napoleon« – absichtlich sagte er nicht Bonaparte – »immer bewundert und es nie für möglich gehalten, daß er abdanken könnte. Er ist für mich der erste der drei bedeutendsten Männer Europas.«

Spöttisch blickte er den Herzog an. »Falls Sie wissen wollen, wer die anderen beiden sind – Beau Brummel und ich. Sie widersprechen doch nicht?« Der Herzog wirkte einigermaßen fassungslos, holte ein Taschentuch hervor und tupfte sich den Schweiß von der Stirn. »Aber Sie... Sie müssen doch zugeben, daß die freien Völker Europas jetzt...« – »Die *freien* Völker Europas«, unterbrach ihn Byron verächtlich, »bekommen jetzt statt eines großen Tyrannen ihre vielen kleinen zurück. Glauben Sie etwa, daß sich für den Durchschnittsbürger etwas ändert? Er wird seine Steuern nicht mehr in Napoléondors bezahlen müssen, das ist alles. Ausgebeutet wird er trotzdem – nur eben nicht mehr von einem Genie, sondern von den vielen korrupten Königshäusern des Ancien Régime, die weiter auf ihren Krücken gehen können, die die Engländer ihnen so freundlich zusammengeflickt haben!« – »Ich finde nicht«, sagte der Herzog und holte tief Luft, »daß Ihre Ansichten einem Mitglied des englischen Adels entsprechen!« – »Ich auch nicht.«

Als Hobhouse ihn zwei Tage nach der Taufe bat, sofort nach London zurückzukehren, empfand Byron das als große Erleichterung. Sein Vater, dachte er, konnte es nicht sehr schwer gehabt haben, Augustas Mutter zu verführen – bei *der* Verwandtschaft! Bestimmt war der Herzog von Leeds eine getreue Verkörperung seines Erzeugers.

Er vergaß jedoch seinen Groll auf sämtliche Angehörige der Taufgesellschaft völlig, als Hobhouse ihm mit abgewandtem Gesicht sagte: »Du besuchst deine Schwester besser nicht mehr so schnell, Byron.« – »Was soll das heißen?« fragte er alarmiert. »In gewissen Kreisen... beginnt man sich... und vor allem eine gewisse Person... Gedanken zu machen, die...« – »Um Himmels willen, Hobby – sie ist meine *Schwester*, und wenn ich sie gern habe, was kann man dabei schon finden?« Hobhouse blickte ihn an, ehrlichen Kummer in den Augen.

»Wie gesagt... Kinnaird und ich haben auch schon angefangen, uns... Gedanken zu machen. Wenn du mir dein Ehrenwort gibst, daß die gewisse Person alles, aber auch alles frei erfindet, gehe ich und fordere jeden, der ihre Mutmaßungen weiterverbreitet, zum Duell!« – »Woher soll ich wissen, was sie alles erzählt?« fragte Byron ärgerlich und starrte an Hobhouse vorbei. »Ihr mangelte es noch nie an Phantasie.« Hobhouse nickte langsam. »Vielleicht besitzt sie zuviel Phantasie – kann auch sein. Wie dem auch sei, Byron, du bist nicht katholisch und ich nicht dein Beichtiger. Aber meiner Meinung nach solltest du das entweder mit deiner Schwester oder der gewissen Person klären, bevor sie ihre Geschichte mehr Leuten als nur deinen engsten Freunden andeutet.«

Caroline Lamb erhob sich leise von dem Bett in Byrons Wohnung und achtete sorgfältig darauf, den Mann neben ihr nicht aufzuwecken. Sie hatte erreicht, was sie wollte. Sie war wieder Byrons Geliebte. Und nun wünschte sie herauszufinden, weswegen. Caroline war weder dumm noch unsensibel und hatte sehr wohl gemerkt, daß weder Liebe noch Begehren Byron in ihre Arme zurückgetrieben hatten. Entgegen Byrons Mutmaßungen war es ihr bis jetzt jedoch noch nicht gelungen, seine Briefe an Lady Melbourne einzusehen, und die wenigen an Annabella, die sie entdeckt hatte, sagten ihr nichts. Schon andere hatten beobachtet, daß die Beziehung zwischen den Geschwistern ungewöhnlich eng war. Und der Weg einer weiteren Schlußfolgerung lag offen. Aber sie mußte es *wissen*.

Also schrieb sie Byron den bewußten Brief. Wenn man den Ausflug nach Six Mile Bottom als Verzögerung einrechnete, hatte er eigentlich genauso reagiert, wie sie es erwartet hatte. Natürlich gab es immer noch die Möglichkeit, daß er als hilfsbereiter Bruder nur um den Ruf seiner Schwester besorgt war. Aber wie weit geht ein Bruder, um seine Schwester zu schützen, wenn der Bedrohung nichts zugrunde liegt?

Im Dunkeln fand sie schnell den vertrauten Weg zu Byrons Arbeitszimmer und tastete dort nach dem Sekretär. Sie war schon oft hier gewesen und hatte sich nach der Geschichte mit dem Einbruch ohne Gewissensbisse unter anderem einen Zweitschlüssel für seinen Schreibtisch beschafft. Da er aber das Schloß an der Eingangstür längst auswechseln hatte lassen, konnte sie nicht im geringsten davon profitieren. Bis heute.

Im flackernden Kerzenlicht öffnete sie lautlos ein Fach nach dem anderen, sah zähneknirschend ihre eigene Korrespondenz neben der von Annabella Milbanke liegen, bis sie endlich auf das stieß, was sie suchte: ein dickes Paket Briefe, alle von der gleichen Schrift an Byron adressiert, eine Schrift, die sie von ihren früheren Besuchen in Byrons Wohnung her wiedererkannte. Obenauf lag eine Spielkarte. Seltsam, dachte Caroline. Die Kreuzdame.

Die ersten Briefe, die sie in aller Hast überflog, stimmte sie ungeduldig. Alles Kindereien, buchstäblich. Nach kurzem Überle-

gen nahm sie einen zweiten Stapel, noch nicht so umfangreich wie der erste. Der oberste Umschlag war mit Byrons Schrift adressiert, weswegen sie ihm zunächst weniger Aufmerksamkeit geschenkt hatte. Dann entdeckte sie, daß es sich nicht um eine Adresse, sondern um eine Aufschrift handelte:
La Chevelure
der *einen*, die ich
am meisten *liebe* +

Aha! In dem Kuvert befand sich eine einzelne Haarlocke, ein glänzendes Dunkelbraun, soweit Caroline das bei dieser schwachen Beleuchtung beurteilen konnte. Der nächste Brief war wieder mit Augustas Schrift adressiert und – ah! Genau das wollte sie wissen. Caroline las, und der Haß, der sie innerlich schüttelte, stand in merkwürdigem Gegensatz zu ihrer Erscheinung: eine wunderschöne nackte Frau mit verwirrtem, kurzem Haar und dem unschuldigen Gesichtsausdruck eines Engels.

Wenn ich Ihnen gefolgt wäre, würden Sie mir befohlen haben, das Bett für Ihre neuen Favoritinnen aufzuschlagen – Sie sind genau der Mann, um so etwas auszuüben & mit all meiner Leidenschaft hätten Sie mich dazu gebracht, es zu tun. Alles bis auf das habe ich bereits getan, nicht wahr – & wirklich, in dieser Nacht erwartete ich, daß das Signal dazu jeden Moment gegeben würde... Es war ein seltsames Abenteuer, aber Sie waren in dieser Nacht nicht so freundlich wie früher. Sie haben an andere gedacht, selbst als Sie mit mir zusammen waren – da bin ich ganz sicher – + Die Erinnerung an diese Nacht ist unerträglich für mich, Gott segne meinen Freund – oder eher den Feind meines Herzens. Gott segne & erhalte Dich diese Nacht & mache selbst Deine Träume gesegnet.

Byron hielt den Brief in der Hand und war überzeugt, daß Caroline Lamb langsam, aber sicher wahnsinnig wurde. Doch ihr Wahnsinn hatte Methode – sie *wußte*. Sie wußte noch mehr, als er ursprünglich angenommen hatte. Wie zum Teufel kam sie dazu, dieses Zeichen zu verwenden? Es schien, als müsse sich die ganze, elende Affäre mit ihr wiederholen, weil sie ihn nun wahrhaftig erpressen konnte. Miststück!

Carolines Temperament hatte sich in den Jahren nicht verändert, nur verstärkt. Wieder folgte sie Byron überall hin, Ausritte, Gesellschaften, selbst Schießübungen fanden nicht ohne sie statt. Anfangs versuchte er die Vorzüge zu sehen: Carolines Benehmen zog überall, wo sie auch war, die Aufmerksamkeit der Menschen auf sich, und bildete so die beste Ablenkung vor jedem anderen Getuschel.

Aber schon nach zehn Tagen hatte er genug davon. Es war unmöglich. Er haßte Caroline inzwischen, haßte sie inbrünstig und hätte keinen Finger gerührt, um sie aus einem Sumpf zu ziehen, wäre sie hineingefallen. Außerdem – wie lange konnte man bei Carolines Geistesverfassung für ihr Schweigen garantieren? Zur Hölle mit Caroline, wenn sie sich einbildete, ihn erpressen zu können. Er beschloß, dieses abstoßende Zerrbild einer Affäre so zu beenden, daß sie ihn ein für allemal in Ruhe ließ. Er verabredete ein erneutes Treffen in seiner Wohnung.

Dort küßte er sie zunächst ohne die geringste Leidenschaft. Dann sagte er mit trügerischer Sanftheit: »Arme Caro, Sie werden sich wohl nie verändern. Ich nehme an, Sie werden mich lieben, was auch passiert, nicht wahr?« Caroline blickte ihn verwirrt an. »Doch«, flüsterte sie, »ich habe mich verändert.« – »Wie schön für Sie, Caro. Ich nämlich auch. Sie wissen ja, ich war immer ein überzeugter Junggeselle. Aber irgend etwas in diesem Jahr hat in mir den Willen geschürt, mich zu verheiraten.« Carolines marmorne Haut wurde aschfahl. Benommen stammelte sie: »Sie... Sie wollen heiraten?« – »Ja«, versetzte er brutal, »aber bestimmt nicht Sie, selbst wenn Sie frei wären. Sie ekeln mich an, Caro. Und ich bin sicher, Sie verstehen, daß mich die unbezähmbare Leidenschaft zu meiner zukünftigen Ehefrau dazu zwingt, jeden Kontakt mit Ihnen ein für allemal aufzugeben.«

Es war das Ende. Sie wußte es. Eine Ehe seinerseits entzog ihr jede Grundlage. Vielleicht, wenn sie einen der Briefe mitgenommen hätte... doch der alles überwältigende Haß, der sie erfüllte, hatte sie jede Logik vergessen lassen. Das war das Ende. Doch sie würde sich rächen. Irgendwie, irgendwann.

Als Byron von seiner Heirat gesprochen hatte, war das nicht viel mehr als ein Bluff gewesen. Er überredete Augusta, mit ihm und den Kindern (denn ihr Jüngstes konnte sie nicht gut allein lassen, und die anderen zu benachteiligen, wäre, wie sie schrieb, ungerecht) im Juli an die See zu fahren, nach Hastings. Hodgson aus Cambridge hatte dort ein Haus für ihn gemietet. Es würde wunderbar sein, endlich wieder »meine A« für sich zu haben.

Aber der Gedanke an eine Heirat ging ihm nicht mehr aus dem Kopf. Lady Melbourne drängte ohnehin darauf, sie meinte, es sei die einzig vernünftige Lösung. Und in der Tat, wenn er heiratete, irgendwen heiratete, würden alle Gerüchte von selbst verstummen. Augusta wäre sicher.

Andererseits... es war schon schlimm genug, daß *sie* sich durch eine Ehe gebunden hatte, auch wenn sich ihr Gatte selten genug bei ihr blicken ließ. Bei einer Vermählung seinerseits... doch wie lange würde sich Caroline durch einen Bluff zurückhalten lassen?

Er fühlte sich noch immer hin und her gerissen, als er bei Augusta in Six Mile Bottom eintraf, um mit ihr die gemeinsame Reise vorzubereiten. Augusta hatte sich augenscheinlich von der Geburt erholt. Sie wirkte schlank wie eh und je und köstlich vertraut in seinen Armen. Byron, der sich trotz seiner Sportleidenschaft ständigen Hungerkuren unterziehen mußte, um sein Gewicht (und die vielbeneidete Ephebenfigur) zu erhalten, war voll Bewunderung.

Er hatte ihr eigentlich eines der Medaillons mitbringen wollen, die ihr damals in St. Paul's aufgefallen waren. Doch auch eine intensive Suche führte nicht zu dem gewünschten Ergebnis. Immerhin hatte ihm ein Juwelier versprochen, die Schmuckstücke nach seiner Beschreibung anzufertigen, eines mit Augustas Initialen und eines mit seinen. Augusta... wenn er sie bei sich spürte, glaubte er, niemals eine andere Frau ertragen zu können. »Gänschen, was würdest du sagen, wenn ich heirate?«

Sie stand auf und begann, unruhig auf und ab zu gehen. Dann

erklärte sie zu seiner Überraschung: »Ich habe auch schon daran gedacht.« Sie fand, er sah verletzt aus, als billige er ihr keinen Realitätssinn zu. Baby Byron! »Ich bin weder blind noch taub!« fügte sie schärfer, als es ihre Absicht gewesen war, hinzu. Er dachte daran, daß Mrs. George Lamb, Carolines Schwägerin, Augusta bei ihrem letzten Londoner Besuch offen geschnitten hatte. Doch Augusta meinte offensichtlich etwas anderes.

»Letzte Woche«, sagte sie schließlich, »schrieb mir meine Schwester Mary.« Lady Chichester, erinnerte er sich. »Sie fing mit unserem gemeinsamen Evangelienunterricht bei der Großmutter an und schloß damit, sie könne nicht mehr mit mir verkehren, wenn sich ihr Sohn in Harrow um die Ehre seiner Tante prügeln müßte.« – »Harrow!« entfuhr es ihm entsetzt. Es konnte doch unmöglich schon Schulgeschwätz sein! Augusta lachte unfroh. »Mary war schon immer für präzise Ortsangaben. Und für den Fall, daß mir der Verlust ihrer Freundschaft nicht genügt«, ihre Hände begannen zu zittern, »für diesen Fall, gab sie als Postskriptum an, würde sie der Prinzessin empfehlen, meine Ernennung als Hofdame nicht zu erneuern.« Byron verspürte den dringenden Wunsch, Lady Chichester den Hals umzudrehen. Er wußte, was das für Augusta bedeutete.

Ihre Schritte wurden immer nervöser. »Ich brauche diese Ernennung! Für viele ist es kaum mehr als ein Ehrenamt, ich weiß, aber nicht für mich. Für mich bedeutet es die einzige Möglichkeit, die ich habe, um etwas Geld zu verdienen, und sei es auch noch so wenig.« Sie bemerkte den Blick ihres Bruders und fuhr erregt fort: »Oh dear, sag jetzt nicht, du könntest mir noch einmal etwas leihen! Ich kann nicht über Jahre hinweg von dir Geld borgen, wenn Du selbst nicht genügend hast, um Newstead Abbey zu halten!«

Sie verbat sich, im Moment an etwas anderes zu denken, und hielt ihre Augen ständig auf ihn gerichtet. Endlich seufzte er und sagte: »Und wenn ich heirate – was wird dann aus uns?« Augusta unterdrückte den Wunsch, zum ihm hinzulaufen und sich einfach festhalten zu lassen. »Wir bleiben, was wir sind«, sagte sie ruhig. »Bruder und Schwester. Aber nicht mehr. Ich fände es hinterhältig jeder Frau gegenüber, sie nur unter der Voraussetzung zu heiraten, um so leichter deine Schwester als Geliebte haben zu können.«

Das war sehr direkt und doch notwendig. Ihre Stimme wurde weich, als sie weitersprach: »Glaubst du wirklich, daß *das* so wichtig ist? Wenn du jetzt weggehen würdest und ich dich nie mehr wiedersähe, ich würde trotzdem nicht aufhören, dich zu lieben. Und wenn ich nun vom Tag deiner Hochzeit an nichts als deine Schwester für dich sein werde, denkst du, das ändert irgend etwas Wesentliches zwischen uns?« Sie trat näher und berührte sachte mit ihren Fingerspitzen seine Hand.

»Bitte, glaub nicht, ich wäre besonders edel und opfere mich für meine Kinder auf. Ich bin bloß feige – ich fürchte mich einfach entsetzlich vor der Vorstellung, was uns alle erwartet, wenn wir nicht irgend etwas tun.« Er sagte leise: »Ich fürchte mich auch. Wenn ich nicht ein solcher Feigling wäre, würde ich einfach allein aus England verschwinden, und alle Probleme wären gelöst. Aber ich könnte es nicht ertragen, dich nie mehr wiederzusehen.« Er zog sie an sich und spürte, wie ihr ganzer Körper von unterdrücktem Widerstand gegen die Wirklichkeit bebte.

Auf einmal fragte sie: »Wen willst du eigentlich heiraten?« Er schüttelte verblüfft den Kopf. »Ich weiß es noch nicht.« Augusta tat ihr Möglichstes, aber ein hysterischer Lachanfall machte sich Luft und schüttelte sie so lange, bis sie kaum mehr atmen konnte. »Sind... sind wir nicht großartig, Georgy? Reden die ganze Zeit über Heirat und sind kurz davor, vor Entsagung zusammenzubrechen, und... und kennen noch nicht einmal die Braut!«

Nun, da eine Ehe beschlossen war, fühlten sich beide merkwürdig erleichtert. »Es ist gut, wenn man weiß, daß etwas unvermeidlich ist«, sagte Augusta einmal, »dann kann man aufhören, sich darüber Sorgen zu machen, bis es tatsächlich eintrifft.« Das, ob nun falsch oder richtig, war ihre Lebenseinstellung.

Sie diskutierten lange über die Wahl der zukünftigen Ehefrau. Augustas Vorschlag sagte Byron zu: Lady Charlotte Leveson-Gower, eine entfernte Verwandte, die Nichte von Lord Carlisle. Er argwöhnte, daß Augusta ihn auf diese Art mit den Howards versöhnen wollte. Aber warum eigentlich nicht? Lady Charlotte war Augustas Freundin, und »was auch immer sie liebt, mag ich ebenfalls«, wie er an Lady Melbourne schrieb. Da sich anläßlich der Feier des Sieges über Napoleon nicht nur fast der gesamte englische, sondern auch der kontinentale Adel in London aufhielt, ergab sich ein paarmal die Gelegenheit zu einem unauffälligen Treffen.

In der Tat besuchte Byron eigentlich nur Lady Charlottes wegen die zahlreichen Bälle und Veranstaltungen des »Sommers der Souveräne«, wie er ihn nannte, denn die Art, wie man diesen nationalen Triumph zur Schau trug, stieß ihn ab. Der Prinzregent hatte sich seinen fürstlichen Gästen zuliebe sogar eine standesgemäßere (und glänzendere) Mätresse zugelegt, Lady Jersey, und bedauerte nur, daß sein Stolz es ihm verbot, Beau Brummel für seine unersetzlichen Ratschläge in Fragen des Geschmacks zurückzuholen.

Lady Charlotte war wirklich der einzig erfreuliche Anblick in dieser Gesellschaft. Byron fand sie zwar etwas schüchtern und verlegen, aber doch liebenswert. Sie erinnerte ihn ein wenig an ein scheues Reh, mit riesigen Augen, und er konnte sich gut vorstellen, sie gern zu haben und sich sogar etwas in sie zu verlieben.

Es gab aber noch eine Alternative. Die Prinzessin der Parallelogramme hatte ihren Vater bewegt, Byron offiziell zu sich nach Seaham einzuladen, und deutete in ihren Briefen an, sie bedauere ihre Ablehnung seines Heiratsantrags. Er nahm an, daß sie einen zweiten Antrag nicht unwillig aufnehmen würde. Aber er war nicht sicher, ob er sich wirklich von Annabella Milbanke angezogen fühlte. Was ihm an ihr gefiel, war ihre ruhige Art, die sie so wohltuend von anderen Frauen unterschied, die Tatsache, daß sie ihn niemals mit aufdringlichen Bitten oder Fragen verfolgte, und die Aura von Würde, mit der sie sich umgab.

Nur schien sie eben sehr selbstgefällig zu sein und davon überzeugt, sie müßte alle anderen Menschen dazu bringen, ihre Meinungen zu teilen. Er hatte damals in den Briefwechsel mit ihr eingewilligt, um ihr zu beweisen, daß ihre Abfuhr ihn nicht im mindesten kränkte, und die Korrespondenz halbherzig bis jetzt fortgeführt. Byron war Annabella Milbanke zwar nur ein- oder zweimal persönlich begegnet (sogar sein Heiratsantrag wurde seinerzeit in schriftlicher Form über Lady Melbourne vermittelt), glaubte aber, sie mittlerweile durch ihre Briefe etwas besser zu kennen. Erleichtert, mit seinen Heiratsvorsätzen zu konkreten Vorstellungen gekommen zu sein, brach Byron mit Augusta und ihrer Familie nach Hastings auf.

Hastings, historischer Schauplatz der entscheidenden Schlacht zwischen Normannen und Angelsachsen, hatte sich inzwischen zu einem bezaubernden Seebad entwickelt, das von der tonangebenden Gesellschaft noch nicht wirklich entdeckt war. Im Augenblick befand sich alles, was Rang und Namen besaß, in London. Das Haus, das Hodgson für sie gemietet hatte, lag ein wenig abseits von der eigentlichen Stadt, fast direkt am Strand. Es war ein heller, freundlicher Bau, nicht sehr groß, aber mit genug Räumen, um sie alle unabhängig voneinander aufzunehmen.

Die Nanny bekam ein eigenes Zimmer neben Henry und dem Baby. Georgiana und die kleine Augusta wurden zum erstenmal nicht in der unmittelbaren Umgebung ihres Kindermädchens untergebracht, worauf die Ältere sehr stolz war. Byron hatte nur Fletcher mitgenommen. Dazu kam eine Haushälterin, von Hodgson eigens zu diesem Zweck engagiert, eine Mrs. Clerk, die zwar äußerlich einem Drachen glich (»das war Absicht – er will mich unbedingt an das Fegefeuer erinnern!«), ansonsten jedoch eine gutmütige, zahnlose Fee am Herd, die nur gelegentlich mürrisch auf die Extravaganzen ihrer Gäste reagierte.

»Wissen Sie, Mrs. Clerk, daß wir Ihre Gesellschaft der sämtlicher Berühmtheiten Europas vorgezogen haben?« bemerkte Byron. »Der Prinzregent bewirtet im Moment alle Fossilien des Kontinents in London – der Sommer der Souveräne, und der Teufel soll mich holen, wenn ich da länger zugesehen hätte.«

Für die Kinder war der Aufenthalt paradiesisch. Hastings war ein Abenteuer. Die kleine Augusta entwickelte ein erstaunliches Geschick darin, in den Klippen herumzuklettern, und ihre Mutter mußte Georgina einschärfen, die Kleine keinen Augenblick alleine zu lassen. Henry war, dem Himmel sei Dank, damit zufrieden, sich mit Wasser und Sand so dreckig wie möglich zu machen. »Wie nennst du deine Jüngste eigentlich«, fragte Byron, »Elizabeth oder Medora?« – »Mignonne«, erwiderte Augusta und atmete tief die rauhe Seeluft ein. »Sie ist so klein, und ihre beiden Namen sind viel zu würdevoll für sie.«

Byron fühlte sich immer noch nicht dazu berufen, den Ersatzvater für Augustas Kinder zu spielen, aber er liebte sie auf seine Weise. Als er entdeckte, daß keiner der kleinen Leighs schwimmen konnte – woher auch? –, bot er an, es ihnen beizubringen.

»Nur Georgiana«, sagte Augusta, »die anderen beiden sind noch zu klein.« Augusta Charlotte hatte so lange nichts dagegen, bis sie Byron und ihre Schwester im Wasser sah und begriff, daß sie sie nicht mitnehmen würden. Darauf brach sie in ein ohrenbetäubendes Gebrüll aus, das ihre Mutter nur mit einem Gang zu den Klippen beschwichtigen konnte. Augusta beobachtete ihren Bruder und Georgiana, und für einen Moment wünschte sie sich, nie mehr nach Six Mile Bottom zurückkehren zu müssen. Liebster Byron. Er würde immer jemanden brauchen, der sich um ihn kümmerte, für ihn sorgte, der ihn liebte und den er lieben konnte. Genau deswegen sollte er auch heiraten und nicht den Einsiedler im Exil spielen, was das Geschwätz ebenfalls zum Schweigen gebracht hätte. Er würde es nie zugeben, doch er kam ganz einfach ohne die Menschen nicht zurecht.

Eines Nachts, als sie sich alle glücklich, müde und erschöpft zurückziehen wollten, hielt Byron Augusta am Arm fest und flüsterte: »Du bist bis jetzt kein einziges Mal ins Meer gegangen.« Sie verzog das Gesicht. »Wann denn?« Er zwinkerte ihr zu. »Jetzt zum Beispiel.« Mit einem raschen Blick vergewisserte er sich, daß niemand zuhörte. »Liebes Gänschen, die Nanny schläft ihren wohlverdienten Schlaf, deinen Kindern habe ich einen Knebel umgebunden und Fletcher mit dem Baby in die Türkei auf den Sklavenmarkt geschickt – also komm mit mir schwimmen.«

Als sie sich überzeugt hatten, daß auch wirklich jeder schlief, schlüpften sie verstohlen in die Dunkelheit hinaus und liefen auf den Strand zu. Die Nacht war warm, fast schwül, und Augusta trug nur den Morgenrock, den ihr Ehemann ihr anläßlich der

Geburt ihrer Tochter geschenkt hatte. Eine Geste, die kennzeichnend für George war: Er hatte Glück auf der Rennbahn gehabt und einen kleinen Gewinn erzielt. Vor lauter Rührung lief er in das nächste Modegeschäft und kaufte für Augusta einen Hauch von Spitze.

Sie hatten beschlossen, nackt zu baden, da sie ohnehin niemand sehen würde, und Byron kam es vor, als vereinigten sich in Augusta Meer, Nacht und die sanfte Brise, die in diesem Augenblick wehte, zu einem unbestimmbaren Ganzen. »In ihrer Schönheit wandelt sie / Wie wolkenlose Sternennacht; / Vermählt auf ihrem Antlitz sieh / Des Dunkels Reiz, des Lichtes Pracht: / Der Dämmrung zarte Harmonie, / Die hinstirbt, wenn der Tag erwacht.«

Sie streckte versuchsweise den Fuß ins Wasser und erschauerte. »Das hast du für Mrs. Wilmot geschrieben, du Schuft, denke nur nicht, daß ich das nicht weiß!« Sie kicherte und fügte hinzu: »Kein Wunder, daß Cousin Robert eifersüchtig war!« Er berührte ihre Schulter. »Du würdest mir nicht glauben, daß ich dabei an dich gedacht haben muß, oder?« Byron spürte, wie ihr Haar ihn streifte, als sie den Kopf schüttelte. »Nein. Ich bin nicht schön.«

Sie bückte sich plötzlich und begann, ihn mit dem salzigen Meerwasser zu bespritzen. »Aber ich bin wirklich gut darin, dir das einzureden!« Diesmal war sie nicht schwanger. Er hob sie mühelos auf und warf sie ein paar Meter weiter in das tiefere Wasser, folgte ihr und tauchte sie mehrmals unter. Augusta war wendig wie eine Katze, und sie balgten sich eine Zeitlang halb über, halb unter der Meeresoberfläche. Dann, so spontan wie er gekommen war, verschwand ihr Übermut, und sie begannen, still hinauszuschwimmen. Augusta genoß die bebende Kühle um ihren Körper und überließ sich ganz dem Gefühl der rhythmischen, langsamen Bewegung.

Als sie in dieser Nacht, naß und zufrieden, in das Haus zurückkehrten, war jeder Gedanke an eine noch so kurze Trennung verflogen.

Am nächsten Tag bekamen sie Besuch von ihrem Cousin, Captain George Byron, der den Titel der Familie erben würde, falls sein berühmter Vetter ohne männlichen Erben sterben sollte. Gleichzeitig traf ein Brief von Annabella Milbanke ein. Jäh holte sie die Wirklichkeit ein: »Vor einiger Zeit habe ich deutlich gemacht, da ich wußte, Sie würden die Motive für diese Erklärung nicht mißverstehen, daß ich mich getäuscht hatte... als ich dachte, ich sei jemals eine ernsthafte Verbindung eingegangen. Die Gründe, die mich dazu brachten zu glauben, daß der Charakter einer Person meinem eigenen angemessen wäre, sind mit der Möglichkeit einer näheren Untersuchung geschwunden, und obwohl ich weit davon entfernt bin, ihm gleichgültig gegenüberzustehen, könnte mich jetzt nichts mehr dazu bringen, ihn zu heiraten.«

»Schön für sie«, sagte Byron und reichte Augusta Annabellas Brief, den sie schnell überflog. »Ich glaube, sie ist in dich verliebt.« Byron lächelte ungläubig. »Die Prinzessin der Parallelogramme? Sie steht mir höchstens wohlwollend gegenüber.« Augusta wandte sich an den Verwandten. »Mein Bruder wird bald heiraten, Cousin, wußten Sie das schon?«

Captain Byron war groß, etwas zu stattlich und ziemlich konservativ. Er wußte nicht, was er von seinem Vetter halten sollte, der aber immerhin den Familiennamen wieder bekannt gemacht hatte, wenn auch auf ziemlich seltsame Weise. »Tante Sophia erwähnte es. Darf man fragen, welche Dame das Glück hat, die Auserkorene zu sein?« – »Wir wissen es noch nicht«, sagte Byron unbekümmert. »Entweder Lady Charlotte oder Miss Milbanke. Was meinen Sie, Cousin, soll ich eine Münze werfen?«

Der Captain starrte ihn mißbilligend an und fand seinen Vetter genauso unpassend und frivol, wie er ihn sich vorgestellt hatte. »Diese Haltung einer so ernsten Angelegenheit gegenüber finde ich reichlich unangebracht.« – »Da Sie gerade von ernsten Angelegenheiten sprechen«, griff Augusta ein, »Sie sagten, Sie hätten Neuigkeiten von Hanson?« Mr. John Hanson, redlich geplagter Familienanwalt, hatte endlich einen wirklich seriösen Käufer für Newstead Abbey gefunden. Es fehle nur noch die Unterschrift des jetzigen Eigentümers, ließ er ausrichten. Dieser sah jedoch nicht im mindesten dankbar aus.

»Verdammter Spooney«, murmelte er, »ich hätte nie gedacht,

daß er es tatsächlich schafft.« Byron liebte Newstead Abbey, seit er es als Zehnjähriger das erste Mal gesehen hatte. Bis jetzt war die Möglichkeit eines Verkaufs immer unwirklich und weit weg gewesen. Doch was blieb ihm übrig, als Hanson seine Unterschrift zu geben?

Augusta schlug vor, nach Ablauf der Mietsfrist am 13. August von Hastings aus nach Newstead Abbey zu fahren, statt wie geplant nach London beziehungsweise Six Mile Bottom zurückzukehren. Sie hatte ihre Freundin Charlotte brieflich nun fast so weit gebracht, daß sie einer Verlobung zustimmte. Das hieß, Augustas Tage mit ihrem Bruder waren gezählt. Und wo konnten sie ihre letzte gemeinsame Zeit besser verbringen als in Newstead, von dem sie ebenfalls Abschied würden nehmen müssen.

Also reisten sie mit den Kindern in den Norden Englands, machten eine kurze Zwischenstation in London (wo Henry beinahe unter die Hufe der königlichen Wachablösung geraten wäre) und begaben sich dann zum letztenmal in die alte Abtei. Newstead bot sich in der melancholischen Schönheit des Spätsommers. Selbst der verwilderte Park, den Augusta mit Hund und Kindern durchstreifte, besaß seinen eigenen unwiderstehlichen Zauber.

Bald nach ihrer Ankunft traf Sophia Byron, reiselustig wie eh und je, zu einer ihrer Stippvisiten ein, und erkundigte sich eindringlich, mit welcher Lady Byron man denn nun rechnen dürfe. »Wenn du meine Meinung hören willst, Neffe«, sagte sie und nahm sich eine der aus London mitgebrachten Pralinen, »nimm Miss Milbanke.« – »Warum eigentlich?« fragte Byron. Sophia warf einen raschen Blick auf Augusta, die im Moment mit Mignonne spielte und ihnen keine Aufmerksamkeit schenken konnte. »Du und deine Schwester, ihr seid schon zwei solche Kindsköpfe, daß ihr keinen weiteren von der Sorte gebrauchen könnt, und die gute Charlotte ist einer. Das hat sie natürlich von ihrer Großtante Isabella Byron. Soweit ich weiß, konnte Isabella...«

Zwei Wochen später traf ein aufgeregter Brief von Lady Charlotte ein. Ihre Eltern, die schon fast bereit gewesen waren, ihre Zustimmung zu geben, hatten plötzlich ihre Meinung geändert und wollten, daß Charlotte einen ihrer Howard-Vettern heiratete, auf Wunsch seines Vaters Lord Carlisle. Charlotte besaß nicht den Mut, sich zu widersetzen. »Es sieht so aus«, sagte Byron zu Augusta, »als sei Miss Milbanke die Glückliche – oder der Pechvogel. Ich werde ihr schreiben.«

Newstead Abbey, 9ter Septr. 1814

Meine liebe Miss Milbanke,
Sie waren in Ihrem letzten Brief so freundlich zu sagen, ich möge »bald« wieder schreiben – Sie fügten aber nicht hinzu oft – ich muß mich deshalb dafür entschuldigen, daß ich schon wieder Ihre Zeit in Anspruch nehme – um nichts von Ihrer Geduld zu sagen. – Es gibt etwas, das ich Ihnen sagen möchte – und da ich Sie für einige – vielleicht auch für lange Zeit nicht sehen werde – will ich mich bemühen, es sogleich zu sagen. – Vor einigen Wochen stellten Sie mir eine Frage – die ich beantwortete. Nun habe ich Ihnen eine vorzulegen – auf die, falls sie ungehörig ist – ich nicht hinzufügen muß, daß Ihre Ablehnung, sie zu beantworten, hinreichender Tadel sein wird. – Es ist dies.

– Sind die »Einwände« – auf die Sie anspielten – unüberwindlicher Natur? – oder gibt es eine Art oder Änderung des Verhaltens, die sie möglicherweise beseitigen könnten? – Ich bin mir wohl bewußt, daß jede solche Änderung in der Theorie leichter ist als in der Praxis – aber gleichzeitig gibt es wenige Dinge, die ich nicht versuchen würde, um Ihre gute Meinung zu erringen – auf alle Fälle würde ich gerne das Ärgste wissen – doch möchte ich auch nicht, daß Sie etwas versprechen oder sich verpflichten – sondern nur von einer Möglichkeit erfahren, die Ihnen gleichwohl nicht weniger Handlungsfreiheit ließe. – Als ich Sie gebunden glaubte – hatte ich auf nichts zu drängen – wie ich freilich auch jetzt wenig habe – außer, daß ich von Ihnen selbst gehört habe, daß Sie in Ihren Gefühlen niemandem verpflichtet sind – und meine Aufdringlichkeit daher vielleicht nicht ganz so egoistisch erscheinen mag als erfolglos. – Es ist nicht ohne Zögern, daß ich mich in dieser Angelegenheit nochmals an Sie wende –

und doch bin ich nicht sehr konsequent – denn um Sie damit zu verschonen, hatte ich am Ende beschlossen, lieber ein abwesender Freund zu bleiben, als ein lästiger Gast zu werden – und wenn ich Anstoß errege, so ist es besser auf die Entfernung. –
– Mit allen meinen übrigen Gefühlen sind Sie bereits vertraut – wenn ich sie nicht wiederhole, geschieht es, um Ihren Unwillen zu vermeiden – oder zumindest nicht zu vergrößern. –

stets Ihr Ihnen aufrichtigst
ergebener B

Kein echter Heiratsantrag, fand Augusta, eher der Versuch zu erfahren, wie ein Antrag wohl aufgenommen würde. Immerhin war es ein definitiver Schritt. Sie fragte: »Bist du dir ganz sicher – ich meine, über *sie*? Denk daran, wie ernst es für euch beide ist.« Ohne ein weiteres Wort machte er sich daran, den Brief in seinem Schreibfach zu verschließen. Augusta verwünschte ihre eigene Inkonsequenz. Wenn sie ihm jetzt ausredete, diesen Antrag abzuschicken, würde er es nie tun. »Auf der anderen Seite ist es ein sehr hübscher Brief«, sagte sie langsam, »und es wäre schade, wenn er nicht abgesandt werden würde.« – »Dann *wird* er verschickt werden«, erwiderte Byron, zog das Blatt Papier wieder hervor und suchte nach einem Kuvert.

Ich habe Ihren zweiten Brief und bin fast zu aufgeregt, um zu schreiben – aber Sie werden verstehen. Es wäre absurd, irgend etwas zu unterdrücken. Ich bin und fühle mich längst verpflichtet, Ihr Glück zum obersten Ziel meines Lebens zu machen. Wenn ich Sie glücklich machen *kann, habe ich keine weiteren Bedenken. Ich werde Ihnen* vertrauen *und Sie als alles ansehen, zu dem ich aufsehen – alles, das ich lieben kann. Die Furcht, Ihren Erwartungen nicht zu entsprechen, ist die einzige, die ich jetzt fühle. Überzeugen Sie mich – das ist alles, was ich wünsche – daß meine Zuneigung alles ersetzen wird, was meinem Charakter noch fehlt, um zu Ihrem Glück beizutragen. Dies ist ein*

Augenblick der Freude, den ich nicht mehr zu erfahren glauben konnte. Ich wagte nicht, es für möglich zu halten, und ich habe unter Schmerzen einen Entschluß aufrecht erhalten, der sich in der Tat auf die Annahme gründete, daß Sie ihn nicht umgestoßen wünschten – daß seine Aufgabe nicht zu Ihrem Besten wäre. In Wirklichkeit hat es nie eine Veränderung in meinen Gefühlen gegeben. Mehr davon werde ich später sagen. Ich schrieb mit der letzten Post – mit welch anderen Empfindungen! Lassen Sie mich dankbar für die sein, die ich nun anerkenne.

In aufrichtiger Zuneigung die Ihre
A. I. M.

1814–1816

»Vollkommen war sie, doch Vollkommenheit
Will unsrer schlechten Welt nur schlecht behagen
Wo Adam erst das Küssen lernte, seit
Die Fluren Edens ihm verschlossen lagen,
Wo alles Unschuld war und Seligkeit
(Wie hat er seine Zeit nur totgeschlagen?)«

Don Juan

Byrons Gesicht wurde schneeweiß. Augusta erschrak. »Was hast du?« Er fing sich wieder und lächelte schwach. »Es regnet nicht, es schüttet. Sie hat akzeptiert.« – »Schade«, sagte Hobhouse, »da wird nichts aus unserer Italienreise.«

Hobhouse war auf dem Weg zu entfernten Verwandten in Newstead Abbey vorbeigekommen, hatte dort von dem Heiratsantrag gehört und im Fall einer Ablehnung eine Tour durch die italienischen Städte vorgeschlagen. »Solange es nicht Griechenland ist – da läßt du wieder jede Scherbe mitgehen, die du in die Hände bekommst.« Das war Byrons eher gleichgültige Reaktion gewesen. Hobhouse hatte sich höflich an Augusta gewandt. »Sie wissen wahrscheinlich, Mrs. Leigh, daß Byron eine etwas merkwürdige Einstellung zur Archäologie...« – »Räuberei, Hobby, Räuberei. Ihr englischen Archäologen nehmt die Griechen, Ägypter und Gott weiß wen aus wie Weihnachtsgänse.«

Doch nun dachte keiner mehr an freundschaftliche Neckerei. Annabella hatte akzeptiert. Sie schwiegen alle drei, seltsam hilflos und ungewiß, was man in einer solchen Situation sagen konnte. Dann schrie eines der Kinder, Augusta sprang auf, und Hobhouse fiel ein, daß er eigentlich gratulieren sollte. Er entledigte sich dieser undankbaren Aufgabe und fügte hinzu: »Ich nehme an, du gehst jetzt nach Seaham.« – »Nein«, erwiderte Byron und klang immer noch erschüttert, »erst nach London. Spooney schießt dort einen Bock nach dem anderen.« Er faltete Annabellas Brief gedankenverloren zusammen und sagte mit gerunzelter Stirn: »Aber wir verlassen Newstead, Augusta und ich.«

Sie verbrachten ihren letzten Tag bewußt nicht allein, sondern in Gesellschaft der Kinder.

Georgiana war als einzige alt genug, um zu begreifen, daß sie Newstead verlassen und nach Six Mile Bottom zurückkehren würden. Es tat ihr leid. Die alte Abtei barg in sich ebenso viele Abenteuer wie Hastings – auch wenn sich wider Erwarten kein Geist gezeigt hatte –, aber andererseits würde es auch schön sein, nach fast drei Monaten nach Hause zurückzukehren, nach Six Mile Bottom. Sie machten einen letzten Ausflug in den Park. Sie paßte ihre Schritte aufmerksam denen ihres Onkels an (mittlerweile hatte sie begriffen, daß er weder sehr schnell gehen konnte noch wollte) und wünschte, er hätte ihr das Reiten ebenso beigebracht wie das Schwimmen. Er nahm sie zwar zuweilen mit auf sein Pferd, aber das war nicht ganz dasselbe.

Augusta hatte ein Picknick vorbereitet und Georgiana einen Teil des Proviants zu tragen gegeben, worauf diese sehr stolz war. Endlich fanden sie eine Lichtung, die sie für geeignet hielten. Byron beobachtete Augustas schnelle, geschickte Hände, die Brot austeilten und Äpfel schälten (die Kleinsten erhielten Milchbrei, mit Ausnahme von Mignonne, der sie ohne weitere Umstände die Brust gab). Er dachte daran, wie sie Karten gemischt hatte. Verdammt, der Juwelier von St. Paul's war mit den Medaillons immer noch nicht fertig, und er wollte sie ihr eigentlich als Abschiedsgeschenk geben.

Er wurde von Henry abgelenkt, der sich mit aller Gewalt bemühte, seinem Onkel den linken Schuh auszuziehen. Byron nahm den kleinen Irrwisch auf und warf ihn hoch in die Luft, so daß Henry vor Vernügen kreischte und die Nanny vor Angst aufschrie. Doch das Essen schien die Kinder müde gemacht zu haben; selbst Henry rollte sich nach einiger Zeit einfach zusammen und schlief ein, den Daumen im Mund, nachdem ihn Augusta einige Male vorher sanft, aber energisch hinausgezogen hatte.

Georgiana schlief nicht wirklich; sie döste nur vor sich hin und hörte die Stimmen von Mamée und Byron, die sich leise unterhielten. Sie begleiteten ihren Halbschlummer mit einer wispernden, unverständlichen Melodie. Als es plötzlich still wurde, blinzelte sie ein paarmal und öffnete schläfrig die Augen. Die beiden Flüsterer standen vor einer Ulme, die ihren Schatten über die Reste des Picknicks warf, und ritzten mit dem Obstmesser irgend etwas ein.

Später, kurz bevor sie aufbrachen, lief Georgiana zu dem Baum hin und versuchte unter Aufbietung ihrer gesamten Kenntnisse die Inschrift, aus der noch Harz quoll, zu entziffern:

Augusta
Byron
20ter Sept. 1814

Am nächsten Tag reisten sie ab, Byron nach London, Augusta und die Kinder nach Six Mile Bottom.

Annabella Milbanke gehörte zu den Menschen, die zunächst niemandem und später allen ein Rätsel waren. Anders als Byron besaß sie einen streng logisch denkenden, äußerst präzisen Verstand, dem es jedoch völlig an Phantasie und Einfühlsamkeit mangelte. Sie war sehr stolz darauf, eine unabhängige, moderne junge Frau zu sein. Dabei übersah sie, daß ihre Eltern für sie, das verwöhnte Einzelkind, bis jetzt alle praktischen Hindernisse des Lebens aus dem Weg geräumt hatten. Von Haushaltsführung, von der sie keine Ahnung hatte, bis hin zu dem Schreiben von lästigen Absagebriefen an ehemalige Verehrer erledigte ihre Mutter alles für sie. Ralph und Judith Milbanke hingen mit grenzenloser Anbetung an ihrer Tochter und hielten sie in jeder Beziehung für vollkommen.

Wenn Annabella sich einmal eine Meinung gebildet hatte, dann hielt sie daran fest und starb lieber tausend Tode, als diese Meinung zu ändern. Sie war sehr belesen – die Bildung, die sie in ihren Briefen durchblicken ließ, konnte man nicht als Heuchelei abtun, sie fand wirklich Freude an systematischer Gelehrsamkeit. Und vor allem tat sie nie, unter keinen Umständen, etwas Unpassendes. Annabella Milbanke wußte, was sich gehörte.

Als Byron 1812 über Nacht berühmt wurde, las sie selbstverständlich auch »Childe Harold« und war wider Willen fasziniert. Sie beobachtete etwas verächtlich den Kult, der sich um Byron entwickelte, und fand das Verhalten ihrer Cousine Caroline Lamb, gelinde gesagt, abstoßend. Nichtsdestoweniger bat sie

Caroline, Lord Byron ein paar von ihren eigenen (Annabellas) Gedichten zu zeigen. Gelegentlich, wenn ihr die Mathematik zuviel wurde, versuchte sie sich an Versen. Byron mußte sehr positiv geurteilt haben, denn die wütende Caroline wollte ihr nur einen Teil seines Briefes zeigen, der an sich schon lobend genug war.

Für Annabella schien Carolines Benehmen eine erneute Bestätigung ihrer These, daß Leidenschaft keine Basis für eine Freundschaft und noch weniger für eine gute Ehe sei. Als ihr Lady Melbourne daher den überraschenden Heiratsantrag Lord Byrons übermittelte, reagierte sie vollkommen in Übereinstimmung mit ihren Prinzipien: sie lehnte höflich und distanziert ab. In ihren Augen war ein Mann, der sich auf solche Art und Weise mit Caroline Lamb lächerlich gemacht hatte, einfach unpassend.

Aber dann, nach erfolgter Ablehnung, ertappte sie sich dabei, wie sie immer öfter an ihn dachte. Hing dies nur damit zusammen, daß sie sich für seine Werke begeisterte? Sie sah ihn auf der einen oder anderen Gesellschaft, wagte aber nicht, sich ihm zu nähern. Schließlich kam sie zu der Überzeugung, sie habe die Aufgabe, seine Seele zu retten und schob ihre Träume, in denen er auftauchte, auf dieses edle Bestreben. Als er auf ihre Bitte um einen Briefverkehr mit ihr einging, wartete sie ungeduldig auf sein erstes Schreiben.

Nicht, daß er ihr irgend etwas Neues über sich selbst erzählen konnte – sie hatte sich ihre Meinung über ihn längst gebildet. Er *war* Childe Harold, düster, zynisch, ein gefallener Engel. Wenn sie sein bisweilen frivoler Ton irritierte, dann hielt sie dies für eine Maske, hinter der er seine tief verborgene Melancholie versteckte. Sie blieb lange Zeit in Seaham auf dem Landsitz ihrer Eltern, fragte sich, warum er zwar einigermaßen regelmäßig, aber selten schrieb, und fühlte sich merkwürdig verärgert über die Geschichten um ihn und Lady Oxford.

Im Sommer 1813 dann, auf einem Ball der Lady Glenverbie, sah sie Byron erstmals zusammen mit seiner Schwester. Die völlige Harmonie, die die beiden umgab, fiel ihr sofort ins Auge. Sie hörte Byron lachen und mußte sich abwenden, ohne zu wissen, warum.

Einige Zeit später sah sie, fast gegen ihren Willen, wieder in seine Richtung. Jetzt unterhielt sich Byron mit einem Freund. Er saß zurückgelehnt da und wirkte etwas gelangweilt. Sie studierte sein Gesicht und glaubte auf einmal, sich jedes einzelne Detail einprägen zu müssen. In diesem Moment kreuzten sich ihre Augen mit denen seiner Schwester. Annabella fühlte einen Stich, ihre Knie wurden weich, und mit einem Mal erkannte sie, was sie so lange in den Schleier der edlen Gefühle gehüllt hatte: sie hatte sich in Lord Byron verliebt.

Zuerst versuchte sie, es vor sich zu verleugnen – diese allgemeine Torheit, die hier jeden albernen Backfisch befiel, konnte doch nicht sie ereilt haben, die kühle, zurückhaltende Annabella Milbanke! Aber ihr mathematisch trainierter Geist zwang sie diesmal, die Tatsachen anzuerkennen. Sie hatte sich verliebt, zum erstenmal in ihrem Leben, obwohl es ihr an Bewerbern nicht wirklich gemangelt hatte.

Annabella fühlte sich rat- und hilflos, ein für sie ungewohnter Zustand. Ein Mann, den man einmal abgewiesen und dem man mitgeteilt hatte, man liebe einen anderen, war nicht gerade ein wahrscheinlicher Freier.

Als ihr schließlich außer einer unverschleierten Erklärung, zu der sie bei aller Verzweiflung doch nicht imstande war, nichts mehr einfiel, kam eine Botschaft aus Newstead Abbey, mit der sie am allerwenigsten gerechnet hatte. Annabella schickte noch am selben Tag postwendend ihre Zusage. Da er ihr mitgeteilt hatte, sie solle ihre Briefe an seine Londoner Wohnung adressieren, denn er wisse nicht, wie lange er in Newstead bleiben würden, entschloß sie sich, ihr Schreiben nach London und eine kurze Notiz über seinen Inhalt direkt nach Newstead zu senden, ahnte aber nicht, daß dieser Beweis ihrer Eifrigkeit infolge eines Fehlers der Post erst nach ihrem Brief ankommen würde.

Doch Byron hatte um ihre Hand angehalten. Da sie nie irgendwelche Selbstzweifel hegte, kam sie nicht auf den Gedanken, er könne in den letzten zwei Jahren nicht in sie verliebt gewesen sein. Und weil sie auch nie wirkliche Liebesbriefe bekommen hatte, fand sie seinen Ton nicht unterkühlt. Eines allerdings ließ sie stutzen: er schien es nicht sehr eilig zu haben, an ihrer Seite zu weilen und schob Schwierigkeiten mit seinem Anwalt vor.

So wurde es Mitte Oktober, ohne daß er sie zumindest besucht hatte. Dann kam ein sehr freundlicher Brief von Mrs. Leigh, Byrons Schwester. Sie schrieb, wie glücklich sie ihren Bruder schätze (»genau wie er sich selbst«), drückte die Hoffnung aus, ihre zukünftige Schwester bald kennenzulernen und deutete taktvoll ihr Bedauern darüber an, daß das Brautpaar sich bis jetzt noch nicht hatte begegnen können. Für Annabella stellte dieser Brief eine Art inzwischen notwendiges Trostpflaster dar, und sie schrieb Byron, nachdem sie ihre Enttäuschung darüber ausgedrückt hatte, daß die letzte Post keinen Brief von ihm brachte:

»Ich habe eine Art Ausgleich durch einen Brief Ihrer Schwester – *meiner* – erhalten – auf so herzliche Weise freundlich, daß ich nicht sagen kann, wie dankbar ich ihr bin.«

Annabella hatte die zwanglose Zuneigung nicht vergessen, die sie an jenem Abend bei den Glenverbies zwischen Byron und Mrs. Leigh beobachtet hatte, und sie beschloß, eine Korrespondenz mit der ihr unbekannten Augusta anzufangen, um ihrem Verlobten auf diese Weise näherzukommen. Mrs. Leighs nächster Brief erweckte in ihr den Wunsch, sie kennenzulernen, und sie lud ihre zukünftige Schwägerin ein, sie doch gemeinsam mit Byron in Seaham zu besuchen. Augusta erwiderte:

»...Ich bin Ihnen nicht nur für Ihre freundliche & sofortige Antwort auf meinen Brief, sondern auch für Ihren Wunsch und Ihre Absicht zu schreiben, selbst bevor Sie ihn erhielten, wirklich dankbar. Sie können sich nicht vorstellen, wie sehr ich mich über Ihren & Sir Ralphs & Lady Milbankes freundlichen Wunsch, mich in Seaham zu sehen, freue, oder wie sehr – *wie wirklich sehr* – ich dort hingehen möchte. Ich fürchte aber fast, daß es mehr als schwierig für mich ist, mein Zuhause im Augenblick zu verlassen. Ich bin *eine Amme* für mein Baby, Gouvernante für mein ältestes Mädchen & irgend etwas dazwischen für meine zwei mittleren Kleinen...«

Sie entschuldigte Byron sehr viel glaubhafter und mit mehr Gefühl, als er es selbst tat:

»Ich hoffe, Sie werden ihn bald sehen, meine liebe Miss Milbanke. Es scheint, als wäre ich so ungeduldig, wie er es ist, zu Ihnen zu kommen, aber ich möchte so gern, daß Sie ihn näher kennenlernen, da ich überzeugt bin, daß er dadurch in Ihrer Wertschätzung steigen wird – und ich wünschte auch seinetwegen & wegen der *Familienschüchternheit,* daß seine Ankunft in Seaham schon vorbei wäre. Ich bin sicher, Sie werden amüsiert darüber sein, daß er mir gegenüber den Wunsch äußerte, daß *ich* Ihnen *seinen* Anteil an dieser verhängnisvollen Schüchternheit beschreibe...«

Als Byron Ende Oktober immer noch nicht erschienen war, halfen auch alle Erklärungen und Entschuldigungen seiner Schwester nichts mehr. Annabella schrieb:

»Ich denke, das wird der letzte Brief sein, den Sie von mir erhalten. Wenn Sie so viel allein sind und nicht immer beschäftigt, warum habe ich dann nicht mehr Ihrer Gedanken?«

Am ersten November kam er, die erste Begegnung seit mehr als einem Jahr, und beide wußten eigentlich nicht, wie er sich angesichts der veränderten Situation verhalten sollte. Annabella streckte unsicher ihre Hand aus, und Byron küßte sie. Danach standen sie sich schweigend gegenüber, bis Byron schließlich sagte: »Es ist lange her, daß wir uns getroffen haben.«

Annabella entfloh der Situation unter dem Vorwand, sie müsse ihm ihre Eltern vorstellen, ohne daran zu denken, daß diese ihn bereits empfangen hatten. In Gegenwart ihrer Eltern fühlte sie sich sicherer, eine allgemein gehaltene Unterhaltung kam in Gang. Byron fand sie in etwa, wie er es erwartet hatte: schweigsam, zurückhaltend, intellektuell. Daß sie sich offensichtlich davor fürchtete, allein mit ihm zu sein, rührte ihn. Sie erschien ihm zum erstenmal als das junge Mädchen, das sie tatsächlich war.

Er versuchte alles, um ihr über ihre Nervosität hinwegzuhelfen. Annabellas Mutter machte er ein Kompliment nach dem anderen und ließ sich von Sir Ralph seine Erfahrungen in der Bewirtschaftung von Landgütern erzählen. Nach und nach lag in Annabellas Blick mehr Feuer, als er von der kühlen Miss Milbanke je erwartet hätte. Byron verwickelte sie in ein Gespräch über die Schauspieltechnik von Kean, und obwohl sie sich immer noch zurückhielt, wirkte sie mit den leicht geröteten Wangen, den Körper angespannt etwas nach vorne geneigt, anziehender, als sie ihm früher erschienen war.

Sie war klein und zierlich, was Byron nicht sehr schätzte, denn es erinnerte ihn an seine Mutter und Lady Caroline, aber wirklich hübsch machte Annabella ihre niedrige Stirn, die weit auseinanderstehenden Augen und der feingezeichnete Mund. Ihr eher rundlicher Kopf, mit einem ziemlich kleinen Kinn ruhte auf einem wahrhaft graziösen, langen Hals.

Annabella fand, er sei ein wenig gealtert (sie entdeckte schon graue Haare), und schob dies auf seinen unpassenden Lebenswandel. Aber das würde sich ja nun ändern! Als ihre Mutter zu bedenken gab, daß es Zeit sei, sich zurückzuziehen, wußte Annabella nicht, ob die Erleichterung oder das Widerstreben in ihr größer war.

In den folgenden zwei Wochen spielten sie, wie Byron sich ausdrückte, alle Kapitel eines Romans von Jane Austen durch. Er konnte sich nicht entscheiden, was er von ihr halten sollte, und langweilte sich mit ihren Eltern fast zu Tode. Daneben entdeckte er zwischen all der Verlegenheit und umständlichen Konventionalität, die sie beide wahrten, eine beruhigende Tatsache: Annabella nahm alles, was er sagte, wortwörtlich.

Einmal (sie hatten sich inzwischen auf »Liebster« und »Annabella« geeinigt) fragte er sie neckend: »Weißt du, daß du mir mit deiner Ablehnung damals fast das Herz gebrochen hast?« Annabella sah ihn an und erwiderte: »Ja. Und deswegen habe ich es zu meiner Pflicht gemacht, dein Leben zu retten.« Er faßte es nicht. Sein Sinn für Boshaftigkeit erwachte, und er wollte herausfinden, was sie ihm noch alles abnehmen würde.

»Ach, hättest du das doch schon vor zwei Jahren getan! Seitdem bin ich tiefer in die Schluchten der Hölle hinabgestiegen als je irgendein Mensch – und dir ist ja bekannt, daß ich nicht an die Erlösung glaube!« Annabella wagte es tatsächlich, ihn unaufgefordert mit der Hand zu berühren. »O Byron, wir alle haben eine Hoffnung!« Das war zuviel. Er erhob sich von der Chaiselongue, auf der er mit ihr saß, und lehnte sich mit abgewendetem Kopf gegen den Kamin. Seine Schultern zuckten. Und Miss Milbanke, die natürlich nie auf die Idee gekommen wäre, daß irgend jemand über sie lachen könnte, kommentierte mit ihrer ernsten Stimme: »Solange es Tränen gibt, solange kann ein Herz gerettet werden.«

Byrons Langmut war auf schwere Prüfungen gestellt. Sah Annabella in ihm nur ein Objekt für Predigten, oder liebte sie ihn? Er machte einen direkten Annäherungsversuch. Annabella sprang entsetzt auf und starrte ihn an, als habe er sich in irgendein widerliches Insekt verwandelt. »Wie... wie kannst du nur so etwas tun!« Er antwortete ein wenig scharf, und ein häßlicher Streit entstand. Am folgenden Tag reiste er ab, aber bis er in Bouroughbridge, in der ersten Herberge, die er fand, für die Nacht unterkam, hatte ihn das schlechte Gewissen gepackt. Man behandelte seine Braut nicht wie ein Mädchen von der Straße. Also schrieb er Annabella den liebevollsten Brief, den sie je von ihm erhalten hatte:

Mein Herz –
Wir sind so weit voneinander getrennt – aber schließlich ist eine Meile genauso schlimm wie tausend – was ein großer Trost ist für einen, der sechshundert reisen muß, bevor er Dich wiedersieht.
– Wenn es Dir irgendeine Befriedigung gibt – mir ist so unbehaglich wie einem Pilger mit Erbsen in den Schuhen – und so kalt wie Nächstenliebe – Keuschheit oder irgendeine sonstige Tugend. – Auf meinem Weg nach Schloß Eden habe ich die Post abgefangen – & fand Briefe an Hanson – die ich Lady Milbanke zum Zeitvertreib beilege, die bei ihrer Leidenschaft für Geschäfte froh sein wird, etwas zu haben, das danach aussieht. – Ich gedenke, Newstead morgen zu erreichen & Augusta tags darauf. – Schenke unseren Eltern so viel von meiner Liebe als Du mit ihnen teilen willst – & verfüge über den Rest ganz nach Belieben – immer der Deine

B

Deine Botschaft ist – nein, nichts als du selbst kann mir jetzt wirklich willkommen sein. Mein Liebster, es gibt keinen Moment, in dem ich nicht meinen dummen Kopf geben würde, um Dich zu sehen... Ich bin tief betrübt, das versichere ich Dir. Was sagt unsere Schwester?...
Immer die Deine,

AIM

»Unsere Schwester« drückte sich ziemlich deutlich aus. »Du setzt dich sofort hin und schreibst einen Entschuldigungsbrief. Es ist deine Schuld – du hast das arme Kind erschreckt.« Byron zog die Brauen hoch. »Gus, außer dir würde niemand Annabella mehr ein Kind nennen. Sie ist eine... äußerst selbstsichere Person.« Augusta sah ihn kopfschüttelnd an. Sie hatte hauptsächlich an Annabella Milbanke geschrieben, weil sie sie kennenlernen – das kühle Wesen aus den früheren Briefen an Byron mit dem Mädchen, das damals bei Lady Glenverbie so fasziniert und verwundbar ausgesehen hatte, in Einklang bringen wollte. Sie war sich immer noch nicht sicher, aber eines wußte sie: Annabella Milbanke liebte ihren Bruder. »Bitte, schreib ihr, Liebster.«

Schimpfe nicht mehr mit Dir. Ich sagte Dir schon, es gab keine Gelegenheit – Du hast mich nicht beleidigt. Ich bin so glücklich, wie die Hoffnung mich machen kann, und so fröhlich, wie die Liebe es mir erlaubt, bis wir uns treffen, und immer, mein Herz – der Deine

B

Damit waren beileibe nicht alle Schwierigkeiten aus dem Weg geräumt. Hanson verzögerte die Geschäfte, und ein Haus in London mußte gefunden werden, denn in seiner Junggesellenwohnung konnte er Annabella schlecht aufnehmen. Byron selbst wurde immer unsicherer, ob er wirklich mit Annabella leben wollte. Aber er sah keinen ehrenhaften Ausweg. Außerdem würde eine gebrochene Verlobung das Feuer der Gerüchte erneut schüren, die mit Bekanntmachung seiner Heiratspläne von selbst erstarben.

Endlich wurde die Hochzeit auf Ende Dezember, Anfang Januar festgelegt. Er versuchte sich davon zu überzeugen, daß er Annabella zumindest gern hatte. In ihren Briefen wechselte Annabella zwischen Belehrung, Ungeduld und Versicherung ihrer endlosen Zuneigung. Am sechzehnten Dezember setzte sie Byron eine Art Ultimatum für einen endgültigen Termin. Gleichzeitig kam ein Schreiben von Augusta, wie um die Unterschiedlichkeit der beiden Frauen zu betonen:

Mein liebster B +

Wie gewöhnlich habe ich nur kurze Zeit, um Deine Grüße zu beantworten + aber ich weiß, ein paar Zeilen sind besser als überhaupt keine – finde ich wenigstens +
Es war sehr + sehr + lieb von Dir, mitten unter all den Besuchern &c. &c. an mich zu denken. Ich habe mich kaum von meinen gestern erholt. La Dame hat so geredet, oh meine Sterne! aber es hat mir eine ganze Welt von Ärger erspart. Oh, aber sie hat eine Ähnlichkeit in Deinem Bild mit Mignonne festgestellt, die als Konsequenz natürlich sehr gut gelaunt ist +
Ich möchte wissen, liebster B + wie Deine Pläne sind – wann Du kommst + wann Du gehst – pah! wann die Glückwunschschreiben fällig sind, wann der Kuchen angeschnitten wird, wann die Glocken läuten werden, &c. &c. &c. Übrigens, meine Besucher sind mit A bekannt & preisen sie zum Himmel. Sie sagen, ihre Gesundheit wurde durch das Studieren verletzt &c. &c. &c. Ich habe keinen weiteren Augenblick, mein Liebster + außer um zu sagen

Immer Deine
A.

Am zweiten Januar des neuen Jahres um elf Uhr morgens heiratete Byron Annabella Milbanke. Hobhouse, der Trauzeuge war, notierte in sein Tagebuch:

»Miss M. war stark wie ein Fels und sah während der ganzen Zeremonie ständig Byron an. Sie wiederholte die Worte hörbar und gut. Byron stockte zuerst, als er sagte ›Ich, George Gordon‹, und als er zu den Worten ›Mit all meinen weltlichen Gütern werde ich dich unterstützen‹ kam, schaute er mit einem halben Lächeln zu mir herüber...

Ich fühlte mich, als hätte ich einen Freund beerdigt.«

Hobhouse fand sowohl die Braut als auch den Bräutigam ungewöhnlich ruhig. Kurz nach der Trauungszeremonie standen Annabella zwar Tränen in den Augen, sie verließ das Zimmer, aber als sie in ihrem Reisekleid aus blaugrauem Satin, mit weißer Spitze besetzt, zurückkehrte, war nichts mehr davon zu sehen. Hobhouse schenkte ihr eine Gesamtausgabe der bisher erschienenen Gedichte Byrons als Hochzeitsgabe und begleitete sie zur wartenden Reisekutsche. Etwas zögernd, um zu versuchen das ungute Gefühl, das ihn erfüllte, loszuwerden, wünschte er der neuen Lady Byron viele glückliche Jahre. Annabella erwiderte: »Wenn ich nicht glücklich werde, wird es mein eigener Fehler sein.« Er half ihr, in das Gefährt einzusteigen, schloß vorsichtig die Tür und eilte dann auf die andere Seite, um sich von Byron zu verabschieden. Byron wirkte immer noch gelassen, aber für Hobhouse, der ihn seit ihrem gemeinsamen Studium in Cambridge kannte, war diese Ruhe nur eine dünne Maske. Er erkannte es an der Art, wie Byron ihm die Hand drückte, sehr fest und nicht willens, sie wieder loszulassen. Als die Kutsche anfuhr, rannte Hobhouse hinterher und winkte, nicht sicher, was da auf die Welt zukommen würde.

Annabella, Lady Byron, befand sich mit ihrem eben angetrauten Mann auf dem Weg nach Halnaby, einem Gut der Familie Milbanke, wo sie ihre Flitterwochen verbringen würden. Sie fühlte sich so hilflos wie noch nie zuvor in ihrem Leben. Schweigend hingen beide ihren Gedanken nach. Nach einer Weile begann Byron zu singen, wilde Lieder in einer Sprache, die sie noch nie zuvor gehört hatte. Er spürte ihren Blick, brach ab und sagte spöttisch: »Du brauchst keine Angst zu haben, Bell, ich fresse dich nicht. Das war ein albanischer Hochzeitsgesang.«

Es war das erste Mal, daß er diese reizende Verkleinerungsform ihres Namens gebrauchte. Niemand hatte sie bis jetzt so genannt, und sie errötete. Er nahm ihre Hand: »Weißt du, ich habe dich jetzt in meiner Gewalt und könnte es dich fühlen lassen.« Es sollte eine neckende Erinnerung an seinen ersten Annäherungsversuch sein, aber Annabella faßte es als eine Drohung auf. Sie erstarrte. Er spürte, wie sie zu zittern anfing, und sagte rasch: »Oh, Bell, ich dachte eigentlich, du wärst eine kluge Frau. Das war wirklich auch der Grund, warum ich dich geheiratet habe – eine Frau wie dich zu überlisten, das ist schon etwas.« Offenbar schien das auch nicht das Richtige zu sein.

Die Hochzeitsnacht wurde wider Erwarten nicht zum Debakel. Annabella war nicht frigide, wie Byron heimlich befürchtet hatte, nur etwas verängstigt. Und dennoch, als sie längst eingeschlafen war, den Kopf an seine Schulter gelegt, und er ihre leisen Atemzüge hörte, überwältigte ihn trostlose Einsamkeit.

Annabella verbrachte ihre Flitterwochen in einem ständigen Schwanken zwischen Glück und Unglück. Sie bemerkte, daß sich Byron bemühte, auf ihre Interessen einzugehen: er begann, an einer Gedichtssammlung über biblische Themen zu schreiben, die als Geschenk für sie gedacht waren. Sie bot sofort an, seine Manuskripte in Reinschrift zu übertragen; vage erinnerte sie sich, daß er einmal erwähnt hatte, wie lästig er diese Arbeit fand. Annabella hingegen bereitete es viel Freude, und es entsprach am ehesten ihren Vorstellungen vom Leben mit einem Dichter. Eigentlich hatte sie angenommen, Byrons Dichtungen wären ihr wichtigstes Gesprächsthema, nun aber mußte sie feststellen, daß er über alles andere lieber sprach. Vor allem irritierte sie, daß er so gut wie nie bereit war, über den tieferen Sinn seiner Epen zu reden. Einmal, als sie gerade dabei war, einen Vergleich zwischen Milton und ihm zu ziehen, unterbrach er sie und sagte eindringlich: »Alles, was ich will, ist eine Frau, mit der man lachen kann, und ich kümmere mich nicht darum, was sie sonst noch ist.« Sie fühlte sich verletzt und antwortete pikiert: »Ich würde meinen, daß uns die Tränen eher verbinden.«

Am Tag nach ihrer Ankunft in Halnaby kam ein Glückwunschschreiben von seiner Schwester, das sie seltsam berührte. Augusta schrieb in ihrer gewohnt hastigen, liebevollen Weise, und Annabella, die derartige Briefe noch nie erhalten hatte, erstaunte schon der Anfang:
»Liebster, erster & bester aller Menschen,
– Du Schuft, Du hast mir seit drei Wochen nicht geschrieben...«

Annabella hätte nie gewagt, irgend jemanden mit dieser unbekümmerten Lässigkeit anzureden, und sie konnte sich nicht entscheiden, ob diese Art nun charmant oder unpassend war. Sie bemerkte, daß der abwesende Ausdruck in Byrons Gesicht verschwand, während er Augustas Brief las. Mit einem Mal wirkte er so jung, wie er tatsächlich war, und sie erinnerte sich an ihren Eindruck bei den Glenverbies. Behutsam fragte sie: »Lieber, vermißt du deine Schwester?« Der Blick, den er ihr zuwarf, schien seltsam intensiv zu sein. Er sagte langsam und fast widerwillig: »Manchmal glaube ich, daß ich ohne Augusta nicht glücklich sein kann.«

Annabella spürte zwar, daß ihr Gatte nicht zufrieden war. Sie ahnte aber nicht, daß er inzwischen ein merkwürdiges Vergnügen daran gefunden hatte zu erkunden, wie weit ihre Leichtgläubigkeit ging. »Mein Großvater mütterlicherseits hat Selbstmord begangen, ein Vetter von mir zündet mit Vorliebe Häuser an, und mein allerwertester Großonkel hatte ein völlig kriminelles Verhältnis zu seinen Ratten.«

Annabella schloß daraus, daß er – ebenso wie Childe Harold und alle seine anderen Helden – ein düsteres Geheimnis mit sich herumtrug. Wollte er ihr etwa mit diesen Geschichten andeuten, daß Wahnsinn in der Familie lag? Als er ihr mitteilte, er hätte die Heldin seiner drei berühmten Gedichte »An Thyrza« über alles geliebt, verführt, und schließlich mit zwei Kindern zurückgelassen, so daß sie sich das Leben nahm, war Annabella entsetzt. Aber sie glaubte ihm.

Annabella ahnte ihr Leben lang nicht, daß »Thyrza« keine Frau, sondern ein Mann gewesen war, der Chorist Edleston in

Cambridge, der sehr früh an einer Lungenentzündung starb. Nach dieser »leidenschaftlichen, aber reinen Affäre« (wie er in sein Tagebuch schrieb) erlaubte sich Byron auf einer zweijährigen Reise noch weitere homoerotische Experimente, ließ die Neigung aber nach seiner Rückkehr ganz fallen. Jedenfalls benutzte er die Thyrza-Gedichte, um Annabella genau das vorzuführen, in das sie sich verliebt hatte – einen Byronschen Helden.

Bereits nach zwei Tagen entschloß Annabella sich, Augusta Leigh einzuladen. Es geschah weniger aus Höflichkeit als aus dem bohrenden Gefühl der Hilflosigkeit heraus, das sie empfand, wenn Byron ihre Flitterwochen als »Sirupmond« bezeichnete, ihr schreckliche Geschichten von seinen vergangenen Untaten erzählte und sie im übrigen halb als Engel, halb als lästigen Störenfried anredete. Annabella hätte sich an ihre Eltern gewandt, wenn es nicht so demütigend gewesen wäre, zuzugeben, daß sie sich vielleicht in der Wahl ihres Gatten geirrt haben könnte. Aus dem gleichen Grund kamen auch ihre eigenen Freundinnen nicht in Frage.

Hatte Byron nicht einmal gesagt: »Niemand versteht mich so gut wie Augusta?« Und hatten Mrs. Leighs Briefe nicht ausgesprochen freundschaftlich geklungen, so daß Annabella sie in ihren Antworten als ihre Schwester bezeichnete? Augusta Leigh mußte ihr helfen.

Meine liebe Schwester,
Ich wünschte, ich KÖNNTE Euch besuchen! aber ich bin sicher, daß Du die Schwierigkeiten, die eine solche Reise begleiten, verstehen wirst, & daß Du nicht annimmst, der Wunsch oder Wille fehle. Ich bin nicht wenig dankbar für all die Freundlichkeit, die Du zu diesem Thema ausdrückst & hoffe, daß wir uns treffen & bald, irgendwie & irgendwo. Dein netter Brief vom 4ten & B's haben mich erst diesen Morgen erreicht. Ich erwähnte das aus Angst, Du könntest Dich über meine trödelige Antwort auf den ersten Brief meiner ›wirklichen Schwester‹ wundern... – ›die arme Gans‹ dankt Dir aus vollem Herzen & hofft, sie verdient ihn mehr, als sie es bis jetzt getan hat... Ich wünschte, die Ent-

fernung wäre nicht so beträchtlich, kurz, ich wünsche eine ganze Menge – & bin in sehr schlechter Laune, wenn ich an all die Schwierigkeiten, die mir in den Weg gelegt werden & die, wie ich fürchte, unüberwindbar sind, denke... Ich amüsiere mich mit dem Gedanken, wie B's Gesichtsausdruck während der Beständigkeit des DURHAM-GELÄUTES gewesen sein muß. Ich werde mit ihm zanken, also Adieu, meine liebe Schwester...

Annabella war, gelinde gesagt, verdutzt. Das Ereignis, auf das Augusta zum Schluß anspielte, hatte sie ziemlich gekränkt, und sie war nicht auf die Idee gekommen, es komisch zu finden. Auf ihrem Weg nach Halnaby waren sie an der Stadt Durham vorbeigekommen, wo die Einwohner ihnen zu Ehren alle Glocken läuten ließen. Sie hatten dort etwa eine Stunde lang Station gemacht, und während der ganzen Zeit hatte das Glockengeläute nicht aufgehört, bis Byron schließlich mit einer Grimasse gesagte hatte: »Soviel zu unserem Glück!« Annabella war sehr verletzt gewesen. Wollte Augusta etwa andeuten, sie solle sich über derartige Beleidigungen *lustig* machen?

Aber Augustas Schreiben kam ihr so herzlich vor, daß sie darin eine helfende Hand sah. Sie brauchte einfach jemanden, der ihr riet, was zu tun war. Also stürzte sie sich in einen Briefwechsel mit einer Frau, die sie nie gesprochen und erst einmal aus der Ferne erblickt hatte. Die sorglose Art, in der Augusta schrieb, faszinierte sie. Sie wußte, daß Augusta mit Six Mile Bottom und ihren Kindern ebenfalls Probleme haben mußte, aber Byrons Schwester gelang es anscheinend, diese beiseite zu schieben oder nicht so wichtig zu nehmen.

Auf Augustas Brief folgte eine Zeit der Entspannung. Byron behandelte Annabella mit sarkastischer Nachsicht. Er hörte nach und nach auf, ihr gräßliche Geschichten zu erzählen, und bemühte sich statt dessen, mit ihr über Themen ihrer Wahl zu reden. Als sie einmal begann, über Religion zu sprechen, hielt er ihr den Mund zu, stellte sich in aller Eile als Agnostiker und halben Atheisten dar, ließ sie wieder los und sagte neckend: »So! Jetzt setze dich hin und bekehre mich!« Sie beeilte sich, ihm zu versichern, daß sie ihm nicht böse sei, denn »ich habe Verständnis für Zweifler, da ich selbst gezweifelt habe.« – »Du meine Güte«, erwiderte er und seufzte, »wie großzügig von dir, Bell.«

Er bemerkte belustigt, daß sie sich Epigramme und Aussprüche von ihm, die sie für besonders originell hielt, voller Eifer neben ihre Studien des Historikers Gibbons aufschrieb:

»Es ist mehr Lebendigkeit in erfundenen als in historischen Gestalten – in Falstaff mehr als in Julius Caesar.«

»Die Asiaten sind nicht qualifiziert dazu, Republikaner zu sein, aber sie haben die Freiheit, Despoten zu verjagen, was dem nahe kommt.«

»Caroline muß für das Herz ihres Ehemanns wie ein ständig fallender Wassertropfen sein – er höhlt aus und versteinert.«

»Kleine Pedantin«, sagte Byron, als er Annabella schon wieder beim Protokollieren von einigen seiner Sätze fand. »Hast du denn keine gute Meinung von mir, Byron?« fragte sie gekränkt. Sein Gesicht verschloß sich unverzüglich. »Teuerste Annabella, ich halte dich für ein vollkommenes Musterbeispiel britischer Tugenden. Da ich in dieser Meinung nicht allein stehe, wirst du wegen deiner Eheschließung von halb England bedauert – frag Hobhouse.«

In dieser Nacht wachte sie auf und sah ihn am Fenster stehen. Er fuhr leicht mit seinen Fingern über das Glas, zeichnete irgendein bestimmtes Muster, immer wieder. Das einfallende Mondlicht zeichnete seine Gestalt in scharfen Kontoren, und sie glaubte plötzlich, dies sei der Moment, um ihm näherzukommen. Sie stand auf und berührte ihn sachte an der Schulter. Er fuhr herum, und sein verzerrter Gesichtsausdruck erschreckte sie entsetzlich. »Laß mich in Ruhe, Bell, laß mich einfach in Ruhe! Ich brauche dich nicht, und ich *will dich nicht*!«

Der Sirupmond war vorbei.

Am einundzwanzigsten Januar kamen Byron und Annabella in Seaham an, da Hanson immer noch kein Haus in London für sie hatte auftreiben können. Byron hatte versucht, dem Besuch in Seaham auszuweichen – unter dem Vorwand, sich selbst um die Wohnangelegenheit kümmern zu wollen –, war aber ohne Erfolg gewesen. In Seaham warteten Annabellas Eltern, froh, ihre

Tochter wieder bei sich zu haben, und offenbar der Ansicht, das junge Paar sollte sich am besten gleich dort häuslich niederlassen. Byron schauderte schon bei dem Gedanken. Sein Verhalten gegen Annabella tat ihm leid, und er versuchte so höflich wie möglich gegen sie zu sein.

Aber immer öfter fragte er sich, ob der Teufel ihn geritten hatte, ausgerechnet Miss Milbanke einen Heiratsantrag zu machen. Die tödliche Langeweile kam in Briefen an seine Freunde zum Ausdruck:

»An dieser öden Küste haben wir nichts außer Gemeindetreffen und Schiffbrüche... Mein Papa, Sir Ralpho, hielt neulich eine Rede bei einem Treffen in Durham über Steuern, und nicht nur in Durham, sondern auch hier, mehrere Male nach dem Dinner. Mittlerweile, glaube ich, spricht er zu sich selbst (ich habe ihn mittendrin verlassen) über verschiedene Likörgläser hinweg, die ihn weder unterbrechen können noch einschlafen... Ich muß nun zum Tee kommen – verdammter Tee. Ich wünschte, es wäre Kinnairds Brandy, und Du dabei, um mich darüber zu belehren.«

Er vermißte seine Freunde, London, ungestörtes Alleinsein, und vor allem vermißte er Augusta.

Augusta erhielt jeden zweiten oder dritten Tag einen Brief von Annabella, in dem sie der »Schwester« intimste Vertraulichkeiten offenbarte. Hauptthema war natürlich Byron und sein Verhalten, und so endete jeder Brief mit der kaum verschleierten Bitte um Rat. Für Augusta hatten die Rätsel schon mit Annabellas Einladung begonnen. Jede junge Frau würde doch in den Flitterwochen allein sein wollen! Annabella aber bat sie nach zwei Tagen Ehe, sie zu besuchen!

Während der Verlobungszeit war Augusta gerührt gewesen von Annabellas Herzlichkeit und ihrer Liebe zu Byron, die sich in ihren Briefen unter einer Flut von formellen Sätzen immer mehr herausschälte. Die Schreiben nach der Hochzeit verrieten zusehends das Bedürfnis nach einer Schwester, nach Hilfe. Augusta war sich schon bald klar darüber, wo Annabellas wahres Problem lag: Die neue Lady Byron hatte sich in eine Kunstfigur verliebt, den melancholischen, gutaussehenden Dichter des »Childe Harold«, und schien nun die Wirklichkeit nicht bewältigen zu können. Dazu war die arme Annabella, der Inbegriff an Humorlosigkeit, neben einem Charakter wie Byron nicht fähig. Augusta lehnte höflich alle Vorschläge ab, zu dem jungen Ehepaar zu stoßen, und überlegte, wie man Annabella am taktvollsten den richtigen Weg weisen konnte. Zuerst versuchte sie es indirekt:

»Ich kann selbst auf diese Entfernung über den Fortgang der ›merkwürdigen Vorgänge‹ lachen – es sieht ihm so ähnlich, zu *versuchen* den Leuten *einzureden, er sei unangenehm & all das*. Oh dear!!«

Annabella nahm weiterhin alles ernst, was Augustas Bruder äußerte oder tat, und ermutigte ihn so, sich wie der Schurke in einem Gespensterroman von Mrs. Radcliffe aufzuführen – anders gesagt, wie einer seiner eigenen Helden. Augusta wurde deutlicher:

»Ich werde Dir, meine liebe Schwester, *meine ganze Torheit* bekennen, als welche sie sich jetzt erwiesen hat – daß Du nämlich vielleicht all seine ›Merkwürdigkeiten‹, ›seiner Art zu sprechen‹ & ›Grübeleien‹ *nicht* verstehen könntest und daß ein solches *Mißverständnis Dich* unglücklich gemacht hätte, was er sehr schnell entdeckt hätte & seine eigenen geraden Vorstellungen seiner Befähigung zum häuslichen Leben hätten *leichtes Spiel* gehabt. Aber nun schlage ich meine Befürchtungen in den Wind & ich bin sicher, Du tust das Richtige, ›lachst darüber‹…«

Annabella lachte nicht. Statt dessen schrieb sie eifrig weiter, ignorierte alle Hinweise Augustas und grübelte über das düstere, dunkle Geheimnis nach, das, so war sie überzeugt, Byron mit sich herumtragen mußte.

Annabella drängte auf einen Besuch in Six Mile Bottom, was Augusta so lange abwehrte, wie sie konnte, unter dem Vorwand, sie müsse dann erst nach einem Haus für die beiden Byrons und ihre Bediensteten suchen, da sie nicht alle in Six Mile Bottom untergebracht werden könnten. Augusta hatte ein echtes Gefühl der Freundschaft für Annabella entwickelt, aber sie liebte Byron, und sie wußte nicht, ob sich ihre guten Vorsätze hinsichtlich ihres Bruder-Schwester-Verhältnisses auch einhalten lassen würden, wenn sie ihn tatsächlich wiedersah.

Doch nicht nur, daß Annabellas Wunsch nach einem Besuch sich immer mehr verstärkte, Byron schaltete sich ein und stellte fest, wenn Six Mile Bottom nicht sie beide aufnehmen konnte, dann unter Umständen einen von ihnen. Der andere müßte dann nach London vorausfahren, wo Lady Melbourne inzwischen ein Haus an der Picadilly Terrace aufgetrieben hatte, das Augusta für zu groß und zu teuer hielt:

»Könnte sich B nicht mit einem *kleinen* Haus in der Stadt zufrieden geben. Ach nein – ich kenne seinen *umherschweifenden* Geist – aber warum nicht – bis er sich ein *großes* leisten *könnte*? Gefällt Dir nicht mein Versuch, Eure Angelegenheiten zu regeln!«

Das Haus an der Picadilly Terrace *war* zu teuer, aber Byron war der zähen, sich ewig dahinschleppenden Verhandlungen überdrüssig und mietete es. Wie auch immer, sein Vorschlag in bezug auf Six Mile Bottom war ziemlich eindeutig. Wollte Augusta ihren eigenen Ansichten nicht zuwider handeln, so blieb ihr jetzt keine andere Wahl, als beide einzuladen, Byron und Annabella. Sie schrieb Annabella, die sofort begeistert zusagte.

Annabella hatte noch immer nicht an Sicherheit gewonnen. Mittlerweile hatte sie Gelegenheit gehabt, Byron im gewöhnlichen Alltagsleben zu beobachten: so zum Beispiel seine unerschütterliche Freundlichkeit gegenüber allen Bediensteten, selbst denen, die er verabscheute; die kindische Freude, die er daran hatte, in den Klippen von Seaham herumzuklettern und sich über ihr ängstliches Zögern lustig zu machen.

Doch all dies änderte nichts an seinem Verhalten abends, wenn sie allein waren. Beispielsweise schien er manchmal Dinge zu sehen, die einfach nicht da sein konnten. Annabella war unfähig, diese Merkwürdigkeiten zu deuten, bis sie einen klaren Hinweis von Augusta erhielt:

»...liebste Annabella, erlaube ihm nicht mehr, auf diese Weise den Narren zu spielen, & verstecke bitte *Deine Brandyflasche* – ich glaube, er hat sie gestohlen...«

Erst jetzt wurde Annabella aus ihren Betrachtungen über ihre seltsame Ehe gerissen und stellte fest, daß ihr Gatte angefangen hatte, sich regelmäßig zu betrinken.

Auf dem Weg nach Six Mile Bottom herrschte das inzwischen gewohnte unbehagliche Schweigen zwischen den Eheleuten. Annabella, die sich in Gedanken schon mit Augusta beschäftigte, fragte schließlich: »Warum nennst du deine Schwester eigentlich Gans?« Er zuckte die Schultern. »Ist sie so dumm? Sicher, sie scheint nicht unbedingt logisch zu denken, aber ich hatte an und für sich den Eindruck...« – »Sie ist ein Narr«, unterbrach er sie, »und ich bin einer, und du auch.« Sie verstummte und fühlte sich einmal mehr verletzt.

»Du hast mich doch geheiratet, um mich glücklich zu machen, oder?« Annabella war völlig überrascht und stammelte: »Ja... ja, natürlich...« Er umarmte sie vollkommen unerwartet und küßte sie. »Nun, du machst mich glücklich.«

Sie betraten Six Mile Bottom gemeinsam. Byron rief unsicher: »Gus?« Als Antwort stürmten die Kinder auf ihn los, die aufgeregte Nanny hinterher. Annabella beobachtete erstaunt, wie vertraut sie mit ihm schienen, hatte er ihr doch einmal gesagt, daß er Kinder nicht besonders mochte. Dann vernahm sie eine Stimme: »Laßt ihn leben, um Himmels willen, wir brauchen ihn noch!«

Annabella drehte den Kopf und sah Augusta Leigh auf der Treppe stehen, eine große, schlanke Frau von einunddreißig Jahren, die mit ihrem dunkelbraunen Haar und den regelmäßigen Gesichtszügen an Byron erinnerte und um deren Mund ein belustigtes Lächeln lag. Augusta zögerte einen winzigen Augenblick, dann ging sie auf Annabella zu und gab ihr die Hand. »Du mußt nicht denken, daß es bei uns immer so drunter und drüber geht, Liebes. Normalerweise sind wir nur ein Irrenhaus!« Annabella verstand kein Wort von dem, was Augusta sagte. Sie erwiderte etwas förmlich: »Meine liebe Augusta – wie ich mich freue, dich zu sehen.«

Byron hatte sich inzwischen von den Kindern befreit. Er trat zu seiner Schwester und gab ihr einen leichten, hauchzarten Kuß auf die Wange. Mit deutlich auf Annabella gezieltem Spott sagte er: »Meine liebe Augusta!« Dann brach seine Stimme plötzlich. »O Gus, ich habe dich so sehr vermißt!« Annabella fühlte einen winzigen Stich in der Brust – zu ihr hätte er nie so gesprochen – und schämte sich gleich darauf. Er hatte nur diese eine Schwester. Warum sollte er sie nicht vermissen?

Augusta wirkte etwas schüchtern, als sie ihrer Schwägerin anbot, diese durch das Haus zu führen. »Wenn du es gerne möchtest.« Sie zwinkerte ihrem Bruder zu und sagte schnell: »Byron wird sich inzwischen *gerne* um die Kinder kümmern.« Er antwortete: »Irgendwann skalpiere ich dich, Gus.« Annabella war schockiert. Sie glaubte, Augusta trösten zu müssen, und flüsterte, während sie gemeinsam die Treppe emporstiegen: »Bestimmt meint er es nicht böse, Augusta.« Zu ihrer Verblüffung lachte Byrons Schwester. »Wenn ich das denken würde, hätte ich ihn schon längst in den nächsten Dorfteich befördert.«

Sie zeigte Annabella die Zimmer, die sie während der Zeit ihres Aufenthalts hier bewohnen würden. »Ich hoffe, sie gefallen dir. Ein wenig klein vielleicht, aber um etwas anderes zu finden, hätte ich die Nanny im Bett des Stallknechts unterbringen müssen.« Sie deutete Annabellas entsetzten Blick richtig und fügte hinzu: »Liebes, du mußt doch inzwischen gemerkt haben, daß ich das idiotischste Wesen von der Welt bin – nimm mich einfach nicht ernst!« Plötzlich schlang sie ihre Arme um die widerstrebende Annabella und berührte mit den Lippen die Stirn ihrer Schwägerin. »Aber ich freue mich wirklich, dich hier zu haben!« Annabellas Zurückhaltung löste sich. Sie dachte an all die verständnisvollen Briefe, die Augusta ihr geschrieben hatte, und lächelte. »Ich... ich bin auch glücklich.« Zu ihrem Entsetzen spürte sie Tränen in sich aufsteigen. »Ich brauche doch so sehr... eine Schwester.« Impulsiv küßte Augusta sie noch einmal, nahm ihr Kinn in beide Hände und sagte ernst: »Du *bist* meine Schwester, Annabella. Als ich dir das schrieb, habe ich es so gemeint.«

Sie kehrten zusammen in den großen Salon zurück, wo Byron auf sie wartete. Die Nanny hatte Augustas Kinder inzwischen weggebracht. Er kommentierte ihr gemeinsames Erscheinen mit den Worten: »Die beiden As!« – »Wie bitte?« fragte Annabella verblüfft. »So haben Lady Melbourne und ich euch genannt – ihre A und meine A.« Byron zog die Augenbrauen hoch. »Allerdings dachte ich damals nicht, daß ich euch einmal so sehen würde.« Ironisch setzte er hinzu: »Du warst vorhin etwas kühl zu Bell, Augusta.« Annabella protestierte: »Das ist ungerecht – sie hätte nicht freundlicher sein können.«

Augusta ging überhaupt nicht darauf ein und erkundigte sich trocken, ob sie eine gute Reise gehabt hätten. Sie strich eine widerspenstige Locke zurück und erklärte, zu Annabella gewandt: »Hör zu, ich weiß, was es heißt, mit dem Schuft da in einer Kutsche zu sitzen. Wenn er dich stört, wirf ihn einfach einem der Raubtiere vor, die ihr im Gepäck mitführt.« Die verwirrte Annabella wußte nichts darauf zu antworten, wurde aber von ihrem Ehemann dieser Notwendigkeit enthoben. »Hast du ein bestimmtes Tier im Auge, Gus?« Augusta musterte ihn von oben bis unten. »Weißt du, du hast abgenommen, mein Lieber. Der Bär kommt nicht mehr in Frage, wende dich also an die Hunde.«

Auf diese Art sprachen sie den ganzen Nachmittag und beim Dinner. Annabella begann wider Erwarten, Gefallen an der Unterhaltung zu finden. Sie war entspannt und zum erstenmal seit langer Zeit nicht vor die Frage gestellt, was als nächstes zu tun oder zu sagen war. Schließlich kam sie zu dem Schluß, daß darin das Geheimnis von Augustas Charme liegen müssen, denn sie war bestimmt keine Schönheit.

Byron wirkte wie verwandelt in Augustas Gegenwart. Kein Gedanke an finstere Gewissenserleichterungen (»ich muß dir von Thyrza erzählen...«) oder düstere Wahnvorstellungen – wenn man ihn sah, hätte man meinen können, er habe nie auch nur eine einzige bösartige Idee im Kopf. Er scherzte auf gutmütige Art über Annabellas Studien und lobte ihre Gewissenhaftigkeit; als Augusta nach Annabellas Schneiderin fragte, machte er ihr ein Kompliment über ihr Kleid. Das ging so lange gut, bis Annabella versuchte, das Gespräch auf etwas ernstere Themen zu lenken.

»Ist es nicht schade«, sagte sie zu Augusta, »daß Byron sich für verdammt hält und nicht an die Erlösung glaubt? Manchmal frage ich mich, ob er überhaupt ein Christ ist.« Sie sah Byrons Miene und fügte eilig hinzu: »Natürlich habe ich Verständnis für Zweifler. Ich habe selber gezweifelt, ein paarmal wenigstens.« Ihr Ehemann gähnte. »Aber ich glaube doch, Bell, das ist ja das Schreckliche.« Annabella dozierte: »Glaube ist nichts ohne die Hoffnung auf Erlösung. Nur durch die Auferstehung...« Sie geriet ins Stottern, als sie merkte, daß Byron sie mit seinen Augen förmlich vernichten wollte. Mit einem Knall stellte er das Glas, das er in der Hand hielt, auf den Tisch zurück. »...bekommt das Christentum seinen Sinn«, schloß sie lahm.

Byron gebrauchte die betont sanfte, freundliche Stimme, die sie zu fürchten gelernt hatte, als er anfing, zu sprechen. »Die Basis deiner Religion ist Ungerechtigkeit. Der Sohn Gottes, der Reine, der Unbefleckte, der Unschuldige, wird für die Schuldigen geopfert. Das beweist zwar seinen Heroismus, nimmt aber von der Schuld der Menschen nicht mehr, als die Bereitschaft eines Schuljungen, sich für einen anderen züchtigen zu lassen. Du erniedrigst den Schöpfer zuallererst, indem du ihn zum Stammvater von Kindern machst; und zweitens verwandelst du ihn in einen Tyrannen über ein unbeflecktes und unbescholtenes Wesen, das in die Welt gesandt wurde, um den Tod für das Wohl einiger Millionen Schurken zu erleiden, die nach allem wahrscheinlich ebenso verdammt wurden wie vorher.«

Annabella wandte sich zornig an Augusta. »Denkst du genauso?« Augusta schüttelte lächelnd den Kopf. »Ich glaube an die Auferstehung und die Erlösung, weil ich an die Liebe glaube.« Byron sah sie an. »Und was ist mit Geistern, Gus? An die glaubst du doch auch?« Seine Schwester verzog das Gesicht und erwiderte: »Ich hoffe darauf, daß nur solche Ekel wie der alte Rattenzüchter zum Spuken verurteilt werden. Du meinst doch nicht, daß er irgend jemanden geliebt hat?« Sie stand auf und reichte Annabella die Weinkaraffe über den Tisch.

»Sehr mitfühlend von dir, Gus, unseren liebenswürdigen Großonkel seinen sämtlichen Nachfahren aufzubürden. Stell dir vor, wie man sich als Durchschnittsmensch bei dieser Erscheinung fühlen muß.« Augustas Miene wurde auf einmal täuschend unschuldig. Sie murmelte, ohne in seine Richtung zu schauen: »Oh, ich kann das sicher nicht beurteilen. Du bist derjenige, dem die Geister erscheinen, hast du das vergessen?« Einige Sekunden lang herrschte Stille, dann brachen sie beide in Gelächter aus. Annabella fühlte sich verwirrt und ausgeschlossen. Sie warf ein: »Um noch einmal auf die Erlösung...« Eisig sagte Byron: »Danke, meine Liebe. Wir kommen auch ohne dich zurecht.« Annabella erhob sich von ihrem Stuhl und verließ steif den Raum.

Am nächsten Morgen war Byron, ganz gegen seine Gewohnheit, früh aufgestanden, doch als Annabella herunterkam, stellte sie fest, daß die Geschwister mit dem Frühstück auf sie gewartet hatten. Lediglich die Kinder waren bereits fertig, und Augusta wischte ihrem Sohn gerade mit einer Serviette den Mund ab, als sie Annabella auf der Treppe hörte. Sie gab Henry noch einen Klaps auf die Finger, da er nach ihrem Teller griff, ging dann auf ihre Schwägerin zu und begrüßte sie freundlich. »Guten Morgen, Bell – o dear, verrate mir, wie du das machst. Ich wirke um diese Tageszeit immer völlig verschlafen, du dagegen – sieht sie nicht besonders hübsch aus, Byron?« Ihr Bruder entgegnete aufgeräumt: »Ja, das tut sie. Bell, du solltest öfter Blaugrau tragen, es gefällt mir an dir.«

Annabella war fassungslos. Das, nachdem er sie am Abend zuvor so behandelt und sie die ganze Nacht nicht eines Blickes gewürdigt hatte! Augusta erkannte ihre Schwierigkeiten und sagte schnell: »Aber setze dich doch. Ich hoffe, du magst Porridge, ich mußte einen schweren Kampf mit Henry und der kleinen Augusta ausfechten, um dir eine Portion zurückzuhalten.« Byron erkundigte sich, wie sie geschlafen habe, und fragte, wann sie ihren Eltern schreiben würde. Es blieb Annabella nicht verborgen, daß sowohl Byron als auch Augusta sich ständig bemühten, sie in das Gespräch mit einzubeziehen. Das Frühstück verlief so ohne den häßlichen Beigeschmack des vorherigen Abends. Annabella bemerkte, daß Bruder und Schwester ein Medaillon trugen, daß sie bei ihrem Gatten noch nie gesehen hatte, entschied sich aber, im Moment nicht danach zu fragen.

Später machte sie einen Spaziergang mit Augusta. Das Wetter war nicht besonders schön, aber mit etwas Glück würde es wenigstens nicht regnen. Augusta studierte mit gerunzelter Stirn die schweren grauen Wolken, fröstelte und hakte sich bei Annabella ein, während sie über das Frühjahr im allgemeinen plauderte und bedauerte, hier nicht mit dem etwas günstigeren Seeklima von Seaham gesegnet zu sein. Annabella versuchte zunächst auf ebenso unbeschwerte Weise zu antworten, kam jedoch dann mehr und mehr darauf, über die Probleme ihrer Ehe zu sprechen.

Augusta erwies sich als aufmerksame Zuhörerin. Als Annabella geendet hatte, überlegte sie eine Weile und meinte schließlich: »Ein Teil seines Verhaltens kommt zweifellos von diesen elenden Geldschwierigkeiten. Und natürlich leidet er darunter, daß er Newstead verkaufen mußte.« Annabella fragte verwundert: »Aber er wollte Newstead doch verkaufen, oder?« Um die Augen ihrer Schwägerin legte sich ein kleiner Schatten. »Hast du dich noch nie zwingen müssen, etwas zu tun, was du nicht wirklich wolltest, einfach, weil es keine andere Möglichkeit gab?« Einen Moment lang hatte Annabella den Eindruck, Byrons Schwester redete über etwas ganz anderes.

»Diese ewigen Verhandlungen mit Hanson, Newstead und das ganze übrige Hin und Her – so etwas zersetzt und macht gereizt, Bell.« Annabella gab zu, daß diese Aussage nicht aus der Luft gegriffen war. Sie wußte, daß der impulsiv großzügige Byron an mehrere seiner Freunde – Hodgson zum Beispiel und auch an den »kühnen« Webster – größere Summen ausgeliehen hatte, die er nie mehr wiederbekommen würde. Aber andererseits... »Mag sein«, sagte sie. »Das begründet trotzdem noch nicht sein Verhalten mir gegenüber.«

Augusta warf ihr einen etwas merkwürdigen Blick zu und fragte dann nach Byrons Eßgewohnheiten. »Willst du andeuten, seine *Mahlzeiten* seien ein Grund?« stieß Annabella empört hervor. »Einer von vielen«, erwiderte Augusta ungerührt. »Er hat wirklich ziemlich abgenommen, und ich weiß, wie seine Hungerkuren aussehen. Von Soda und Biskuits allein kann man nicht gut leben, Bell. Glaub mir, ich habe Kinder, ich weiß, wie wichtig gesunde Ernährung ist. Und wenn er noch dazu trinkt...«

Annabella erinnerte sich, daß Byron an manchen Tagen bis zu sechs Sodaflaschen hintereinander geleert und sonst nichts zu sich genommen hatte. Eine exzentrische Dichtergewohnheit, hatte sie gedacht, und auch zeitweise versucht, ihn davon abzubringen. Doch sie fand es abwegig und oberflächlich, unkontrollierte Wutanfälle auf mangelhaftes Essen zurückzuführen, und das teilte sie Augusta in einem etwas pikierten Ton auch mit. Augusta umarmte sie.

»Bell, ich will ihn doch nicht entschuldigen, nur erklären.« Annabella war versöhnt und erkundigte sich, ob Augusta mit George Leigh ähnliche Schwierigkeiten hätte. »O dear, nein – er ist nie lange genug da, um mir Schwierigkeiten zu *machen*.« »Vielleicht«, sagte Annabella, mit den Gedanken schon wieder bei etwas anderem, »liebt er mich Thyrzas wegen nicht.« Augusta stutzte. »Natürlich liebt er dich... und wen meinst du mit Thyrza?« Mit dieser Frage hatte Annabella nicht gerechnet und gab kurz wieder, was Byron ihr berichtet hatte.

»Also, ich kann es nicht beschwören, weil wir zu diesem Zeitpunkt zerstritten waren – hat er dir davon erzählt? –, aber wenn er so unsterblich in ein Mädchen verliebt gewesen wäre, wie du sagst, dann hätte er sie auch geheiratet. Und ganz bestimmt hätte ich gehört, wenn eine Frau, mit der er zwei Kinder hatte, Selbstmord begangen hätte. Du weißt doch, wie in großen Familien geklatscht wird.« Annabella war nicht überzeugt.

Zum Lunch aß Byron nichts, was Annabella wider Willen an Augustas Theorie erinnerte. Sie machten Pläne über ihr gemeinsames Leben in London, was Byron abwechselnd zu bissigen und witzigen Kommentaren anregte.

Schließlich sagte er, zu seiner Schwester gewandt: »Lady Melbourne mag dich nicht, Augusta.« Sie entgegnete gelassen: »Ich wüßte nicht, warum.« Byron beugte sich über den Tisch und flüsterte ihr etwas ins Ohr. Augusta blieb ungerührt. Doch Byrons Augen begannen zu glitzern. »Ich werde es erzählen, Gus.« Die Stimme seiner Schwester klang vollkommen ruhig. »Das ist mir egal.« – »Soviel zur Schamhaftigkeit der Frauen«, sagte Byron und unterließ für den Rest des Tages alle weiteren Bemerkungen dieser Art.

Trotzdem wurde der Abend schlimmer als der vorhergehende. Es fing ganz harmlos an, mit einer Diskussion über Napoleons Rückkehr von Elba. »Ich glaube, er wird es wieder schaffen«, bemerkte Byron, »Europa hatte ja nichts Besseres zu tun, als erst in London und dann in Wien alle Schuster mit durchtanzten Sohlen wieder auf Trab zu bringen.« – »Du kannst diesen Mann doch unmöglich bewundern!« rief Annabella schokkiert.

Byron antwortete ausnahmsweise ehrlich: »Doch, ich bewundere ihn. Aber das heißt nicht, daß ich ihn nicht für einen Tyrannen halte. Nur ist es meiner Meinung nach besser, von einem genialen Tyrannen regiert zu werden, als von irgendeinem der verdammten Fossilien, die sonst überall mit ihren Hintern den Thron warmhalten.« – »Byron!« – »Kannst du mir vielleicht sagen, wozu unser Wahnsinniger sonst noch fähig ist? Sein Sohn natürlich wird alle erretten. Er erweist sich jetzt schon als so *überlegen.*« Byron goß sich ein weiteres Glas Brandy ein. »Das ganze überkommene System sollte abgeschafft werden. Meiner Meinung nach ist die einzig wahre Staatsform die Republik. Zum Teufel mit allen Monarchien!«

Annabella schluckte und sagte unverhohlen tadelnd: »Ich kann diese Ansicht nicht teilen.« – »Nein, woher auch? Du teilst nur deine eigenen Ansichten, mein Engel.« Mittlerweile war aus seinem gespielten Ärger wirklicher Zorn geworden. Er trank seinen Brandy mit einem Zug aus und griff erneut nach der Flasche.

Eigentlich verstand er selbst nicht, warum Annabella ihn so wütend machte. Hodgson beispielsweise vertrat ähnliche Ansichten wie sie, und die Debatten mit ihm hatten immer in Freundschaft und gegenseitiger Achtung geendet. Aber wenn er mit Annabella sprach, fühlte er irgend etwas Dunkles, Unkontrollierbares in sich aufsteigen, das sich Luft machen mußte, und seine eigene Ungerechtigkeit brachte ihn nur noch mehr auf.

»Byron«, sagte Augusta sanft, »du trinkst zuviel.« – »Ja«, antwortete er herausfordernd, »warum tue ich das wohl? ›Wir scheiden, wir fliehen – und kehren zurück!‹ Weißt du, wann ich das geschrieben habe, Gus?« – »Meiner Meinung nach ist dieses Gedicht...« begann Annabella. Ihr Gatte explodierte.

»Deine Meinung interessiert niemanden!« Annabella erstarrte, unfähig, auch nur einen klaren Gedanken zu fassen. Augusta ging zu ihr hinüber, umarmte sie und küßte sie auf beide Wangen. Dann wandte sie sich mit blitzenden Augen an ihren Bruder. »Mich interessiert, was sie denkt, und ich erlaube nicht, daß du sie unter meinem Dach schlecht behandelst!« Annabella brach in Tränen aus. Sie ließ sich von Augusta in ihr Zimmer führen, klammerte sich an ihrer Hand fest und schluchzte. »Er liebt mich nicht, o Augusta, er haßt mich.« Augusta half ihr, sich zu entkleiden, zog ihr das Negligée über und schüttelte ihr Kissen zurecht. »Er ist betrunken«, sagte sie kurz, »und das werde ich ändern. Gute Nacht, Bell.«

Annabella lag lange wach und wartete auf ihren Ehemann. Als er kam, sprach er kein Wort mit ihr, und sie hörte in dieser Nacht, wie er im Schlaf redete. Er schien Alpträume zu haben. Es war eine wirre Mischung aus Flüchen und Bitten, ihn nicht zu verlassen, bis er schließlich hochfuhr und schrie: »Rühre mich nicht an!« Zuerst dachte sie, er meine wirklich sie persönlich, aber dann entdeckte sie, daß er gerade erst aufgewacht war.

Er starrte sie an, ohne sie zu erkennen. »Byron«, flüsterte sie, »ich bin es, Bell.« Zum erstenmal gebrauchte sie diesen Namen, mit dem nur Byron und Augusta sie ansprachen. Sein Blick klärte sich langsam, und er strich mit der Hand behutsam über ihr Gesicht. »Es tut mir leid, Bell.« Er zog sie an sich und war zärtlicher zu ihr als selbst in ihrer Hochzeitsnacht. Er gebrauchte sogar wieder ihren vertrauten Kosenamen Pip. Auch nachdem er längst wieder schlief, schaute Annabella ruhelos in das Dunkel und grübelte darüber nach, warum sie Augusta, die dieses Wunder vollbracht hatte, mit einem Mal fast haßte.

Am dreißigsten März kamen Lord und Lady Byron nach London, um ihr neues Heim am Picadilly zu beziehen. Annabella fand es tatsächlich zu groß, aber sie wäre lieber gestorben, als es zuzugeben. Erst als sie sich überzeugt hatte, daß es allein Byrons Fehler war, gestattete sie sich, ihrer Mutter in diesem Sinne zu schreiben. Sie fühlte sich ansonsten nicht unzufrieden. Byron behandelte sie mit gleichgültiger Freundlichkeit, sie hatte ihr eigenes Schlafzimmer, und sie merkte, wie sie von der weiblichen Londoner Gesellschaft beneidet wurde.

Lady Jersey beispielsweise, die standesgemäße Mätresse des Prinzregenten, die er sofort nach dem Sommer der Souveräne wieder aufgegeben hatte, sowie seine fürstlichen Gäste zum Wiener Kongreß abwanderten, hatte sich durchaus ihre Vorliebe für Byron bewahrt. Als der Prinzregent sich sogar geweigert hatte, das von ihm bestellte Porträt der Lady zu bezahlen – statt dessen schickte er es seiner ehemaligen Mätresse, zusammen mit der Rechnung –, hatte Byron ein mitfühlendes Gedicht für die Dame geschrieben, der man einst einen kurzen Flirt mit ihm nachsagte. Zudem bot sich hier wieder die Gelegenheit, den Prinzen zu attackieren, und so eine Chance ließ er nie vorbeigehen. Lady Jersey erinnerte sich seiner in Dankbarkeit und schien bei ihrem Empfang des jungen Paares von seiner Heirat nicht übermäßig entzückt zu sein.

Unter den ersten Gratulanten zum Einzug befand sich Caroline Lamb. Anfangs war sie die Freundlichkeit in Person. Erst als Byron in ihrer Anwesenheit den Arm um Annabellas Taille legte, brach sie in schneidendes Gelächter aus, drehte sich um und verließ das Haus. Annabella fühlte sich hin und her gerissen: entweder war Caroline einfach eifersüchtig, oder... Sie dachte an das berühmte Urteil ihrer Cousine, als diese Byron kennenlernte (Caroline hatte dafür gesorgt, daß es sehr schnell die Runde machte): verrückt, schlimm und gefährlich zu kennen.

Annabella lernte nach und nach Byrons Freunde kennen. Ihr Urteil fiel überwiegend negativ aus. Thomas Moore war ihr zu leichtfertig (hatte er nicht unter einem leicht durchschaubaren Pseudonym unanständige Gedichte verfaßt?), Scrope Davies zu gottlos und oberflächlich, und Douglas Kinnaird ging schon allein durch seinen berühmten Brandy ihrer Wertschätzung verloren. Hodgson, der Diakon aus Cambridge, fiel vielleicht noch unter die Kategorie »respektabel«. Aber auch er sprach für ihren Geschmack Kinnairds Brandy zu gerne zu. Und allesamt neigten sie ständig dazu, den Ernst des Lebens zu vergessen.

Byron schrieb an einer Tragödie, aus der er ihr Teile vorlas. Annabella hoffte, wieder mit der Reinschrift betraut zu werden. Aber dann erklärte er, das Manuskript verbrannt zu haben. »Oh, warum?« rief sie bestürzt. »Das Thema war doch wirklich erhaben!« – »Meine Liebe«, sagte er und gähnte, »die Tragödie wurde zu realistisch.«

Anfang Juni konnte Annabella sicher sein, ein Kind zu erwarten. Dieser Zustand machte sie nur halbwegs glücklich, denn sie sah sich wieder in die verhaßte Situation gebracht, zur Hilflosigkeit verurteilt zu sein. Andererseits verhielt sich Byron jetzt ihr gegenüber nicht nur freundlich, sondern auch liebevoll. Sie hatte sich endlich einen Kosenamen für ihn ausgedacht, »Ente« (als Pendant zu »Gans«), und da sie nie auf den Gedanken gekommen wäre, er könnte das als Anspielung auf seine Behinderung verstehen, gebrauchte sie diese Bezeichnung bei jeder Gelegenheit. So schrieb sie ihm, als er Augusta für ein paar Tage besuchte und sie bat, ihm eine Arznei nachzuschicken.

Liebling Ente –
Ich fühle mich, als ob B- sich selbst liebte, was mir mehr als alles andere gut tut, und die junge Pip zum Hüpfen bringt. Du würdest lachen, wenn Du die Auswirkungen Deiner Abwesenheit sehen und noch viel mehr hören könntest – Teppiche werden geklopft, Treppen gefegt, klopfen, schrubben, bürsten! – Durch all das werde ich früh aufgeweckt... Das alte Sprichwort –
›Ist die Katze aus dem Haus, tanzen die Mäuse‹ –
Sie sollen ihren Urlaub haben, aber ich kann meinen nicht genießen. In der Tat, in der Tat ist ein unartiger B tausendmal besser als überhaupt kein B.
Ich wage nicht, mehr zu schreiben, aus Furcht, Du könntest durch die Länge erschreckt werden, und überhaupt nichts lesen. Also werde ich den Rest Gans erzählen.
Ich hoffe, Du rufst ›Pip, pip, pip‹ – immer wieder. Ich denke, ich höre Dich – aber ich werde nicht melancholisch werden...

Sie las den Brief noch einmal durch, ehe sie ihn versiegelte, und spürte eine flüchtige Verwirrung. Irgendwie klangen die Spitznamen bei ihr nicht wie bei Byron und Augusta.

Mit fortschreitender Schwangerschaft begann sie die Anwesenheit von Byrons Freunden mehr und mehr zu stören. Als sie dies erkennen ließ, ging Byron häufiger mit der »Picadilly Crew«, wie Annabella sie heimlich bezeichnete, außer Haus. Annabella war gekränkt und reagierte zuerst mit Vorwürfen, dann mit kleineren Krankheiten, eine Ausflucht, die sie schon als Kind erprobt hatte. Byron war zunächst voll Mitleid, was aber bald in Ärger umschlug. Er hatte Augusta schwanger erlebt. Warum ertrug Annabella diesen Zustand so schlecht?

Immer öfter war er außer Haus, und Annabella fand bald heraus, daß er nicht nur mit der Picadilly Crew unterwegs war, sondern seine Zeit auch mit einer Frau verbrachte, der Schauspielerin Susan Boyle. Annabella beschränkte sich zunächst auf würdevolle Vorhaltungen, doch die Szene endete damit, daß sie in Tränen aufgelöst war.

Als Annabella einmal vor dem Kamin stand und sah, daß er fröstelte, fragte sie ihn unvorsichtigerweise: »Stehe ich dir im Weg?« – »O ja«, entgegnete er, »verdammt im Weg.«

Nichts hatte sich geändert, als seien jene mehr oder weniger friedlichen Monate von einer boshaften Hand ausgelöscht worden. Alles war wieder wie früher. Und noch immer fühlte sich Annabella dieser Belastung einfach nicht gewachsen. Jemand mußte ihr helfen. Augusta – Augusta war die einzige, die sie verstand. Annabellas Briefe wurden wieder verzweifelter und endeten in offenen Hilferufen:

»Ich habe bis zuletzt in der Hoffnung auf einige Veränderungen gewartet – aber alles ist unerträglicher Stolz & Härte. O Augusta, wird es sich je für mich ändern – ich weiß kaum, was ich sage. Obwohl ich gestern versucht habe das Beste aus den Dingen zu machen, habe ich, als Selbstbetrug unmöglich wurde, gedacht, daß sein *Kopf* seit Samstag (in dieser Nacht saß er mit Kinnairds Gesellschaft bis halb fünf Uhr morgens da und trank) nicht mehr ganz richtig war – und er wird, fürchte ich, mehr und mehr Grund hinzufügen.«

Annabella fürchtete, er könnte wahnsinnig sein. Hatte er nicht selbst zugegeben, daß dies in seiner Familie schon vorgekommen war? Augusta mußte ihr helfen. Sie hatte es längst vorgezogen, das merkwürdige Gefühl in jener Nacht in Six Mile Bottom zu ignorieren. Sie brauchte Augusta und drängte auf ihr Kommen. Augusta wehrte ab. Am elften November, als Byron davon gesprochen hatte, Susan Boyle in ihrem Haus einzuquartieren, schrieb Annabella ihren letzten Appell:

Laß mich Dich Mitte der Woche sehen – spätestens. Hobhouse ist gekommen – um einen Plan für eine Auslandsreise zu arrangieren, wie ich großen Grund habe zu glauben. Mein Kopf schmerzt – er wurde gequält – aber ich will nicht mehr auf dem Papier sagen. Du wirst gut tun, denke ich – wenn es irgendwie getan werden kann.
Meine liebste A, ich fühle all Deine Freundlichkeit.

Am fünfzehnten November traf Augusta in dem Haus am Picadilly ein.

Beide erwarteten sie mit einiger Nervosität, schweigend in der großen Empfangshalle sitzend. Byron begann, leise die Melodie eines seiner albanischen Lieder zu summen. Annabella blätterte unruhig in ihrer Ausgabe von Gibbons Weltgeschichte. Endlich sagte ihr Mann: »Du bist eine Närrin, Bell, daß du sie hierher eingeladen hast.« Annabella fragte verstört: »Aber ich dachte, du magst deine Schwester.« – »Eben deswegen will ich sie ja nicht hier haben.« Schweigen. Annabella starrte fünf Minuten lang auf dieselbe Seite und dachte darüber nach, was aus der selbstsicheren, kühl-gelassenen Miss Milbanke geworden war.

»Ich frage mich, was Gus zu der Boyle sagen wird. Vermutlich runzelt sie die Stirn und schimpft mich aus. Aber«, Byron sah Annabella direkt an, »ich kann Augusta über alles zum Lachen bringen.« – »Das ist höchst bedauerlicherweise wahr«, antwortete sie scharf. Erneut trat Stille ein. Dann kam Fletcher und meldete, Mrs. Leighs Wagen sei vorgefahren. Sie sprangen beide auf.

Annabella erreichte sie zuerst, umarmte sie und spürte Augustas Hand beruhigend über ihr Haar streichen. »Ich... ich... o Augusta!« Augusta küßte sie und wandte sich ihrem Bruder zu. Er musterte sie von oben bis unten und entdeckte etwas, das Annabella entgangen und eigentlich auch kaum zu erkennen war. »O nein – du bist schon wieder schwanger!«

Augusta zuckte diesmal merklich zusammen. Sie wußte genau, warum er es tat. Seit Annabellas Schwangerschaft fortgeschritten war, hatte sich Byron in ein eingebildetes Treuegelübde mit Augusta geflüchtet. Diese Erkenntnis war daher für ihn niederschmetternd.

Augusta fühlte sich müde und abgespannt, und das nicht nur von der Reise. Sie hatte nicht geheuchelt, als sie Annabella von den Schwierigkeiten mit ihrer mittleren Tochter schrieb. Nachdem sie die kleine Augusta einmal dabei gefunden hatte, wie sie einem verletzten Vogel mit einem Stein den Kopf einschlug und ihm systematisch die Federn ausriß, hatte sie sie mehrmals ärztlich untersuchen lassen. Die Diagnose, auch wenn sie von einem Landarzt aus Newmarket kam, war erschreckend gewesen. Seiner Meinung nach lag ein Fall von Schwachsinn vor. »Vielleicht irre ich mich auch, Mrs. Leigh, und das Kind ist nur etwas zurückgeblieben, schließlich sind vier Jahre noch kein Alter. Nur, wenn ich recht habe, können Sie von Glück sagen, wenn es nicht bösartig ist. Auf keinen Fall würde ich sie länger ohne Aufsicht lassen. Am besten geben Sie sie in ein Heim.«

Augusta klammerte sich an den dünnen Hoffnungsfaden der leichten Zurückgebliebenheit. Der Doktor hatte sie anschließend gefragt, ob sie und George miteinander verwandt seien. Als sie bestätigend nickte, nahm sein Gesicht einen bekümmerten Ausdruck an. »Das dachte ich mir, Mrs. Leigh. Sehen Sie, in Familien wie der Ihren heiratet man immer wieder untereinander, und auf der Universität hat man mich gelehrt, daß so etwas schlechte und ungünstige Anlagen fördern soll. Aber wer hört heutzutage schon auf einen solchen Ratschlag?«

Augusta versuchte ihre eigenen Sorgen beiseite zu schieben.

Byron und Annabella hatten genug Probleme. Annabellas Gesicht war aufgedunsen, die Hand- und Fußgelenke geschwollen, und sie schrak bei dem geringsten Laut zusammen. Später, als sie beide allein waren und Augusta ihre Sachen auspackte, erzählte Annabella ihr mit zitternder Stimme von Byrons Drohung, Susan Boyle in dieses Haus zu bringen. »Womit habe ich es nur verdient, Augusta, daß er mir so etwas antut?« Augusta sagte grimmig: »Er wird es dir nicht antun, verlaß dich darauf.«

Annabella spürte grenzenlose Erleichterung. Augusta war da und würde alles wieder in Ordnung bringen. Nach einiger Zeit überwog erneut ihre Skepsis: »Aber warum, Augusta, *warum*?« Augusta seufzte. »Bell, es liegt vielleicht nur daran, daß für Männer diese Zeit auch sehr schwierig ist. Sie fühlen sich überflüssig, verstehst du, und das Warten zehrt auch an ihren Nerven.« Mit einem schwachen Lächeln fügte sie hinzu: »Besonders das Warten darauf, wieder mit ihrer Frau in einem Bett zu liegen.« Annabella errötete. Augustas unumwundene Ausdrucksweise berührte sie noch immer peinlich.

»Glaubst du wirklich, daß es deswegen... und außerdem bin ich im Augenblick sehr häßlich.« Augusta drückte ihre Hand und sagte tröstend: »Unsinn. Du hast dich ein bißchen verändert, aber das ist ganz normal. Was meinst du, wie ich jedesmal ausgesehen habe? George fragte sich immer, ob er nicht eine andere Frau vor sich hätte.« Sie lachte. »Und ich war viel gereizter als du – sprich mit der armen Nanny!« Annabella durchschaute, wie gern sie sich auch auf diese Behauptung eingelassen hätte, die Wahrheitsverdrehung. Trotzdem wollte sie mit Augusta ihre Theorien über Byrons Geisteszustand erörtern. Sie erinnerte an den angeblich in der Familie liegenden Wahnsinn.

Diesmal machte sich ihre Schwägerin nicht darüber lustig, sondern blickte sehr ernst und nachdenklich drein: »Es kann schon sein – das mit dem Familienwahnsinn«, sagte sie traurig. Annabella kam nicht auf den Gedanken, diese Äußerung auf die Sorgen um die kleine Augusta Charlotte zu beziehen. Sie erklärte fast triumphierend: »In meinen Augen ist es so gut wie eindeutig. Der Wahnsinn muß ihn zumindest gestreift haben. Da du nun hier bist, Augusta«, sagte sie, »wird er vielleicht etwas öfter daheim bleiben.« Augusta zuckte die Achseln. Dabei fiel Annabella wieder das Medaillon auf, das sie trug, und dessen genaues Gegenstück sie bei Byron gesehen hatte. Betont unauffällig murmelte sie: »Was für ein hübscher Schmuck – kann ich mir ihn einmal umlegen?« Ohne weitere Umstände faßte Augusta sich in den Nacken, löste den Verschluß und drückte das Kettchen nebst Anhänger Annabella in die Hand. Diese betrachtete es aufmerksam. Das Medaillon war in zartem Filigransilber gearbeitet und trug auf der Rückseite eine Gravur: B und drei Kreuze. »Ein Mitbringsel von eurer Hochzeitsreise«, sagte Augusta munter.

Ein Geräusch ließ Augusta aufschauen. Byron stand hinter ihr und beobachtete sie, der Himmel mochte wissen, wie lange schon. »Was ist nur aus uns allen geworden, Gus?« fragte er leise und setzte sich zu ihr. »Was auch immer«, erwiderte sie behutsam, »es *ist* so, es läßt sich nicht ändern, und wir müssen das Beste daraus machen.«

Augusta hatte ihr Versprechen wahrgemacht und Annabellas Vertrauen nie mißbraucht. Sie legte ihm zart die Hand auf den Nacken. »Habe ein wenig Geduld mit ihr, bitte, Liebster. Sie trägt dein Kind, und es geht ihr nicht gut.« – »Das ist ihr Normalzustand«, murmelte er. Augusta blinzelte ihm zu. »Und *dein* Normalzustand? Der übertrifft den ihren natürlich gewaltig an Gesundheit?« Er mußte lachen, ein schwaches Echo seines früheren Gelächters. »Liebste Augusta.«

Augusta blickte in das wärmende Feuer. »Die Flammen sehen aus wie widerspenstige Höflinge, nicht? Unter dem Eindruck, der Prinzregent taucht bald auf.« Sie trug an diesem Tag ein Kleid aus dunkelrotem Satin und wirkte dadurch selbst etwas wie eine Flamme, fand Byron. »Nein, nein – das sind die Tänzer von Paris.« In Paris hatte sich nach dem endgültigen Sieg der Alliierten über Napoleon abermals die vornehme Welt Europas versammelt.

Der Gedanke an Paris brachte ihn auf das sinnlose Gemetzel von Waterloo, und er sagte: »Es tut mir leid wegen Frederick Howard, Gus.« Frederick Howard, einer der zahlreichen Carlisle-Söhne, eng mit Augusta befreundet und frisch mit einer weiteren Cousine vermählt, war einer der vielen gewesen, die auf den Feldern von Waterloo ihr Leben gelassen hatten.

Byron wußte, wie sehr Augusta ihren Vetter gemocht hatte – einmal hatte sie ihm erzählt, sie sei als zehnjähriges Mädchen in Frederick verliebt gewesen, habe aber nie gewagt, es ihm zu gestehen – und wollte ihr auf diese Art mitteilen, wie sehr ihn der ganze kindische Streit mit den Howards und dadurch mit Augusta reute. Sie seufzte. »Frederick Howard... so viele sind tot aus unserer Kindheit...«

Augusta schüttelte sich. »Wenn wir nicht bald aufhören, Geister zu beschwören, enden wir bei unserem Vater und seinen Mätressen, und dann haben wir die gesamte Unterwelt hier!« Der melancholische Bann des Feuers war gebrochen. Er fragte: »Apropos Unterwelt – hast du die Geschichte mit Dick dem Dandy-Killer gehört? Das war das große Halali für den armen Brummel, fürchte ich. Wenn er nicht schleunigst außer Landes flieht, kann er sein Domizil im Schuldenturm aufschlagen.«

Unter der Bezeichnung »Dick der Dandy-Killer«, die der boshafte Scrope Davies eingeführt hatte, verbarg sich der reiche Zuckerbäcker Richard Myler. Er hatte sich, überzeugt, der Prinzregent würde trotz allem wieder zu Beau Brummel zurückfinden, mit anderen auf ein Geschäft eingelassen, um dreißigtausend Pfund für den König der Dandys aufzubringen, mit einem eigenen Beitrag von siebentausend Pfund. Doch als ihm zu Ohren kam, daß keine Aussicht auf Rückgabe des Geldes bestand, stellte er Brummel öffentlich im White's Club zur Rede und löste so einen riesigen Ansturm von Gläubigern aus, die mittlerweile nächtelang vor Brummels Haus kampierten.

Augusta schnitt eine Grimasse. »Wenn er geht, wer soll euch armen Männern dann sagen, was ihr anzuziehen habt?« Sie musterte ihn kritisch und ahmte Brummels leicht näselnde Stimme nach. »Mein lieber Lord Byron, das Hemd, das Sie da tragen, ist unmöglich und kann nur den Straßenfegern der letzten Saison zugemutet werden. Die Manschetten an Ihrem Ärmel bestehen aus Perlmutt, obwohl ich ausdrücklich angeordnet habe, nur Elfenbein zu tragen. Und was Ihre Schuhe angeht – auf dem linken

Rand des rechten Vorderteils Ihres linken Stiefels befindet sich ein Fleck! Wie rechtfertigen Sie das, mein Herr?«

Byron stand auf und verbeugte sich tief vor ihr. »Verzeihung, aber das liegt an meiner Menagerie. Ich habe eine Gans im Haus, die von der dort ebenfalls ansässigen Ente ständig terrorisiert wird und mir deshalb dauernd vor die Füße flattert.« Augustas Gesicht sah in dem schwachen Licht wie das einer zufriedenen Katze aus. »Ein seltsames Tier, Lord Byron. Wie können Sie nur mit so etwas leben?« – »Oh, man gewöhnt sich an alles, wissen Sie. Ein so geduldiger und sanftmütiger Mensch wie ich liebt sogar ihr Geschnatter.«

Annabella lag in ihrem Bett, hörte die Geschwister lachend die Treppe hinaufkommen und wußte in diesem Moment nicht, wen sie am meisten haßte: Byron, Augusta oder sich selbst. Mittlerweile war aus dem Argwohn ihrem Gatten gegenüber eine Art Verfolgungswahn geworden. War er schlechter Laune, hielt sie ihn für wahnsinnig, wenn er lachte, so wie jetzt, spürte sie brennende Eifersucht auf diejenige Person, welche ihn zum Lachen gebracht hatte.

Andererseits konnte sie Augusta nicht gehen lassen. Bei aller Eifersucht liebte sie ihre Schwägerin, sie brauchte sie und fühlte sich nur mit Augusta an ihrer Seite vollkommen sicher und ruhig. Von der Treppe drang Byrons Stimme zu ihr. »...kannst du Bell sagen, daß ich mit der Boyle gebrochen...« Er wurde wieder undeutlich. Augustas Antwort verstand sie nicht mehr. Die Schritte entfernten sich in das zweite Obergeschoß, wo Augusta ihr Zimmer hatte. Nach einer Weile hörte sie Byron wieder herunterkommen.

Sie wartete, da sie wußte, daß Augusta auf jeden Fall noch einmal nach ihr sehen würde, bevor sie sich endgültig zur Ruhe legte. Wenig später öffnete sich sachte die Tür, und sie erkannte Augustas Flüstern: »Bell?« Annabella wisperte: »Ich bin noch wach, Augusta.« Byrons Schwester kam auf sie zu, und Annabella, deren Augen sich längst an die Dunkelheit gewöhnt hatten, sah, wie sich Augustas Figur unter dem spitzenbesetzten Morgenrock, den sie trug, abzeichnete: groß und schlank.

Augusta beugte sich über sie und küßte sie auf die Stirn. Annabella fühlte, wie ihre Lippen brannten. Augusta roch schwach nach Seife und nach einem merkwürdig faszinierenden Parfum. Plötzlich klammerte sich Annabella an ihre Hand. »Bleib heute bei mir, bitte, bleib bei mir!« Augusta zögerte innerlich und gab dann nach. Annabellas Niederkunft war innerhalb der nächsten zwei Wochen zu erwarten, und es mochte besser sein, sie in der Anspannung nicht allein zu lassen, auch wenn Mrs. Clermont, Annabellas ehemalige Kinderfrau, im Nebenzimmer schlief. »Wie du willst«, sagte sie freundlich und glitt vorsichtig zwischen die Laken.

Annabella rührte sich erst lange Zeit nicht. In ihr kämpften Zuneigung und Eifersucht. Schließlich legte sie ihren Kopf an Augustas Schulter und sagte mit erstickter Stimme: »Ich wünschte, meine Mutter wäre gekommen.« Judith Milbanke hätte um nichts in der Welt ihr einziges, geliebtes und verwöhntes Kind zu dieser Zeit im Stich gelassen, wäre sie nicht selbst durch schwere Krankheit ans Bett gefesselt gewesen.

»Ich weiß.« Augustas Stimme klang seltsam verloren. »Ich habe meine Mutter nie gekannt, aber bei der Geburt jedes Kindes rufe ich nach ihr. Ist das nicht merkwürdig?« Annabella fühlte sich verzehrt vor Scham über die Schwäche, die sie zeigte, als sie jetzt in Tränen ausbrach und sich an Augusta festhielt. Keiner ihrer anderen Freundinnen gegenüber hatte sie sich je so gehenlassen. Und eine innere Stimme sagte ihr, daß sie sich unter anderen Umständen, in einer anderen Zeit, nie Augusta Leigh als Freundin ausgesucht hätte. Wenn sie genau darüber nachdachte, hatte Augusta sogar nichts Gemeinsames mit ihren übrigen Freundinnen.

Aber sie war eben *da,* warm und tröstlich, die einzige, die alle Umstände von Annabellas Ehe kannte und verstand, die einzige, der sie vertrauen, die ihr Rat und Hilfe geben konnte. Und das alles überwog letztendlich Annabellas Eifersucht, daß Byron ihr seine Schwester so offensichtlich vorzog. Annabella schmiegte sich an Augusta und schlief schließlich, getröstet und beruhigt, in ihren Armen ein.

Annabellas Wehen setzten am frühen Morgen des zehnten Dezember 1815 ein und dauerten den ganzen Tag. Im Haus am Picadilly herrschte ein ständiges Kommen und Gehen, doch die Hebamme hatte schon ziemlich bald die meisten von Annabellas Bediensteten in das Vorzimmer verbannt und zu bloßen Handlangern degradiert. Die Arme in die Hüften gestemmt, hatte sie die grünliche Gesichtsfarbe der jungen Zofe abschätzig gemustert und erklärt: »Sie sind hier ungefähr ebenso nützlich wie ein fiebriger Maikäfer. Holen Sie heißes Wasser, das ist das einzige, was Sie im Augenblick tun können. *Sie*«, ein Kopfnicken zu Mrs. Clermont, »können bleiben, Sie sehen so aus, als ob Sie nicht sofort in Ohnmacht fallen würden.«

»Ich habe geholfen, Lady Byron mit zur Welt zu bringen«, sagte Mrs. Clermont. »Auch gut«, erwiderte die Hebamme ungerührt. Sie war eine große, schwere Frau mit dem Gesicht eines Dragoners, die man selbstverständlich schon seit mehreren Tagen hier am Picadilly einquartiert hatte. »Wer von den Anwesenden versteht noch etwas vom Geschäft?« Ihr Blick fiel auf Augusta. »Ich glaube nicht, daß das Ihr erstes Kind ist, Mrs. Leigh.« Augusta schüttelte den Kopf. »Mein fünftes.« Annabella rief schwach nach ihr. »Sehr gut. Aber ihr übrigen verschwindet nach draußen. *Ein bißchen plötzlich, wenn ich bitten darf!*«

Der Tag blieb für Augusta in entsetzlicher Unruhe in Erinnerung. Annabella schrie, jammerte und flehte, klammerte sich abwechselnd an Mrs. Clermont und an Augusta fest und war zwischendurch nicht von der Überzeugung abzubringen, daß sie sterben müsse. Diese Gefahr bestand keinen Augenblick, doch es war die schwerste Geburt, die Augusta jemals miterlebt hatte. Kein einziges Mal hatte es um sie selbst so schlimm gestanden. Annabella rief nach ihrer Mutter, nach Mrs. Clermont, nach Augusta. »Verlaß mich nicht«, bettelte sie schluchzend und schob die Hand der Hebamme fort, »verlaß mich nicht.«

Am späten Abend gebar sie eine Tochter und schlief fast sofort ein, völlig ausgelaugt und erschöpft. Augusta tastete sich müde das Treppengeländer hinab, um Byron die Nachricht zu überbringen. Er wartete mit Hobhouse in der Bibliothek, offensichtlich äußerst angespannt und nervös. Augusta entrang sich ein kleines Lächeln, als sie ihn erblickte. Er stürzte auf sie zu und fragte rauh: »Es ist doch nicht totgeboren, oder?« Damit hatte er sich nämlich in der Erinnerung, wie er die letzten Monate mit Annabella umgegangen war, den ganzen Tag herumgeschlagen. Augusta verneinte stumm und setzte sich. »Eine Tochter, Byron, eine völlig gesunde und normale Tochter.«

Hobhouse stammelte seine Glückwünsche. Augusta ließ sich von ihm ein Glas Whiskey reichen, trank einen Schluck und begleitete ihren Bruder dann zurück in das Zimmer der jungen Wöchnerin. Annabella war wach, ihr Mund blutig und zerbissen. Erschreckt verglich er sie mit der selbstbewußten, hübschen Miss Milbanke, die er in Melbourne House kennengelernt hatte, und sagte schuldbewußt: »Was für eine Folter habe ich dir verschafft.« Annabella wußte, daß er damit nicht nur die Geburt meinte, und als er sie küßte, glaubte sie, daß sich zum zweitenmal und nun wirklich die Dinge in ihrer Ehe zum Guten gewandt hatten. Elf Tage später entdeckte sie die bestürzende Wahrheit.

Es war nichts Spektakuläres, kein Kuß, keine Umarmung oder etwas noch Eindeutigeres. Annabella, noch immer sehr schwach, wollte sich in die Bibliothek zurückziehen. Als sie eintrat, hielt sie einen Moment in der Tür inne und konnte so Augusta und Byron völlig unbemerkt beobachten. Die beiden saßen zusammen auf einem Sessel, er auf der Lehne, sie mit angezogenen Füßen auf der eigentlichen Sitzfläche. Sie hatte den Kopf zurückgelehnt, und er strich langsam über ihr welliges braunes Haar. Keiner sprach ein Wort. Doch die Harmonie, das vollkommene Vertieftsein ineinander wurde so deutlich, daß Annabella fast aufgeschrien hätte. Plötzlich begannen sich in ihrem Kopf hundert kleine Einzelheiten zusammenzufügen, und sie *wußte*. Sie mußte blind gewesen sein, auf närrische Weise blind.

Annabella schloß leise die Tür und ging zurück in ihr Schlafzimmer. Von tiefem Schmerz gelähmt, legte sie sich auf ihr Bett und überließ sich apathisch den Gefühlen, die die ungeheuerliche Entdeckung in ihr auslösten.

Sie war schon vorher auf Augusta eifersüchtig gewesen, doch was sie nun erkannt hatte, war etwas völlig anderes. Man hatte sie skrupellos ausgenutzt! Byron hatte sie nur geheiratet, um diese... Wahrheit zu verschleiern. Und Augusta – sie schauderte bei dem Gedanken, wie sehr sie Augusta vertraut, was sie ihr alles erzählt, wie sie sie ins Herz geschlossen hatte.

Annabella hatte einmal in ihrem Leben wirklich geliebt, und der Mann, dem ihre Liebe galt, für den sie alle Hemmungen und Hindernisse ihres so zurückhaltenden Wesens ablegen wollte, hatte sie auf grausame Weise zurückgewiesen. Mehr noch, er hatte sie mißbraucht, geschändet und in den Dienst seiner eigenen perversen Leidenschaften gestellt. Keine Minute länger wollte sie mit diesem Ungeheuer das Leben teilen.

Annabella vergoß keine einzige Träne. Ihr Verstand, der nun endlich wieder frei von Emotionen denken konnte, sagte ihr, daß große praktische Schwierigkeiten auf sie zukamen. Sie wollte klug vorgehen. Ihre Eltern hatten, nun schon zum zweitenmal, eine Einladung nach Seaham geschickt. Beim erstenmal hatte sie gemeinsam mit Byron abgelehnt. Diesmal akzeptierte sie. Sie stellte einen Arzt ein, angeblich wegen Byrons körperlicher Gesundheit, und nahm Augusta das Versprechen ab, so lange zu bleiben, bis jener Dr. Le Mann seine Untersuchungen vor allem in Hinblick auf Byrons Geisteszustand abgeschlossen hatte, und ihr täglich Bericht zu erstatten.

Byrons Idee, das Kind Augusta Ada zu nennen, nahm Annabella begeistert auf. Sie spielte in jeder Hinsicht die vollkommene Ehefrau, da sie nun endlich begriffen hatte, was Byron von ihr erwartete. Lediglich am Tag ihrer Abreise fiel sie etwas aus der Rolle. Sie verabschiedete sich von Byron, der ach so selbstverständlich in Gesellschaft seiner Schwester war. »Wann treffen wir drei wieder zusammen?« fragte er heiter, Shakespeare zitierend. »Im Himmel, wie ich hoffe«, erwiderte sie scharf und ging.

Schon am nächsten Tag bereute sie diesen Lapsus und schrieb ihm von der Zwischenstation ihrer Reise aus einen munteren, liebevollen Brief. Er sollte und würde keinen Verdacht schöpfen, bis sie bei ihren Eltern in Sicherheit war, und Augusta ebenso wenig. Augusta würde wie versprochen jeden Tag ihre falschen Freundschaftsbeteuerungen schicken und damit hoffentlich auch den Beweis, den Annabella brauchte, um sich und ihr Kind zu retten: daß nämlich Augustas Zuneigung zu ihrem Bruder weit über schwesterliche Liebe hinausging. Am achtzehnten Januar 1816 kam Annabellas letzter freundlicher Brief an ihren Gatten am Picadilly an.

Liebste Ente,
Wir sind hier gut angekommen und wurden in die Küche, statt in das Empfangszimmer gebracht, durch einen Fehler, der angenehm genug für hungrige Leute war... Wenn ich nicht immer nach B Ausschau halten würde, wäre ich sehr viel bereiter für die Landluft. Miss *findet ihre Versorgung verbessert und wird deswegen dicker. Es ist sehr gut, daß sie die Schmeicheleien um sie herum nicht verstehen kann, ›der kleine Engel‹. Alles Liebe der guten Gans & jedermanns liebe Grüße für Euch beide von hier.*

Immer Deine Dich über alles liebende
Pippin... Pip- ip.

Im Haus am Picadilly logierte schon seit einiger Zeit – im Grunde seit der Geburt des Kindes – Captain Byron. Eigentlich war er gekommen, um zu Augusta Ada zu gratulieren; als ihm aber dann Annabella und Mrs. Clermont von den beunruhigenden Ausfällen seines Vetters erzählten, beschloß er, als moralische Stütze und unvoreingenommener Beobachter zu bleiben. Er bekam Annabellas Brief ebenfalls zu sehen und hielt sie für eine aufopfernde kleine Ehefrau, die die Launen ihres vermutlich verrückten Gatten geduldig ertrug und ihn trotzdem noch liebte. Augusta gegenüber empfand er eine vage Sympathie, die ebenso vage erwidert wurde.

Augusta war erleichtert über den Ton von Annabellas kurzer Nachricht und schrieb täglich, wie versprochen, ihre Berichte über Byrons Gesundheitszustand. Ihr Bruder ließ sich nur sehr ungern von Doktor Le Mann untersuchen, willigte jedoch hin und wieder ein.

»B. stand früh auf – scheint ruhig zu sein, aber beschwert sich über Erschöpfung und Kopfschmerzen – fragte, wie es Dir ginge. Ich sagte, sehr gut, & sprach *unbestimmt,* wie Du es gewollt hast, von Deinen Gefühlen. Er hat nicht viel gesagt & das wenige in guter Laune. Er redet davon, heute zu fasten... Le Mann war bei B., der zuerst verwirrt war, sich aber nachher vernünftig & gutgestimmt unterhielt... Le M.... schlug Calonel vor, dem schließlich beigestimmt wurde, oder auch jeder anderen vorgeschlagenen Medizin. Er bat Le M., morgen wieder vorbeizuschauen. Alles, was mit Klugheit & Höflichkeit bei einem ersten Besuch gesagt werden *konnte,* wurde gesagt. Er wurde gefragt, ob er sich wünsche, einen Arzt zu haben – antwortete nein...«

Dieser erste Gesundheitsbericht diente in seinem sachlichen Ton zwar nicht Annabellas Zweck, wurde von ihr aber trotzdem mit »Nr. 1« gekennzeichnet und ihrem Anwalt übergeben. Als sie von Augusta den Bescheid bekam, Le Mann habe Byron für nicht geistesgestört befunden, hingegen körperlich in sehr schlechter Verfassung, entschloß sie sich, zu handeln. Niemand konnte ihr vorwerfen, sie habe nicht alle denkbaren Entschuldigungen in Erwägung gezogen. Sie wollte Byron persönlich nicht schreiben, sondern bat ihren Vater, das zu tun – ihren Gatten davon zu unterrichten, daß sie eine gesetzliche Trennung wünsche. Annabella wollte aus mehreren Gründen keine Scheidung: Einmal hätte eine solche unfehlbar einen Skandal mit sich gebracht, und öffentlichen Ärger zu erregen, war gegen die guten Sitten und würde ihrem Kind schaden. Zum zweiten hinderte eine Trennung im Gegensatz zu einer Scheidung beide Ehepartner daran, jemals wieder zu heiraten.

Für Annabella war diese Regelung ideal. Sie brauchte nicht mehr mit Byron zusammenzuleben und sorgte dafür, daß er keine zweite Frau ebenso unglücklich wie sie selbst machen konnte. Außerdem hätte eine neue Ehe ihm bestimmt das Sorgerecht für ihr Kind verschafft. Und nur um dieses Sorgerecht zu bekommen und um seine nötige Zustimmung für die Trennung zu erhalten, versteckte Annabella zunächst noch ihren großen Trumpf: das Wissen um das große Verbrechen, das er mit seiner

Schwester begangen hatte und für das sie nun eifrig Beweise sammelte. Ihr Anwalt Lushington hatte ihr zu dieser Taktik geraten. Byrons Verhalten allein rechtfertigte eigentlich schon eine Trennung. Falls nicht – nun, dann würde man sehen.

Doch als sich ihr Vater daran machte, seinem Schwiegersohn den bewußten Brief zu schreiben, fiel ihr ein, daß durch diesen Schritt Augusta womöglich ihre regelmäßigen Berichte einstellen würde. Dem mußte sie Rechnung tragen. Außerdem ließ sich das ärgerliche Gefühl nicht verdrängen, ihrer Schwägerin eine Erklärung schuldig zu sein.

Folglich schrieb sie Augusta einen langen Brief über ihren Entschluß und endete: »Meine liebste Augusta – werde ich immer noch Deine Schwester sein? Ich muß von meinen *Rechten,* als solche betrachtet zu werden, zurücktreten; aber ich denke nicht, daß das einen Unterschied in der Freundlichkeit, die ich so gleichmäßig von Dir erfahren habe, machen wird.«

Für Augusta kam Annabellas Brief nicht gänzlich unerwartet. Sie hätte blind und taub sein müssen, um die Andeutungen von Annabellas Londoner Freundinnen oder den Ton von Annabellas Antworten nicht richtig zu verstehen. Trotzdem hoffte sie bis zum Erhalt dieser Nachricht das Beste. Hatte sich nicht alles zum Guten gewendet, und war Bell jetzt nicht von der Furcht befreit, ihr Gatte könnte geisteskrank sein? Als sie nun Annabellas Brief erhielt, fühlte sie sich hin und her gerissen. Sie wußte, wie unglücklich die Ehe von Byron und Annabella gewesen war, und glaubte sich dafür mitverantwortlich, weil sie ihren Bruder zu einer Heirat überredet hatte.

Auf Annabellas Frage gab es für sie daher nur eine Antwort: »Du wirst immer meine liebste Schwester sein! Wie könntest Du etwas anderes für mich bedeuten...«

Am selben Tag traf Sir Ralph Milbankes Brief ein. Augusta überlegte und schickte ihn dann ungeöffnet wieder zurück. In einer an Annabella gerichteten Erklärung bat sie, diesen letzten Schritt noch einmal zu überdenken, da er gerade in Byrons jetzigem Zustand schlimme Auswirkungen haben könnte. Die Antwort kam diesmal von Annabellas Mutter Judith:

»Annabella hat gerade Ihren Brief bekommen. Ich glaube, daß in dieser Welt nicht mehr lange irgendeine Sorge um sie notwendig sein wird. Sie ist in einem schrecklichen Zustand und aufgeregt in einem Grad, der entsetzenserregend geworden ist.

Ihr *grausamer böser* Bruder hat ihr Herz gebrochen... Ich glaube nicht, daß Sie ein Recht hatten, den Brief aufzuhalten... Sie sind nicht dazu da, um über ihn zu urteilen... Die Gründe dafür, den Brief aufzuhalten, werden nächste Woche, nächsten Monat und nächstes Jahr und so weiter immer noch dieselben sein – Wünschen Sie meiner armen unglücklichen Tochter, den Taten entweder eines Wahnsinnigen oder eines grausamen Wilden ausgeliefert zu sein?... Warum ihn auf ihre Kosten bevorzugen?«

Diesmal kam Sir Ralph persönlich, nicht um mit Byron zu sprechen, sondern um seinen Brief Fletcher direkt zu übergeben. Danach verschwand er wieder, ohne Augusta eines Blickes zu würdigen.

Byron reagierte weniger wütend und zornig als mit ehrlicher Verwunderung.

2ter Februar 1816

Mein Herr,
– Ich habe Ihren Brief erhalten. Auf die unbestimmte und allgemeine Beschuldigung, die er enthält, bin ich natürlich um eine Antwort verlegen – ich werde mich deshalb auf die greifbare Tatsache beschränken, die Sie als eines der Motive für Ihren gegenwärtigen Vorschlag anzuführen belieben. – Lady Byron wurde von mir nicht des Hauses »verwiesen« – sie schied von mir in anscheinender – und auf meiner Seite – wirklicher Harmonie...
– Ich bin mir allerdings keiner einzigen kränkenden Behandlung bewußt, die Ihrer Tochter widerfahren ist: – sie mag mich finster – & zu Zeiten heftig – gesehen haben, aber sie kennt die Ursachen zu gut, um solche Schwankungen des Gemüts auf sich selbst zurückzuführen... – Und nun, mein Herr – nicht zu Ihrer Genugtuung – denn ich schulde Ihnen keine – sondern zu meiner eigenen – & um Lady Byron gerecht zu werden – ist es meine

Pflicht zu sagen, daß es seitens ihres Benehmens – Charakters – Gemüts – ihrer Fähigkeiten – oder Veranlagung nichts gibt – das meiner Meinung nach zum Besseren hätte gewendet werden können – weder in Worten noch in Taten – noch (soweit man in Gedanken eindringen kann) in Gedanken, kann ich mir einen Fehler von ihrer Seite in Erinnerung rufen – & kaum sogar eine Schwäche...

Sie ist die Mutter meines Kindes – & solange ich nicht die ausdrückliche Billigung Ihres Vorgehens habe – werde ich mir erlauben, die Schicklichkeit Ihres Dazwischentretens zu bezweifeln. – Das wird bald festgestellt sein – & wenn es das ist – werde ich Ihnen meinen Entschluß unterbreiten – der sehr wesentlich von dem ihren abhängen wird. – Ich habe die Ehre

Ihr gehorsamster & sehr ergebener Diener zu sein
Byron.

Er schrieb auch an Annabella, erst indirekt durch Augusta, dann selbst. Seiner Meinung nach war die Prinzessin der Parallelogramme erheblich von ihren Eltern beeinflußt worden, und er fragte sie, ob sie ihn sehen wolle, ob die Trennung wirklich ihr eigener Entschluß sei. Annabella antwortete nicht. Damit waren die Fronten abgesteckt. Byrons bis dahin gemäßigte Stimmung schlug ins Gegenteil um, und er unternahm mit dem zunächst widerstrebenden Hobhouse eine Sauftour durch die Stadt.

Augusta wartete bis zwei Uhr morgens in der Bibliothek, neben ihr Captain Byron, der seine Ansichten zu dem Verhalten seines Cousins ausführlich zum besten gab. Er hatte ohne das Wissen der Geschwister angefangen, mit Annabella zu korrespondieren, und wurde langsam von ihr auf einen Spionageposten vorbereitet. Er unterbrach seinen Monolog nur einmal, um zu fragen: »Hören Sie mir eigentlich zu, Cousine?« – »Gewiß«, murmelte Augusta und wünschte sich hundert Meilen und hundert Jahre weit weg von hier. Schweigend ließ sie seine Moralpredigt über sich ergehen.

Erst als sie ein dumpfes Poltern vernahm, stand die übermüdete Augusta auf und lief hinaus, um die zwei eben eingetretenen Betrunkenen zu empfangen. Captain Byron, der ihr nacheilte, wußte nicht, wer ihn mehr entsetzte: der lauthals singende Hobhouse oder sein Vetter, der über das Stadium der Fröhlichkeit schon weit hinaus war.

Hobhouse bemerkte das Empfangskomitee und unterbrach seinen Abgesang der Nationalhymne. »Oh, Mrs. Leigh!« Er schwankte auf sie zu und kniete dann – nicht ohne einige Ausrutscher – vor ihr nieder. »Meine liebe Mrs. Leigh, liebste Mrs. Leigh, Sie sind d-d-die wundervollste Frau der Welt. I-i-ich bin völlig verliebt in Sie und b-b-bitte Sie, mich zu heiraten.«

Captain Byron fiel nichts Besseres ein, als Hobhouse anzustarren und mißbilligend zu erklären: »Aber Mrs. Leigh ist doch schon verheiratet!« – »Ich liebe sie trotzdem«, lallte Hobhouse, erhob sich taumelnd und wäre gestürzt, wenn Augusta ihn nicht gehalten hätte. »Sie sind ein Idiot, Hobhouse«, sagte sie ärgerlich. »Vetter George, bringen Sie ihn in irgendein Gästezimmer, und bitte tun Sie es *schnell*!« Dem Captain blieb nichts anderes übrig, als Hobhouse die Treppe halb hochzuziehen, halb zu schleppen, während dieser von neuem die Nationalhymne anstimmte.

Er beschloß, Lady Byron von diesem Vorfall unbedingt zu unterrichten. Augusta, die die ganze Zeit ihren Bruder nicht aus den Augen gelassen hatte, berührte ihn sachte am Arm. »Komm«, flüsterte sie, »bitte.« Er machte ein paar Schritte auf sie zu und brach zusammen. Als Captain Byron ohne seine unliebsame Last zurückkehrte, fand er Augusta neben ihrem Bruder kniend und ihn umarmend. Er setzte abermals seine Muskelkraft ein, um Byron in sein Schlafzimmer zu befördern. Dann wollte er sich unbedingt sofort an seinen Schreibtisch begeben. Lady Byron *mußte* von den neuesten Vorkommnissen erfahren.

Annabella war ungehalten über die Schwierigkeiten, die sich vor ihr auftaten. Lushington hatte ihr eröffnet, daß sie Zeugen brauche, um »den Druck« jemals ausspielen zu können. Sie fühlte sich versucht, Captain Byron etwas direkter zu instruieren, als ein Billet von Lady Caroline Lamb kam. Caroline bat um eine kurze Unterredung. Da Annabella ohnehin vorhatte, nach London zu fahren, um dort mit Lushington direkt ihre Sache vertreten zu können, willigte sie ein.

Caroline besuchte Lady Byron, schwarz verschleiert, die Augen niedergeschlagen und unendliche Trauer in der Stimme. »Oh, meine *liebe* Annabella, du ahnst nicht, welche Vorwürfe ich mir mache! Ich hätte dir all diese Leiden ersparen können.« Sie war immer noch eine blendende Schönheit. Caroline führte ein Taschentuch an die Augen. »Liebste Cousine, niemand weiß so gut wie ich, wie schrecklich das alles für dich gewesen sein muß. Aber *er*«, Annabella sah ein flüchtiges Beben auf Carolines zarter Haut, »er schwor mir, solche Verbrechen niemals zu erneuern. Sonst hätte ich dir schon längst von der furchtbaren Entdeckung erzählt, die mir auf der Seele lastet.«

Annabella wußte dagegen, daß Caroline sich sofort, nachdem ihre Abreise publik geworden war, am Picadilly eingefunden und sich Byron ein weiteres Mal als Mätresse angeboten hatte. Offensichtlich bisher ohne Erfolg. »O Annabella, es fing schon an, als er von einer Liebe sprach, die alles übertraf, was er bis jetzt kennengelernt hatte – alles. Und dann, später, zeigte er mir Briefe und – alle Schrecken der Welt schüttelten mich, als ich die Unterschrift sah.« Sie verstummte, schien mehrere Male ansetzen zu wollen und stammelte schließlich: »Seine Schwester, Annabella, seine Schwester!«

»Danke, Caroline«, sagte Annabella kühl, »das weiß ich bereits.« Der ganze Auftritt entsprach vollkommen Carolines Art: schlecht, melodramatisch und geschmacklos. Doch entweder hatte Caroline sie nicht gehört oder nicht hören wollen, denn sie sprach bereits weiter. »...schrieb sie ihm: ›O Byron, wenn wir doch zusammen leben und uns lieben könnten, wie wir es als Kinder getan haben! Damals war es unschuldig!‹« Sie verstummte und sah ihre Cousine erwartungsvoll an.

Annabella gestattete sich ein Achselzucken. »Das zumindest hast du erfunden, Caroline. Sie lebten als Kinder voneinander getrennt.« Caroline zuckte zusammen. Plötzlich begannen ihre Augen zu leuchten, und sie lächelte ihr bezauberndstes Lächeln. »Du glaubst mir nicht? Du glaubst nicht, daß ich die Briefe tatsächlich gesehen habe? Ach, Annabella«, sie wirkte verträumt, »ist dir je aufgefallen, daß sie beide gewisse Zeichen verwenden? Zum Beispiel«, sie legte zwei Finger auf eine bestimmte Art aufeinander, »dieses Zeichen? Nicht wahr, meine Liebe?«

Ihre Augen trafen sich in seltsamer Übereinstimmung. Annabella war mit einem Mal enthusiastisch gestimmt. Caroline *wußte* und ließ sich als Zeugin verwerten. Und – was ein anderes Naturell als Annabellas sofort als Rachewunsch erkannt hätte – bei Carolines Veranlagung bestand keine Möglichkeit, daß sie jetzt noch ihr Wissen für sich behielt. Annabella wurde somit der lästigen und unpassenden Aufgabe enthoben, der bereits tuschelnden Öffentlichkeit klarzumachen, daß sie nicht eine Frau war, die ihren Mann verlassen hatte, sondern ein Opfer auf der Flucht. Mit einer liebenswürdigen Handbewegung winkte sie Caroline näher. »Meine liebe Caroline«, sagte sie freundlich, »warum erzählst du mir nicht mehr?«

Mittlerweile war es Ende Februar. Hobhouse hatte sich noch nie so elend gefühlt wie an dem Tag, als er am Picadilly vorsprach. Er wurde von Augusta empfangen. Da er noch keine Gelegenheit gefunden hatte, sich bei ihr für sein Verhalten an jenem Abend zu entschuldigen, wußte er nicht recht, wie er anfangen sollte.

Er mochte Augusta Leigh, auch wenn sie ihn wegen einiger abfälliger Bemerkungen über Lady Byron scharf zurechtgewiesen hatte und er nicht ganz ihr Verhältnis zu Annabella verstand. Offensichtlich versuchte sie, beiden Parteien gerecht zu werden.

Augusta war mittlerweile im sechsten Monat, und die Spuren der Erschöpfung fielen ins Auge. Verlegen begann Hobhouse: »Mrs. Leigh, ich weiß nicht, wie ich es sagen soll...« – »Aber ich«, unterbrach sie ihn mit zuckenden Mundwinkeln, »Sie haben sich wie ein Trottel aufgeführt, und es tut Ihnen leid. Schon gut, Mr. Hobhouse.« Hobhouse fühlte sich ungeheuer erleichtert und fand sie einmal mehr charmant. »Sie müssen nicht glauben, daß ich normalerweise auf... auf diese Art...« Augusta hatte Hobhouse früher eigentlich nie besonders gemocht, aber nun erweckte das unbeholfene Verhalten dieses sonst so selbstsicheren Mannes ihre Sympathie. »Mr. Hobhouse, ich weiß, Sie sind sonst immer ein äußerst standfester Charakter.« – »Aus Zinn«, sagte Byron, der eben den Empfangsraum betrat.

»Tag, Hobby. Kommst du wegen Spooneys Verhören?« Hanson, der von Lushington einige Aussagen von Annabella und ihrem Personal erhalten hatte, hatte begonnen, die zurückgebliebenen Bediensteten von Picadilly Terrace über die Ehe seines Klienten zu befragen, um etwas Material in die Hand zu bekommen. Hobhouse schüttelte den Kopf und musterte seinen Freund. Byron versagte sich zur Zeit jeden Alkohol, grübelte statt dessen stundenlang und war abwechselnd reizbar und gut gelaunt.

Hobhouse fand, daß er trotzdem nicht viel besser aussah als seine Schwester. Vielleicht hätte er Le Mann doch nicht feuern sollen. »Wir haben seit einiger Zeit einen neuen Hausgast«, sagte Byron und verzog das Gesicht. »Cousin Robert Wilmot fühlte sich ebenfalls verpflichtet, mir in dieser Stunde der Not beizustehen.« Robert Wilmot war auf Anraten seines Vetters Captain Byron gekommen, nicht etwa aus großer Sympathie für den derzeitigen Lord Byron. Da Wilmot ein ähnlich aufbrausendes Temperament wie Byron hatte, stand zu erwarten, daß er sein moralisches Mißfallen schneller und weniger zurückhaltend äußern würde als der Captain.

Hobhouse zwang sich, jeden abschweifenden Gedanken zu unterdrücken: »Der Grund, aus dem ich gekommen bin, hat nur indirekt etwas mit Hanson zu tun. Es geht in der Stadt ein Gerücht um, das«, er schluckte, »das dich und Mrs. Leigh betrifft.« Er sah die Geschwister unwillkürlich nach der Hand des anderen greifen und spürte eine tiefe Traurigkeit. »Diesmal ist es kein verstecktes Getuschel mehr. Es ist ein offener Skandal, und obwohl die Person, die mit dem Gerede angefangen hat, wieder dieselbe ist, findet sie diesmal überall Gehör. Die ganze Stadt, könnte man sagen.«

Hobhouse untertrieb. Die Trennung von Lord und Lady Byron war zur Schlagzeile jedes Provinzblattes geworden. »Lord Byron«, schrieb die *Morning Post,* gewiß kein Provinzblättchen, »ist gefallen, um nie wieder aufzuerstehen.« Annabella erklärten alle Seiten offen zu einer Heiligen, zur Verkörperung aller Tugenden und dem Inbegriff von Edelmut, da sie persönlich nie ein Wort gegen ihren Mann äußerte. Die Schauspielerin Fanny Kemble drückte öffentlich ihre Bewunderung für Lady Byrons »schöne Politik des Schweigens« aus.

Hanson, der sich gegenüber Lushington in der immer schwächeren Position befand, verbot Augusta jeden Briefkontakt mit Annabella. »Aber warum?« begehrte sie auf. »Wir sind Freundinnen und werden es auch bleiben, egal was geschieht.« Sie würde nie den Tag vergessen, an dem Annabella sich in ihren Armen fast zu Tode geschrien und ihr Kind zur Welt gebracht hatte, die vielen Male, da sich Annabella ihr unter Tränen anvertraut hatte. Dieses Band *bestand* und würde immer bestehen, Liebe und Loyalität. Hanson seufzte. »Ich sage das äußerst ungern, meine liebe Augusta, aber Ihre Freundin Annabella hat über Lushington jeden weiteren Verkehr mit Ihnen abgelehnt, und das, kurz nachdem Caroline Lamb Sie offen dieser unaussprechlichen Sache bezichtigt hat. Es besteht also nicht der geringste Grund, ihr weiterhin Briefe zu schreiben.«

Augusta war erschlagen. Hanson brachte es nicht übers Herz, ihr mitzuteilen, daß Annabella ihre Botschaften fein säuberlich numeriert bei Lushington als Beweismittel angebracht hatte. Seltsam – Augusta Leigh bewies doch sonst einen unfehlbaren Sinn für Realität, warum also in diesem Fall nicht? Dann erkannte er, daß Zuneigung für Augusta wohl in erster Linie Treue bedeutete, Loyalität, die selbst über das Ende der Liebe hinausging, wie im Falle ihres Ehemanns. Und Augusta konnte oder wollte nicht akzeptieren, daß ihre »Schwester« dies anders sah.

George Leigh hatte sich auf einen dringenden Brief von Hobhouse hin einmal als verantwortungsbewußt erwiesen und logierte inzwischen ebenfalls im Haus am Picadilly, energisch allen Gerüchten widersprechend. Nach zähem Hin und Her mit Lushington bekam Hanson Annabellas schriftliche Erklärung, daß sie Gerüchte über ihren Gatten und Mrs. Leigh weder verbreite noch unterstütze. Außerdem hatten sich beide Parteien darauf geeinigt, nicht vor Gericht zu gehen.

Die Anwesenheit der drei Cousins, die er am wenigsten leiden konnte, machte die Situation am Picadilly für Byron angespannter, als sie es je seit den schlimmsten Zeiten seiner Ehe gewesen war. Robert Wilmot redete täglich vom Höllenfeuer, und als er eines Nachts offen sagte, Augusta Leigh habe dieselben unmöglichen Moralvorstellungen wie ihr Bruder und sei folglich ebenfalls verdammt, forderte ihn Byron zum Duell. Damit hätte er allen aufgestauten Zorn an dem armen Wilmot ablassen können. Über den Ausgang eines Duells bestand kein Zweifel. Aber Augusta hielt ihn zurück, und Captain Byron gelang es, auch den aufgebrachten Robert Wilmot zu beschwichtigen.

Trotz aller Ereignisse empfand Byron gegenüber Annabella nicht die geringsten Haßgefühle.

Liebste Pip –
Ich wünschte, Du würdest Dich entschließen – denn ich habe das alles schrecklich satt – & kann nicht sehen, was dabei Gutes herauskommen soll.

Wenn Du willst – ich bin bereit, jede Bußrede oder Reden zu halten, die Dir gefallen, & werde sehr brav & gut behandelbar für den Rest meiner Tage sein – & sehr reuig wegen allem, was vorher geschehen ist.

Jedenfalls, wenn Du diesem Vorschlag nicht zustimmen kannst, bitte ich Dich, diesen Zettel für Dich zu behalten & ihn weder Doktor Bailey noch Lushington noch dem Unterhaus – noch irgend jemandem aus Deinem derzeitigen Kabinett – zu zeigen, wenigstens dem professionellen Teil.

Ich bin sehr sicher, daß Du dies für nichts, als was es sein soll, halten wirst – & ich bin des formellen Stils unserer letzten Briefe schrecklich müde & muß in dem, den ich gewöhnt war, Zuflucht nehmen.

Immer der Deine & wahrhaftig
B.

Privat

Byron erhielt keine Antwort. Lady Melbourne, die sich zunächst in der ganzen Angelegenheit reserviert verhalten hatte, forderte ihre Briefe von ihm zurück. George Leigh verschwand nach Derby, und die Entdeckung, daß sowohl Robert Wilmot wie auch Captain Byron heimlich mit Lushington – und wahrscheinlich auch mit Annabella – korrespondierten, verschaffte ihm endlich einen Grund, sie beide hinauszuwerfen. Statt der drei ungeliebten Vettern zog Hobhouse ein, und Hobhouse war es auch, der am neunten April Byron und Augusta zu einem Empfang bei Lady Jersey begleitete.

Lady Jersey begrüßte Byron verlegen. Sie hatte ihn zwar eingeladen – als eine freundliche Geste, in Erinnerung an das Gedicht, das er wegen der Schäbigkeit des Kronprinzen für sie verfaßt hatte –, aber nicht damit gerechnet, daß er tatsächlich kam. Ihre Gäste hingegen hatten darauf gehofft. Als Lady Jersey gespielt munter rief: »Meine Freunde – Lord Byron ist hier!« erstarben ihr die Worte auf den Lippen. Alles starrte auf das vielbesprochene Paar und zog sich dann sehr schnell in die umliegenden Räume zurück, in einer tragischen Umkehrung der früheren Reaktion einer jeden Gesellschaft auf Byron. Es war eine öffentliche Ächtung des gefallenen Idols und der »Partnerin seiner Sünden«, wie Lady Rancliffe verächtlich flüsterte.

Lediglich Mercer Elphinstone, rothaarige Erbin der Saison und freundliche Kokette, huschte zu Byron hinüber und sagte schnell: »Wenn Sie mich geheiratet hätten, wäre Ihnen das nicht passiert.« Dann verschwand auch sie. Allerdings gestaltete sich der allgemeine Rückzug so, daß sich alle in den Türrahmen der Zimmer, in die sie geflüchtet waren, drängten, um das verrufene Paar nicht aus dem Auge zu verlieren.

Byron ließ alles geschehen. Er spürte Augusta neben sich, ihre Hand fest in der seinen. Und in diesem Moment erkannte er, was er getan hatte. Die einzige Entschuldigung für die Heirat mit Annabella war immer gewesen, daß er Augusta nur auf diese Art beschützen konnte. Aber er hatte sich auf jede nur erdenkliche Weise bemüht, ihr diesen Schutz zu rauben, er hatte Annabellas Leben ruiniert und war sogar eifersüchtig wegen Augustas Zuneigung für die »Schwester« gewesen, weil er Augusta für sich allein haben wollte und nicht konnte. Er hatte Annabella in fast jedem Augenblick ihrer Ehe dafür büßen lassen, daß sie nicht Augusta war. Und nun war er im Begriff, Augustas Existenz völlig zu zerstören.

Sie mußte es wissen, und trotzdem hatte sie ihre Kinder und Six Mile Bottom nun schon seit sechs Monaten allein gelassen, um bei ihm zu bleiben. Sie war inzwischen hochschwanger und hatte doch die angespannte Situation am Picadilly ohne Klagen ertragen und war damit weit mehr als seine Ehefrau gewesen. Wie konnte er George Leigh verurteilen? Er selbst hatte Augusta auf schlimmere Weise benutzt. Um Augusta zu befreien, gab es für ihn nur einen Weg, bedingungslos die Trennungsurkunde unterzeichnen und dann sofort das Land verlassen, für sehr lange Zeit verlassen, wahrscheinlich für immer. Er fühlte Augusta, und das war in diesem Moment das einzige, an das er denken konnte.

Annabella Milbanke, Lady Byron, hatte vor sich drei Dokumente liegen: die Trennungsurkunde ihrer einjährigen Ehe, den letzten Brief Byrons und den Privatdruck eines Gedichtes, von dem es nur wenige Exemplare gab und das ihr Lushington unter großen Mühen beschafft hatte. Das Gedicht machte sie zorniger als alles andere.

Stanzen an Augusta

Als alles rings in der Nacht versunken,
Vernunft selbst halb ihr Licht entzog
Und Hoffnung nur gleich trüben Funken,
Der mehr fast irrgeführt mich noch,

In jener Seelenöde Tagen
In jenes innren Kampfes Glühn
Wenn, nur zu nahn schon bang, die Schwachen
Verzweifeln und die Kalten fliehn,

Als Glück und Liebe floh und schneller
Des Hasses Pfeil nach mir entsandt
Warst du der Stern, der um so heller
Mir aufging und mir nie entschwand.

Gesegnet sei sein reiner Schimmer,
Der mein, ein Engelsauge, wacht;
Mir nah erglänzend stand er immer
Hold zwischen mir und grauser Nacht.

Und als die Wolke uns umhüllte
Die zu verfinstern ihn gedacht,
Glomm reiner nur sein Licht, das milde,
Bis alle Finsternis verjagt.

Dein Geist umschwebe stets den meinen
Und lehr ihn, was er dulden soll;
Ein sanftes Wort von Dir, der Reinen,
Wiegt mehr als all der andern Groll.

Du bist der Weide zu vergleichen
Die sanft sich beugt, doch nimmer bricht
Und stets mit ihren treuen Zweigen
Ein vielgeliebtes Mal umflicht.

Ob Stürme brausen, Wolken gossen,
Du warst dir gleich und wirst es sein,
In schwerster Wetter wildem Tosen
Dein trauernd Blatt auf mich zu streun.

Und welken sollst Du mit den Deinen
Drum nie, trifft auch das Schlimmste mich
Des Himmels Sonne wird bescheinen
Die Treuen stets, und drum auch dich.

Mag falscher Liebe Band zerbrechen
Die deine ist zu himmlisch-licht;

Nie trügt dein Herz – in sanften Schlägen
Fühlt stets es tief, doch wankt es nicht.

Und als sich alles von mir kehrte,
Fand ich es immer so bei dir;
Bleibt solch ein Herz mir, ist die Erde
Doch keine Wüste, selbst nicht mir.

Das würde sie den beiden niemals verzeihen. Annabella legte in einem unvermuteten Schwächeanfall den Kopf in die Arme und weinte. Was war denn an Augusta, daß man sie ihr vorziehen konnte? Warum hatte diese Augusta sie um die Liebes ihres Gatten gebracht? Was schrieb Byron? Nicht etwa eine Entschuldigung oder ein Reuebekenntnis, nein, in seinem letzten Brief hieß es nur:

Ich habe gerade von Augusta Abschied genommen... das einzige unerschütterte Band meines Lebens – wohin immer ich gehen mag – & ich werde weit gehen – Du & ich können uns nie wieder in dieser Welt begegnen – noch in der nächsten – laß das sein, wie es will... Deswegen sage ich – sei freundlich zu ihr & den ihren – denn nie hat sie auf andere Weise Dir gegenüber gehandelt oder gesprochen – sie war immer Deine Freundin – das mag wertlos für jemanden erscheinen, der so viele hat: – wie auch immer, sei gut zu ihr & erinnere Dich daran, daß, obwohl es Dir vielleicht zum Vorteil gereichen mag, Deinen Ehemann verloren zu haben – es für sie Schmerz bedeutet, die Wasser jetzt, oder die Erde später zwischen sich & ihrem Bruder zu haben.
Sie ist gegangen – ich muß nicht hinzufügen, daß sie nichts von dieser Bitte weiß...

Immer Augusta! Ihr analytischer Verstand zwang sie dennoch zu der Schlußfolgerung, daß die Beweise, die sie gegen die Geschwister zu haben glaubte, unzureichend waren. Byron konnte, wenn der erste Schock einmal abklang, auf die Idee kommen, seine Tochter Augustas Vormundschaft anvertrauen zu lassen. Das königliche Gericht könnte einwilligen, wenn es nur den geringsten Zweifel an Augustas Schuld gab. Dagegen mußte sie sich absichern.

Sie brauchte einen klaren, unwiderlegbaren und unmißverständlichen Beweis. »Sei gut zu Augusta«! Hier war eine Ansatzmöglichkeit. Annabella wußte, daß Augustas Position als Hofdame nur noch an einem hauchdünnen Faden hing. Ein Wunder, daß man sie nicht schon längst entlassen hatte. Und sie steckte wie immer in finanziellen Schwierigkeiten.

Annabella dagegen war durch ihre Mutter, die im letzten Jahr das immense Vermögen ihres Bruders, Annabellas Onkel Noel, geerbt hatte, für immer finanziell sichergestellt, ganz abgesehen davon, daß die Milbankes ohnehin nicht gerade unter Armut litten.

Der Weg, eindeutige Beweise in die Hände zu bekommen, konnte nur direkt über Augusta gehen. Annabella lächelte zum erstenmal seit langem zufrieden. Sie holte sich einen frischen Bogen Papier, nahm ihre Feder und brach ihr monatelanges Schweigen Augusta gegenüber.

Wenige Wochen darauf hielt sie Augustas Antwort in den Händen, weit weniger naiv, demütig und eifrig, als Annabella erwartet hatte, doch sie erfüllte ihren Zweck:

Auf allgemeine Anschuldigungen muß ich in allgemeinen Begriffen antworten, und wenn ich auf meinem Sterbebett läge, könnte ich bestätigen, wie ich es jetzt tue, daß ich ständig an Dich gedacht habe... Keine Schwester hätte jemals den Anspruch auf mich haben können, den Du hattest. Das habe ich gefühlt & nach diesem Gefühl nach meinem besten Urteilsvermögen gehandelt... Mir wurde versichert, daß die öffentliche Meinung sich so sehr gegen meinen Bruder gewandt hat, daß das geringste Zeichen von Kälte von Deiner Seite mir gegenüber mir ungeheuer schaden würde, & ich bin daher um das Wohl meiner Kinder willen verpflichtet, den ›beschränkten Verkehr‹ aus Deinem Mitgefühl heraus zu akzeptieren...

Meine ›gegenwärtigen unglücklichen Verhältnisse‹ ——! Ich habe in der Tat genug äußeren Grund, um einen zusammenbrechen zu lassen, aber inneren Frieden, den mir niemand wegneh-

men kann. Es kam mir niemals in den Sinn, daß Du anders als in strengster Erfüllung Deiner Pflicht handeln könntest – daher bin ich überzeugt, daß Du das jetzt mir gegenüber tust.

1816–1824

»Es scheint, daß ich in meiner Jugend das größte Elend des Alters erfahren soll. Meine Freunde fallen um mich, und ich muß als einsamer Baum zurückbleiben, längst bevor ich verdorrt bin. Andere Männer können immer bei ihren Familien Zuflucht nehmen; aber ich habe keine Hilfe außer meinen eigenen Gedanken.«

Es regnete. Genauer gesagt, es goß in Strömen. Von den fünf Personen, die sich am Abend des fünfzehnten Juni 1816 in der Villa Diodati am Genfer See zusammengefunden hatten, wünschten mindestens zwei den Rest der Gesellschaft an das andere Ende der Welt.

Der einundzwanzigjährige Dr. John William Polidori war einer von ihnen. Byron hatte ihn auf Drängen von Augusta und Hobhouse, er müsse einen Mediziner bei sich haben, der auf sein Wohlergehen achte, mitgenommen. Inzwischen hielt Byron diese Anstellung für eine weitere seiner zahllosen Fehlentscheidungen.

Polidori war groß, trug sein pechschwarzes Haar etwas überlang und ahmte mit jeder seiner Gesten eifrigst sein Idealbild, den Byronschen Helden nach. Er hatte den Auftrag nicht als Arzt, sondern als Mitglied einer trotz oder wegen des Skandals immer noch großen Lesergemeinde angenommen. Die Aussicht, mit dem berühmten Lord Byron reisen zu können, ließ ihn jede Bedingung akzeptieren.

Doch nach kaum einem Monat, den er mit Byron – dem nach allem anderen als nach Gesellschaft zumute war – durch Flandern und den Rhein entlang reiste, betrachtete er seinen dichtenden Patienten als sein Privateigentum und begann sich dementsprechend zu verhalten.

Seit ihrer Ankunft am Genfer See reagierte Byron darauf, indem er die Anwesenheit des Arztes völlig ignorierte. Dies erwies sich als besonders leicht, da drei weitere Exilanten sich zu ihnen gesellt hatten, die ebenfalls England hatten den Rücken kehren müssen.

Percy Bysshe Shelley, zwei Jahre älter als Polidori, war ebenfalls Dichter. Seine Bekanntheit in England gründete sich allerdings weniger auf sein – noch verhältnismäßig spärliches – Werk als auf die Ansichten, die er vertrat: Gottlosigkeit, Demokratie und freie Liebe. Wegen einer kleinen Broschüre, »Die Notwendigkeit des Atheismus«, hatte man ihn von Oxford, wo er studierte, relegiert. Seine erste größere Dichtung »Königin Mab« wurde vor allem wegen Anmerkungen wie »Frau und Mann sollten so lange miteinander vereint sein, wie sie einander lieben«, »Liebe ist frei«, »Keine Einrichtung könnte dem menschlichen Glück mehr systematisch feindlich gegenüberstehen als die Ehe« gelesen und zerrissen.

Shelley glaubte nur an die Natur. Er sah das Gute als identisch mit dem Schönen an, forderte die Aufhebung des Privateigentums und stellte das Weltall unter das universale Gesetz der Liebe. Doch nicht genug damit, Shelley setzte seine Theorien auch in die Praxis um, verließ seine Frau und floh mit seiner siebzehnjährigen Geliebten und ihrer Stiefschwester auf den Kontinent. Das war vor zwei Jahren gewesen. Shelley und Mary Godwin hatten ein gemeinsames Kind und waren inzwischen nur einmal kurz wieder in England gewesen.

Polidori als strenger Katholik verabscheute Shelley allein seiner Ansichten wegen. Byron dagegen schien offensichtlich von ihm fasziniert zu sein. Schon rein äußerlich, dachte Polidori wütend, konnte man sich keine größeren Antipoden vorstellen. Während Byron viele, die ihm begegneten, an einen dunklen gefallenen Engel erinnerte, glich der blonde langhaarige Shelley einer hellen Lichtgestalt. Er war mager und hatte nichts von Byrons athletischem Äußeren.

Im Unterschied zu Byrons sarkastischer Art, die seine Umgebung oft zunächst einschüchterte, benahm sich der nur mittelgroße Shelley gleichbleibend liebenswürdig. Allerdings fehlte ihm völlig jene verwirrende Mischung aus Charme und Faszination, die Byron an den Tag legen konnte, wenn er nur wollte. Shelley überzeugte nicht durch seine Ausstrahlung, sondern durch seinen messerscharfen Verstand. Wahrhaftig, hätte man sich die Mühe gemacht und nach Byrons genauem Gegenteil gesucht, Shelley wäre keine schlechte Wahl gewesen.

Und doch sympathisierten diese beiden, die sich selbst aus England verbannt hatten, fast vom ersten Augenblick an miteinander. Polidori kam sich bei den nun regelmäßig erfolgenden Diskussionsabenden manchmal wie ein völliger Ignorant vor, und das haßte er. Hatte ihm der Verleger Murray nicht fünfhundert Pfund dafür angeboten, daß er als *einziger* Begleiter Byrons im Exil ein Tagebuch führte?

Die Person, die Polidori nächst Shelley am meisten mißfiel, war Claire Clairmont, die die beiden Dichter zusammengebracht hatte. Ihren richtigen und sehr viel prosaischeren Vornamen Mary Jane hatte Claire schon mit fünfzehn abgelegt.

Claire, eine etwas üppige reizvolle Brünette, hatte sich Byron buchstäblich am Vorabend seiner Abreise aus England an den Hals geworfen. Ihre Methode war nicht eben originell. Einige anonyme Briefe, und, als das nichts half, eine zufällig herbeigeführte Begegnung hatten genügt, um Byron zu gewinnen. Für Claire stand sein Verhalten in völligem Einklang zu dem Bild, das sie sich von dem skandalumwitterten Lord gemacht hatte. Dabei war sie ihm eigentlich nur deswegen aufgefallen, weil sie von ihrer Bekanntschaft mit Shelley erzählte, dessen »Königin Mab« er gelesen und bewundert hatte. Sein Interesse wurde geweckt, und so hatte Claire mit Glück mehr als ein Dutzend Konkurrentinnen aus dem Feld geschlagen, die entweder von Fletcher oder von Byron selbst rundum abgewiesen worden waren.

Die Geschichte endete in einer kurzen Zwei-Tage-Liaison, die Claire Gelegenheit gab, Byron ihre Stiefschwester Mary vorzustellen. Für Claire, die seit Marys Flucht mit Shelley das junge Paar nicht verlassen hatte, bedeutete dieser Augenblick höchsten Triumph. Sie hatte ebenfalls einen Dichter erobert, nicht nur einen, *den* Dichter, Gesprächsthema seit vier Jahren und Inbegriff aller Romantik. Die Ernüchterung folgte auf dem Fuße. Byron, der Claire niemals vorgespielt hatte, sie zu lieben, beantwortete keinen einzigen ihrer Briefe, die sie ihm quer durch Europa hinterherschickte. Als klar war, daß die Shelleys England wieder verlassen mußten, begleitete sie Claire ein weiteres Mal und überredete sie, in die Schweiz zu fahren, wohin Byron schließlich kommen mußte.

Nachdem ihr mittlerweile aufgegangen war, daß Byron nicht gerade darauf brannte, sie wiederzusehen, und sie schon fast alle Hoffnung aufgab, kam er dann doch im selben Hotel wie die Shelleys an. Am nächsten Morgen fand er zu seinem Entsetzen ein Billet von Miss Clairmont auf seinem Frühstückstablett vor, das der Page lächelnd hereinbrachte. Er setzte alles daran, um einer Begegnung auszuweichen – diese fast aus seinem Gedächtnis entschwundene Claire erinnerte gefährlich an Caro Lamb. Schließlich überraschte sie ihn, als er gerade von einer Bootsfahrt zurückkam, vorsichtshalber in Begleitung von Mary und Shelley, um sich eine höfliche Behandlung zu sichern.

Byron hatte in literarischen Kreisen, abgesehen von Thomas Moore, keine wirklichen Freunde. Die Bekanntschaft mit Sir Walter Scott konnte man besser als gegenseitiges Wohlwollen bezeichnen. Die anderen Dichter, von denen die meisten ihre romantische Rebellenpose wie Robert Southey zugunsten von royalistischer Lobhudelei allmählich ablegten, hielt er für eingebildete Heuchler: »Sie überlaß ich ihrem ew'gen Teetisch/ Und Damencliquen, zierlich und ästhetisch.«

Shelley dagegen war etwas ganz anderes, gewiß keine Bruderseele, doch die Bekanntschaft war mehr oder weniger die erste, die Byron reizte und intellektuell herausforderte. Er mietete die Villa Diodati, Shelley, Mary und Claire zogen in ein nahe gelegenes kleines Landhaus.

»Glauben Sie an Geister, Shiloh?« fragte Byron zerstreut. Shelley lachte. »Wenn ich das bejahe, haben Sie mich bei einem Widerspruch in meinem Atheismus ertappt. Ich bin der Meinung, daß wir nach unserem Tod alle in ein unsterbliches seliges Nichts abgleiten, ein unendliches Glücksgefühl, wenn Sie so wollen.« Polidori fuhr auf. »Diese Ansicht kann ich nur als unhaltbar, unbegründbar und undenkbar verurteilen.« – »Warum, Dr. Polidori?« fragte Mary Godwin höflich. Polidori errötete. »Das sagt mir mein Glaube.«

Mary hob kaum merklich die Augenbrauen. »Ohne Sie kritisieren zu wollen, Doktor, denken Sie nicht auch, daß man einem Menschen mit einer ebenso festen Überzeugung, wie Sie sie haben, mit etwas detaillierteren Argumenten kommen müßte?« Byron beobachtete sie aufmerksam. Er war sich lange nicht sicher gewesen, ob er Mary Godwin nun mochte oder nicht. Sie war eine eigenständige Persönlichkeit, nicht nur Shelleys Anhängsel, und vertrat auch ganz eigene Ansichten.

Als Tochter der Frauenrechtlerin Mary Wollstonecraft und des Freidenkers William Godwin war Mary in einer Atmosphäre intellektueller Offenheit aufgewachsen. Ihr Scharfsinn und die ruhige, tolerante Art bildeten ihre Hauptanziehung. Äußerlich sah sie fast aus wie eine blassere Kopie von Shelley: helles Haar, ein feiner Knochenbau und eine fast magere Figur, bestimmt nicht das, was man sich unter einer Femme Fatale vorstellte. Sie begegnete Byron zunächst mit einiger Zurückhaltung, da sie sein Vorurteil gegen hochgebildete Frauen kannte. Aber Byron hatte bald festgestellt, daß Mary Godwin nicht Annabella Milbanke war. Im Unterschied zu Annabella besaß Mary Phantasie, Humor und Toleranz gegenüber Andersdenkenden und machte es daher selbst Polidori schwer, auf sie böse zu sein.

»Gerne würde ich meinen Glauben in Einzelheiten erläutern, Mrs. Shelley, aber da ich weiß, daß ich Mr. Shelley nicht umstimmen kann, halte ich das für überflüssig.« – »Der Grund, warum ich gefragt habe«, warf Byron ein, »ist, daß mir Mönch Lewis ein Buch geschickt hat, eine Sammlung deutscher Spukgeschichten.« Shelley, der sich sehr für deutsche Literatur interessierte, hob den Kopf. »In Deutsch?« Byron verneinte. Er war durchaus sprachbegabt und hatte sich auf seiner Mittelmeerreise ziemlich schnell Italienisch, Neugriechisch, Spanisch und etwas Albanisch und Türkisch angeeignet. Aber Deutsch gehörte nicht zu seinem Kanon.

Claire, die nicht wollte, daß der Abend erneut in eine Dreierdiskussion abglitt, bat darum, einige der Geschichten vorzulesen. Ihr Einfall fand allgemeine Zustimmung. Das Prasseln des Feuers und die schwache Beleuchtung bildeten die geeignete Atmosphäre. Mary schloß nach einiger Zeit die Augen und überließ sich dem Klang der Stimmen: Byrons dunkle, sonore, die helle, etwas heisere Shelleys, Polidoris abwechselnd tiefe und dann wieder sich in Aufregung überschlagende, der süße Sopran Claires. Bald saßen sie nicht mehr in der gewohnten Ordnung auf weit auseinanderstehenden Stühlen, sondern kauerten nebeneinander und genossen die seltsame Intimität, die sich gebildet hatte und niemanden mehr ausschloß.

Keiner wollte, daß der Abend zu schnell zu Ende ginge, und so fingen sie an, aus dem Gedächtnis zu zitieren. Als Byron gerade die Hexenballade »Christabel« von Samuel Coleridge vortrug, schrie Shelley auf und rannte aus dem Raum. Byron und Polidori, die ihm nach der ersten Verblüffung nacheilten, fanden ihn heftig würgend über das Treppengeländer gebeugt. »Es war Mary«, flüsterte er zitternd. »Als Sie in Ihrem Gedicht bei der halbentkleideten Hekate angelangt waren, da sah ich plötzlich Marys Brüste, und sie waren nackt, und sie hatte Augen anstelle von Brustwarzen.«

Shelleys Ausbruch hatte den Bann, von dem sie alle gefangen gewesen waren, gelöst, aber Byron, der nicht wollte, daß diese Stimmung für immer verflog, kam ein Einfall. »Laßt uns jeder ein Thema wählen – egal ob Werwölfe oder Zauberei – und eine Geschichte in Prosa schreiben.« – »Das ist nicht gerecht«, protestierte Claire. »Sie und Shelley sind hoffnungslos im Vorteil.« Shelley hatte sich inzwischen erholt. Er lächelte schwach. »Im Gegenteil. Schon der Gedanke an Prosa läßt mir das Blut gefrieren.« Am Ende stimmten sie alle Byrons Vorschlag zu und stellten fest, daß ihnen von der Nacht des fünfzehnten Juni kaum noch Zeit zum Schlafen geblieben war.

Meine liebste Augusta
... Was für ein Narr war ich zu heiraten – und Du nicht sehr klug – mein Liebes – wir hätten so ledig und so glücklich leben können – als alte Jungfer und Junggeselle; ich werde nie jemanden wie Dich finden – noch Du (so eitel es erscheinen mag) jemanden wie mich. Wir sind dazu gemacht, unsere Leben zusammen zu verbringen, & deshalb – sind wir – wenigstens – ich – durch

einen Berg von Umständen von dem einzigen Menschen getrennt, der mich je hätte lieben können, oder zu dem ich mich rückhaltlos hätte hingezogen fühlen können.

Wärst Du eine Nonne gewesen – und ich ein Mönch – daß wir vielleicht durch ein Eisengitter miteinander sprechen könnten, statt über das Meer hinweg – doch das macht nichts – meine Stimme und mein Herz sind immer...

»Schreiben Sie an Ihrer Geistergeschichte?« Byron blickte auf, verärgert über die Störung. »Nein« antwortete er kurz. »Ich wäre Ihnen sehr dankbar, Miss Clairmont, wenn Sie mich in Ruhe lassen würden.« Ihr hübscher Mund verzog sich zu einem Schmollen. Nichts, aber auch gar nichts, entwickelte sich so, wie Claire Clairmont es sich ausgerechnet hatte. Sie legte Byron die Arme um den Hals und wisperte: »Einmal hast du mich Claire genannt, Albé, weißt du noch?«

Albé, eine Verballhornung der Initialen L. B., war Marys Spitzname für ihn. Er machte sich los und sagte in einem nicht einmal unfreundlichen Ton zu ihr: »Miss Clairmont, oder Claire, wenn Ihnen das lieber ist, ich habe Sie nicht gebeten, hierherzukommen. Unsere *nähere* Bekanntschaft wurde, soviel ich weiß, auch von Ihrer Seite betrieben. Für mich ist sie beendet, aus Gründen, die nichts mit Ihnen zu tun haben. Ich finde Sie nach wie vor attraktiv, aber ich liebe Sie nicht. Schlagen Sie sich alle Hoffnungen aus dem Kopf.«

Claire hörte ihm nicht wirklich zu. Sie stampfte mit dem Fuß auf. »Sie sind gemein zu mir!« Hinter ihrem kindischen Gehabe verbarg sich eine tiefergehende Angst. Sie war schwanger, und sie wußte, daß mit Bekanntwerden dieser Tatsache jede Chance, die Affäre wiederaufzunehmen, verdorben war. Ihre Hände zitterten, und Byron hatte plötzlich Mitleid mit ihr. »Haben Sie denn Ihre Geistergeschichte geschrieben?« fragte er. Claire schüttelte den Kopf.

Keiner hatte bis jetzt etwas geschrieben. Polidori brütete und war überzeugt, Byron hätte das Ganze nur vorgeschlagen, um ihm Minderwertigkeitsgefühle einzuflößen. Shelley gab schon bald den Kampf mit der Prosa auf. Und Mary zerbrach sich bis jetzt ebenfalls vergeblich den Kopf. Sie wollte etwas wirklich Gutes, Schauriges schaffen, etwas, das ihr die Achtung ihrer Freunde einbrachte. Aber es kam nichts.

Byron war schließlich der erste, der eine Geschichte entworfen hatte. Es ging um zwei Freunde, die in den Orient reisten. Einer wurde tödlich verwundet und ließ den anderen an seinem Sterbebett schwören, niemandem von seinem vorzeitigen Dahinscheiden zu erzählen. Doch als der überlebende Freund allein nach England zurückkehrte, fand er den verstorbenen Reisegefährten höchst lebendig wieder, der um die Schwester des durch den Schwur Gebundenen warb. Byron war nicht recht zufrieden mit diesem Fragment und überließ Polidori seinen Entwurf.

Für die nächste Zeit war eine mehrtägige Segeltour von Byron und Shelley über den Genfer See, auf den Spuren des Schweizer Dichterphilosophen Rousseau, geplant. In der Nacht vor ihrer Abreise hatte Mary einen Traum, der ihr Spukdilemma lösen sollte. Sie sah einen großen Leichnam in einer seltsamen Gruft liegen. Neben dem Körper kniete eine verwaschene kleine Figur und stach mit verschiedenen Instrumenten in das längst schon erkaltete Fleisch. Und dann öffnete der Leichnam zu ihrem Entsetzen die Augen, begann zu atmen, starrte sie an... Mary erwachte schreiend. Als sie sich wieder beruhigt hatte, wußte sie mit einem Mal, daß ihr Problem einer Stoffsuche nicht mehr existierte. Sie *hatte* es. Ihre Geistergeschichte. Was sie so sehr erschreckte, mußte auch die anderen erschrecken. Nachdem sie Byron und Shelley am Pier verabschiedet hatte, begann sie, die Geschichte von einem Leichnam zu schreiben, der auf künstliche Weise wieder zum Leben erweckt wird.

Byrons und Shelleys Rousseau-Expedition verlief zunächst äußerst friedlich. Sie fanden die Natur so zauberhaft, wie Rousseau sie beschrieben hatte, und wandelten andächtig durch Meillerie, das verwunschene Paradies des Schweizers. Abends erhitzten sie sich in Debatten über die »Tümpelfanatiker« Wordsworth und Coleridge, die Shelley so innig verehrte.

Doch der Ausflug drohte in einem Fiasko zu enden. Ein jäher Wind kam auf, so scharf und heftig, daß der Genfer See mit einem Mal große Ähnlichkeit mit einem Meer hatte. Byron, der wußte, daß Shelley nicht schwimmen konnte, befreite sich von seinem Mantel. Im Sturm rief er Shelley zu, er solle sich an ihm festhalten, wenn sie beide über Bord gingen. »Schlagen Sie nicht um sich, ich werde Sie retten!« – »Ich will nicht gerettet werden!« schrie Shelley zurück. »Kümmern Sie sich nicht um mich, retten Sie vor allem sich selber!« Wie durch ein Wunder gelangten sie wohlbehalten in den nächsten Hafen.

»Shiloh«, bemerkte Byron erschöpft und musterte den völlig durchnäßten Shelley, »Sie sind der mutigste Mann, den ich kenne. Aber warum, zum Teufel, wollten Sie meine Hilfe nicht annehmen?«

Shelley schüttelte heftig den Kopf: »Sie haben mein Leben nicht in Ihrer Hand, Albé. Ich weiß, daß ich durch das Wasser sterben werde. Und ich würde es mir nie verzeihen, wenn ich Ihnen den Tod brächte.« – »Ich dachte«, erwiderte Byron, »ich wäre der Verrückte hier. Aber Sie sind noch schlimmer, Shiloh.« Die beiden Männer blickten sich an und brachen in befreiendes Gelächter aus.

Mary schrieb inzwischen wie besessen an ihrer Geschichte, die sich allmählich zu einem Roman ausweitete. Im Mittelpunkt der Erzählung stand ein Arzt namens Frankenstein. Polidori war dabei, aus Byrons Fragment eine Spukgeschichte um einen Vampir zu entwickeln. Byron und Shelley sprühten nach ihrer Rückkehr vor neuen Ideen. Bald war Claire die einzige, die nichts zu Papier brachte. Sie versank in Langeweile und Eifersucht.

Byron wartete schon seit einigen Wochen auf den nächsten Brief von Augusta, war unruhig, gereizt und fühlte sich von aller Welt im Stich gelassen und einsam. Mittlerweile war jedes Schuldgefühl gegenüber Annabella verflogen. Sie hatte ihn von Augusta getrennt. In dieser Lage traf ihn Claire an und nützte seine Stimmung zu ihrem Vorteil. Sie erreichte, was sie wollte: sie wurde wieder Byrons Mätresse. Doch sie konnte nicht umhin, sich zu fragen, wie lange das wohl anhalten würde.

Claire bot an, Byrons entstehende Manuskripte – er arbeitete an einem Drama und mehreren Versepen – in Reinschrift zu übertragen. Da sie über eine schöne Schrift verfügte und er diese Aufgabe ohnehin haßte, fand ihr Angebot dankbare Aufnahme. Claire argwöhnte, daß er in ihr in jedem Fall lieber eine Sekretärin als eine Geliebte sah. Er benahm sich entsprechend. Wer, dachte Claire, konnte es ihr da übel nehmen, wenn sie sich Einblick auch in die Manuskripte verschaffte, die sie eigentlich nichts angingen?

> Will der Tag meines Glückes auch schwinden
> Und der Stern meiner Hoffnung verglühn,
> Verschmäht dein sanft Herz doch, zu finden
> Die Fehler, deren andre mich ziehn;
> Und kannt es auch all meine Schmerzen,
> Nie erschrak's, sie zu teilen mit mir,
> Und die Liebe, die oft ich im Herzen
> Geträumt, fand ich einzig bei dir.

»An seine Schwester, Mary, an seine *Schwester!*« sagte Claire, nur für den Fall, daß ihre Entdeckung zu harmlos erscheinen sollte. Shelley und Mary blickten unbehaglich drein. Endlich erklärte Shelley: »Ich habe nie an das Geschwätz geglaubt. Er ist eben anders als die meisten, das ist alles.« – »Im übrigen«, fügte Mary hinzu, »hattest du nicht das Recht, seine Sachen zu durchstöbern.« Aber Claire hatte es getan und wurde dabei von Byron auf frischer Tat ertappt.

Er sagte kein Wort. Aber der Ausdruck in seinen Augen erschreckte sie so sehr, daß sie unwillkürlich rief: »Du darfst mir nichts tun – ich erwarte ein Kind!« Damit war es heraus. Die in Tränen aufgelöste Claire berichtete Mary und Shelley, Byron hätte gesagt, daß er sie nie wiedersehen wolle. »Was soll ich nur tun? O Gott, was soll ich nur tun?«

Am Ende war es der gutmütige Shelley, der helfend eingriff und sich damit auf ewig dem Verdacht aussetzte, er habe selbst mit Claire eine Affäre gehabt. Er vereinbarte mit Byron, daß Claire ihn und Mary zurück nach England begleiten würde, wo

Shelley erneut versuchen wollte, das Sorgerecht für seine ehelichen Kinder zu erlangen. Dort würde Claire dann ihr Kind zur Welt bringen, das von Byron als das seine anerkannt und als solches ohne Nennung der Mutter amtlich eingetragen werden würde. Über das weitere Vorgehen liefen die Meinungen beider Parteien, zwischen denen Shelley vermittelte, erheblich auseinander. »Augusta kann das Kind aufziehen.« – »Niemals!« Schließlich einigte man sich darauf, daß das Kind, Junge oder Mädchen, bei seinem Vater aufwachsen würde.

Bevor die Shelleys abreisten, gab es noch einen kleinen Eklat. Der eifersüchtige Polidori forderte Shelley aus keinem ersichtlichen Grund zum Duell. Shelley weigerte sich, die Sache ernst zu nehmen. »Sie wissen genau, daß er Pazifist ist und sich aus Prinzip nicht duelliert«, sagte Byron und musterte Polidori von oben bis unten. »Aber ich trete gerne an seine Stelle.« Polidori kehrte rachsüchtig auf sein Zimmer zurück und machte sich an die sorgfältige Beschreibung des Bösewichts in seiner entstehenden Novelle »Der Vampir«.

Nachdem die Shelleys die Schweiz verlassen hatten, nahm Byron eine von Madame de Staëls Einladungen an. Madame, die in Coppet residierte, erinnerte sich wohlwollend ihrer Londoner Bekanntschaft. Es war Byrons erster Auftritt in der Gesellschaft seit der öffentlichen Ächtung bei Lady Jersey damals, und als Madame de Staëls Türsteher seinen Namen ausrief, stieß eine Dame einen spitzen Schrei aus und fiel lautlos in Ohnmacht. »Das ist zuviel«, kommentierte die Duchesse de Broglie mit Blick auf die Unglückliche, der man eifrig Luft zufächelte, »mit fünfundsechzig Jahren!«

»Zittert, Sterbliche«, murmelte Byron sarkastisch, »der Satan ist erschienen.« Madame hatte Neuigkeiten, interessante Neuigkeiten aus England. Lady Caroline Lamb hatte ihre schriftstellerischen Fähigkeiten entdeckt und ein Buch, das sie als »Enthüllungsroman« bezeichnete, verfaßt. Das Motto zu diesem Werk mit dem Titel »Glenarvon« stammte aus Byrons Erzählung »Der Korsar«:

He left a name to all succeeding times
linked with one virtue and a thousand crimes.

Die Hauptfigur bildete Lord Glenarvon – düster, bleich, dunkelhaarig, blendendes Aussehen –, den man beim besten Willen nur als barbarisches herzloses Ungeheuer bezeichnen konnte. Dieser Antichrist in Person verführt nicht nur die edle Calantha, die bildschöne, reine und anmutige Heldin des Romans, sondern auch eine ganze Anzahl weiterer Damen und trägt außerdem ein geheimes unsägliches Verbrechen mit sich herum. Calantha jedoch liebt Glenarvon trotz allem, folgt ihm überall hin, tut alles für ihn, bis er ihr gänzlich das Herz bricht und sein wohlverdientes Ende findet. Der Roman wurde von der englischen Gesellschaft – und später auch auf dem Kontinent – begeistert aufgesogen. Byron kommentierte in einem Brief an seinen Verleger die literarischen Neuerscheinungen der jüngsten Zeit:

Ich las die »Christabel« –
  Ein reiner Quell.
Ich las den »Missionär« –
  Sehr schön auf Ehr.
Ich probierte »Ilderim« –
  War schlimm.
Ich las in »Margaret von Anjou« –
  So was kannst du?
Ich blätterte in Websters »Waterloo« –
  Puh! Puh!
Ich besah mir Wordsworths milchweiches »Rylstone-Reh« –
  O je!
Ich las auch »Glenarvon« von Caro Lamb –
  Gott verdamm!

Mittlerweile war es Ende August. Besuch aus England kam: die Herren Hobhouse und Davies. Hobhouse brachte einen Brief von Augusta mit, und Byron benutzte Scrope Davies, der bald wieder abreiste, als Rückversicherung gegenüber der Post.

Diodati – Genf, 8ter Sept. 1816

Meine liebste Augusta
– Durch zwei sich bietende Gelegenheiten – habe ich Dir auf privatem Weg Antworten auf Deinen von Mr. H überbrachten Brief gesandt. —— S ist auf seinem Rückweg nach England – & wird vermutlich vor diesem Brief ankommen. – Er bringt einige Pakete mit Siegeln – Halsbändern – Bällen & c. – & ich weiß nicht was sonst noch alles – aus Kristallen – Achaten – und anderen Steinen geschnitten – die alle vom Mont Blanc *stammen & von mir an Ort & Stelle erworben & von dort hierher mitgebracht wurden – ausschließlich für Dich, um sie zwischen Dir und den Kindern zu verteilen – einschließlich Deiner Nichte Ada, für die ich einen Ball ausgewählt habe (aus Granit – übrigens einer weichen Substanz – aber der einzigen hier), womit sie rollen & spielen kann – wenn sie alt genug – und mutwillig genug dafür ist – und noch dazu ein kristallenes Halsband – und alles, was Du sonst noch dazu legen willst – die Liebe!*

—— Der Rest ist für Dich – & das Kinderzimmer – aber vor allem für Georgiana – die mir einen sehr netten Brief geschrieben hat. - Ich hoffe, Scrope wird alles gut befördern – was er versprach...

– Nun denn – Lady B ist »lieb zu Dir« gewesen, sagst Du – »sehr lieb« – hm – es ist gut, daß sie wenigstens zu einem von uns lieb ist – und ich bin froh, daß sie das Herz & die Einsicht hat, zumindest Deine Freundin zu sein – Du warst immer die ihre. – Ich hörte neulich – daß sie unwohl sei – ich war sehr betroffen – und es tat mir sehr leid – weiß Gott – aber lassen wir das; – Doch H erzählte mir, sie sei nicht krank... – das ist eine Erleichterung. —— Was mich betrifft, bin ich bei guter Gesundheit – & in leidlicher – wenn auch sehr unausgeglichener Stimmung... Ich habe die Absicht, Ende des Monats die Alpen zu überqueren – und – Gott weiß wohin – zu gehen... ich habe noch immer eine Welt vor mir...

—— H hat mir all die sonderbaren Geschichten erzählt, die über mich & die meinen im Umlauf sind; – nichts davon ist wahr, – ich war in einiger Gefahr auf dem See – (in der Nähe von Meillerie), aber nicht der Rede wert; und was all diese »Mätressen« an-

geht – Gott steh mir bei – ich hatte nur eine. – Nun – schimpf bitte nicht – denn was hätte ich tun sollen? – Ein törichtes Mädchen – das, trotz allem was ich sagte oder tat – mir nachreiste – oder vielmehr voraus – denn ich fand sie hier vor – und ich hatte alle erdenkliche Mühe, sie zur Rückkehr zu bewegen – aber sie fuhr schließlich... Ich war nicht verliebt, noch spüre ich weiter irgendwelche Liebe für sie, – aber ich konnte doch nicht gerade den Stoiker spielen bei einer Frau – die achthundert Meilen überstanden hatte, um mich zu entphilosophieren... — Und jetzt weißt Du alles, was ich von der Sache weiß – & sie ist vorbei...

Annabella, Lady Byron, war mit dem Verlauf der Ereignisse nicht ganz zufrieden. Statt ihr großzügiges Angebot, ihr durch freundschaftliche Gesten einen Deckmantel gegenüber der Gesellschaft zu verschaffen, enthusiastisch aufzunehmen, reagierte Augusta zurückhaltend. Daß sie manchmal auch sarkastisch wurde – »es kam mir nie in den Sinn, daß Du anders als in strengster Erfüllung Deiner Pflicht handeln könntest« – entging Annabella. Es irritierte sie, daß Augusta ihr »Freundschaftsangebot« offensichtlich durchschaut und es als das genommen hatte, was es war: eine unausgesprochene Erpressung. Doch Annabella war sich sicher, schließlich ihr Ziel zu erreichen. Augusta mußte von ihr abhängig werden.

Die erste Zeile der Fortsetzung von »Childe Harold« genügte, um sie in Panik zu versetzen: »Gleichst du der Mutter, Ada, holdes Kind?« Byron kümmerte sich um Ada! Dabei hatte er bisher doch ein sehr distanziertes Verhältnis zu Kindern gehabt. Wenn er sich nach Ada sehnte, könnte er vielleicht sogar verlangen, was Annabella mehr als alles andere fürchtete, daß seine Tochter Augusta anvertraut würde. Augusta könnte – Schrecken aller Schrecken – zu ihm ins Ausland flüchten. Eine Flucht zu Byron, ob mit oder ohne Ada, würde sie für immer Annabellas Einflußnahme entziehen.

Augusta mußte sich inzwischen um fünf Kinder, ein hochverschuldetes Gut und ihren Ehemann kümmern. Allein zu Byron zu reisen (und sich damit für immer aus England zu verbannen) kam für sie noch weniger in Frage als vorher.

Annabella hätte ihre komplizierte Intrige aus Mildtätigkeit, Einschüchterung und Selbstrechtfertigung gar nicht entwerfen müssen. Augusta gab im Prinzip nichts auf, als sie sich Annabellas Bedingungen beugte, jenem unausgesprochenen Vertrag, von dem sie Byron kein Wort erzählte. Sie akzeptierte Annabellas gesellschaftliche und gelegentlich auch finanzielle Hilfe. Dafür verpflichtete sie sich, weder Byron ins Ausland zu folgen noch seine Ansprüche auf Ada zu vertreten.

Doch Annabella wollte ein Geständnis. Zu diesem Zweck suchte sie die Bekanntschaft mit Augustas Freundin Mrs. Villiers, die Augusta öfter und auch länger besuchte, um ihr mit den Kindern zu helfen. Annabella versicherte Mrs. Villiers ihr ungebrochenes Wohlwollen gegenüber Augusta und ließ durchblicken, daß sie willens sei, alles Vergangene zu verzeihen.

»Mein großes Ziel neben der Sicherheit meines Kindes ist deswegen die Wiederherstellung ihres Geistes in einen Zustand, der religiös erwünschbar ist.«

Damit hatte Annabella den richtigen Ton getroffen. Mrs. Villiers verabscheute Byron und hielt seinen Einfluß auf Augusta – welcher Art auch immer – für katastrophal. In ihren Augen war er für den Skandal, der Augusta beinahe zur Ausgestoßenen gemacht hatte, verantwortlich. Jeder Versuch, Augusta von ihm zu trennen, konnte daher auf ihre volle Unterstützung rechnen. Sie antwortete Annabella begeistert und erhielt detaillierte Instruktionen:

»Vielleicht kann keine menschliche Macht den Geist der Demut und Reue erschaffen, um den ich Gott für sie bitte. Wenn Sie ihr Bestes wollen, urteilen Sie weise und erscheinen Sie vollkommen arglos. Lassen Sie uns nicht ungeduldig mit einem ›verseuchten Geist‹ sein.«

Mrs. Villiers, eine eifrige Leserin von »Glenarvon«, richtete sich danach. Sie war ein Muster an Geduld. Stündlich flossen bei ihren Besuchen Ermahnungen und moralische Belehrungen über ihre Lippen, brachte sie in ihren Bußpredigten Verdammungen von Byron und dringende Aufrufe zur Reue unter. Umsonst. Schließlich schrieb sie Annabella: »Haben Sie ihr gesagt, daß er sie an andere verraten hat, oder glauben Sie, daß es möglich ist, dies zu tun? Wenn sie einmal dazu gebracht wird, diese Tatsache zu *glauben,* erhoffe ich mir viel davon.«

Alle Affären Byrons konnten Augusta offensichtlich nicht berühren. Doch Mrs. Villiers hatte noch einen weiteren Verdacht aufgefangen, mit dem sie Byrons Schwester womöglich im Innersten treffen konnte.

Annabella und Mrs. Villiers stimmten ihr Vorgehen auf das neue Ziel ab. Während Annabella in ihre Briefe Bemerkungen einfließen ließ, daß Byron »Dein schlechtester Freund, oder besser gesagt, überhaupt nicht Dein Freund« gewesen sei, brachte Mrs. Villiers das Gespräch bei ihrem nächsten Besuch wie von ungefähr auf die Londoner Gesellschaft. »Sie waren sehr hartherzig zu dir«, seufzte sie und legte Augusta die Hand auf die Schultern. »Andererseits, was soll man erwarten, wenn sie diese gräßliche Geschichte von Mylord selbst gehört haben.«

Endlich reagierte Augusta. Jäh hob sie den Kopf. »Wie meinst du das, Thelma?« – »Nun«, erwiderte Mrs. Villiers leise, aber bestimmt, »es ist mittlerweile bekannt, daß Lord Byron zwei der schlechtesten Frauen in ganz London zu seinen Vertrauten gemacht hat und sogar soweit gegangen ist, ihnen deine Briefe zu zeigen, liebe Augusta. Lady Caroline Lamb sagt...« Augusta verzog den Mund. »Lady Caroline Lamb«, unterbrach sie verächtlich, »würde sogar noch dann lügen, wenn sie im Sterben liegt – sofern sie glaubte, etwas damit erreichen zu können.«

»Mag sein«, entgegnete Mrs. Villiers glatt. »Aber Lady Melbourne...« Sie wurde schon wieder unterbrochen, diesmal von einer lachenden Augusta. »Lady Melbourne? Ist sie die andere ›schlechteste Frau von ganz London‹? Aber Thelma, was hat dir die arme Lady getan?« Mrs. Villiers öffnete den Mund, um eine hitzige Auflistung der Sünden von Lady Melbournes jüngeren Jahren zu bringen. Hatte nicht Lady Melbournes Freundin, die Herzogin von Devonshire, den schockierenden Ausspruch der Lady verbreitet, eine Frau sei nur verpflichtet, ihrem Gemahl einen Erben zu schenken, und könne dann tun, was sie wolle? Oh, Lady Melbourne gäbe ein ergiebiges Thema ab, doch Mrs. Villiers hielt abrupt inne, als sie den Schalk erkannte, der in Augustas Augen blitzte. Augusta war schon seit ihrer Kindheit sehr gut darin gewesen, ihre Freundin Thelma von etwas abzulenken, über das sie nicht sprechen wollte, doch dieses Mal würde sich Mrs. Villiers nicht beirren lassen.

»Lady Melbourne«, sagte sie langsam, »mag sein, was sie will, doch niemals eine Lügnerin und Schwätzerin. Und es ist bekannt, daß dein Bruder ihr gegenüber die entsetzlichsten Behauptungen über sein Verhältnis zu dir aufgestellt hat.« – »Wie kann das bekannt sein«, konterte Augusta, »wenn Lady Melbourne doch für ihre Diskretion berühmt ist? Hast du *sie* etwas Derartiges sagen hören oder gehört, daß sie es zu anderen gesagt hat?« – »Nein«, gab Mrs. Villiers widerwillig zu. Doch die unverkennbaren Zeichen der Erschöpfung bei Augusta gaben ihr neuen Mut, und sie fuhrt fort: »Aber glaubst du wirklich, daß er Lady Melbourne *nichts* dieser Art geschrieben hat? Sei ehrlich, Augusta!« Augusta schwieg. Ihr braunes Haar fiel seitlich herab und verdeckte fast ihr Profil. Mrs. Villiers ergriff ihre Hand.

»Und wenn auch Caroline Lamb eine Lügnerin ist, was ich gar nicht bestreiten will... sie wiederholte aber neben furchtbar theatralischen Äußerungen, die wirklich von ihr stammen dürften, auch Sätze und Zeichen, die ganz nach dir klingen.« Sie fühlte, wie Augusta bei dem Wort *Zeichen* aufmerkte. »Denke an deine Seele, Augusta! Denk an die furchtbare Sünde! Doch selbst wenn alles zutrifft, was man sich erzählt, so glaube ich dennoch, daß er schuldiger ist als du, denn er prahlt auch noch damit! Was für ein Mensch ist das, der dein Vertrauen mißbraucht und dich verrät? Ich selbst«, und diesmal konnte sie auf ein reales Ereignis zurückgreifen, »habe ihn im vergangenen Jahr die Geschmacklosigkeit äußern hören, daß nach den Lehren der Kirche Kain und Abel keine andere Wahl gehabt hätten, als ihre Schwestern zu heiraten, und daß es heuchlerisch sei, heute zu verdammen, was man in der Vergangenheit guthieß!« Augusta wandte sich ab. »Laß mich allein, Thelma«, sagte sie tonlos. »Laß mich bitte allein.«

Byron selbst spielte Annabella unbeabsichtigt ein neues Druckmittel in die Hand. Er brachte sein erstes Drama heraus, »Manfred«, eher ein dramatisches Gedicht mit mehreren Stimmen als ein wirkliches Bühnenstück. Es stellte einen Höhepunkt an lyrischer Ausdrucksmöglichkeit dar, wurde in Deutschland vom alten Goethe auf das höchste bewundert – er versuchte sogar, es zu übersetzen – und überall in Europa diskutiert.

Die Titelfigur Manfred war der Inbegriff des Byronschen Helden, ein Magier wie Faust, zerfressen von Reue und Trauer, von Dämonen gejagt, die er selbst beschworen hatte, mächtig über alle Geister – und nur auf der Suche nach dem Vergessen seiner eigenen Identität.

Das alles interessierte die englische Öffentlichkeit jedoch wesentlich weniger als die Tatsache, daß Manfred, der um seine tote Geliebte trauert, mit dieser offensichtlich in einer verbotenen Beziehung stand. Argwohn erregte bereits die Beschreibung der verlorenen Astarte:

> Sie glich
> In allen ihren Zügen mir; ihr Aug,
> Ihr Haar, ihr Antlitz, ja der Ton der Stimme
> War – wie die Welt erzählte – wie bei mir,
> Nur überall gemildert und verschönt...
> Doch hegte sie auch sanftre Eigenschaften:
> Das Mitleid und das Lächeln und die Träne
> Und Zärtlichkeit – die ich nur für sie fühlte –
> Und Demut endlich, die ich nie besaß.
> Die Fehler hatte sie mit mir gemein,
> Doch ihre Tugenden gehörten ihr.
> Ich liebte sie und – habe sie zerstört.

Das allein hätte schon genügt. Es kam aber noch besser. Manfred gelingt es tatsächlich, Astartes Geist zu beschwören. Ihre Erscheinung schweigt jedoch, und er fleht sie an:

> Astarte, höre mich! geliebtes Weib,
> gib Antwort mir! Ich hab so viel gelitten,

> Ich leide noch so viel! Sieh mich nur an!
> Das Grab hat dich nicht mehr verändern können,
> Als ich verändert bin um deinetwillen.
> Du liebtest mich zu viel, wie ich auch dich,
> Wir waren nicht gemacht, uns so zu quälen,
> Obschon's die schwerste Sünde war, zu lieben,
> Wie wir geliebt...

Das Urteil war gefällt: Manfred war Lord Byron, Astarte seine Schwester, die Geister seine Dichtungsbegabung und das ganze Stück eine poetische Autobiographie! Daß das Werk auch Stellen enthielt, die alle diese Vermutungen lügen hießen, spielte für niemanden eine Rolle. Daß Manfred Astartes Tod verursacht hatte, war irrelevant. Daß Byron vielleicht eigene Gefühle, aber keine eigenen Erlebnisse verarbeitete, interessierte niemanden.

So wurde der Sommer 1817, in dem sie für die Hochzeit der Prinzessin Mary nach London kommen mußte, für Augusta die alptraumhafte Wiederholung des Vorjahrs.

Das Getuschel, die Ächtungen, alles war wieder da. Und das Werk, das an diesem Wiederaufleben des Skandals schuld war, stammte diesmal nicht von Caroline Lamb. Wie hatte Byron doch in einem seiner Gedichte an seine Schwester geschrieben?

> Ich war, vertraut mit dem, was mich bedroht
> Der eignen Leiden sorgsamer Pilot.

Nur saß er mittlerweile sicher in Italien und dachte sich nichts dabei, auch in die Fortsetzung von »Childe Harold« Grüße an seine Schwester einzubauen, von seiner Sehnsucht nach ihr zu sprechen, und vergaß vollkommen, daß all diese Liebeserklärungen von jedem Leser verstanden wurden.

Annabella sah den Moment gekommen, Augusta ein Wiedersehen vorzuschlagen.

Augusta kam, nervös und erschöpft, nachdem sie ein wochenlanges Spießrutenlaufen in der Londoner Gesellschaft hinter sich hatte. Annabella war ruhig und gefestigt. Sie ahnte nicht, daß schon ihr Anblick Augusta erschreckte. Lady Byron hatte ihre rührende Schutzbedürftigkeit, die sie in Six Mile Bottom, im Haus am Picadilly, in jedem von Annabellas Briefen während ihrer kurzen Ehe gespürt hatte, völlig überwunden. Ihr Blick zeigte keinerlei Regung. Gleich zu Anfang bat sie Augusta, sie nicht mehr Bell zu nennen. Nicht mehr Bell. Bell schien eine andere Person gewesen zu sein. Annabella.

Lady Byron kam sehr schnell mit dem heraus, was sie wollte. »Es würde dein Gewissen erleichtern und deine Seele retten, Augusta.« Ihre Worte hatten einen höchst unerwarteten Effekt: die verschüchterte Augusta fand zu ihrem alten Selbst zurück. Sie lachte. »Liebste Annabella, ich bin noch nicht darauf vorbereitet, in den Himmel einzugehen.« Annabella schwankte, ob sie dies nicht vielleicht doch für ein Reuebekenntnis halten sollte, entschied sich aber dann dagegen. Für einen Moment wußte sie nicht, was sie tun sollte. Augusta hatte einem ganzen Jahr voller Bußpredigten widerstanden.

Annabella wog alle ihre Kenntnisse von Augustas Charakter gegeneinander ab, blickte auf Byrons Schwester, die schon wieder ein Kind erwartete, und erkannte mit einem Mal, wie sie das Gewünschte erreichen konnte. Nicht durch Vorhaltungen, o nein!

Annabella erlitt einen wohlkalkulierten Zusammenbruch. Sie spielte ihr früheres Ich, brach in Tränen aus und klammerte sich an Augusta. »Bitte, hilf mir, Augusta, hilf mir!« Augusta spürte, wie sich Annabellas Körper verkrampfte. »In meinem Kopf schreit es Ja, Nein, Ja, Nein – *ich halte das nicht mehr aus!*« Der Sommer, »Manfred«, ihre Schwangerschaft und Annabellas Rückverwandlung in das Mädchen, das sie immer als ihre Schwester betrachtet hatte und das sie beschützen mußte, taten ihre Wirkung. Augusta seufzte. »Wenn es dir so viel bedeutet – gut, Bell, ich war vor deiner Heirat die Geliebte meines Bruders.«

Am nächsten Tag teilte ihr Annabella mit schneeweißem Gesicht mit, sie habe ihretwegen eine schlaflose Nacht verbracht und könne sie nie wiedersehen.

Mailand

Meine liebste Augusta
– Ich bin in Kirchen, Theatern, Bibliotheken und Gemäldegalerien gewesen. Der Dom ist prächtig, das Theater großartig, die Bibliothek ausgezeichnet, und über die Galerien weiß ich nichts – außer so viel, daß mir unter tausend Gemälden nur ein einziges gefällt. Am meisten entzückt hat mich aber eine Handschriftensammlung (die in Ambrosiana aufbewahrt wird), die originalen Liebesbriefe und Verse von Lucrezia de Borgia & Kardinal Bembo; und eine Locke ihres Haares – so lang – und blond & wunderschön – und die Briefe so hübsch & zärtlich, daß man sich unglücklich fühlen kann, nicht früher geboren zu sein, um sie wenigstens erblickt zu haben. Und nun stell Dir vor, was glaubst Du, ist eine ihrer Unterschriften? – nun, es ist dies +, ein Kreuz – das, wie sie sagt, »für ihren Namen stehen soll & c.«. Ist das nicht reizend?

…Ich bin so sehr in Eile & so schläfrig, aber so begierig, Dir wenigstens ein paar Zeilen zu schicken, meine liebste Augusta, daß Du mir vergeben wirst, wenn ich Dir so viele Umstände bereite; und ich werde sehr bald wieder schreiben; aber ich habe Dir in der letzten Zeit so viel geschickt, daß Du vielleicht zu viel haben wirst. Tausend Liebesgrüße von mir an Dich – was sehr großzügig ist, denn ich will nur einen *dafür haben.*

Immer, Liebste, der Deine
B

Er war eben, wie er war, und sie liebte ihn. »Manfred« hin, »Manfred« her, dachte Augusta, wenn es die Briefe nicht gäbe, wäre das Leben ohne ihn unerträglich für sie.

Im November gebar sie eine Tochter, die nach Augustas Mutter den Namen Amelia erhielt, von ihr jedoch nie anders als Emily genannt wurde.

George Leigh folgte den Rennen wie eh und je. Aber in der Zeit nach Byrons Abreise war er bei ihr geblieben und hatte sie besonders liebevoll behandelt, wofür sie ihm immer dankbar sein würde. Er und sie kamen gut miteinander aus. George fragte sie nie nach ihrer Korrespondenz mit ihrem Bruder, ganz im Gegensatz zu Mrs. Villiers, mit der sich ein anderes Naturell als Augusta wahrscheinlich schon längst zerstritten hätte.

Doch sie kannte Thelma Villiers nun schon seit ihrer Kindheit und vergaß nie die gemeinsam verbrachten glücklichen Zeiten. Und vor allem gab es für sie keinen Zweifel an Mrs. Villiers' aufrichtiger Freundschaft: Sie war eine der wenigen Bekannten Augustas, die ihr während des ganzen Skandals öffentlich zur Seite gestanden hatten.

Thelma Villiers wiegte sich in der Vorstellung, nur auf Augustas Rettung von *dem Bösen* hinzuarbeiten. Es kam ihr nie in den Sinn, daß sie Handlangerdienste für eine Frau verrichtete, um eine ihrer ältesten Freundinnen bloßzustellen. So widmete sie sich eifrig ihrem Missionarsdienst, griff jedes bösartige Gerücht über Byron auf und gab es mit eigenen Ausschmückungen versehen schriftlich oder mündlich an Augusta weiter.

Annabella war mittlerweile besessen von der Notwendigkeit, Augusta zur Buße zu bewegen. Sie hatte geglaubt, daß sich nach Augustas Geständnis in ihrer Seele Frieden einstellen würde, die unendlich wohltuende Sicherheit, richtig gehandelt zu haben. Das aber war nicht der Fall. Annabella verwünschte sich selbst, weil sie das Gespräch ohne Zeugen hatte stattfinden lassen. Würde sich eine solche Gelegenheit wieder ergeben? Dieses... dieses Halbgeständnis reichte ihr nicht. Sie wollte ein Reuebekenntnis. Sie wünschte, Augusta in Sack und Asche zu sehen, bis in alle Ewigkeit büßend.

Es gab niemanden, den sie so sehr haßte wie Augusta mit ihrem Spatzenhirn, ihrem mittelmäßigen Aussehen und der nicht vorhandenen Moral: »Sie scheint kein anderes Prinzip zu haben als dieses: ›Wenn etwas niemanden unglücklich macht, dann ist auch nichts Böses dabei‹«, schrieb sie an Mrs. Villiers.

Byron hatte sich für längere Zeit in Venedig niedergelassen. Er fand die Stadt und ihre Atmosphäre bezaubernd, mit einem Einschlag von östlicher Exotik, die ihn schon seit jeher fesselte. In Mailand hatte er mit Polidori auch seine düstere Stimmung abgeschüttelt. Wirklich unmöglich, dieses Nervenbündel noch länger bei sich zu behalten – eigentlich hatte er ihn schon in Genf verabschiedet. Doch Polidori hörte nur, was er hören wollte.

Byron genoß das Leben in Italien. Ihm gefiel die Lebensart der Italiener, Landsleuten ging er tunlichst aus dem Weg. Er entdeckte allerdings zu seinem Entsetzen, daß er zu einer Art kontinentaler Touristenattraktion geworden war. »Der Teufel soll sie holen!« sagte er ärgerlich zu Fletcher. »Sie sind allesamt davon besessen, mich in ihrem Postskriptum hinter dem Markusplatz und der Seufzerbrücke aufzuzählen.« Ein bewährtes Abschreckungsmittel lieferte ihm seine eigene Lebensweise. Die jungen, gutaussehenden Venezianerinnen gingen bei ihm ein und aus, und wenn er Besuch von englischen Konsuln oder ähnlichen Würdenträgern bekam, machte er sich das Vergnügen, zwei seiner Donnas zur gleichen Zeit zu bestellen.

Die unvermeidlichen Eifersuchtsszenen dieser Damen, die zwar allesamt verheiratet waren, eine außereheliche Rivalin aber nicht dulden wollten, brachten unerwünschte Besucher sehr bald dazu, wieder zu gehen. Die italienische Einstellung zum Ehebruch bildete überhaupt eine Quelle ständigen Amüsements für ihn. Anders als in England war es hier fast verpönt, *nicht* in aller Öffentlichkeit einen Liebhaber beziehungsweise eine Mätresse zu haben. Doch wehe dem Geliebten, der sich nach noch weiteren Zerstreuungen umsah!

»Manfred« und der Abschluß von »Childe Harold« hatten alle Zwänge in ihm gelöst: er hatte sich selbst vom Byronschen Helden befreit. In seiner nächsten Verserzählung, »Beppo«, war nichts mehr von seinen düsteren Stimmungen zu finden. Es war eine kleine venezianische Karnevalsgeschichte, mehr nicht, eine Verwechslungskomödie zwischen Ehemann und Liebhaber, die in einem friedlichen Leben zu dritt endete und viele Seitenhiebe in Richtung England beinhaltete. Byron erkannte, daß er die dämonischen Helden seiner früheren Werke eigentlich nicht länger brauchte. Sie nahmen sich allesamt viel zu ernst, und das war im heiteren Italien unmöglich.

In dieser Ansicht wurde er von Shelley bestätigt, der ihn in Venedig besuchte. Dieser brachte auch neueste Nachrichten aus

England mit. Claire hatte eine Tochter zur Welt gebracht, die sie zunächst Alba (nach Albé) nennen wollte. Byron entschied sich für Allegra. Warum, konnte er nicht sagen, der Name gefiel ihm einfach besser.

Shelley war im Kampf um eine gesellschaftliche Rehabilitierung in England endgültig der Rufmordkampagne von Marys Vater William Godwin unterlegen und mußte auch auf jeden Kontakt zu seinen Kindern verzichten. Alle Vatergefühle übertrug er nun auf Claires Tochter. Genaugenommen war Allegra mehr in der Obhut von Shelley und Mary, die das kleine Mädchen ebenfalls liebgewann, als von ihrer eigenen Mutter. Als die Situation in England unerträglich wurde, siedelten Shelley, Mary und Claire mit dem einjährigen Kind ein weiteres Mal auf den Kontinent um. Was lag näher, als Italien zu wählen?

Aus Marys Schauergeschichte, mit der sie am Genfer See begonnen hatte, war ein respektabler Roman geworden. »Frankenstein, oder Der moderne Prometheus« hatte sogar einen englischen Verleger gefunden. Nun wünschte sich Mary eigentlich nur Ruhe und Einsamkeit. Ihre Stiefschwester Claire hatte sich seit ihrer ersten Flucht mit Shelley an sie gehängt und dem jungen Paar keine ruhige Minute gelassen. Doch gerade jetzt konnten sie Claire mit ihrem Kind nicht im Stich lassen.

Shelley, der seine Familie zunächst in Pisa untergebracht hatte, besuchte Byron in Venedig und brachte ihm bei dieser Gelegenheit seine Tochter Allegra mit. Jeder andere hätte den Empfang und den Lebensstil des Gastgebers als extravagant empfunden. »Passen Sie auf, daß Ihnen die Ziege nicht zwischen die Beine läuft, Shiloh«, sagte Byron, »und gehen Sie nicht zu nahe an die Vorhänge, der Affe springt Ihnen sonst an den Hals. Ich nehme doch an, Sie kommen mit Gepäck?« Aber Percy Shelley war von Natur aus ein träumerischer Idealist, der einmal philosophierend über den Rand einer Klippe gewandert wäre, hätte man ihn nicht festgehalten und aus seinem Traum geweckt.

Shelley übergab Allegra ihrem Vater. Er und Mary zogen in ein Haus, daß Byron in Este für sie gemietet hatte. Shelley blieb jedoch lange genug in Venedig, um ernste Zweifel zu bekommen, ob Byrons chaotischer Haushalt für ein Kind geeignet war. Byron stand erst um zwei Uhr nachmittags auf und blieb bis zum frühen Morgen wach. Die Geliebten reichten sich die Klinke. Als Shelley unbeabsichtigt eine Eifersuchtsszene miterlebte, stellte er die These auf, das heftige Temperament der Italienerinnen hinge mit ihrer sozialen Unterdrückung zusammen.

»Aber ich liebe diese Art Temperament«, erwiderte Byron todernst, »ich hätte Medea jeder lebenden Frau vorgezogen.« Shelley lachte. »Warum haben Sie sich dann nicht an Ihre Gattin gehalten?« – »Oh, sie ist keine Medea«, sagte Byron wegwerfend, »nur eine arme, rührselige Klytämnestra, die ihre Rachsucht mit Hilfe des Gesetzes auslebt. Miss Milbanke, die moralische Klytämnestra.« Er schwieg eine Weile und fügte schließlich hinzu, plötzlich sehr verwundbar aussehend: »Sie glauben vielleicht, ich verachte die Frauen. Das ist nicht so. Wenn ich mit einer einzigen Frau an einem einzigen Ort zusammenleben könnte, hätten Sie in mir den überzeugtesten Lobpreiser der Menschheit.«

In Byron, der sich seit »Manfred« seine Werke von Murray bezahlen ließ (das Leben im Exil war teilweise noch teurer als das in England), reifte schon seit längerem der Plan zu einem neuen Versepos in der Art von »Beppo«.

> Mir fehlt ein Held: ein sonderbarer Fehler,
> Denn jährlich kündigt sich ein neuer an
> Und überfüllt mit Humbug die Journäler
> Doch schließlich ist er nicht der rechte Mann.
> Für diese Sorte ward ich nicht Erzähler,
> Und darum nehm ich mir Freund Don Juan...

In Venedig, der Stadt Casanovas, lag eine Figur wie Don Juan einfach in der Luft. Byrons Don Juan wurde allerdings nicht der dämonische Frauenheld und Wüstling der Legende, sondern ein argloser hübscher Junge um die Sechzehn, dessen entwaffnende Unschuld und Naivität die Frauen dazu bringt, ihn verführen zu wollen. Nicht, daß ihm dafür die Empfänglichkeit fehlte. Schon sein Vater, Don José, ist bei Byron ein Schürzenjäger und sehr unhäuslich, weswegen ihn seine Gattin Dona Inez auf Wahnsinn untersuchen läßt. Die Beschreibung dieser Dame löste bei der Veröffentlichung in England neues Ärgernis aus, denn wiederum waren die Anspielungen für jeden erkennbar.

> Die Mutter war berühmt und hochstudiert
> In allen Fächern der Gelehrsamkeit,
> In jeder Sprache, die je existiert,
> Und tugendhaft nicht minder als gescheit:
> Die Klügsten fühlten sich vor ihr blamiert,
> Die Besten seufzten innerlich vor Neid,
> Weil alles, was die Frommen je erbaut hat,
> Verdunkelt ward von dem, was diese Frau tat.
>
> Kurzum, sie war ein wandelndes Exempel,
> Ein christlicher Roman, der ungebunden
> Herumlief, ein lebend'ger Weisheitstempel,
> Ein Auszug aus »des Weibes Weihestunden«,
> Ein Abdruck mit dem echten Tugendstempel,
> Den selbst der Neid untadlig hat gefunden:
> Vor andern Frauen hatte sie allein
> Den schlimmsten Fehler, fehlerfrei zu sein.

Hobhouse und der Verleger Murray hatten schwerste Bedenken, ob eine Verserzählung wie »Don Juan« veröffentlicht werden könnte, noch dazu, wo das Epos von handgreiflichen Anzüglichkeiten durchsetzt war. Schon mit der Widmung war Ärger vorauszusehen:

> Bob Southey! du bist Dichter – Hofpoet
> Und Typus aller dieser großen Lichter,
> Und ein bekehrter Tory; das versteht
> Sich freilich ganz von selbst für solch Gelichter.
> Sag mal, mein epischer Judas, wie's euch geht,
> Ihr unversorgten und versorgten Dichter?
> Ihr kommt mir vor, mit euren süßen Weisen,
> Wie »die Pastete mit den zwanzig Meisen«.

Southey schäumte vor Wut. Obwohl »Don Juan«, erster Gesang, von Murray letztendlich anonym veröffentlicht wurde, erkannte jeder den Autor, und nicht nur Southey fühlte sich provoziert. Das *British Journal* druckte einen langen Brief des Herausgebers ab, in dem er eigentlich die ganze Zeit gegen zwei Zeilen dieses Werkes protestierte:

> Indes zur Abwehr gegen prüde Kritische
> Bestach ich Großmamas Journal, das »Britische«.

Man diskutierte über nichts anderes als die Mär vom jugendlich-unschuldigen Don Juan, der von der gelangweilten Freundin seiner Mutter verführt wird und schnellstens das Weite suchen muß, nachdem beide von ihrem Ehemann entdeckt wurden. Diese Szene, in der Don Juan, im, statt unter dem Bett der Dame versteckt, zunächst der Entdeckung entgeht, um dann bei einem zweiten Besuch des gehörnten Gatten durch einen dummen Zufall verraten zu werden, wurde sofort als grenzenlos unmoralisch verdammt. Doch, wie in solchen Fällen üblich, wartete alles auf die Fortsetzung.

Southey rächte sich für die Widmung auf nicht gerade feinsinnige Weise. Er verbreitete das Gerücht, Byron und Shelley würden »in einem Bund des Inzests« wechselweise mit Mary und Claire Shelleys Theorien der freien Liebe praktizieren.

Shelleys Gattin in England starb, und da er miterlebt hatte, wie die englische Gesellschaft Mary behandelte, überwand er seine Vorbehalte gegen die Ehe und heiratete sie. Für ihre Freunde war sie schon längst Mrs. Shelley gewesen. Nach dem Tod ihres jüngeren Kindes, einer Tochter, kehrten er und Mary nach Pisa zurück, und Shelley versammelte einen kleinen Kreis von Engländern um sich. Italiener kannte er nur wenige.

Claire war noch immer bei ihnen, und das Verhältnis zu ihrer Stiefschwester verschlechterte sich zusehends. Denn selbst als Marys kleine Tochter starb, verspürte Claire brennende Eifersucht. Mary hatte *alles:* ein noch überlebendes Kind, Shelley, der sie tröstete, Talent, das sie ausüben konnte; sie schrieb an ihrem zweiten Roman. Claire hatte nichts. Byron weigerte sich, sie zu sehen oder ihre Briefe zu beantworten, und das schnitt sie natürlich auch von ihrer Tochter Allegra ab. Außerdem konnte Claire nicht vergessen, daß Byron Mary schon immer gemocht und geschätzt hatte. Sie erkannte nicht, daß dies damit zusammenhing, daß Mary eine der wenigen Frauen war, die definitiv nicht Byrons Geliebte werden wollten. Auf diese Art konnten sie miteinander sympathisieren, ohne jemals voreinander auf der Hut sein zu müssen.

Claire machte Szenen, Shelley und Mary mußten sich regelmäßig aus ihrem eigenen Haus stehlen, um ein wenig Frieden zu finden, bis endlich sogar der eigentlich grenzenlos geduldige Shelley genug hatte und Claire mit einem Hinauswurf drohte. Da sie nicht wußte, was sie alleine anfangen sollte, hielt Claire sich fortan zurück.

Im April 1819 machte Byron bei der Contessa Albrizzi die Bekanntschaft einer Dame, die seinem eigenen Dasein als Don Juan ein Ende setzte. Theresa Guiccioli war neunzehn Jahre alt und mit einem Greis verheiratet (wie Doña Julia in Byrons »Don Juan«). Sie vollbrachte das Wunder, das er nicht mehr für möglich gehalten hatte: Er liebte sie tatsächlich. Nicht nur ihre außergewöhnliche Schönheit zog ihn an. Theresa vereinigte in sich mit ihrem goldbraunen Haar, wie es der Maler Tizian so geliebt hatte, und der dunklen Haut auf aparte Weise Norden und Süden. Vor allem aber war Byron von ihrer charmanten, liebevollen Art hingerissen. Theresa lachte gerne.

»Sie hat auch einen Teil von *uns;* – ich meine diesen Hang zum Verspotten, wie er Tante Sophy und Dir und mir & allen B's eigen ist«, schrieb er an Augusta. »Sie ist hübsch – eine große Kokette – außerordentlich eitel – maßlos geziert – ziemlich gescheit – ohne die geringsten Prinzipien – mit einem gut Teil Phantasie und etwas Leidenschaft.«

Theresa scheute sich nicht, ihn vor ihrem Mann laut »mio Byron« zu nennen. Da sie aber andererseits auch eine große Verehrerin von Dante und Petrarca war, den italienischen Nationaldichtern, die das Ideal der edlen Frau priesen, stand sie seinem

»Don Juan«, dessen Gesänge weiter anwuchsen, mehr als skeptisch gegenüber. Sie überredete Byron, die Arbeit an diesem Werk zu unterbrechen. Auf den Einwand, »Don Juan« betrachte er als das Beste, was er bis jetzt geschrieben habe, entgegnete sie: »Ich würde lieber drei Jahre durch ›Childe Harold‹ berühmt sein als unsterblich durch ›*Don Juan*‹! Die Sache mit Doña Inez ist hinterhältig deiner Frau gegenüber – ich zweifle nicht daran, daß du sie ganz abscheulich behandelt hast.« Er tat ihr den Gefallen, für den Moment wenigstens, da selbst Murray und die Picadilly Crew ihn vor einer Fortsetzung des verrufenen Werks warnten.

Der einzige Enthusiast in seinem Freundeskreis war Shelley, der »Don Juan« für Byrons Meisterwerk hielt. »Nichts dergleichen ist jemals in englischer Sprache geschrieben worden oder wird jemals geschrieben werden, es sei denn im Glanze eines erborgten Lichts«.

Als daraufhin sogar der weltmännische Thomas Moore vor Shelleys atheistischen Ansichten warnte, antwortete Byron erbost: »Was den armen Shelley betrifft, der für Dich und die Welt... ein Schreckgespenst ist, er ist, meines Wissens, der *am wenigsten* selbstsüchtige und der sanfteste aller Männer; – ein Mann, der für andere größere Opfer von seinem Vermögen und seinen Gefühlen gebracht hat als jeder andere, von dem ich jemals gehört habe.«

Theresa machte Byron auch mit ihrem Bruder, Pietro Gamba, bekannt, der zum italienischen Widerstand gegen die österreichische Besetzung zählte – was in Byron seine alte Leidenschaft für die Politik erneut aufflammen ließ. Er hatte niemals aufgehört, das Feudalsystem dichterisch anzuprangern, zuletzt wieder in »Don Juan«, wo er den englischen Außenminister Castlereagh attackierte. Castlereagh, von den Fürstenhäusern Europas hochgelobt wegen seiner Rolle beim Wiener Kongreß, war maßgeblich für die blutige Unterdrückung Irlands verantwortlich, was ihm in der Widmung zu »Don Juan« die wenig schmeichelhafte Bezeichnung »geistiger Eunuch« einbrachte.

Durch Pietro Gamba bot sich Byron nun Gelegenheit, etwas mehr zu tun, als nur beißende Angriffe auf Politiker zu verfassen. Er nützte seine Immunität als Ausländer schamlos aus und versteckte für die »Carbonari«, wie sie sich nannten, Waffen und Munition, gelegentlich auch einen Verwundeten.

Und trotzdem hätte er Theresa, Widerstand und Italien sofort verlassen, wenn sich eine Möglichkeit geboten hätte, irgendwo mit Augusta zu leben:

... ich habe niemals auch nur einen Augenblick lang aufgehört, noch kann ich aufhören, diese vollkommene & grenzenlose Verzückung zu empfinden, die mich an Dich band & bindet – die mich wirklicher Liebe für irgendein anderes menschliches Wesen gänzlich unfähig macht – denn was können sie mir nach Dir bedeuten? Meine einzige + + + wir haben vielleicht sehr unrecht gehandelt – aber ich bereue nichts, außer dieser verfluchten Heirat – & Deiner Weigerung, mich weiterhin so zu lieben, wie Du mich geliebt hattest – ich kann Dir diese kostbare Bekehrung weder vergessen noch ganz vergeben; – doch ich kann nie ein anderer sein, als ich gewesen bin – und wann auch immer ich etwas liebe, ist es, weil es mich auf die eine oder andere Weise an Dich erinnert...
Wenn Du mir schreibst, sprich mir von Dir selbst – & sag, daß Du mich liebst – sag nichts von den alltäglichen Menschen & Dingen – die in keiner Weise interessant sein können – für mich, der ich in England nur das Land sehe, das Dich umschließt – und rings um es herum nur das Meer, das uns trennt. – Man sagt, Abwesenheit vernichte alle schwachen Leidenschaften – & schüre die starken... meine für Dich ist die Vereinigung aller Leidenschaften & aller Zuneigung...

Das Bewußtsein, Theresa, die ihn unzweifelhaft liebte, immer hinter diese absolute Liebe hintanzustellen, machte Byron ihr gegenüber nachgiebig. Er verlegte seinen Wohnsitz zu ihr nach Ravenna und wurde ihr »Cavaliere Servente«, was er seinen englischen Freunden als »akkreditierter Liebhaber« übersetzte. Der Cavaliere Servente war eine feste Institution der italienischen Gesellschaft, die er schon in »Beppo« geschildert hatte, eigentlich unentbehrlich für jede verheiratete Dame. Theresas Gatte,

Graf Guiccioli, bat nur, ihm doch die Würde eines englischen Konsuls zu vermitteln. Ihre Familie nahm ihn ohne jede Ablehnung auf, und Theresa kümmerte sich rührend um seine Tochter Allegra.

1820 starb in England George III. Aus dem dicken leichtlebigen Prinzregenten wurde König George IV. Eine Ära ging damit zu Ende und zog manche Veränderung nach sich.

Hobhouse beispielsweise entschied sich nun endgültig, in die Politik zu gehen. Er hatte schon im Vorjahr für einen Sitz im Unterhaus kandidiert und nach seiner Niederlage ein äußerst kritisches Pamphlet über den Zustand des Parlaments verfaßt. Es fiel so scharf aus, daß Hobhouse, der seine Autorschaft zugegeben hatte, um den Drucker zu schonen, ins Gefängnis von Newgate wanderte. Byron konnte sich des Kommentars nicht enthalten: »Brummel – in *Calais* – Scrope in Brügge – Buonaparte auf St. Helena – Du in – Deinen neuen Gemächern – und ich in Ravenna – denk nur, so viele große Männer!« Doch nun, mit der Auflösung des Parlaments, die dem Tod des Königs folgte, kam Hobhouse frei und stürzte sich in eine neue Kandidatur. »...zieh also aus Mr. Burns Gemächern aus – und zieh ein ins Unterhaus – und beschimpfe es dann so sehr, wie es Dir gefällt, und ich will rüberkommen und Dich anhören. Ernsthaft – ich habe nicht ›gelacht‹, wie Du es von mir vermutet hast – Fletcher ebenso wenig – sondern wir haben beide so feierlich dreingesehen, als ob wir für Dich Bürgschaft leisten müßten...«

Ausgerechnet der zurückhaltende, stets vorsichtige Hobhouse wurde zum politischen Hitzkopf! Byron wünschte ihm alles Glück zum neuen Wahlkampf. Diesmal trat Hobhouse gegen keinen anderen als den Ehrenwerten George Lamb, Carolines Schwager, an!

Hobhouse verfaßte Pamphlete und Robert Southey Lobeshymnen. Der Seepoet schrieb eine Glorifizierung des verstorbenen Königs, die ihresgleichen suchte: Einen seit vielen Jahren geistig Umnachteten, der sich seinen Platz in der Geschichte hauptsächlich durch seinen Krieg mit den amerikanischen Kolonien nach deren Unabhängigkeitserklärung erworben hatte, als umsichtigen Landesvater und Heiligen auf Erden zu preisen, grenzte wahrlich ans Lächerliche.

Doch Southey attackierte im Vorwort seiner »Vision des Gerichtes« auch noch die »Schule des Satans« zweier in Italien ansässiger Dichter und nannte als kennzeichnendes Produkt dieser teuflischen Vereinigung den noch nicht einmal beendeten »Don Juan«. Das war zuviel. Byron, der ihm außerdem noch das niederträchtige Gerücht vom »Bund des Inzests« heimzahlen wollte, verfaßte eine Parodie auf Southeys Epos. Er nannte sie ebenfalls »Die Vision des Gerichts«.

Sie begann mit einer Schilderung des verödeten Himmels, dem es in der letzten Zeit an Neuzugängen fehlt. Lediglich die für die Todeseintragungen zuständigen Engel sind überlastet (Waterloo!). Petrus reagiert dennoch alles andere als enthusiastisch, als endlich ein Anwärter für die ewige Seligkeit erscheint:

»Nein«, sprach der Cherub, »man bringt George den Dritten.«
Und Petrus drauf: »Was ist das für ein Mann?
George was? und Dritter was?« – »Monarch der Briten.« –
»Na, viel Kollegen trifft er hier nicht an.
Er trägt doch seinen Kopf? nicht abgeschnitten?
Hier war vor ein'ger Zeit ein Grobian,
Der Einlaß forderte. Ich wollte nicht;
Da warf er seinen Kopf mir ins Gesicht.

König von Frankreich, glaub ich, nannt er sich,
Und dieser Kopf, der nicht mal seine Krone
Festhalten konnte, schrie – ich bitte dich! –
Nach Märtyrkronen, gleichsam mir zum Hohne.
Hätt ich mein Schwert gehabt, mit welchem ich
Einst Ohren abschnitt, würd ich dem Patrone...
Indes, da ich nur meinen Schlüssel fand,
So schlug ich bloß den Kopf ihm aus der Hand.«

Soweit Petrus. Man bringt den alten König, dessen Einlaß in das Himmelreich durch den Protest Satans zunächst verhindert wird. Satan argumentiert, daß dieser Monarch nicht nur ein schlechter Regent, sondern auch stets ein Feind der menschlichen Freiheit gewesen sei. Nicht nur habe er die Amerikaner durch seine ungerechten Gesetze zur Rebellion getrieben, sondern auch fleißig allen feudalen Tyrannen Europas freigiebig Geld gespendet, die Iren im besonderen und die Katholiken im allgemeinen auf beispiellose Art und Weise unterdrückt; hier horcht Petrus, als erster Papst, auf.

Satan bringt Zeugen. Dann schleppt sein Helfer Asmodeus auch Southey herein, den er beim Schreiben von irgendwelchem wilden Zeug über Könige, Engel und Gerichte ertappt hatte. Southey beginnt, aus seinen eigenen Werken vorzulesen, worauf die ganze Versammlung, Engel wie Dämonen, in Schmerzgeheul ausbricht und das Weite sucht. Petrus befördert Southey in seinen heimatlichen See zurück, und George III. schlüpft in dem ganzen Wirrwarr unbemerkt in den Himmel.

Diese Revanche wurde in der Zeitschrift *The Liberal* abgedruckt, die Shelleys Freund Leigh Hunt im Exil neu gegründet hatte. Es sollte eine demokratische Literaturzeitschrift werden, und Byron und Shelley versprachen, Hunt Artikel zu liefern.

In Ravenna kam Byron in wachsende Bedrängnis. Theresa wollte ihre Ehe kirchlich annullieren lassen und bekam schließlich das päpstliche Dekret. Doch der erzürnte Graf Guiccioli hatte dafür gesorgt, daß sie laut allerhöchster Anordnung nach Auflösung ihrer Ehe in einem Kloster leben mußte.

Nach zähem Ringen mit den kirchlichen Autoritäten erwirkte Theresas Familie schließlich den Zusatz »oder unter dem Dache ihres Vaters«. Das Dach ihres Vaters in Ravenna allerdings konnte es bald nicht mehr sein, weil dieser zusammen mit Byron und seinem Sohn Pietro in einen ernsthaften Konflikt mit der österreichischen Polizei geriet und aus der Stadt verbannt wurde. So beschloß Byron, mit Theresa und ihrer Familie nach Pisa zu den Shelleys zu ziehen.

Seine Tochter Allegra brachte er in einem nahegelegenen Kloster unter. Er liebte Allegra zwar, und es machte ihm Spaß, sie zu verwöhnen, aber andererseits konnte er sich nicht wirklich um sie kümmern. Also schien ihm ein Kloster, wo er sie besuchen konnte, die beste Lösung. Der Gedanke an Allegra brachte ihn immer wieder auf Ada, seine andere Tochter, über die er sich ständig durch Augusta berichten ließ. Er hatte sich ein Porträt schicken lassen, das auf seinem Schreibtisch stand, und fragte immer wieder nach Adas speziellen Eigenschaften und Charakterzügen.

Byron ahnte nicht, daß er dadurch Annabellas Furcht stets wach hielt. Sie gestattete Augusta nicht, Ada zu sehen oder ihr zu schreiben; »ich will nicht, daß ihr dumme Gedanken in den Kopf gesetzt werden«, sagte sie einmal zu Mrs. Villiers. So mußte Augusta alle Erzählungen über Ada erst mühsam Annabella abringen.

Die Scheidung von Theresa Guiccioli war nichts im Vergleich zu der Staatsaffäre, die jetzt in England begann. Der neue König George IV. sah endlich eine Gelegenheit, sich von seiner ungeliebten Ehefrau zu lösen, von der er schon seit Jahren getrennt lebte. Er klagte sie des Ehebruchs an und sorgte so dafür, daß die unglückliche Königin vor dem gesamten Parlament erscheinen mußte. Die Sympathien allerdings waren auf ihrer Seite. Wenn jemand seit Jahren öffentlich im Ehebruch lebte, dann bestimmt nicht die ehemalige Prinzessin von Wales, sondern ihr ehrenwerter Gemahl.

Byron sah die ganze Angelegenheit als einen weiteren Beweis der grenzenlosen Despotie und Niedertracht des neuen Königs an. Sie betraf ihn allerdings auch persönlich. Augusta war Hofdame der jetzigen Königin, der Patin ihrer Tochter Georgiana. Was würde geschehen, wenn George IV. Erfolg hatte?

Die Wellen der Empörung, die diese Angelegenheit in ganz Europa schlug, halfen der armen Frau überhaupt nicht. Ihr Gemahl bestand auf seiner Klage. Sie, die immer schon bei zarter Gesundheit gewesen war, ertrug diese Belastung schließlich nicht mehr und starb an einem Herzanfall.

Byron setzte alles auf eine Karte und bat Augusta in seinem nächsten Brief, zu ihm zu kommen, mitsamt ihrer Familie und »Deinem prächtigen Stück Hilflosigkeit George Leigh«. Er, der nun an seinen Werken verdiente, würde für sie sorgen. Sie würde Italien lieben, sich mit den Shelleys und Theresa Guiccioli sehr gut verstehen.»...ich hatte große Mühe, sie davon abzuhalten, Dir elf Seiten zu schreiben – (denn sie ist eine große Schriftgelehrte)...« Falls sie dann doch nach England zurückkehren wollte, nun, der Skandal lag doch schon Jahre zurück, oder? Er mußte sie wiedersehen.

Es bedurfte zweier Briefe, um ihn zu ernüchtern. Der erste kam von Hobhouse, der erzählte, Lady Caroline Lamb plane eine Fortsetzung ihres »Enthüllungsromans« mit neuen Einzelheiten, und sie sorge dafür, daß man den Stoff nicht vergesse. Niemand in England tat das. Dann schickte ihm Augusta eine Aufzählung von Tatsachen, die sich nicht bestreiten ließen. Wenn er schon mit seiner eigenen Tochter nicht fertig wurde, wie sollte das erst mit ihren inzwischen sieben Kindern werden? Eine der Schwestern des Königs, Prinzessin Sophia, die mit ihrer Schwägerin eng befreundet gewesen war, hatte sie als Hofdame akzeptiert. Wirklichkeitsfremd wie eh und je sei er, »Baby Byron!« Nichts hatte sich geändert. Die Hindernisse waren noch immer dieselben, und es blieb nur der Austausch von Kreuzen und Erinnerungen.

In Pisa etablierte sich schnell ein literarischer Zirkel: Shelley, Byron, Mary, Theresa, Leigh Hunt, Trelawny und Captain Medwin. Der letztere war Shelleys Cousin, Trelawny dagegen ein Bekannter, der sich selbst als die Verkörperung von Byrons »Korsar« sah, ein Abenteurer mit Neigung zur Poesie. Die Geschichten von all seinen Schiffsbrüchen und gefährlichen Erlebnissen füllten Abende. »Trelawny könnte nicht die Wahrheit sagen, und wenn es um sein Leben ginge«, bemerkte Byron einmal. Claire Clairmont hatte inzwischen zu aller Erleichterung das Feld geräumt und befand sich zwar immer noch in Italien, aber nicht mehr bei den Shelleys. Um diese Zeit bot ihr eine russische Exilantenfamilie eine Stellung als Gouvernante an, die sie annahm.

Der unumstrittene philosophische Kopf des Pisaner Zirkels war natürlich Shelley mit seinem unverbrüchlichen Glauben an das Gute im Menschen, die Liebe und die Natur.

Trelawny und Hunt verehrten Shelley, gerade in seiner Weltfremdheit, und gaben sich unwillig über die respektlose Art, in der Byron mit ihm umging. Allein der Spitzname »Schlange«, »weil er sich lautlos bewegt und dünn ist«! »Sie sind die wahre Schlange, Byron, mit Ihrer Zunge«, entgegnete der erboste Trelawny. Shelley schüttelte den Kopf. »Er ist ein Adler.« – »Gelegentlich, Shiloh, gelegentlich. Wenn ich nichts Besseres zu tun habe.«

Als sie darauf kamen, Wettschießen zu veranstalten, stellte sich ausgerechnet der zerstreute und unkonzentrierte Shelley, der kaum in die Richtung blickte, in der er die Pistole hielt, als bester Schütze heraus. »Zufall«, sagte Captain Medwin. »Genie!« erwiderte Hunt. »Bei der Pistole oder bei Shelley?« fragte Byron sanft. Er und »die Schlange« konnten sich noch immer nicht über die Seepoeten einig werden. »Und was Ihren Coleridge angeht, Shiloh – du meine Güte, grüner Himmel! Haben Sie den Himmel schon einmal grün gesehen?« Shelley schwieg lächelnd, und Trelawny warf verärgert ein: »In England ist der Himmel sehr oft eher grün als blau.« »Sie meinen, er ist schwarz«, antwortete Byron.

Shelley hatte ihn überredet, an dem »Don Juan« weiterzuarbeiten, und Byrons Verleger Murray fühlte sich hin und her gerissen. »Er will, daß ich zu meinem früheren Korsar-Stil zurückkehre. Das verkauft sich bei den Damen besser, wie Caro Lambs Romane«, erzählte Byron Shelley. Shelley verzog das Gesicht. »Das wäre Lohnschreiberei. Ein Genie sollte sich durch solche Dinge nicht beeinflussen lassen.« Byron erwiderte: »Murray hat ein verdammt starkes Argument – er bezahlt mich. Von dem ›Korsar‹ setzte er immerhin an einem Tag zehntausend Stück ab, um von ›Childe Harold‹ ganz zu schweigen.«

Er seufzte. »Der arme Murray! Die Dramen, die ich ihm schicke, kann er nicht aufführen lassen, weil sie unspielbar sind. Und den ›Donny Johnny‹ muß er anonym publizieren, um nicht in der Luft zerrissen zu werden.« Byron gähnte. »Wie auch immer, ich hätte sowieso keine Lust, noch einmal ›Lara‹ oder ›Childe Harold‹ zu schreiben.« Shelley zitierte langsam: »Von Lust vergiftet, lechzt er fast nach Qual/ und sucht Veränderung, sei's im Schattental.« Byron blinzelte ihm zu. »Was zitieren Sie denn da für einen Blödsinn, Schlange?«

Das heitere und geruhsame Leben in Pisa wurde jäh unterbrochen. Byrons Tochter Allegra war in ihrem Kloster an einer Typhusepidemie gestorben. Dieser Tod traf nicht nur Byron; denn Shelley hatte nie seine Vorliebe für das kleine Mädchen vergessen und sie öfters bei ihren Nonnen besucht. Byron wollte, daß sie in der Kirche von Harrow bestattet würde, und ließ ihren Leichnam nach England überführen. Er verband die angenehmsten Erinnerungen mit Harrow und dort »*möchte ich Allegra begraben haben – und an der Wand – eine Marmortafel angebracht mit diesen Worten:*

Zum Gedenken an
Allegra –
Tochter von G. G. Lord Byron –
die starb in Bagnacavallo
in Italien, am 20. April 1822,
im Alter von fünf Jahren und drei Monaten.

›Ich werde zu ihr gehen, aber sie wird nicht zu mir zurückkehren.‹
2. Samuel 12.–23. –

...*ich darf wohl hoffen, daß Henry Drury vielleicht die Messe liest.*« Nicht nur Henry Drury, Byrons ehemaliger Schulleiter, sondern auch der jetzige Dekan von Harrow wiesen ab. Schließlich handelte es sich um ein uneheliches Kind!

Sein wachsender literarischer Ruhm war dafür ein nur kleiner Trost, trotzdem gab ihn Byron mit Genugtuung an seinen Verleger weiter: »Man erzählt mir auch von bedeutenden literarischen Ehren in Deutschland. – Goethe, sagt man mir, sei mein erklärter Gönner und Beschützer... Goethe und die Deutschen sind besonders von ›Don Juan‹ begeistert – den sie für ein Kunstwerk ansehen... all das ist ein wenig Entschädigung für eure englische Brutalität.«

Was Byron bisher über Goethe gehört hatte, brachte ihn höchstens zum Lachen. Der deutsche Literaturfürst hatte zusammen mit »Manfred« auch Caro Lambs »Glenarvon« gelesen und war durch die Andeutungen in beiden Werken zu der erstaunlichen Schlußfolgerung gekommen, Byron müsse in seiner Jugend in Florenz eine Affäre gehabt haben, bei der der Ehemann der betreffenden Donna diese in einem Eifersuchtsanfall tötete und dafür seinerseits von dem jungen Dichter umgebracht wurde. »Leider kam ich erst viel später nach Florenz, es ist eine so schöne Romanze«, sagte Byron und taufte die ganze Angelegenheit »Goethes Florentiner Ehemannsmordgeschichte«.

»Er ist ein alter Fuchs«, äußerte er sich einmal über den Deutschen, »der nicht aus seinem Bau herauskommen will.« Doch wenn dieser alte Fuchs ihn so sehr protegierte – nun, das konnte man als wahrhaft bedeutende Würdigung ansehen. Byron hatte Shelley, der im Unterschied zu ihm Deutsch verstand, dazu gebracht, mit einer Übersetzung des Faust anzufangen, war fasziniert und entschloß sich, sein neues Drama dem »alten Fuchs« zu widmen:

DEM BERÜHMTEN GOETHE
dem ersten der lebenden Autoren, der
seinem Land eine Literatur geschaffen und
die Europas verherrlicht hat,
wagt ein Fremder eine Huldigung darzubringen,
wie sie dem literarischen Vasallen gegenüber
seinem Lehnsherren gebührt...

Der alte Mann in Weimar, schon seit jeher ein Byron-Enthusiast, fühlte sich geschmeichelt. Als er sogar das handschriftliche Exemplar der Widmung erhielt, ließ er eilig einige Faksimiles davon anfertigen und zeigte sie jedem literarischen Pilger, der ihn aufsuchte, als eines seiner wertvollsten Besitztümer. Er erklärte Byron zum größten Dichtertalent des neunzehnten Jahrhunderts.

Kurz darauf starb Annabellas Mutter. Byron regte der Todesfall zu einigen sentimentalen Betrachtungen über die Hinfälligkeit alles Seins an. Da er aber vor dem Gesetz noch immer mit Annabella verheiratet war, erbte er nun von Judith Milbanke die Hälfte des beträchtlichen Noelschen Vermögens. Byron war mit einem Mal aller irdischen Sorgen enthoben. Ohne Bedenken reihte er den Namen Noel – einzige Bedingung in dem Testament – hinter seine Vornamen George und Gordon ein und machte sich fortan ein Vergnügen daraus, mit N. B. zu unterzeichnen – »wie Napoleon«.

Am achten Juli 1822 segelte Shelley mit seinem neuen Boot »Don Juan« von Livorno nach La Spezia. Nachmittags um drei Uhr kam ein heftiger Sturm auf. Vier Tage lang warteten alle vergeblich auf seine Rückkehr. Dann stand endgültig fest, daß Shiloh ertrunken war. Fischer hatten seinen angeschwemmten Leichnam eilig verscharrt, doch der Pisaner Zirkel erhielt die Erlaubnis für eine Exhumierung, um Shelley sein gewünschtes Begräbnis zu ermöglichen. Byron, Leigh Hunt und Trelawny verbrannten den grauenvoll zugerichteten Leichnam auf einem riesigen Scheiterhaufen, in den sie Wein, Weihrauch und Öl schütteten.

Als Trelawny wie ein heidnischer Opferpriester unverständliche Gesänge von sich zu geben begann, stürzte sich Byron in das Meer und schwamm bis zu seinem Boot, das vor der Küste verankert lag. Von dort aus beobachtete er den singenden Trelawny und Hunt, der begann, um das Feuer zu tanzen.

»Sie sind alle gewaltig im Irrtum über Shelley, der ohne Ausnahme – der *beste* – und am wenigsten selbstsüchtige Mensch war, den ich je gekannt habe. – Ich habe niemanden gekannt, der nicht ein Rohling im Vergleich war.«

Mit Shelleys Tod begann die Phase des Abschiednehmens. Byron und Theresa besuchten die gebrochene Mary mindestens zweimal in der Woche und versuchten sie zu trösten. »Ich glaube nicht, daß die Stimme irgendeiner anderen Person dieselbe Macht hat, Melancholie in mir zu erwecken, wie Albés«, schrieb Shelleys Witwe in ihr Tagebuch. »Ich war daran gewöhnt, zuzuhören, wenn sie erklang... eine andere Stimme, nicht meine, antwortete immer... Wenn Albé spricht und Shelley nicht antwortet, ist das wie ein Donner ohne Regen – die Form der Sonne ohne Hitze oder Licht... und ich höre mit einer unaussprechlichen Trauer zu, die trotzdem *nicht* nur Schmerz ist.«

Die Verbrennung von Shelleys Leichnam hatte noch ein entwürdigendes Nachspiel, denn Trelawny hatte aus den Flammen Shelleys Herz und seinen Schädel gerettet. Hunt beanspruchte nun das Herz für sich und weigerte sich, es Mary zu überlassen, sosehr ihn Byron und Trelawny auch beschworen. Letzterer bedauerte schon längst seine Unklugheit, die so mühsam gerettete Reliquie überhaupt Hunt gegeben zu haben.

»Was will Hunt mit dem Herzen?« fragte Byron abgestoßen. »Er stellt es doch nur in ein Glas und wartet darauf, daß es ihn zu Sonetten anregt.« Shelley hätte das Ganze im höchsten Maß lächerlich gefunden. Trelawny warf Byron einen mißtrauischen Blick zu. »Sie sind doch nicht selbst daran interessiert, oder?« Byron schüttelte den Kopf. »Weder am Herz noch am Schädel.« – »Den Schädel würde ich Ihnen auch nicht geben«, sagte Trelawny. »Ich weiß, daß Sie aus Totenköpfen Weinkelche machen, und bin entschlossen, Shelley vor einer solchen Blasphemie zu schützen.«

Letztendlich gab Leigh Hunt nach. Byron entschloß sich, mit dem ganzen Kreis nach Genua zu übersiedeln, denn Pisa barg zu viele Erinnerungen. Er schrieb für Mary an Shelleys Vater, Sir Timothy. Doch dieser zeigte sich unerbittlich und wollte von seiner Schwiegertochter nichts wissen. Er sei allerdings unter Umständen bereit, Marys einziges überlebendes Kind, den Sohn Percy, als seinen Erben anzuerkennen, wenn Percy sofort seiner Obhut übergeben werde und seine Mutter verspräche, ihn nie wiederzusehen. Mary lehnte ab.

Byron war durch seine Erbschaft in der Lage, den gesamten Kreis zu unterhalten, einschließlich Leigh Hunts mit seinen neun Kindern. Da er jedoch wußte, daß Mary, anders als Hunt, diese Lage als demütigend empfand, beschäftigte er sie als eine Art Sekretärin, die seine Manuskripte in Reinschrift übertrug. Mary fand in der Arbeit Ablenkung und hatte so nicht das Gefühl, Almosen zu empfangen. Doch schon bald zeigte sich, daß der Kreis nach Shelleys Tod nicht mehr derselbe war.

Byron stritt sich immer öfter mit Leigh Hunt, dessen Zeitschrift *The Liberal* kläglich eingegangen war. Hunt wohnte mit seiner gesamten Familie bei Byron, was diesen in seinen sämtlichen Vorurteilen über Kinder bestätigte, denn nichts im Haus blieb vor der Spiel- und Zerstörungswut der Kinder bewahrt. »Sie sind schmutziger und boshafter als Gorillas«, sagte Byron zu Mary, »und was sie nicht mit ihrem Schmutz ruinieren können, machen sie mit ihren Fingern.«

Zu seiner Verblüffung verharrte Mary in Schweigen. Obwohl sie im Zusammensein mit anderen keine Tränen zeigte oder andere Anzeichen von Trauer erkennen ließ, strahlten ihre zarte, fast zu magere Gestalt und das undurchdringliche Gesicht eine Einsamkeit aus, die überwältigend war. Sie hatte an einem neuen Roman zu schreiben begonnen, aber was Byron jetzt auf ihrem Sekretär liegen sah, war ein einzelnes Blatt, auf dem nur ihr Name in mehreren Variationen stand. Mary Shelley – Mary Godwin – Mary Wollstonecraft Godwin – Mary Wollstonecraft Shelley. Sie folgte seinem Blick und sagte abwesend, fast unabsichtlich: »Ich habe immer Angst vor meinem Namen gehabt... weil es nie wirklich meiner war. Es war der Name meiner Mutter, und sie starb an dem Tag, an dem ich geboren wurde... als hätte ich ihr Leben gestohlen, zusammen mit dem Namen...«

Sie brach ab, und ihr Gesichtsausdruck verriet, daß sie viel mehr preisgegeben hatte, als ihre Absicht gewesen war. Sie straffte sich und kam auf den Anlaß ihres Gesprächs zurück. »Sie sollten etwas freundlicher zu Leigh sein, Albé. Ich weiß, er benimmt sich auch nicht gerade beispielhaft, aber er leidet eben unter... unter dem Standesunterschied zwischen Ihnen beiden.« Byron zog die Augenbrauen hoch. »Unter dem Standesunterschied? Jedes zweite Mal, wenn ich mit ihm rede, fängt er von den Lastern der Aristokratie an!« – »Eben«, entgegnete Mary eindringlich, »eben. Er würde lieber sterben als zugeben, daß er Sie um Ihren Titel und Ihr Erbe beneidet.« Byron hielt gerade rechtzeitig den Einwand zurück, daß Leigh Hunt bestens mit Shelley zurechtgekommen war, und Shelley war, wenngleich kein Pair, so doch auch kein Bürgerlicher gewesen. Wäre sein Vater vor ihm gestorben, so hätte er sich »Sir Percy Shelley« nennen können. Er zuckte die Achseln und begann, von etwas anderem zu reden.

Mit einem Menschen auf engstem Raum zusammenzuleben, für den er nur ständig wachsende Feindseligkeit empfand, hatte Byron noch nie positiv beeinflußt. Bald kam es täglich zu Streitereien. Traurig war, daß dieser Zwist mit Hunt auch eine Entfremdung von Mary mit sich brachte. Sie kannte Hunt sehr viel länger als Byron, sah in ihm einen ihrer ältesten Freunde. Als Byron sich endgültig mit Hunt überwarf, zog auch Mary daraus ihre Konsequenzen. Die Vermittlungsversuche von Theresa, die Mary nahestand, halfen nichts.

Zu diesem Zeitpunkt erhielt Byron unerwarteten Besuch, der ihn von den zermürbenden Querelen ablenkte und eine alte, nie vergessene Leidenschaft neu entfachte. Die offiziellen Vertreter des Griechischen Komitees in London, Edward Blaquiere und Andreas Luriottis, kamen zu ihm als dem Dichter, der in ganz Europa als Freund der Griechen bekannt war, und der in seinen Schriften immer wieder zum Kampf gegen die türkische Fremdherrschaft aufgerufen hatte. Sie baten ihn um seine aktive Unterstützung für den griechischen Freiheitskampf. Am dreizehnten Juli 1823 schiffte sich Byron nach Griechenland ein. Im letzten Moment erreichte ihn noch eine Überraschung: Goethe aus Deutschland schickte seinen Dank für die Widmung in Form eines Gedichts:

> Ein freundlich Wort kommt eines nach dem andern
> Von Süden her und bringt uns frohe Stunden;
> Es ruft uns auf, zum Edelsten zu wandern,
> Nicht ist der Geist, doch ist der Fuß gebunden.
>
> Wie soll ich dem, den ich so lang begleitet
> Nun etwas Traulich's in die Ferne sagen?
> Ihm, der sich selbst im Innersten bestreitet
> Stark angewohnt, das tiefste Weh zu tragen.

> Wohl sei ihm doch, wenn er sich selbst empfindet!
> Er wage selbst sich hochbeglückt zu nennen,
> Wenn Musenkraft die Schmerzen überwindet;
> Und wie ich ihn erkannt, mög' er sich kennen.

Leider verstand Byron kein einziges Wort. Lediglich den Begriff »Muse« konnte er identifizieren. Gleichwohl schrieb er dankend zurück und versprach, nach seiner Rückkehr aus Griechenland einmal nach Weimar zu kommen, um dem Mann, der die deutsche Literatur neugeschaffen habe, persönlich zu begegnen.

Auch Theresa zu verlassen, fiel Byron nicht übermäßig schwer. Er hatte schon länger das Gefühl gehabt, ihre Beziehung neige sich dem Ende zu, was in ihm nur Schuldgefühle nährte. Theresa blieb weinend zurück, aber Mary Shelley, alle Entfremdung vergessend, versprach, sich um sie zu kümmern. Beide Frauen schließlich blickten auf die »Herkules« herab, die mit Byron, Theresas Bruder Pietro Gamba und Trelawny an Bord aus dem Hafen auslief.

Der griechische Freiheitskampf, der im Vorjahr begonnen hatte, steckte mehr oder weniger in einer Sackgasse. Das hatte seinen Grund vor allem darin, daß nicht eine, sondern mehrere Parteien sich eifrig untereinander bekriegten, statt sich zum Kampf gegen die Türken zu vereinen. Der bekannteste Führer war ein ehemaliger Räuber mit dem klangvollen Namen Odysseus Androustses, der den Norden Griechenlands für sich beanspruchte. Auf dem Peleponnes war Theodor Coloctrones der führende Mann. Nebenbei existierte noch ein gewählter Präsident, Fürst Alexander Mavrokordatos, den die Türken bereits einmal vernichtend geschlagen hatten. Alle diese Parteien bemühten sich eifrig um den englischen Lord, hinter dem man sagenhafte Geldsummen und natürlich die britische Regierung vermutete.

Byron war von diesen gänzlich unheroischen Zwistigkeiten tief enttäuscht. »Ich bin nicht hierhergekommen, um mich einer Partei, sondern einer Nation anzuschließen, und ich will es mit ehrlichen Männern und nicht mit Spekulanten und Betrügern zu tun haben«, sagte er zu Trelawny. Dieser favorisierte wie Pietro

Gamba den Nordgriechen Odysseus, der ihm die Verkörperung des edlen Kriegers schlechthin schien. Byron verhielt sich zurückhaltend, was Trelawny nicht verstand.

Er konnte Byron nicht zustimmen, als jener bemerkte: »Manchmal frage ich mich, ob meine Hilfe für die Griechen nicht ebenso nützlich sein wird wie Zügel für jemanden, der weder Sattel noch Pferd besitzt.« – »Für wen auch immer Sie sich entscheiden«, rief Trelawny enthusiastisch, »er wird gegen die Türken kämpfen, und nur darauf kommt es an!« Byron war in bissiger Stimmung. »O wissen Sie, Tre, ich kenne die Türken – es sind keine Ungeheuer. Tatsächlich gleichen sie den Engländern sogar mehr, als man vermuten würde. In England sind die Modelaster Trinken und Huren, bei den Türken Opium und Sodomie. Es sind vernünftige Leute.« – »Aber Byron!«

Ende Dezember beschloß Byron, nach Missolunghi zu segeln, wo der gewählte Präsident inzwischen wieder die Amtsgewalt übernommen hatte. Dort war noch am ehesten ein Zentrum der griechischen Bemühungen zu sehen. Auf der Reise kam es zum erstenmal zu einer ernsthaften Begegnung mit den Türken, die um ein Haar sein Schiff gekapert hätten. Byron gelang die Flucht, aber Pietro Gamba, der ihm mit Gepäck und neu gekauften Waffen auf einem schwerfälligeren Schiff folgte, fiel den Türken in die Hände. Doch der junge Italiener hatte unglaubliches Glück.

Es stellte sich heraus, daß der Kapitän seines Schiffes vor Jahren dem türkischen Kapitän das Leben gerettet hatte. Diesen Umstand verdankten die Gefangenen eine ausgesprochen höfliche Behandlung durch den zuständigen Kommandeur, der sie, selbstverständlich ohne Waffen und Munition, nach Missolunghi schickte. Byron schöpfte aus dieser Geste die Hoffnung auf eine humane Kriegsführung mit menschlicher Behandlung der Gefangenen, was eines seiner Hauptanliegen war.

Er hatte den Eindruck nicht vergessen, den die veröderten Felder von Waterloo auf ihn gemacht hatten, diese stummen Zeugen eines sinnlosen Gemetzels. Byron glaubte nicht an die Vorzüge des sogenannten Heldentods:

> Ich möchte wissen, ob es tröstlich ist,
> Gedruckt zu werden in dergleichen Lagen?
> Ich ehre je Gott Mars wie jeder Christ,
> Doch halt ich's nicht für Sünde, so zu fragen;
> Auch ein gewisser Shakespeare, wie ihr wißt,
> Läßt jemand etwas Analoges sagen
> In einem jener Stücke, toll und wild,
> Die zu zitieren heut für geistreich gilt.

Aber um die Griechen von der türkischen Fremdherrschaft zu befreien, war ein Krieg unerläßlich. Byron warb ein Korps von sechshundert Soldaten an, christliche Albanier aus den von den Türken vertriebenen Bergstämmen, was sich als katastrophaler Fehler erwies. Die Sulioten, wie sie genannt wurden, hatten weniger Interesse an der griechischen Freiheit als an dem Geld des englischen Lords, randalierten in Missolunghi und weigerten sich letztendlich, wirklich zu kämpfen. Als sie in einem Streit einen schwedischen Leutnant aus dem internationalen Hilfskorps töteten, entließ Byron sie und bestrafte die Schuldigen, was fast auf eine offene Bedrohung in seinem eigenen Haus hinausgelaufen wäre. Er hätte auch eine neue Brigade anheuern können, aber im Moment sahen sich sowohl Griechen als auch Türken zur Tatenlosigkeit verdammt.

Eine sintflutartige Regenperiode brach über Missolunghi und Umgebung herein. Byron war von der Außenwelt abgeschnitten. Der einzige greifbare Erfolg seines Engagements in Griechenland, dachte er deprimiert, schien die humane Behandlung und Entlassung einiger türkischer Gefangener zu sein, und vielleicht die Einigung einiger griechischer Führer, deren ewiges Gezänk er geschlichtet hatte. Er spekulierte mit dem gewählten Präsidenten über eine griechische Verfassung nach dem Vorbild der Vereinigten Staaten, eine echte Republik – die Wiederauferweckung Athens. Aber alles Träumen und Planen täuschte ihn nicht darüber hinweg, daß er hier festsaß und nichts tun konnte, während sich zweifellos anderswo das Schicksal Griechenlands entschied.

Die Untätigkeit machte Byron mürbe. Er begann einen Brief

an Augusta, ließ dann Regen Regen sein und ritt trotz des stürmischen Wetters aus, in einer Gegend, wo Straßen und Brücken unter Wasser standen. Wenige Tage nach diesem Ausbruch wurde er von schwerem Fieber befallen, das ihn nicht mehr losließ. Schon einmal hatte ihn eine Krankheit in Griechenland niedergeworfen, auf »Childe Harolds Pilgerfahrt« – wie lange war das jetzt her? Vierzehn Jahre? Er erinnerte sich an den Grabspruch, den er damals, erbost über die ungeschickte Behandlung seines Arztes, verfaßt hatte:

> Nicht Zeus, Natur und Jugend nicht
> Bewahrten mir des Lebens *Licht,*
> Denn *Romanelli* kam, oh Graus,
> Schlug alle drei – und *blies* es *aus.*

Die Ärzte in der griechischen Garnisonsstadt übertrafen sogar noch Romanelli. Aderlaß war ihre einzige und bewährte Behandlungsmethode, die sie so häufig wie möglich anwandten. Byron verlor mehrere »Pfunde Blut«, wie er Pietro Gamba mitteilte, und wußte, was passieren würde. »Meinen Sie denn«, sagte er zu einem der drei Blutanzapfer, einem idealistischen, ihn bewundernden jungen Engländer, »daß ich Angst um mein Leben habe? Ich habe es von Herzen über und werde die Stunde willkommen heißen, in der ich davon scheide. Warum sollte ich es beklagen? Kann es mir noch irgendeine Freude bringen? Habe ich es nicht im Übermaß genossen? Wenige Menschen können schneller leben, als ich es getan habe...«

Am neunzehnten April verfiel er ins Delirium. Fletcher, die treue Seele, Weggefährte seit Byrons Universitätstagen, konnte aus dem Gestammel seines Herren nur noch vier Namen ausmachen: Hobhouse, Kinnaird, Ada, Augusta und immer wieder Augusta.

Es dauerte jedoch nicht lange, bis Byron merkte, daß sie bei ihm war. Sie saß an seinem Bettrand in den alten Kleidern seines Kammerdieners, die sie in Newstead Abbey getragen hatte, und griff nach seiner Hand.

»Das sieht dir ähnlich«, sagte sie. »Du kannst nicht sterben, ohne daß neben dir ganz Europa in Tränen zerfließt.« Er lächelte ihr zu. »Ich wußte, du würdest kommen.« Sie küßte ihn. »Esel – ich war dein ganzes Leben lang bei dir. Wie sollte ich es jetzt nicht sein?« Er erkannte die Wahrheit in ihren Worten. Sein ganzes Leben lang.

Byron fühlte, wie alle Zweifel, Schuldgefühle und Ängste ihn verließen, und als er seine Umgebung wieder klar erkennen konnte, fand er die trauernden Gesichter um sich mit einem Mal lächerlich. Wie war das noch? Ganz Europa. Er richtete sich halb auf, fixierte sie spöttisch und sagte laut und vernehmlich auf italienisch: *»Oh questa è una bella scena!«*

Als er zurücksank, war George Gordon Noel, sechster Lord Byron, im Alter von sechsunddreißig Jahren gestorben.

Epilog

»Am besten ist es, zu hoffen, sogar das Hoffnungslose.«

»Alle Antworten sind unklug.«

Als sie von Byrons Tod in Missolunghi hörte, brach Mary Shelley zusammen. »Ich kannte ihn in den hellen Tagen der Jugend, als weder Sorge noch Furcht mich heimgesucht hatten... Kann ich unsere abendlichen Besuche in Diodati vergessen? Unsere Ausflüge auf den See, wo er das Tyroler Lied sang und seine Stimme mit Winden und Wellen harmonisierte... Albé – der liebe, kapriziöse, faszinierende Albé – hat diese öde Welt verlassen! Gott gebe, daß ich jung sterbe!« Mary starb als erfolgreiche Schriftstellerin fast dreißig Jahre später, 1851, im selben Jahr wie Augusta Leigh.

Für Augusta waren die Jahre nach Byrons Tod eine schwere Zeit. Schon die Beerdigung des nach England überführten Leichnams gestaltete sich grotesk. Lady Byron und ihre Tochter zogen es vor, nicht zu erscheinen. Augusta mußte damit die Rolle der Hauptleidtragenden übernehmen. Der gesamte britische Adel, immer noch nicht sicher, ob er in dem Verstorbenen einen Freiheitshelden oder einen amoralischen Teufel sehen sollte, schickte schwarzbezogene Kutschen, doch sämtliche Karossen waren leer.

Da der Dekan von Westminster Abbey die Beisetzung in der berühmten »Dichterecke« verweigert hatte, setzte Augusta fest, daß ihr Bruder in der Familiengruft in Hucknall Torckard begraben würde. Auf dem Weg dorthin begegnete der gespenstische Trauerzug Lady Caroline Lamb, die beim Anblick von Byrons Sarg in schrille Schreie ausbrach. Caroline starb wenige Jahre später in geistiger Umnachtung.

Augusta war zwar in Byrons Testament als Haupterbin eingesetzt worden. Doch der größte Teil seines Vermögens war in den griechischen Freiheitskampf geflossen. Was übrig blieb, machten ihr Captain George Byron, nunmehr siebter Lord Byron, und Annabella streitig, die darin den Lohn der Sünde sah. Der Captain lehnte die Rente, die ihm Augusta anbot, ab und konnte nur durch eine außergerichtliche Einigung vom Prozessieren abgehalten werden.

Annabellas Methode war wesentlich subtiler. Laut einer Klausel im Testament ihres Onkels mußten alle weiblichen Erben seiner Hinterlassenschaft einen Treuhänder für ihr Vermögen einsetzen. Lady Byron verlangte, daß kein anderer als ihr Anwalt Lushington zu Augustas Treuhänder gemacht würde. Dies war die letzte Erpressung, der Augusta sich beugte. Danach brach sie jeden Kontakt mit ihrer Schwägerin ab.

Es gelang Augusta, Six Mile Bottom zu verkaufen, wodurch ihre sieben Kinder trotz der Eskapaden ihres Vaters in einer Atmosphäre relativer Sicherheit aufwuchsen. Als Augustas älteste Tochter Georgiana sich in einen entfernten Verwandten namens Henry Trevanion verliebte und George Leigh seine Erlaubnis verweigerte, erinnerte ihn Augusta freundlich daran, daß nicht er die Entscheidungen über diese Familie traf. Georgiana heiratete Henry Trevanion und bekam zwei Kinder. Doch auch diese Ehe sollte im Unglück enden.

Theresa, unzweifelhaft die mit ihrem Schicksal zufriedenste von Byrons Mätressen, hatte ein zweites Mal geheiratet. Auf einer Reise nach England stellte ihr Mann sie überall stolz als »die Geliebte von Lord Byron« vor. Es kam zu einer langen Begegnung von Theresa und Augusta. Schon vorher hatte ein loser Kontakt zwischen ihnen bestanden, und Augusta hatte Theresa nach Byrons Tod ein Porträt von ihm geschickt. Die beiden mochten einander sehr.

In ihren viel später verfaßten Memoiren, in denen sie ein idealistisches Bild von Byron zeichnete, sprach Theresa in tiefer Freundschaft über Augusta. »Sie ist eine große Verehrerin Deiner Person«, schrieb Byron einst an seine Schwester.

Als Augustas dritte Tochter Elizabeth Medora, von der Familie Libby genannt, fünfzehn Jahre alt war, machte sie ihrer Schwester Georgiana einen längeren Besuch. Bei dieser Gelegenheit wurde sie von Georgianas Ehemann Henry Trevanion verführt. Bald stellte sich heraus, daß sie ein Kind erwartete. Georgiana hielt mit ihrem Entsetzen und ihrer Wut nicht zurück. In ihrem Zorn schleuderte sie Libby an den Kopf, daß sie im Inzest und Ehebruch gezeugt sei. Diese Vermutung leitete Georgiana sowohl aus ihren eigenen Kindheitserinnerungen als auch aus dem allgemeinen Gerede ab.

Libby war zunächst entsetzt. Doch dann kam sie zu dem Schluß, daß es wesentlich romantischer sei, die natürliche Tochter des berühmten Lord Byron als die legitime des Versagers George Leigh zu sein. Sie änderte ihren Namen und wollte fortan nur noch Medora gerufen werden.

Georgiana und Henry Trevanion beschlossen, Augusta nichts von der ganzen Affäre zu erzählen und Medora bei sich zu behalten, bis sie ihr Kind geboren hatte, das daraufhin heimlich zur Adoption freigegeben wurde.

Medora blieb jedoch noch länger, trotz der mittlerweile erstaunten und fragenden Briefe ihrer Mutter, und sah sich bald zum zweiten Mal schwanger.

George Leigh, der unerwartet bei Georgiana auftauchte, entdeckte die ganze Angelegenheit. Er brachte Medora umgehend nach London zurück, wo sie infolge der Reise eine Fehlgeburt hatte. Da Augusta selbst erst einige Zeit später von einem Besuch in die Stadt zurückkehrte, konnte ihr alles noch immer verheimlicht werden, bis Henry Trevanion nach London kam und ein drittes Kind mit Medora zeugte.

Augusta war entsetzt und fühlte sich an diesem Unglück ihrer beiden Töchter mitschuldig, hatte sie doch Trevanion in die Familie eingeführt. Sie konnte jedoch nicht verhindern, daß Henry mit Medora nach Frankreich durchbrannte. Georgiana, ebenfalls schwanger, kehrte mit ihren zwei Kindern zu ihrer Mutter zurück. Ihr Gemahl dachte nicht daran, sie wenigstens finanziell zu unterstützen. Also kam Augusta für den Familienzuwachs auf.

Ihre drei Söhne orientierten sich am väterlichen Beispiel und entwickelten sich zu Spielern, so daß die Familie Leigh schuldenbelasteter denn je dastand. Außerdem ging Henry Trevanion in Frankreich keinem Beruf nach. Medora schrieb ihrer Mutter verzweifelte Briefe, in denen sie für sich und ihre inzwischen geborene Tochter um Hilfe bat. Augusta schickte ihr, was sie konnte – Medora war ihre Tochter –, doch das war reichlich wenig.

Als Medora vorgab, sich von Trevanion lösen zu wollen, und berichtete, er hielte sie fast wie eine Gefangene, sandte Augusta ihr alle nötigen Urkunden (Paß, Geburtsschein, Georgianas Heiratsurkunde), damit sie sich befreien und den Behörden glaubwürdig versichern konnte, nicht Trevanions Ehefrau zu sein, über die er unbeschränkte Gewalt gehabt hätte.

Byrons alter Freund Hodgson erbot sich, die Papiere zu überbringen. Er sollte Medora helfen und sicherstellen, daß sie übergangsweise in einem Kloster unterkäme, denn »Libby« war schon wieder schwanger und konnte nicht weit reisen. Doch kaum hatte Hodgson Frankreich verlassen und Medora eine Totgeburt gehabt, da tauchte Henry Trevanion in ihrem Kloster auf. Medora folgte ihm willig.

Inzwischen war Georgiana sehr schwer krank geworden, so daß Augusta sich entschied, Medora kein Geld mehr zu schikken. Als sie nach einiger Zeit diesen Entschluß wieder rückgängig machte, denn sie wußte, daß Medora nicht allein zurechtkam, mußte sie feststellen, daß ihre Tochter mittlerweile von anderer Seite Unterstützung bekommen hatte.

Annabella, Lady Byron, hatte sich in ihrer bekannten Großmütigkeit entschlossen, Medora Leigh aus ihrer Verirrung zu befreien. Sie war nach Frankreich gereist und hatte Medora, die inzwischen von Henry Trevanion verlassen worden war, zu sich genommen. Annabella war ganz alleine zu der festen Überzeugung gekommen, daß Medora Byrons Tochter sei. Nun sah sie in dieser Frucht der Sünde die perfekte Möglichkeit, sich endlich an Augusta zu rächen.

Denn inzwischen hatte Annabella sich eingeredet, Byron müßte eigentlich reuig zu ihr zurückgekommen sein, wäre er nicht davon abgehalten worden. »Es ist *unnatürlich*, einen Menschen so lange zu hassen«, schrieb sie und kam nie auf die Idee, daß dieser Satz auch auf sie zutreffen mochte. Nur der böse Einfluß und die Aufhetzungen seiner Schwester konnten Byron dazu gebracht haben, sie zu verabscheuen. Nur Augusta hatte Schuld daran, daß ihre Ehe überhaupt mißglückt war, daß Annabella seit Jahrzehnten nur noch mit Blick auf die Vergangenheit lebte und mit jedem nur über das ihr angetane Unrecht sprach.

Aber nun – nun hatte sie eine Chance, sich so an Augusta zu rächen, daß dieser ihr Lachen für immer vergehen würde. Sie schickte Augustas Briefe an Medora ungeöffnet mit einem Begleitschreiben zurück, in dem sie Augusta beschuldigte, eine unmenschliche, hartherzige Mutter für Medora gewesen zu sein, deren amoralisches Beispiel das Unglück ihrer Tochter erst verursacht hatte. »*Laß sie in Ruhe!*« schloß Annabella und konnte bald mit Befriedigung den Erfolg ihres Vorgehens beobachten. Augusta war verzweifelt. Alle Verteidigungen nützten nichts, Annabella antwortete nur, daß ihre eigene Tochter sie völlig zu Recht haßte.

Annabella mußte allerdings bald erkennen, daß Medora Leigh vielleicht nicht die ideale Waffe war. Medora haßte es, von irgend jemandem dominiert zu werden. Nach einigen Monaten überschwenglicher Freundschaftsbeteuerungen endete ihr Zusammenleben mit Lady Byron in einem großen Streit. Da sie jedoch nach wie vor Geld brauchte, blieb sie mit ihr in brieflichem Kontakt und konnte so aus London schreiben, als sie unbemerkt einen flüchtigen Blick auf ihre Mutter erhaschte: »Sie sieht böse aus... hätte sie nur das Leben erstickt, das ihre Sünde mir gab... Möge Gott ihr vergeben! Daß ich sie so geliebt haben konnte!«

Medora ging wieder nach Frankreich, wo sie, um sich und ihre Tochter zu ernähren, von der Gunst junger adeliger Offiziere leben mußte. Verbissen klammerte sie sich an den Ruf, Lord Byrons Tochter zu sein, was ihr bei ihren Verehrern sehr half. Schließlich starb sie an den Folgen einer Fehlgeburt.

Nach Medora holte der Tod Georgiana, die ihrer Mutter nie ganz verzieh, daß sie Medora unterstützt hatte. Die kleine Augusta, ihr Leben lang pflege- und aufsichtsbedürftig, folgte bald ihren Schwestern. Dann wurde Augusta Witwe. George Leigh, bis zum Schluß der Rennbahn ergeben, segnete das Zeitliche.

Als Augusta spürte, daß sie selbst sehr krank wurde, und eine ärztliche Untersuchung ihr bestätigte, daß sie nicht mehr lange leben würde, nahm sie dies mit Fassung auf. Ihren Söhnen, die quer durch das Land zogen, tat es wahrscheinlich ganz gut, es nur noch mit der unnachgiebigen Emily zu tun zu haben, und Emily besaß auch genügend Kraft, um für Georgianas Kinder zu sorgen. Augusta konnte sterben, ohne das Gefühl zu haben, ihre Familie im Stich zu lassen.

»Ich hätte nur gerne diesen albernen Streit mit Annabella beigelegt«, sagte sie zu ihrer einzigen überlebenden Tochter. »Wir waren einmal Freundinnen.« Emily schrieb ohne viel Hoffnung auf Erfolg an Lady Byron, die entgegen allen Erwartungen einer Begegnung zustimmte und sich sogar zu ein paar direkt an Augusta adressierten Zeilen herabließ.

Nach ihrer Rückkehr aus Brighton war Augusta in seltsam ruhiger, abwesender Stimmung, dann brach sie schon tags darauf zusammen. Ihre Agonie zog sich über eine Woche hin.

In dieser Zeit empfand Annabella gegenüber Augusta mehr Reue als je zuvor oder jemals danach. Ungebeten drängten sich ihr Sätze in Erinnerung, die sie am liebsten vergessen hätte. »Du wirst immer meine liebste Schwester sein«... »sei freundlich zu Augusta«... *Sei freundlich zu Augusta!*

Schließlich schrieb sie Emily und bot ihr finanzielle Hilfe an. Gleichzeitig bat sie, Augusta eine Botschaft von ihr auszurichten. Es waren nur zwei Worte. Emily war verblüfft und erleichtert zugleich. Sie war sich allerdings nicht sicher, ob die Worte ihre Mutter noch erreichen würden. Trotzdem beugte sie sich über den dünnen, abgezehrten Körper und flüsterte: »Annabella möchte, daß ich dir etwas sage, Mamée.« Sie wartete einen Augenblick auf ein Zeichen der Zustimmung. Ihre Mutter blinzelte. Emily näherte sich ihr darauf noch etwas und wisperte: »Liebste Augusta.«

War Annabellas Botschaft zu ihrer Schwägerin durchgedrungen? Die letzten Worte, die Emily noch aus dem Gemurmel ihrer Mutter heraushören und erkennen konnte, während sie ihre Hände hielt, standen jedenfalls damit in keinem Zusammenhang. »Schnee... Schnee in Newstead, Emily, Schnee... niemand braucht mich so...«

»Die arme Mamée starb an diesem Morgen, kurz nach drei, nachdem sie seit gestern nachmittag auf schreckliche Weise gelitten hatte – es war in der Tat eine wirklich glückliche Erlösung, aber ihr Verlust kann mir nie ersetzt werden.« Diese Zeilen richtete sie an Lady Byron, und Emily wußte, daß es wahrscheinlich der letzte Brief war, den sie an diese Frau schrieb.

Als sie Augustas Papiere ordnete, kam ihr Bruder Frederick herein und verlangte zu wissen, wa sie da tat. »Ich sortiere Mamées Briefe«, antwortete Emily scharf, »ich mußte schon vorher ein paar davon an Murray verkaufen, um ihre Arzneien zu bezahlen. Mamée hat sich furchtbar darüber aufgeregt, als sie es bemerkte. Murray mußte ihr schriftlich zusichern, daß er sie nicht veröffentlichen würde und wir sie zurückkaufen können, sowie wir etwas Geld haben.« Sie warf einen abschätzigen Blick auf ihren Bruder. »Was allerdings nie der Fall sein wird.« Frederick erwiderte nichts, sondern nahm einen Stapel von den verblichenen, oft gefalteten Bögen, die von einer krausen, unordentlichen Schrift bedeckt waren, und blätterte sie durch.

»Die nächste Verwandte, die ich in der Welt habe, sowohl durch *Blutsbande als auch durch Liebe*«... »und wenn ich fünfzig Mätressen hätte«... »liebe Frau Schwester«... »meine liebste Augusta«... »wir sind dazu gemacht, unser Leben...«

»In Ordnung«, sagte Frederick, »sprechen wir über den Familienskandal. Glaubst du, daß Libby nur unsere Halbschwester war?« Emily schwieg lange Zeit. Dann entgegnete sie: »Nein, das glaube ich nicht.« Er war verblüfft. »Wieso?« Auf Emilys eingefallenem, erschöpftem Gesicht breitete sich ein winziges Lächeln aus.

»Ich kann es nicht mehr beweisen, da Libby tot ist. Aber erinnerst du dich an das Muttermal an ihrem Handgelenk?« Ihr Bruder nickte verwirrt, und Emily fuhr fort: »Nun, letzten Sommer verkauften Mamée und ich einige alte Familienporträts. Eines davon zeigte General Leigh, Papas Vater, der überhaupt nicht mit den Byrons verwandt ist. Er hatte dieses Muttermal ebenfalls.« Frederick brauchte einige Zeit, um sich zu fassen. »Du meinst... und das hat Mamée die ganze Zeit gewußt?« Emily nickte.

»Aber warum hat sie es nie gesagt? Tante Annabella hätte nicht einen Penny um Libby gegeben, wenn sie nicht überzeugt gewesen wäre, daß sie die Tochter ihres Gatten war – ihrer Rache wäre die Spitze genommen gewesen. Und Libby... ich habe sie ja nicht mehr häufig gesehen, aber sie brüstete sich geradezu damit.«

»Eben deswegen«, bemerkte Emily trocken, »hat Mamée nichts gesagt. Keine von beiden hätte ihr geglaubt. Natürlich hätte sie es beweisen können, so wie ich eben. Nur, wozu? Mamée wußte, daß sie nicht für Libby sorgen konnte, und, wie du eben richtig festgestellt hast, daß Lady Byron die Tochter von George Leigh gleichgültig gewesen wäre. Hätte Mamée Tante Annabella um Geld für mich oder Georgiana gebeten, sie hätte nicht das Geringste bekommen. Also schwieg sie, ließ Lady Byron ihre großartige Rache verfolgen und brachte sie so dazu, für ihre Tochter zu sorgen. Das war ihre Art, unser Goldstück von Tante zu überlisten.«

»Ich erinnere mich«, sagte Frederick nach einer Weile, »wie Lady Byron Mamée immer in der Öffentlichkeit beschrieben hat: eine sehr schwache und törichte Frau.« Emily zuckte die Achseln und machte sich wieder an Augustas Briefe. Dabei fiel ihr ein Blatt auf den Boden, das Frederick aufhob und betrachtete. Es war ein Gedicht mit dem Titel »Epistel an Augusta«. Frederick las aus irgendeinem Grund zuerst die Schlußstrophe, und ihm kam es vor, als ob damit alles gesagt war, was es zu sagen gab.

In deiner Brust, du Teure, eingeschreint,
Du in der meinen, sind wir ungetrennt;
Wir sind und waren stets trotz jedem Feind
Ein Seelenpaar, das keine Wandlung kennt;
Gleichviel, ob nah, ob fern, sind wir vereint
Von Lebens Anfang bis zu seinem End,
Und naht der Tod drum, trotzt auch ihm das Band.
Das unser Leben o so fest umwand.

Die Byrons

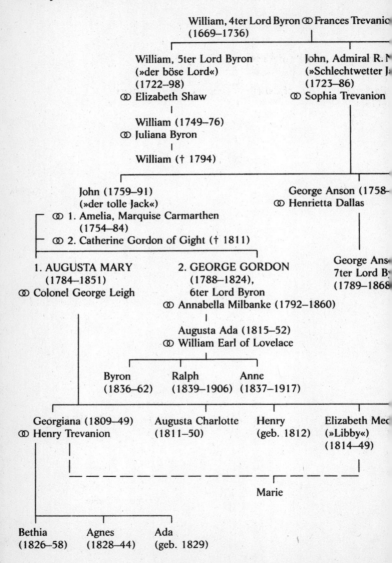

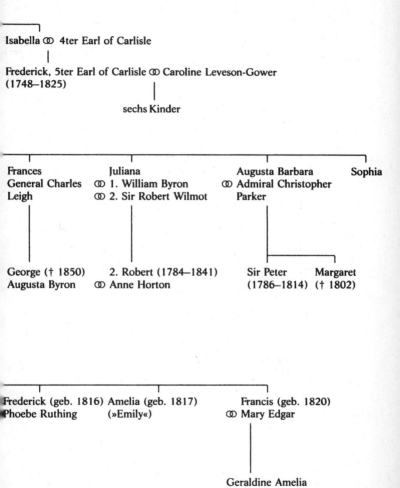

Nachwort

Die in diesem Buch dargestellten Personen, ihre Ansichten und Handlungen sind authentisch. Da es sich jedoch um einen Roman und keine wissenschaftliche Biographie handelt, fehlt die unbedingte Korrektheit und Verläßlichkeit. Ich habe mir die Freiheit jedes Romanciers genommen und Fiktives mit Historischem verschmolzen, um vor allem zwei Menschen darzustellen, die, jeder auf seine Art, zu den Ungewöhnlichsten ihrer Zeit gehörten.

Die zitierten Briefe entstammen den im Folgenden angeführten Quellen. Diejenigen, die nicht von Byron stammen, wurden von mir übersetzt. Für Byrons Briefe verwendete ich größtenteils die 1985 erschienene deutsche Ausgabe. Nicht enthalten in dieser Ausgabe sind die frühe Korrespondenz mit Augusta vor ihrer Heirat, zwei in England an Thomas Moore gerichtete Bemerkungen, die zwei Briefe an Annabella nach der Trennung sowie der erste wiedergegebene Brief an Augusta aus der Schweiz, die ebenfalls von mir übersetzt wurden. Einige wenige Ausdrücke der deutschen Brief-Ausgabe habe ich durch eine wörtlichere oder im Romankontext sinnvollere Entsprechung ersetzt. Bei dem Schreiben an Lady Melbourne vom 28. September 1813 handelt es sich in Wirklichkeit um die Zusammenstellung zweier Briefe, nämlich derjenigen vom 13. Januar und vom 30. April 1814.

Alle Zitate aus Byrons Werken sind der in der Bibliographie genannten Gesamtausgabe entnommen, mit Ausnahme des Gedichtes »Stanzen für Musik« *(aus »Lord Byron. Ein Lesebuch.«)*

Über Byron und viele seiner Zeitgenossen (wie etwa Shelley) gibt es selbstverständlich eine Flut von Sekundärliteratur. Ich führe hier nur an, was ich tatsächlich während meiner Arbeit an diesem Roman benutzt habe, möchte aber zwei Bücher besonders hervorheben, denen ich sehr viel schulde. Es handelt sich um »Lord Byron's Wife« und »Lord Byron's Family« von Malcolm Elwin. Elwin bietet nicht nur eine feinfühlige und ausführliche Darstellung der von ihm beschriebenen Personen (darunter auch erstmals ein gerechtes Porträt von Augusta, die von vielen der Biographen Byrons pauschal als albern und schwach charakterisiert wurde), sondern auch einen ausführlichen Einblick in den Briefwechsel aller Beteiligten.

Denn Elwin standen erstmals die sogenannten »Lovelace-Papiere«, zum überwiegenden Teil aus Annabellas schriftlichem Nachlaß bestehend, lange und voll zur Verfügung.

Bibliographie

Butler, E. M.: Byron and Goethe. Record of a passion. London 1957.

Buxton, John: Byron and Shelley. The History of a Friendship. London 1968.

Lord Broughton (John Cam Hobhouse): Recollections of a long Life. With additional extracts of his privat diaries, edited by his daughter Lady Dorchester, 6 vols., 1909–11.

Lord Byron: Briefe und Tagebücher. Herausgegeben von Leslie A. Marchand. London 1982. Aus dem Englischen von Tommy Jacobsen. © 1985 S. Fischer Verlag, Frankfurt/M.

Lord Byron. Ein Lesebuch. Hrsg. von Gert Ueding. © 1988 Insel Verlag, Frankfurt/M.

Lord Byron: Sämtliche Werke. Band I–III. Winkler Verlag, München o. J.

Elwin, Malcolm: Lord Byron's Wife. London 1962.

Elwin, Malcolm: Lord Byron's Family: Annabella, Ada and Augusta 1816–1924. London 1975.

Gunn, Peter: My dearest Augusta. A Biography of Lord Byron's Half-sister. London 1968.

Lovell, E. J. (Hrsg.): His very Self and Voice. Collected Conversations of Lord Byron. New York 1957.

Marchand, Leslie A.: Byron. A Portrait. London 1971.

Müller, Hartmut: Lord Byron. Hamburg 1981.

Polidori, John W.: The Vampyre.

Shelley, Mary: Frankenstein oder Der moderne Prometheus. Dt. Stuttgart 1982.

Shelley, Mary: Journal. Edited by F. L. Jones. USA 1947.

Shelley, Percy B.: The Complete Poetical Works. Edited by Th. Hutchinson. London 1960.

Tanja Kinkel
bei Blanvalet

Roman. 416 Seiten.

Als Richelieu der wahre Herrscher über Frankreich war …

Man schreibt das Jahr 1640.
Während in Europa Glaubenskriege und Herrscherkämpfe toben, gelangt Kardinal Richelieu in Frankreich auf den Höhepunkt seiner Macht. Doch im Schatten des Ruhms keimen Neid und Haß. Und selbst im Leben des scheinbar unangreifbaren Richelieu gibt es eine verwundbare Stelle: seine Nichte Marie, die Herzogin von Aiguillon, die einzige Vertraute des spröden Mannes.

DIANA GABALDON

Ein alter Steinkreis in Schottland wird für die junge Claire zum Tor für eine Zeitreise in das Leben der Highlander im Jahre 1743...

Romantisch, spannend, humorvoll!

43772

HISTORISCHE ZEITEN BEI GOLDMANN

Große Persönlichkeiten, gefährliche Abenteuer und magische Riten –
Geschichten aus den Anfängen unserer Zivilisation

43452

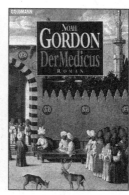

43768

41609

43116

EVA IBBOTSON

London, Ende der dreißiger Jahre. Aus Deutschland und Österreich strömen Emigranten in die Stadt. Ein englischer Professor rettet das Leben der Wiener Studentin Ruth Berger – durch eine Paßehe, die so schnell wie möglich wieder gelöst werden soll. Aber die Liebe geht ihre eigenen Wege...

»Ein kluges und wunderbar leichtes Buch – mitreißend erzählt, so daß man es bis zur letzten Seite atemlos liest.«
Brigitte

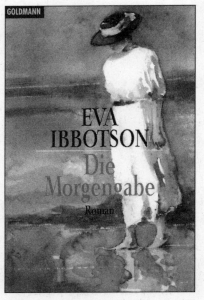

JOY FIELDING

Ein Anruf am frühen Morgen verändert Bonnie Wheelers wohlgeordnetes Dasein auf einen Schlag: Joan, die Ex-Frau ihres Mannes, warnt Bonnie vor einer geheimnisvollen Gefahr, in der sie und ihre kleine Tochter schweben sollen.
Wenig später wird Joans Leiche gefunden...

»Ein Meisterstück!« *Für Sie*
»Mörderisch spannend!« *Kieler Nachrichten*

MINETTE WALTERS

Die ungekrönte Königin der britischen
Kriminalliteratur –
exklusiv bei Goldmann

Ihr neuester Fall: ein rätselhafter
Doppelmord, eine Totschlägerin und ihr
schreckliches Geheimnis...

42462

ELIZABETH GEORGE

....macht süchtig!

Spannende, niveauvolle Unterhaltung in bester britischer Krimitradition.

43771

43577

42960

9918

GOLDMANN

ROBERT JAMES WALLER

Die Wiederentdeckung der Liebe –
vom Autor des Welterfolgs
»Die Brücken am Fluß«

41498

43773

43578

43265

GOLDMANN

MAEVE HARAN

»... ist eine wundervolle Erzählerin!«
The Sunday Times
Exklusiv im Goldmann Verlag

41398

43584

42964

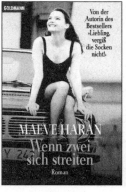

43055

GOLDMANN

*Das Gesamtverzeichnis aller lieferbaren Titel erhalten Sie
im Buchhandel oder direkt beim Verlag.
Nähere Informationen über unser Programm erhalten Sie auch im Internet unter:*
www.goldmann-verlag.de

★

Taschenbuch-Bestseller zu Taschenbuchpreisen
– Monat für Monat interessante und fesselnde Titel –

★

Literatur deutschsprachiger und internationaler Autoren

★

Unterhaltung, Kriminalromane, Thriller
und Historische Romane

★

Aktuelle Sachbücher, Ratgeber, Handbücher und
Nachschlagewerke

★

Bücher zu Politik, Gesellschaft, Naturwissenschaft und Umwelt

★

Das Neueste aus den Bereichen
Esoterik, Persönliches Wachstum und Ganzheitliches Heilen

★

Klassiker mit Anmerkungen, Anthologien und Lesebücher

★

Kalender und Popbiographien

★

Die ganze Welt des Taschenbuchs

★

Goldmann Verlag • Neumarkter Str. 18 • 81673 München

Bitte senden Sie mir das neue kostenlose Gesamtverzeichnis

Name: _____

Straße: _____

PLZ / Ort: _____